Kyss by rowohlt POLARIS

LAURA WILLUD

MIS MATCH

ROMAN

Kyss

Originalausgabe
Veröffentlicht im Rowohlt Taschenbuch Verlag,
Kirchenallee 19, 20099 Hamburg, März 2025

Covergestaltung ZERO Werbeagentur, München
Coverabbildung Kelley McMorris
Satz aus der Swift Neue
bei hanseatenSatz-bremen, Bremen
Druck und Bindung GGP Media GmbH, Pößneck
ISBN 978-3-499-01702-5

Kontaktadresse nach EU-Produktsicherheitsverordnung:
produktsicherheit@rowohlt.de

MIX
Papier | Fördert gute Waldnutzung
FSC® C014496

Für F

*Weil sich große Träume sehr viel realistischer anfühlen,
wenn sie jemand befeuert*

PLAYLIST

The Man – Taylor Swift
Secrets – OneRepublic
fuck, i'm lonely – Lauv, Anne-Marie
Something's Gonna Kill Me – Corey Kent
Stutter – Granger Smith
Heartfirst – Kelsea Ballerini
The Alchemy – Taylor Swift
Soul – Lee Brice
feelslikeimfallinginlove – Coldplay
Kiss Me – King Henry, Sasha Alex Sloan
Question…? – Taylor Swift
Cowboys Cry Too (with Noah Kahan) –
Kelsea Ballerini, Noah Kahan
Healing (Shattered Heart) – Kygo, Jonas Brothers
How Do I Do This – Kelsea Ballerini
Dates in Pickup Trucks – Kassi Ashton
Skyline – Khalid
50 Shades of Pink – We Three
Shower – Becky G
Fall Into Me – Forest Blakk
Brave – Ella Henderson

KAPITEL 1

Austin

Fields und Reed! Ich will ein vernünftiges Eins-gegen-eins von euch sehen!», brüllt mein neuer Coach. Schweiß tropft mir von der Stirn, mein Atem geht stoßweise. Dieses Training soll mich auf die Probe stellen.

Es ist meine gerechte Strafe. Wobei *gerecht* eigentlich nicht ganz treffend ist. Ich habe die Strafe verdient, ja. Nur ist sie nicht hoch genug. Was ich getan habe, kann nicht wiedergutgemacht werden. Mir das einzugestehen, ist genauso niederschmetternd wie schmerzhaft. Trotzdem hilft der Gedanke auf eine seltsame, masochistische Art und Weise.

«Wird's endlich, Fields?!», schreit der Coach noch lauter und holt mich zurück in die stickige Sporthalle. Ich setze mich sofort in Bewegung.

Neue Stadt, neues College, neues Team. Mein selbst gewähltes Exil. Das Einzige, das gleich bleibt, ist das Spiel. Und darin bin ich gut. Auch wenn es Momente gibt, in denen ich wünschte, es wäre anders. Doch diese Augenblicke sind eigentlich Heuchelei. Ohne Basketball wäre ich nicht hier. Und damit meine ich nicht nur hier, in dieser

Halle. Ich würde vermutlich in irgendeinem Aushilfsjob festhängen und meinen Chef um den Mindestlohn anbetteln. Ein Collegebesuch wäre unwahrscheinlich gewesen, meine Perspektiven beschränkt. Ich habe diesem Sport ähnlich viel zu verdanken, wie er mir genommen hat.

Wir werfen von der Drei-Punkte-Linie um den Ballbesitz. Reed ist ein guter Werfer, aber das hier, genau diese Position, ist mein Spezialgebiet. Zweimal hintereinander treffen wir beide, dann vergibt mein neuer Teamkollege einen Wurf, und ich gewinne den ersten Ballbesitz. Reed übergibt mir mit starrer Miene den Ball, und es geht los. Ich bin mir der neugierigen Blicke des Teams die ganze Zeit über bewusst. Sie wollen wissen, ob ich so gut bin, wie es sich alle erhoffen. Wenn jemand aus einer High-Major-Liga in eine Mid-Major-Liga wechselt, sind die Erwartungen hoch. Auch Coach Soto nimmt mich genau unter die Lupe. Ich werde mich hier neu beweisen müssen, auch wenn ich behaupten würde, einen kleinen Vertrauensvorschuss zu genießen.

Ich täusche an, zum Korb zu ziehen, schließe dann aber mit einem Sprungwurf ab. Reed ist eine Millisekunde zu spät, sonst hätte er den Treffer vielleicht verhindern können. Dieses Manöver funktioniert noch ein zweites Mal, dann wird es schwieriger. Er ist verdammt gut. Kein Wunder, dass er in den letzten beiden Jahren die Punktestatistik der *Hopeville Dragons* angeführt hat. Sobald ich ihn in den Ballbesitz kommen lasse, habe ich schlechte Karten. Also versuche ich das mit aller Kraft zu verhindern.

Reed ist nicht zimperlich auf dem Spielfeld. Immer wieder bekomme ich einen vor den Augen des Coaches geschickt verborgenen Ellenbogen ab. Langsam beschleicht mich das Gefühl, dieses Match hier sei etwas Persönliches für ihn. Dabei sind wir uns vor diesem ersten Training noch nie begegnet.

Mir fehlen noch zwei Punkte zum Sieg, als Reed mir im Dribbling auf Höhe der Drei-Punkte-Linie den Ball abnimmt. *Fuck.* Mit einem selbstgefälligen, aber konzentrierten Grinsen dribbelt er links an mir vorbei. Ich höre das Leder durch das Netz schnellen, ehe ich mich überhaupt umdrehen kann. Unser Match bleibt bis zum letzten Punkt spannend. Ein vergebener Wurf bringt den Ball zurück in meinen Besitz. Der Basketball rotiert um den Ring, und obwohl es nur ein Trainingsspiel ist, ändert es nichts an der aufgeregten Spannung in meiner Brust.

Der Ball geht rein, sein lautes Aufprallen auf dem Parkett signalisiert das Ende des Spiels.

Ich atme auf.

«Gut gespielt, Jungs!», lobt uns der Coach und erklärt das Training für beendet. Sonderlich gut scheint mein neuer Kapitän die knappe Niederlage nicht wegzustecken. Mein Versuch, Reed abzuklatschen, wie es eigentlich üblich ist, endet in einer peinlichen Abfuhr. Er würdigt mich nicht mal eines Blickes, als er an mir vorbeigeht.

Vielleicht wäre es cleverer gewesen, ihn gewinnen zu lassen. Allerdings konnte ich so was noch nie. Was in Chicago geschehen ist, hemmt mein Spiel, aber absichtlich Punkte zu verschenken, liegt nicht in meiner Natur.

Der Coach entlässt uns, und wir machen uns auf den Weg zu den Umkleidekabinen.

Es hat also nur ein einziges Training gedauert, um beim einflussreichsten Spieler des Teams in Ungnade zu fallen. *Grandios, Austin, grandios.* Als wären die Aussichten für dieses Jahr nicht schon beschissen genug gewesen.

«Das war echt ein starkes Match!», merkt ein Spieler neben mir an.

Nachdem ich fast zwanzig Minuten in das feindselige Gesicht von Reed geschaut habe, ist es erfrischend, mal etwas freundlicher angesprochen zu werden.

«Danke... Sorry, ich habe mir vorhin nicht alle Namen merken können», gebe ich zu. Mein Namensgedächtnis ist grottig. Keine zwei Sekunden, nachdem sich mir jemand vorstellt, vergesse ich den Namen meistens schon wieder.

«Willie», antwortet mein Mitspieler und löst den Zopf, mit dem er seine Dreadlocks am Hinterkopf zusammengebunden hat.

«Willie», wiederhole ich, in der Hoffnung, mich so besser erinnern zu können. «Ich bin Austin», stelle ich mich vor, auch wenn ich mir ziemlich sicher bin, dass er das bereits weiß.

«Ey, Willie, komm mal her!»

«Der Chef ruft», entschuldigt sich Willie und lässt sich ein wenig zurückfallen, bis er bei Reed angekommen ist. Joshua Reed ist nicht nur der Kapitän dieser Mannschaft, er ist scheinbar auch der Typ, der alle Fäden zieht.

Mich spricht nicht eine einzige weitere Person an, während wir duschen, uns anziehen und die Kabine verlassen. Es ist mir recht. Freunde zu finden, steht auf meiner Prioritäten-Liste nicht weit oben.

Eigentlich steht es gar nicht darauf.

Gute Noten erzielen, beim Training und in den Spielen so viel geben, dass mein Platz im Team gesichert ist, und vergessen, was passiert ist – nur diese drei Dinge sind wichtig. Es sind die Ziele, von denen ich mich nicht abbringen lassen darf. Ich hänge mir die große Sporttasche über die Schulter und verlasse mit einem «Bye» in die Runde die Kabine.

Coach Soto steht noch in der Sporthalle und tippt auf seinem Tablet herum.

«Bis morgen, Coach!», verabschiede ich mich auch von ihm.

«Hey, Fields.» Er blickt von dem Bildschirm auf und sein ernster Blick trifft meinen. «Ich freue mich, dass du bei uns bist. Diese Saison könnte gut für die *Dragons* laufen – lass dich nicht unterkriegen. Manche der Jungs kommen mit Veränderungen nicht sonderlich gut zurecht, aber sie werden sich daran gewöhnen.»

Die Worte sind nett gemeint, seine Stimme ist trotzdem forsch. Möglicherweise kann man irgendwann nicht mehr allzu freundlich klingen, wenn man jeden Tag Leute anschreit, sie sollen sich schneller bewegen, besser verteidigen und endlich den verdammten Korb treffen.

«Mache ich nicht, Coach!», antworte ich und lächle vorsichtig, ehe ich die schwere Doppeltür der klimatisierten Sporthalle aufstoße und in die intensive Sonne Georgias hinaustrete.

Bei über dreißig Grad hätte ich mir die Dusche auch sparen können. Mein Körper fängt direkt wieder an zu schwitzen. Ein Problem, das ich in Chicago nicht gehabt hätte. Dort sind solche Temperaturen im September eher unwahrscheinlich.

Mein klappriges Fahrrad steht einsam und allein in dem dafür vorgesehenen Metallständer. Die meisten der Spieler sind im Wohnheim untergebracht, wohnen direkt in Campusnähe oder kommen mit ihren riesigen Pick-up-Trucks und Geländewagen zur Universität. Meine Unterkunft liegt allerdings fünf Kilometer entfernt, weswegen ich von nun an wohl noch eine kleine Kardio-Einheit nach meinem eigentlichen Training absolvieren darf.

Weil ich den Weg noch nicht so gut kenne, tippe ich meine neue Adresse ins Handy ein und fahre erst dann los.

Den ersten Tag habe ich überstanden. Mehr oder weniger erfolgreich. Denn auch wenn der Collegetag rum ist, ist da noch meine neugierige Mitbewohnerin, die sicherlich alles bis ins kleinste Detail berichtet haben möchte. Meine neugierige Mitbewohnerin aka Grandma.

KAPITEL 2

Joyce

Unser traditionelles Sushi-Dinner zum Semesterstart wird durch das geräuschvolle Zuknallen der Haustür unterbrochen.

«Da scheint jemand einen fantastischen ersten Tag gehabt zu haben», stelle ich sarkastisch fest.

Lori, die neben mir sitzt und sich mit ihren Essstäbchen über die letzte Sushi-Rolle auf ihrem Teller beugt, zuckt nur mit den Schultern. «Vielleicht war das keine Absicht, sondern nur der Wind.»

Meine beste Freundin glaubt es selbst nicht. Das leichte Zucken ihrer Mundwinkel verrät sie.

«Für mich klang das eher nach zu viel Testosteron», erwidere ich und spieße mit meiner Gabel wenig elegant ein Stück Avocado-Maki auf. Noch bevor ich es runterschlucken kann, kommt eine herbe Duschgel-Wolke in das Wohnzimmer geschwebt. Oder eher gepoltert.

Ein Blick auf den Tisch, und das Gewitter bricht aus.

«Ist das euer Ernst? Mehr habt ihr mir nicht übrig gelassen?» Mein großer Bruder steht mit noch feuchten Locken im Raum und deutet finster auf das restliche Sushi. Viel ist es tatsächlich nicht mehr. Lori und ich waren ziemlich hungrig.

«Du bist eine Viertelstunde zu spät. Was hast du erwartet?», ärgere ich ihn, weil es einen unglaublichen Spaß macht und es als kleine Schwester auch irgendwie zu meinen Aufgaben gehört.

«Deine Portion steht noch in der Küche», deeskaliert Lori die Situation. Wie immer. Manchmal fehlt sie als Puffer in unserer Wohngemeinschaft. Im ersten Semester hat sie für ein paar Wochen mit in unserer Wohnung gelebt. Es gibt nur zwei Schlafzimmer, weswegen sie solange mit in meinem Bett geschlafen hat. Ich hatte damit überhaupt kein Problem. Wir sind seit der Middleschool beste Freundinnen, und ich würde sogar eine Abstellkammer unter der Treppe mit ihr teilen. Doch auf Dauer wurde es ihr etwas zu eng.

Sie gibt es nicht zu, aber ich glaube, Joshua ist damals der echte Grund hinter ihrem Auszug gewesen. Er kann ein ziemlich nerviges Arschloch sein. Und das sage ich, obwohl er mein Bruder ist und ich ihn liebe. Als dann zur Mitte des Semesters ein Zimmer im Wohnheim frei wurde, ist sie ausgezogen. Die meisten Nachmittage und Abende verbringt sie dennoch hier.

«Danke, Lori», antwortet mein Bruder übertrieben freundlich und wirft einen finsteren Seitenblick in meine Richtung. Dann verschwindet er in die Küche, um sich das restliche Festtagsmahl zu holen.

Wenige Sekunden später sitzt er mir gegenüber an dem runden Glastisch und malträtiert sein Sushi. Ich studiere sein Gesicht und versuche zu ergründen, ob ich es mit der Frage, die mir auf den Lippen liegt, zu weit treiben würde.

«Frag schon», fordert er mich brummend auf, ohne vom Teller aufzusehen. Heute war für Joshua nicht nur der erste Unitag, sondern auch das erste Basketballtraining in diesem Semester. Und es gibt einen neuen Mitspieler bei den *Hopeville Dragons.*

«Wie ist Austin Fields?»

«Der Typ ist ein arrogantes Arschloch», murmelt Josh mit vollem Mund.

Gleich und gleich gesellt sich anscheinend nicht so gern.

«Dann ist er also gut?», hake ich nach und kassiere einen mahnenden Blick von meiner Freundin, den ich allerdings nur im Augenwinkel wahrnehme.

«Nicht so gut wie ich», antwortet Joshua und sieht auf. Der Ausdruck, der auf seinem Gesicht liegt, ist nicht schwer zu deuten. Er ist entschlossen. Er ist bereit, seinen Titel als wichtigster Spieler des Teams zu verteidigen.

Es ist der erste Tag des Semesters – und doch deutet alles darauf hin, dass es ein äußerst spannendes Halbjahr wird.

«Und? Wie lief es bei euch heute?», erkundigt sich mein Bruder schließlich. Vermutlich nur, um nicht weiter von mir gelöchert zu werden.

«Bei uns ist noch nicht viel passiert. Die meiste Zeit ging es um organisatorische Dinge», antwortet Lori und tunkt ihr letztes Stück Sushi in die Schüssel mit der Sojasoße.

«Keine Bastelstunde heute?» Josh sieht etwas herausfordernd vom Teller auf. Seine Miene ist nun weniger finster. Lori studiert Lehramt. Ihr Studium beinhaltet deswegen ab und an auch kreative Bastelarbeit, um Kindern den Lehrstoff so interaktiver beibringen zu können. Etwas, das ich sehr bewundere. Erstens machen Kinder mir Angst, zweitens ist Fingerfertigkeit nicht gerade meine größte Stärke.

«Sehr witzig. Nein, keine Bastelstunde heute.» Kurz denkt sie darüber nach. «Dafür aber bestimmt morgen bei Professorin White.» Unser Lachen lockert die angespannte Stimmung im Raum.

«Ich hatte heute einen neuen Dozenten», beginne ich von meinem ersten Tag zu erzählen. «Er war vor ein paar Jahren ein hohes Tier bei CNN. Sein Lebenslauf ist ziemlich beeindruckend. Ich glaube, es ist endlich jemand, der uns richtig wertvolle Eindrücke aus der Praxis geben kann und mit Sicherheit noch Verbindungen in der Branche hat, die uns Türen öffnen könnten.»

«Pass auf, du sabberst», kommentiert Joshua meine Begeisterung trocken und erntet damit einen rechten Mittelfinger von mir. Ich liebe mein Studium eben und will jede Chance nutzen, die sich mir dadurch bietet. Sportjournalistin zu werden, war mein Traum, seit ich ein Kind war und mit meinem großen Bruder Basketballspiele geschaut habe. Joshua wollte einer der berühmten Spieler sein, ich die Person, die das Spiel kommentiert oder darüber berichtet. Diejenige, die Interviews mit den Spielern führt, herausfindet, was sie dazu bewegt hat, den Ball im genau richtigen Moment doch noch abzuspielen, statt selbst zu werfen.

Für meinen Bruder hingegen ist sein Studium nur eine Bürde, die er tragen muss, um Basketball spielen zu können. Außerdem sein Plan B, den er eigentlich verabscheut.

Die sichere Alternative.

Unser ausgeprägter Ehrgeiz und die Liebe zum Sport sind zwei der wenigen Gemeinsamkeiten, die wir teilen.

Zumindest was die Charaktereigenschaften betrifft. Optisch betrachtet können wir wohl nicht verleugnen, dass wir Geschwister sind. Unsere Haare haben den gleichen dunkelblonden Farbton, nur dass Josh mehr von der lockigen Haarstruktur unseres Vaters geerbt hat. Haselnussbraune Augen haben wir beide, eine athletische Figur, die gleiche ovale Gesichtsform.

«Hat Coach Soto eigentlich erwähnt, dass ich bei eurem Training nächste Woche Interviews führen werde?»

«Es ist der erste Collegetag. Wann zum Teufel hast du das eingefädelt?», antwortet Josh kopfschüttelnd.

«Ich habe ihm heute Morgen vor meinem ersten Kurs einen Besuch abgestattet. Er hat sich sehr gefreut, mich zu sehen.»

«Das bezweifle ich. Viel wahrscheinlicher ist, dass er sich gefreut hat, deine Bestechungsversuche in Form von Donuts zu kosten», stichelt mein Bruder.

«Darüber lässt sich streiten. Fakt ist jedenfalls: Ich habe sein Wort und darf mir jeden Spieler für ein paar Fragen ausleihen. Auch Austin Fields», ärgere ich ihn nun.

«Falls er in einer Woche noch im Team sein sollte.» Er murmelt den Satz leise, eher zu sich selbst. Doch den entschlossenen Ausdruck in seinen Augen kenne ich genau.

KAPITEL 3

Austin

Meine Großmutter wartet bereits auf der Veranda auf mich, neben ihr ein Liebesroman und eine Kanne mit selbst gemachter Zitronenlimonade inklusive zweier Becher. Ihr grau-blondes Haar ist zu einem Knoten zusammengebunden und die großen, himmelblauen Ohrstecker haben die gleiche Farbe wie ihre Bluse. Ich winke ihr zu und fühle mich nach dem katastrophalen Training direkt etwas besser.

Das T-Shirt klebt mir am Körper, und ich frage mich, wie sinnvoll es war, vor meiner Fahrradfahrt nach Hause in der Sporthalle zu duschen. Denn eine halbe Stunde später sehne ich mich schon nach der nächsten Abkühlung.

«Limonade?», fragt Grandma aufmunternd. Auch wenn wir nicht darüber gesprochen haben, weiß sie, wie wenig Lust ich auf diesen ersten Tag hatte.

«Gern.» Ich lasse meine Sporttasche vor der Tür fallen und setze mich auf den Hocker, der gegenüber von dem Schaukelstuhl meiner Großmutter steht.

Sie reicht mir einen der beiden Becher, den sie fast bis

zum Überlaufen gefüllt hat. «Lief es schlimmer oder besser, als du erwartet hast?»

Einen Moment muss ich über ihre Frage nachdenken und nehme einen Schluck von dem süßsauren Getränk. Viel Zeit, den Tag Revue passieren zu lassen, hatte ich bisher nicht. Mein Programm war ziemlich straff, und während der Fahrt nach Hause war ich ausreichend damit beschäftigt, mich nicht zu verfahren.

«Die Dozenten waren nicht übel und das College an sich ist ganz schön. Das Training ... Na ja.»

Natürlich lässt sie mich mit dieser kargen Antwort nicht durchkommen. Fragend legt sich ihre Stirn in Falten.

«Der Coach scheint echt kompetent zu sein. Er hat Hoffnung auf die Meisterschaft in dieser Saison, und auf seine eigene Art und Weise wirkt er auch sympathisch.» Ich überlege, wie viel ich mit ihr teilen sollte. «Das Team hingegen, besonders der Kapitän, scheint sich nicht sonderlich über meinen Wechsel nach Hopeville zu freuen.»

«Zeig ihnen einfach, was für ein toller junger Mann du bist. Auch abseits des Spielfeldes. Vielleicht sind sie nur skeptisch, weil sie dich nicht einschätzen können. Wenn du offen an die Sache herangehst, findest du bestimmt schnell Freunde.»

«Ich will keine Freunde finden, Granny. Ich muss einfach diese letzten zwei Jahre überstehen, irgendwie im Team bleiben, mein Stipendium behalten und einen guten Abschluss machen.»

«Austin ...», ihr Blick ist tadelnd, und ich weiß, dass wir bei diesem Thema nicht einer Meinung sind. «Du hattest immer viele Freunde, du bist kein einsamer Wolf, dem es allein am besten geht. Du wirst die Kontakte vermissen.

Lasse dich auf die neue Situation ein und quäle dich nicht mit dieser selbstauferlegten Isolation», rät sie mir.

Nur, weil ich in der Vergangenheit ein eher extrovertierter Typ mit einer großen Freundesgruppe war, heißt es doch nicht automatisch, dass ich alleine nicht klarkommen würde. Es ist ja nicht für immer. Zwei Jahre. Dann kann ich dem Druck, den der Sport mit sich bringt, entkommen und niemand wird sich dafür interessieren, warum ich vor meinem dritten Jahr das College gewechselt habe. Die Angst wird verschwinden, und vielleicht werden meine Dämonen das irgendwann auch. Es ist jedenfalls die beste Chance, die ich habe.

«Ich bin nicht isoliert. Mit dir spreche ich doch jeden Tag», versuche ich mich aus der Affäre zu ziehen.

«Auch wenn ich mich unfassbar doll freue, dass du hier bist und das Gästezimmer endlich mit etwas Leben füllst, sollte das nicht alles sein. Du brauchst Kontakte in deinem eigenen Alter. Du solltest auf wilde Collegefeten gehen, dich verlieben, von mir aus auch mal Drogen ausprobieren. Du solltest *leben*, mein Junge.»

«Keine Ahnung, was mich mehr irritiert: der Begriff College*fete*, oder, dass meine Großmutter mir empfiehlt, Drogen zu nehmen.»

«Ich mag eine gläubige Südstaatlerin sein, die mindestens einmal wöchentlich in die Kirche geht und Vorsitzende des Bingo-Clubs ist, aber ich war auch mal jung. Das Einzige, was ich damit sagen möchte, ist, dass das College der beste Ort ist, solche Erfahrungen zu machen. *Fehler* zu machen. Es ist komplizierter, wenn du irgendwann draußen in der großen weiten Welt bist», prophezeit sie mir.

Noch komplizierter? Das sind ja fantastische Aussichten.

Wenn meine Großmutter mich mit dieser Ansprache motivieren wollte, ist sie kläglich gescheitert.

«Ich will nicht, dass irgendwer hier erfährt, was passiert ist. Mich von allen fernzuhalten, ist der sicherste Weg.»

«Dann sprich bitte wenigstens mit einem Therapeuten. Oder mit dem Pfarrer, Herrgott noch mal. Irgendwer, der dir helfen kann und bei dem es sicher unter Verschluss bleibt.»

«Eine Therapie kann ich mir nicht leisten, Grandma.» Und in einen Beichtstuhl werde ich mich sicher nicht setzen. «Das ist auch nicht nötig, ich werde das schon in den Griff bekommen.»

«Ich könnte dich bei den Rechnungen unterstützen», bietet sie an, obwohl wir beide wissen, dass ich dieses Angebot niemals annehmen würde. Ich bin mir bewusst, dass eine Therapie mir sicherlich nicht schaden würde. Gibt es überhaupt irgendeine Person auf diesem chaotischen Planeten, für die das nicht hilfreich wäre? Doch das muss warten. Zwei Jahre, bloß zwei verdammte Jahre, bis alles besser sein wird.

«Das kommt nicht infrage», sage ich deshalb. «Du tust schon mehr als genug, indem du mich hier wohnen lässt.»

Meiner Großmutter geht es gut. Sie hat dieses Haus, die Rente von ihr und meinem Großvater. Im Überschuss badet sie allerdings nicht.

Außerdem vermute ich schon länger, dass sie meinen Eltern ab und an finanziell unter die Arme greift. Ich wünschte, sie würde es nicht tun. Die beiden sind erwachsen und sollten langsam selbst zurechtkommen und nicht bei meiner viel zu gutherzigen Grandma um Unterstützung betteln, die sie nicht verdienen.

Meine Großmutter seufzt und greift nach ihrem Becher. Sie ist nicht überzeugt, kann aber einschätzen, wann eine Diskussion aussichtslos ist. Und dieses Gespräch haben wir nicht das erste Mal geführt. Bestimmt auch nicht das letzte Mal.

Eine Weile sitzen wir schweigend auf der Veranda, beide unser Glas mit der Limonade in der Hand, erwidern die Begrüßung von ein paar Nachbarn, die die Straße entlanggehen. Grandma scheint jeden Einzelnen von ihnen zu kennen, erzählt mir Geschichten über ihre Kinder und Enkel. Sie ist diese typische ältere Dame, die über alles in der Nachbarschaft Bescheid weiß. Als Außenstehender würde man vermuten, sie habe ihr ganzes Leben hier verbracht, nicht nur die letzten drei Jahre. Es ist schön, sie hier so fröhlich und zufrieden zu erleben. Nach dem Tod meines Großvaters und dem Umzug nach Hopeville hat sie sich noch mehr als zuvor in ehrenamtliche Arbeiten und den Nachbarschaftstratsch gestürzt, und ich glaube, das ist gut für sie. Sie hat so die nötige Ablenkung von dem Kummer, die Liebe ihres Lebens verloren zu haben.

«Ronald!», ruft Grandma plötzlich einem alten Mann zu, der mit einem struppigen Hund spazieren geht, und winkt ihn zu uns heran. Das warmherzige Lächeln in dem faltigen Gesicht erkenne ich erst, als er die Stufen zur Veranda hochkommt. Der Hund, vielleicht eine Art Schnauzer, hechelt laut und lässt die Zunge aus dem Maul hängen. Kein Wunder, die Hitze ist ja schon für uns kaum erträglich. Wie würde es mir wohl mit all dem Fell gehen? Und dieses Tier hat wirklich eine Menge davon.

«Carol, ich habe dich von der anderen Straßenseite aus gar nicht gesehen!»

«Ich habe dir schon vor Wochen gesagt, dass du mal wieder einen Sehtest machen solltest. Die Brille ist wohl kaum noch stark genug», tadelt meine Grandma und zeigt auf die Hornbrille mit der schmalen Fassung.

«Ach, die ist doch erst fünf Jahre alt, die macht bestimmt noch fünf weitere.» Bei dem ungläubigen Kopfschütteln meiner Großmutter kann ich ein Lachen kaum unterdrücken.

Grandma schielt zu mir herüber. «Ich habe dir doch von meinem Enkelsohn erzählt – Austin. Das ist er!», verkündet sie stolz.

Also erhebe ich mich und schüttle dem Herrn die Hand, mit der er nicht die Hundeleine umschlossen hält.

«Ronald. Schön, dich kennenzulernen, Austin.»

«Ronalds Enkelin studiert auch an der Hope. Vielleicht könnten wir euch ja mal miteinander bekannt machen.»

Oh Gott, wie verzweifelt muss ich wirken, dass meine Grandma Dates für mich organisieren möchte?

«Sie würde sich bestimmt freuen!» Ronald scheint ebenso begeistert von der Idee wie meine Grandma.

Verdammt, wie komme ich aus dieser Nummer raus? Wütend funkle ich Granny an, die meinen Blick vehement ignoriert. Es ist noch keine halbe Stunde her, dass ich ihr gesagt habe, mein Plan sei es, Abstand von sozialen Kontakten zu halten. Und nun bringt sie mich mit so einer Aktion in Verlegenheit?

«Na ja… Also… Wenn sie das wirklich gern möchte, könnt ihr meine Handynummer weitergeben», versuche ich, den Schaden etwas einzugrenzen. So kann ich zumindest hoffen, dass sich Ronalds Enkelin niemals bei mir meldet oder wir per Chat gemeinsam entscheiden, dass diese Aktion von unseren Großeltern sicher nett gemeint, aber absolut nicht nötig ist. Mich beschleicht das Gefühl, die beiden organisieren sonst direkt ein Blind Date für uns – mit einer Restaurantreservierung, einem Streichquartett und Blumen, die ich gezwungen werde, mitzubringen.

«Sie kommt am Sonntag zum Essen. Da werde ich sie direkt fragen.» Ronald strahlt bei dem Gedanken an die gemeinsame Zeit mit seiner Enkeltochter. Oder dem Sonntagsessen.

«Wunderbar!», antwortet meine Grandma begeistert, und ich brumme zustimmend, obwohl ich es überhaupt nicht *wunderbar* finde.

«Wir müssen dann mal weiter. Carol, wir sehen uns spätestens beim Bingo, richtig?»

«Natürlich.»

Ich winke zum Abschied in Ronalds Richtung, dann wende ich mich mit einem eindeutigen Blick meiner Großmutter zu, die unschuldig mit den Schultern zuckt und den letzten Schluck ihrer Limonade nimmt.

«Hältst du das nicht für ein wenig übergriffig, Granny?» Die Frage ist eher rhetorisch gemeint.

«Ich wollte nur behilflich sein», rechtfertigt sie ihr Verhalten. Und auch wenn es mich nervt, wie emsig sie darauf besteht, dass ich sozialen Anschluss bräuchte, weiß ich, dass sie es nur gut meint. Vielleicht braucht sie einfach etwas Zeit, um zu begreifen, warum ich so dringend auf Abstand gehen möchte. Zu verstehen, wie wichtig es für meine mentale Verfassung ist, unter dem Radar zu fliegen. Neuzugang bei den *Hopeville Dragons* zu sein, bringt schon genug Aufmerksamkeit mit sich.

KAPITEL 4

Joyce

Einen Kaffee mit Hafermilch und –»

«Karamellsirup», unterbricht mich die Barista, während sie nach meinem Mehrwegbecher greift, den ich ihr entgegenhalte. Sie arbeitet erst seit Beginn des Semesters im *Brain Brew*, dem einzigen Café, das der Campus zu bieten hat. Verflucht, das ging definitiv schneller als letztes Jahr.

«Keine Sorge, mir ist die Bestellung nur im Kopf geblieben, weil ich meinen genauso trinke», beruhigt sie mich. Mein Blick hat scheinbar Bände gesprochen. Sie hantiert hinter der Theke mit der Kaffeekanne.

«Puh, ein Glück. Ich dachte, ich hätte es nach einer Woche schon auf die Liste der Anonymen Kaffeejunkies geschafft.»

«Nein, nein. Wobei ich mit der Liste auch erst nach einem Monat beginne. Und mit deinem Becher würdest du sowieso Nachhaltigkeits-Bonuspunkte bekommen.» Das Geräusch, wie die Hafermilch und der wundervoll süße Sirup mit einem Plätschern in meinem Kaffee landen, ist wie Musik.

«Wow, ich hätte nicht gedacht, dass die Liste so viele verschiedene Faktoren berücksichtigt», antworte ich lachend und ein wenig erleichtert.

Diese Barista ist wirklich das absolute Gegenteil von ihrem Vorgänger. Einer der Mitarbeiter, der letztes Semester viel im *Brain Brew* gearbeitet hat, war von meinem Becher immer ziemlich genervt. Keine Ahnung, was sein Problem war, aber er tat stets, als sei mein Wunsch, keinen Einwegbecher zu benutzen, ein furchtbarer Mehraufwand. Er war außerdem gegen sämtliche meiner Versuche, ein freundliches Gespräch zu führen, vollkommen immun. Es ist toll, bei meinen täglichen Besuchen hier in ein freundliches Gesicht zu blicken.

«Ich bin übrigens Joyce», stelle ich mich vor, während ich mit meinem Handy bezahle.

«Kathleen. Schön, dich kennenzulernen», erwidert sie und reicht mir meinen duftenden Kaffee rüber.

«Gleichfalls. Ich muss leider weiter, habe es etwas eilig. Aber meine nächste Bestellung lässt bestimmt nicht lange auf sich warten.»

Sie strahlt mich an. «Bis dann!»

Das Koffein verfehlt seine Wirkung nicht. Energiegeladen und hoch motiviert betrete ich die Sporthalle. Die Jungs sind schon in Bewegung. Die Tür fällt laut hinter mir ins Schloss, weswegen der Coach von seinem Tablet aufblickt. Sein Gesichtsausdruck liegt immer irgendwo zwischen genervt und glücklich. Sehr seltsam, aber auch ziemlich liebenswert. Auf eine verschrobene, grimmige Art.

«Coach Soto! Wie schön, Sie zu sehen.»

«Ja, ja, bringen wir es hinter uns, Miss Reed.»

«Dann wollen Sie also direkt mit Ihrem eigenen Interview beginnen? Wunderbar!», nutze ich meine Chance sofort. Er scheint gedanklich kurz nach einer Ausrede zu suchen, gibt schließlich aber auf und kommt mir entgegen. «Ich habe gedacht, wir führen die Interviews am besten hier oben auf der Tribüne. Das Licht ist gut, und so stören wir das Training nicht.» Während ich ihm meinen Vorschlag unterbreite, deute ich auf die Ränge auf der Ostseite der Halle.

«Das Training wird durchaus gestört, wenn ständig ein Spieler fehlt», murmelt er. Ich ignoriere seinen Kommentar und gehe vor.

«Soll ich entscheiden, in welcher Reihenfolge das Team zu mir kommen soll, oder ist es besser für Sie, wenn Sie mir schicken, wen Sie gerade entbehren können?»

«Das Zweite.» Wortkarg wie immer. Tolle Aussichten für mein kleines Interview. Wobei ich mich nicht beklagen will. Coach Soto ist mit seinen knappen Antworten, die dafür aber stets auf dem Punkt sind, schon in der letzten Saison zu einem heimlichen Liebling vieler meiner Followerinnen und Follower geworden. Hintereinander steigen wir die Ränge hinauf. Mit schnellen Handgriffen hole ich das leichte, zusammenklappbare Stativ und meine Kamera aus meinem Rucksack und baue mein Set innerhalb weniger Augenblicke auf. Der Blick des Coaches wandert immer wieder auf das Spielfeld, um zu überprüfen, dass dort niemand zu faulenzen beginnt.

«Würden Sie sich hier einmal hinstellen?» Ich zeige mit dem Finger auf einen Punkt auf dem Boden, der den richtigen Abstand zur Kamera haben sollte. Im Hintergrund sind die vertrauten Geräusche vom Aufprallen des Balls, dem Quietschen der Schuhe, den leisen Stimmen des Teams zu hören, die einsilbig miteinander kommunizieren.

Ich überprüfe die Position mit einem Blick in die Kamera und beginne mit meinen Fragen. Die erste ist leicht, und noch bevor ich sie überhaupt gestellt habe, freue ich mich schon auf die Reaktion von Coach Soto.

«Wie lautet das Saisonziel in diesem Jahr?» Seine harte Fassade bröckelt wie erwartet für eine Millisekunde. An ihre Stelle treten der winzige Anflug eines Lächelns und ein Funkeln, das über seine Augen huscht.

«Die Meisterschaft», antwortet er dann schnell und vehement. Entschlossen. Alles in seinem Gesicht zeigt, für wie realistisch er die Meisterschaft in dieser Saison hält. Es liegt sicher nicht *nur*, aber bestimmt *auch* an dem Neuzugang der *Dragons*. Er stellt sich tapfer einer Frage nach der nächsten über die diesjährige Aufstellung und seine Trainingsansätze.

Coach Soto hat mir letzte Woche maximal fünf Minuten Gesprächszeit pro Person zugesichert, und ich werde seine Geduld nicht überstrapazieren, indem ich die Zeit zu sehr ausreize. Also entlasse ich ihn nach etwa vier Minuten Fragenhagel und beobachte das Geschehen auf dem Platz, ehe er mir den nächsten Spieler hochschickt.

Das Team absolviert gerade eine Art Zirkeltraining mit verschiedenen Stationen. Sprungübungen, Werfen, Sprints, Mobilitätsübungen, das volle Programm. Die meisten Spieler des Teams kenne ich. Zum einen, weil viele von ihnen Freunde meines Bruders sind, zum anderen, weil ich dank meiner Bestechungsversuche auch letzte Saison schon ein paar Behind-the-Scenes mit den *Hopeville Dragons* drehen durfte. Es gibt nichts, was Donuts nicht erreichen könnten. Zumindest wenn es um Soto geht.

Drei neue Gesichter sind nun allerdings dabei.

Zwei Jungs, die gerade ihr erstes Collegejahr begonnen haben, und natürlich Austin Fields. Unser neuer Starspieler, der sein hochrangiges Team in Chicago verlassen hat, um für Hopeville zu spielen. Als Journalistin weiß ich, dass sich da eine Story verbirgt. Eine Story, die ich definitiv aufdecken werde.

Ich sehe Austin zu, wie er sich mit Young, unserem Center-Spieler, einen schweren Medizinball hin und her passt. Seine gebräunten Arme sind angespannt, der Bizeps durch diese Bewegung betont. Schweiß tropft seinen Hals entlang auf seine Brust. Ich will gerade auf meinen Fragenkatalog schauen, da halten die beiden inne, vermutlich um gleich die Übung zu wechseln. In diesem Moment begegnen sich unsere Blicke. Austin mustert mich und zieht eine fragende Augenbraue hoch. Scheibenkleister, ich sollte wirklich nicht so offensichtlich starren.

«Joyce!», unterbricht Willie Jackson meine Gedanken. «Wie kann ich dir nur dafür danken, dass du mich für ein paar Minuten aus diesem Todes-Zirkel rettest?»

Ich habe ihn gar nicht zu mir hinaufkommen sehen, so gebannt war ich von dem Training. Ein Blick auf Austin verrät mir, dass er zur nächsten Trainingsstation weitergegangen ist, mit dem Rücken zu mir.

«Mit spannenden Antworten, hoffe ich.»

«Wie liegen meine Dreads? Alles in Ordnung? Der Coach hat uns schon ziemlich gequält heute!»

«Alles bestens. Wie immer», stelle ich mit einem kurzen Blick auf seine Haare fest. Willie gehört zu den sympathischsten Menschen, die ich kenne. Seltsamerweise versteht er sich sogar mit meinem nicht immer ganz leicht zu ertragenden Bruder ziemlich gut, weswegen er uns auch ab und an in der gemeinsamen Wohnung besucht.

«Okay, okay. Ich verlasse mich auf dein Urteil. Sollte ich mich auf Instagram allerdings mit einer komplett ruinierten Frisur sehen, wird das unsere Freundschaft sehr belasten.» Mit einem breiten Grinsen positioniert er sich auf dem richtigen Punkt. Meine Anweisung benötigt er dafür gar nicht. Er und die Kamera haben einfach immer einen guten Draht zueinander.

«Bereit?», frage ich, den Finger schon über dem Start-Knopf schwebend.

«War ich jemals nicht bereit?», wieder dieses gewinnende Strahlen. Dieses Mal schon nicht mehr exakt in meine Augen, sondern ein klein wenig höher in die Linse.

«Wie zufrieden bist du mit dem aktuellen Team der *Dragons?»*

«Wir haben definitiv ein paar wichtige Spieler verloren, weil sie ihren Abschluss gemacht haben. Auf der anderen Seite haben wir drei sehr starke Neuzugänge, die meiner bescheidenen Meinung nach mehr als ein gleichwertiger Ersatz sind. Die neuen Jungs sind stark, und auch das restliche Team ist in bester Verfassung. Ganz ehrlich: Das könnte unser Jahr werden.»

Schon jetzt bin ich mir sehr sicher, dass ich diesen Ausschnitt für mein geplantes Video nutzen werde. Willies Euphorie steckt bestimmt nicht nur mich an, sondern auch viele andere Sportbegeisterte. Die Fans der *Hopeville*

Dragons werden den Beginn der Saison und das kommende Testspiel am Wochenende mit Sicherheit kaum erwarten können. Meine Nacht wird kurz, ich sehe es schon kommen. Bevor meinem koffeingetränkten Körper die Augen spätnachts oder eher frühmorgens zufallen werden, werde ich an dem Zusammenschnitt arbeiten. Denn ich brenne darauf, meine Accounts endlich wieder mit Input rund um mein Lieblingsteam zu füttern.

Willie versucht das Interview in die Länge zu ziehen, um noch weitere Zeit abseits des Zirkels zu schinden. Doch auch wenn ich Coach Soto nicht sehen kann, spüre ich seinen Blick auf die alte, mechanische Armbanduhr, die er immer trägt. Es war nicht sonderlich leicht, als Außenstehende die Gunst des Coaches zu erlangen. Das werde ich nicht riskieren, weil Willie Jackson lieber noch ein wenig quatschen als laufen würde. Also jage ich ihn fast die Tribüne hinunter, damit er pünktlich nach seinem Fünf-Minuten-Slot wieder auf dem Hallenboden steht.

Nach und nach stelle ich meine Fragen einem Spieler nach dem anderen. Die neuen Freshmen sind zunächst etwas zurückhaltend. Einer von ihnen erzählt mir dann aber zum Ende des Gesprächs, dass er meine Berichte schon im letzten Jahr verfolgt hat und es spannend findet, nun nicht nur stiller Zuschauer, sondern Teil meiner Posts zu sein. Das ist ein willkommener Push für mein Selbstbewusstsein.

Die meisten Spieler sind zwar immer sehr freundlich zu mir, doch frage ich mich stets, ob es daran liegt, wer mein Bruder ist. Ob er manchmal das Team drillt, nett zu mir zu sein? Ob sie insgeheim wie so viele andere denken, eine weibliche Sportjournalistin könne nie so erfolgreich werden wie ihre männlichen Kollegen? Joshua würde es mir nicht sagen, wenn es so wäre. Bei manchen Themen nimmt er diese nervige Großer-Bruder-ist-gleichzusetzen-mit-ständiger-Beschützer-Nummer viel zu ernst. So auch, wenn es darum geht, mich vor Meinungen zu schützen, die mich verletzen oder entmutigen könnten.

Natürlich gelingt ihm das nur bedingt. Die Kommentare unter den Bildern und Videos auf meinem Profil kann er nicht kontrollieren. Zwar kann er die Accounts melden, aber er kann nicht verhindern, dass ich die Worte sehe. Es sind eine Menge. Denn bekanntlich haben Menschen, versteckt hinter der Anonymität des Internets, eine ganze Menge zu sagen. Eine ganze Menge Mist vor allem. Und auch wenn ich mir wünschte, es wäre anders, tun diese Kommentare und Nachrichten weh. Anfangs hatte ich gedacht, ich müsse mich nur ein paar Wochen daran gewöhnen. Dann wäre mein Fell dick genug und es wäre mir einfach egal.

Diese Hoffnung hat sich zerschlagen.

Nun versuche ich mich an der «*Fake it till you make it*»-Methode. Wenn ich immer wieder so tue, als würden mich die Meinungen von Fremden nicht kümmern, wird es vielleicht irgendwann die Wahrheit sein. Ich lächle stets, zucke mit den Schultern und verstecke meine Verletztheit und heimliche Unsicherheit hinter meinem selbstsicheren Auftreten.

Mein Bruder wird als Nächstes zu mir auf die Tribüne geschickt. Das Training, das sich langsam dem Ende neigt, scheint es wirklich ziemlich in sich gehabt zu haben, denn er ist vollkommen durchnässt und atmet schwer.

«Wie wäre es mit einer Umarmung für deinen geliebten Bruder?», ärgert er mich. Knapp kann ich seinen verschwitzten Armen entwischen.

«Ich passe. Danke», antworte ich und dirigiere Joshua an die richtige Stelle. Gespielt angewidert ziehe ich die Nase kraus.

«Also die anderen haben nicht so gemüffelt wie du.»

«Jaja, ist klar», antwortet er augenrollend und wischt sich noch ein letztes Mal, bevor ich die Kamera einschalte, mit dem Trikot über das Gesicht. Er beantwortet meine Fragen knapp, aber aussagekräftig. Also wie immer. Joshua ist nicht der Typ, der große Reden schwingt. Eher kurze, prägnante Aussagen, bei denen der Ton manchmal auch etwas härter ist. Besonders in der Kabine – habe ich mir sagen lassen. Kein Wunder, dass die meisten Jungs aus dem Team nach seiner Pfeife tanzen.

«War ich der Letzte?», fragt Joshua nach seinen fünf Minuten, einen Schritt schon auf den Treppen nach unten.

«Nein, einer fehlt noch», entgegne ich unschuldig.

«Wer denn?»

«Austin Fields», antworte ich und kann mir ein Grinsen nicht verkneifen.

«Meinst du, der Coach hat durchschaut, wie neugierig du auf den arroganten Typen bist, und hat dich deswegen auf die Folter gespannt?» Der Gedanke ist mir selbst auch schon gekommen. Sicher kann Coach Soto ahnen, wie gern ich wüsste, was es mit dem Wechsel aus einer High-Major-Liga in eine vermeintlich etwas schwächere Liga auf sich hat.

«Würde ich ihm zutrauen», gebe ich zu.

«Immerhin können wir dann nachher zu Hause darüber sprechen, wie ätzend der Kerl ist.»

«Josh!», ermahne ich ihn, weil es sich nicht gehört, so von seinen Mitspielern zu sprechen. Besonders nicht als Kapitän.

«Ich gehe ja schon», murmelt er und springt mit erstaunlich viel Restenergie die Stufen hinunter. Von der Tribüne aus beobachte ich, wie der Coach Austin Fields zu sich ruft und in meine Richtung deutet.

Dann wollen wir mal herausfinden, warum es einen Spieler aus Chicago in das beschauliche Hopeville, Georgia, verschlagen hat.

KAPITEL 5

Austin

Dieser Zirkel war der Todesstoß für heute, und am liebsten würde ich nun einfach nach Hause fahren und mich für den Rest des Tages nicht einen einzigen weiteren Zentimeter bewegen. Ärgerlicherweise trennt mich davon noch ein Interview mit dieser Studentin.

Viel habe ich von der Aktion bisher nicht mitbekommen. Nur, dass kein einziger Spieler von dieser Unterbrechung genervt war und dass sie scheinbar sehr vertraut mit Reed ist. Die beiden haben auf der Tribüne ziemlich rumgealbert, wie ich bei einem flüchtigen Blick mitbekommen habe.

Vielleicht seine Freundin? Das würde auch erklären, warum alle ohne Widerworte ihr Training unterbrechen und sich komplett verschwitzt vor eine Kamera stellen.

Meine Oberschenkel sind angespannt von all den Übungen, als ich mich die vielen Stufen hinaufkämpfe. In den Semesterferien habe ich mein Fitnessprogramm offenbar nicht ernst genug genommen. Die Quittung bekomme ich bei Coach Sotos intensiven Trainingseinheiten nun fast täglich dafür.

Die Studentin mustert mich neugierig und ich habe schon jetzt keine Lust mehr. Es liegt auf der Hand, in welche Richtung die Fragen gehen werden, die sie mir stellen wird. Zumindest wenn sie sich ein klein wenig mit den Veränderungen bei den *Hopeville Dragons* beschäftigt hat. Das Erste, was mir an ihr auffällt, sind die pinken Striche auf den Augenlidern.

Keine Ahnung, wie man das nennt. Kajalstift oder Eyeliner vielleicht? Meine Make-up-Kenntnisse sind nicht gerade ausgeprägt. Auf jeden Fall kenne ich das nur in Schwarz. In einem knalligen Pink-Ton habe ich es noch nie zuvor gesehen.

Das Zweite, das ich bemerke, ist, dass sie sehr attraktiv ist. Auch wenn ich den Gedanken am liebsten sofort wieder zurücknehmen würde. Schließlich hat Reed es die ganze Woche schon auf mich abgesehen gehabt. Und sollte er erfahren, dass ich seine Freundin attraktiv genannt habe, auch wenn es nur in Gedanken war, würde mir das sicherlich weitere Minuspunkte bescheren.

«Hi, ich bin Joyce. Wir kennen uns noch nicht», begrüßt sie mich und hält mir die Hand entgegen. Schnell wische ich meine Handfläche an meinen Shorts ab und greife nach ihrer.

«Austin», erwidere ich knapp und frage mich, wie lange das hier wohl dauern wird. Die anderen waren, soweit ich das mitbekommen habe, vielleicht fünf bis zehn Minuten verschwunden. Hoffentlich geht das bei mir noch schneller.

«Ich weiß», antwortet sie auf eine ungewöhnlich selbstsichere Art. Ich nicke verhalten und mustere sie noch einen kurzen weiteren Moment, während sie etwas an ihrer

Kamera einzustellen scheint. Ihre blonden Haare sind zu einem hohen Pferdeschwanz zusammengebunden, abgesehen von den pinken Strichen wirkt sie eher dezent geschminkt. Sie trägt eine kurze dunkelblaue Leggins und ein Top in der exakt gleichen Farbe.

«Ich bin Studentin an der *Hope* mit dem Hauptfach Sportjournalismus, und der Coach lässt mich seine Spieler für die Homepage des Teams und für meine Social-Media-Kanäle interviewen. Ich würde dafür die Kamera mitlaufen lassen, wenn das in Ordnung für dich ist?»

«Bekomme ich es mit Reed zu tun, wenn es nicht in Ordnung ist?» Die Frage ist mir herausgerutscht, keine Ahnung wieso. Mein Gehirn scheint nach diesem zweistündigen Training nicht mehr richtig zu arbeiten. Wenn ich das hier schnellstmöglich hinter mich bringen möchte, sollte ich ihr nicht noch Fragen stellen, sondern nur ihre beantworten. Verflucht, das war wirklich dumm.

Joyce' Blick macht mich zudem nervös. Es fühlt sich an, als würde sie allein mit ihren haselnussbraunen Augen versuchen, meine Geheimnisse auszugraben. Gut, dass ich sie sicher verschlossen habe.

«Mein Bruder ist nicht dein größter Fan, hm?»

Ich schaue kurz in Richtung der Kamera, um zu überprüfen, ob das rote Licht schon blinkt.

«Sie ist noch nicht an», versichert die angehende Sportjournalistin mir etwas amüsiert.

Nicht seine Freundin also. Seine Schwester.

Jetzt, wo ich über ihre Verwandtschaft in Kenntnis gesetzt wurde, fühle ich mich ziemlich dämlich, es nicht früher bemerkt zu haben. Die beiden sehen sich sehr ähnlich. Die gleiche dunkelblonde Haarfarbe, eine sehr identische

Gesichtsform. Hohe Wangenknochen, braune Augen, sonnengeküsste Haut.

«Lässt Coach Soto dich das hier deswegen während der Trainingszeit machen? Weil du die Schwester vom Kapitän bist?», übergehe ich die Feststellung über ihren Bruder. Shit, ich wollte doch meine Klappe halten und das hier einfach nur mit knappen Antworten oder Ausflüchten hinter mich bringen.

Ihre Mundwinkel zeigen noch immer nach oben, trotzdem flackern ihre Augen gefährlich. Abgesehen von dem Lächeln ein Ausdruck, den ich schon öfter in der Mimik ihres Bruders wahrgenommen habe. «Du denkst also, ich würde es nur mit der Unterstützung meines großen Bruders schaffen?»

Meine Frage kam wirklich falsch rüber. Auch das noch. Es reicht ja nicht, dass Joshua Reed mich nicht leiden kann. Nun bringe ich es auch noch zustande, Joyce Reed gegen mich aufzuhetzen.

«Sorry, so war das wirklich nicht gemeint. Ich dachte nur, es wäre naheliegend, dass er dich unterstützt», ihr Blick ist noch immer skeptisch. «Also nicht, weil du es nötig hättest, sondern weil er es gern tut. Ungefragt vielleicht auch. Als großer Bruder.» Gott, ich rede mich um Kopf und Kragen.

«Nein. Mein gutes geschäftliches Verhältnis zu Coach Soto ist allein mein Verdienst.»

«Wie hast du ihn davon überzeugen können? Er wirkt nicht so… offen… für Dinge, die Trainingszeit kosten.» Mache ich es gerade besser oder schlechter? Sie besitzt das seltene Talent, Leute zum Sprechen zu bringen. Auch wenn diese, wie ich, mit der absolut gegenteiligen Einstellung in die Unterhaltung hineingegangen sind. Vielleicht ist dieser

Weg aber gar nicht so schlecht. Statt es möglichst schnell hinter mich zu bringen, frage ich sie einfach so viele Dinge, dass gar keine Zeit mehr für ihre Fragen an mich bleibt. Wieso bin ich da nicht gleich draufgekommen?

«Mit Donuts und meinem Charme. Zusammengenommen hat kein Gebäck-Liebhaber auch nur die geringste Chance, mir einen Wunsch abzuschlagen.»

«Was für Donuts? Nur, falls ich mal eine Strategie für einen Bestechungsversuch brauche.»

«Austin Fields – ist das hier eigentlich eine Hinhaltetaktik? Hast du etwa Angst vor diesem Interview?» Sie ist gut, verdammt.

«Natürlich nicht», streite ich ihre Vermutung ab.

«Gut», sagt sie selbstgefällig, «dann legen wir los.»

Das rote Licht blinkt nun, und ich verkneife es mir, Joyce darauf hinzuweisen, dass ich offiziell noch gar nicht eingewilligt habe.

Die ersten Fragen sind eher allgemeiner Natur. Fragen, die sie so oder ähnlich bestimmt auch den anderen Jungs gestellt hat. Als sich ihre Miene aber verändert, bin ich mir sicher, dass es jetzt brenzlig für mich wird.

Pure Neugierde zeichnet sich auf ihrem Gesicht ab. Vorfreude, mir Antworten zu entlocken, die noch keiner auf diesem College kennt. Sie hat keine Ahnung, dass ich nicht das geringste Interesse daran habe, ihr diese Genugtuung zu gönnen. Oder überhaupt irgendwem.

«Du hast die letzten beiden Jahre für ein High-Major-Team gespielt. Wieso hast du das College gewechselt, obwohl deine Chancen auf die NBA als Spieler der *Hopeville Dragons* statistisch gesehen geringer sind?»

Das war zu erwarten. Darauf war ich vorbereitet, denn

mit Nachfragen von meinen neuen Kommilitonen, vielleicht auch von anderen *Dragons,* in diese Richtung habe ich gerechnet.

«Es war kein sportlich motivierter Wechsel. Ich bin aus familiären Gründen umgezogen. Außerdem ist das Team wirklich stark, und ich würde nicht behaupten, dass die *Hopeville Dragons*, was das Talent angeht, Chicago unterlegen sind.»

«Du hast also Familie in Hopeville?» Sie scheint keine Sekunde über ihre nächste Frage nachgedacht zu haben. Abwartend sieht sie mich an. Eine gute Methode, um die Leute zum Reden zu bringen. Auch wenn ich kein Experte bin, würde ich dieser Frau eine anständige Karriere als Journalistin prophezeien. Allerdings ist mir die Frage zu heikel. Mein Zögern bringt sie zum Nachdenken. Kurzerhand drückt sie einen Knopf an der Kamera. Das rote Licht erlischt.

«Meine Großmutter», höre ich mich sagen. Was ist nur los mit mir? Sind diese pinken Striche auf ihren Augenlidern Hilfsmittel, um ihre armen Opfer zu hypnotisieren?

«Ihr geht es nicht gut?»

Ich schüttle mechanisch den Kopf, mein Blick auf den Boden gerichtet. Meiner Großmutter geht es blendend. Aber alles andere würde meinen Vorwand als Lüge entlarven.

Das Video läuft nicht mehr, es wird also keine weiteren Zeugen meiner Schwindelei geben.

«Das tut mir leid», antwortet Joyce mitfühlend. Doch irgendeine Nuance in ihrer Stimme macht mich nervös. Sie sieht aus, als ob sie noch etwas sagen möchte, aber dann ertönt Coachs schrilles Pfeifen, und er winkt mich zurück aufs Spielfeld.

Ich habe es geschafft. Dieses Gespräch ist beendet und ich habe nichts über die wahren Gründe für meinen Wechsel verraten.

Freundlich verabschieden wir uns, und ich beeile mich, zurück auf das Spielfeld zu gelangen, wo Coach Soto gerade das Training beendet. Erleichtert atme ich aus.

Wie lange ich die Luft angehalten hatte, weiß ich gar nicht.

Der Geruch in der Umkleidekabine ist eine der verlässlichsten Konstanten in meinem Leben. Es ist egal, wie heruntergekommen oder modern eine Sporthalle ist – die Kabinen riechen immer exakt gleich, wenn das Team sich dort nach dem Training oder nach einem Spiel ausbreitet. Ich spreche den Gedanken nicht laut aus, weil mich vermutlich jeder für irre halten würde, aber dieser Geruch, objektiv betrachtet könnte man es vielleicht auch Gestank nennen, ist eine Sicherheit, fast etwas wie ein Zuhause-Gefühl für mich. Es ist nicht so, dass ich mir nicht wünschen würde, dass der Schweiß und die versagenden Deodorants von zehn Typen anders riechen würden, aber beruhigend ist es dennoch. Es ist Euphorie, aufgebrauchte Energie, zufriedene Erschöpfung, und für ein paar Sekunden kann ich vergessen, wie gern ich woanders wäre.

«Murphy, Vega! Ein paar von den Jungs und ich treffen uns nachher noch im *Hope & Hops*. Kommt doch auch vorbei», schallt Joshua Reeds Stimme über das Klappern der Spind-Türen hinweg durch die Kabine.

Ich ziehe meine Sporttasche aus dem Schließfach und möchte wirklich nicht in Reeds Gesicht sehen. Welcher Ausdruck darin liegt, weiß ich auch so.

Und trotzdem kann ich es nicht lassen.

Joshua Reed lädt die anderen beiden Neuzugänge zu einem Barbesuch am Abend ein und sieht nicht einmal in ihre Richtung. Die gleiche unterschwellige Provokation, die in seiner Stimme mitschwingt, zeichnet auch seinen Blick, der eindeutig auf mir liegt.

Es ist fast etwas schmerzhaft, so bewusst ausgeschlossen zu werden. Doch das Gefühl hält nicht lange an.

Manchmal muss ich mich nur selbst daran erinnern, dass es doch genau das ist, was ich möchte. Unter dem Radar fliegen, keinen Kontakt zu meinen Teamkollegen, der sich über diese Sporthalle hinaus erstreckt, niemanden zu nah an mich ranlassen, keine Neugierde für meine Vergangenheit wecken.

Ich wäre sowieso nicht mit dem Team in diese Bar gegangen. Der Stich, den ich in meiner Brust spüre, ist dämlich und unbegründet.

Du hast es verdient, höhnt diese grässliche Stimme, die wie meine eigene klingt, zwischen meinen Ohren. Mit einem lauteren Krachen als geplant schließe ich meine Spind-Tür, drehe am Zahlenschloss und überlege, dieses Mal tatsächlich ohne eine Dusche auf mein Fahrrad zu steigen. Unterricht habe ich heute sowieso nicht mehr, und umso eher ich hier abhauen kann, desto besser. Schweigend wechsle ich meine Schuhe und versuche das Geplapper meines neuen Teams auszublenden.

Zwei Jahre. Zwei verfluchte Jahre.

Ein kleiner Preis für meine Schuld.

Ohne mich umzudrehen, murmle ich einen Abschied und verlasse als Erster die Umkleide.

Coach Soto ist nicht in der Sporthalle zu entdecken, also nutze ich die Gelegenheit, um mitten auf dem Parkett stehen zu bleiben und die Augen zu schließen. Dieses Wochenende ist mein erstes Spiel als *Hopeville Dragon*. Ich versuche mir all die Studierenden und Familien auf der Tribüne vorzustellen, die Cheerleader mit ihrer beeindruckenden Choreografie, mich selbst in dem weißen Trikot mit der grünen Schrift. Früher haben mich solche Vorstellungen beflügelt, mich aufgebaut, mir Kraft nach einem beschissenen Tag gegeben. Heute passiert nichts.

Gar nichts.

Seufzend schiebe ich den Tragegurt meiner Tasche weiter die Schulter hinauf und verlasse das Gebäude. Aus dem Seitenfach fische ich einen Proteinriegel hinaus. Der Riegel hat unter meinem eiligen Zusammenpacken gelitten und ist in viele kleine Teile zerbröselt.

So ist es eben, wenn man mit dem Gewicht, das auf einem lastet, nicht zurechtkommt. Man zerbricht darunter. Von außen scheint alles intakt zu sein, doch wer hinter die Fassade schaut, stellt schnell fest, dass in Wirklichkeit gar nichts in Ordnung ist.

KAPITEL 6

Joyce

Vollkommen elektrisiert stehe ich vor dem Badezimmerspiegel, der dringend mal wieder geputzt werden müsste, und ziehe mit einer geübten Bewegung meinen Eyeliner-Wing. Passend zum ersten Spieltag habe ich mich natürlich für das Grün der *Dragons* entschieden. Ich setze die Kappe auf den Stift, straffe meinen hohen Zopf noch ein letztes Mal und begutachte das Ergebnis. Zufrieden lächle ich meinem Spiegelbild entgegen und hüpfe fast hinaus ins Wohnzimmer.

Mein Rucksack ist bereits mit meiner Kamera, dem Stativ, meinem Notizbuch und einer Powerbank, die ich nie brauche, aber immer mitschleppe, bestückt. Mein Bruder ist schon vor einer Stunde aufgebrochen. Das Chaos in der Küche hat er allerdings hier zurückgelassen. Nur Joshua schafft es, dass die Arbeitsfläche nach dem Mixen eines einzigen Proteinshakes einem Schlachtfeld gleicht. Ich bin kurz davor, die Unordnung zu beseitigen, halte mich dann aber zurück. Das kann er nach dem Spiel schön selber machen, ich bin schließlich seine Mitbewohnerin, nicht seine Putzfrau.

Die Lust, mir noch einen schnellen Kaffee zu machen, ist nun allerdings verflogen. Vielleicht ist das auch gar nicht so schlecht. Ich fühle nicht einen Hauch Müdigkeit oder Erschöpfung. Nötig habe ich die Koffeindosis gerade also wirklich nicht.

Die Wohnungstür wird mit einem Klicken geöffnet, und wieder einmal bestaune ich das gruselig perfekte Timing meiner besten Freundin.

«Bist du so weit?», ruft Lori mir aus dem Eingangsbereich zu.

Bis zuletzt hatte ich mit ihrer Absage gerechnet. Sie ist kein riesiger Basketballfan, erträgt einige Spiele aber, um mir Gesellschaft auf der Tribüne zu leisten oder mich beim Fotografieren zu unterstützen. Ich schnappe mir meine Tasche und laufe Lori entgegen.

Sie hat dunkelroten Lippenstift aufgetragen, der ihren Schneewittchen-Look noch weiter unterstreicht. Helle Haut, braune Augen, die ein oder zwei Töne dunkler sind als meine, schulterlange, schwarz gefärbte Haare. Mit einer kurzen Umarmung begrüße ich sie und wir treten ins Treppenhaus hinaus.

«Wie toll, dass du wirklich mitkommst!» Die Aufregung ist deutlich an meiner Stimme zu erkennen.

«Meine erste Wahl ist das Spiel definitiv nicht, aber da ungefähr das komplette College hingeht, waren meine weiteren Optionen ziemlich beschränkt», gibt Lori schmunzelnd zu.

«Konntest du kein Date mit irgendeinem Anti-Basketball-Typen arrangieren?»

«Seltsamerweise nicht. Hoffentlich ebbt das nach den ersten Spielen ab. Stell dir vor, ich müsste meine Abende nun ständig in einer überfüllten, miefenden Sporthalle verbringen, in der zehn Kerle verzweifelt versuchen, den Ball in einen Korb zu manövrieren.»

«Und stell dir vor, du müsstest Zeit mit deiner besten Freundin verbringen, die so viel bessere Gesellschaft ist als jede andere Verabredung auf der ganzen Welt!»

«Tu nicht so, als wäre es Quality-Time, wenn du in Wirklichkeit nur das Geschehen auf dem Platz analysierst und hektisch in deinem Notizbuch mitschreibst.»

«Fairer Punkt», gebe ich zu. «Aber es ist trotzdem so viel schöner, wenn du dabei neben mir sitzt und mich mit deinen lustigen, etwas zu zynischen Kommentaren unterhältst.»

«Kleine Schleimerin», murmelt Lori und springt die letzte Stufe des Treppenhauses hinunter.

Von Joshuas und meiner Wohnung aus sind es nur ein paar Minuten zu Fuß zur Sporthalle. Denn genau nach diesem Kriterium haben meine Eltern und Josh die Wohnung vor zwei Jahren ausgewählt. Die Nähe zum Campus war ihnen wichtig, aber besonders die Nähe zu der Campusseite, auf der sich die Sporthalle befindet. Alles andere war nachrangig.

Mir ist es recht. Denn an Spieltagen habe ich auch etwas davon.

Noch stürmen die Massen nicht den Campus. Lange wird es aber nicht mehr dauern, bis das halbe College und noch viele andere Zuschauer zum Spiel pilgern. Zu Loris Leidwesen muss ich jedoch immer eine der Ersten sein, damit ich einen guten Platz ergattere. Für meine Berichterstattung darf ich mir schließlich nichts entgehen lassen. Niemand würde ein Video schauen, in dem eine Kommentatorin die wichtigste Aktion des Spiels verpasst, weil gerade jemand von der Toilette wiederkommt und ihr Sichtfeld versperrt.

Eigentlich fände ich es auch nur fair, würde der Coach mir Plätze in der ersten Reihe reservieren, aber bisher hat er meine Bitte immer mit der Begründung abgeschmettert, dass die Vergabe von Sitzplätzen nicht in seiner Macht läge.

Irgendwann werde ich solche Sorgen nicht mehr haben. Dann werde ich, wie der Sport-Streaming-Anbieter, der die Spiele der *Hopeville Dragons* gelegentlich auf seiner Plattform überträgt, auch meinen eigenen Platz und professionelles Equipment haben.

Allerdings nicht nur bei Collegespielen, sondern als Kommentatorin in der NBA. In der *fucking NBA* (wie Joshua zu sagen pflegt). Und ab und an werde ich die Spielzüge meines Bruders nennen können.

Es wird passieren. Das wird meine Zukunft. Nicht direkt, nicht sofort nach meinem Abschluss, aber irgendwann. Ich sehe es genau vor mir, und ich liebe nichts so sehr, wie für dieses Ziel zu kämpfen.

«Joy! Möchtest du nicht reingehen?», reißt Lori mich aus meinen Zukunftsträumen. Wir stehen nicht nur vor der Sporthalle, ich halte sogar bereits den Türgriff mit der rechten Hand umschlossen, habe aber scheinbar innegehalten.

Ich räuspere mich und öffne uns die Türen. «Oh, sorry, ich war gedanklich ganz woanders.»

«NBA?», fragt Lori, weil sie mich und Joshua zu gut kennt. Und weil es immer die Antwort ist. Bei uns beiden drehen sich die Tagträume in der Regel um die NBA.

Unsere Plätze sind perfekt. Sie liegen etwas über der

Trainerbank der *Dragons* und wir haben freie, fast mittige Sicht auf das Spielfeld. Die Teams wärmen sich locker auf. Der Gegner für das erste Spiel der Non-Conference-Season sind die *Georgia Lions*. In dieser Phase der Saison spielen die Mannschaften gegen Teams, die nicht ihrer eigenen Liga angehören, um sich möglichst gut auf die wichtigsten, kommenden Begegnungen vorzubereiten.

Neugierig beobachte ich die Spieler, versuche sie mit den Statistiken aus der letzten Saison in Verbindung zu bringen, aber ihre roten Sweatshirts verdecken ihre Spielernummern. Einer der wichtigsten Spieler hat seinen Abschluss gemacht. Wie die Neuzugänge der *Lions* drauf sind, werde ich erst im Laufe des Matches einschätzen können.

Dann wechselt mein Blick wieder zu unserer Spielfeldseite.

Über den Trikots tragen die Jungs grüne Hoodies. Ein paar von ihnen werfen, andere holen Rebounds, vereinzelt legen auch welche eine kleine Laufeinheit oder Kurzsprints hin.

«Welcher ist denn nun der berüchtigte Austin Fields?», hakt Lori nach. Selbstverständlich habe ich ihn schon längst entdeckt. Heute werde ich sehen, was er draufhat.

«Der Kerl, der von Joshua zu Tode gestarrt wird», antworte ich lachend und deute in Richtung der Drei-Punkte-Linie.

«Ah, dunkle Haare, heiße Arme, Dreitagebart?»

«Genau der», antworte ich und beobachte, wie er den Ball zugepasst bekommt, ihn einmal in seinen Händen dreht, den Korb fokussiert, sich von den tödlichen Blicken meines Bruders nicht aus der Ruhe bringen lässt, in die Knie geht, springt, wirft und trifft.

«Zu schade, dass ich nichts mit Basketballern anfange», stellt Lori fest.

«Das ist sowieso eine dämliche Regel», erwidere ich kopfschüttelnd.

«Es reicht schon, wenn ich Joshua und dich ständig über Basketball reden höre. Jedes weitere Gespräch darüber wäre ein Gespräch zu viel.»

Die Tribüne füllt sich nun schlagartig. Die beiden Teams verschwinden mit ihren Coaches in den Umkleidekabinen. Noch zehn Minuten, bis das Spiel losgeht. Ich nutze die kurze Pause, ehe die Cheerleader loslegen, und drehe mit dem Spielfeld im Rücken ein kurzes Video.

«Hey, ihr Lieben! Lange mussten wir warten, aber endlich beginnt die Saison. Wie ihr in den Interviews letzte Woche gehört habt, sind die *Dragons* topfit und motiviert. Ich halte euch in meinen Stories auf dem Laufenden, und in der Halbzeit melde ich mich dann noch mal zu Wort. Und berichte von einer hoffentlich spannenden ersten Hälfte!»

Durch die direkte Bluetooth-Übertragung landet das Video sofort in der Mediathek auf meinem Handy und ich lade es hoch.

Genau in diesem Moment dröhnt laute Musik aus den Boxen und die Cheerleader beginnen mit ihrer Choreografie. Mein Herz schlägt schnell. Begeisterung, Aufregung, Liebe für diesen Sport. Das Cheerleading-Team hat in der kurzen Vorbereitungszeit Beachtliches auf die Beine gestellt. Im wahrsten Sinne des Wortes. Bei der abschließenden Pyramide traue ich mich kaum zu atmen, so sehr fiebere ich für die Gruppe und insbesondere für den *Flyer* mit. Dann stehen sie, und das Publikum applaudiert. Schnell mache ich ein Foto dieses perfekten Abschlusses.

Dann wird es dunkel. Gänsehaut breitet sich auf meinen nackten Armen aus.

Scheinwerfer gehen an.

Die Namen der *Lions* werden vorgelesen. Nacheinander laufen sie auf das Feld. Die meisten kenne ich durch meine Recherchen im Vorfeld. Die roten Trikots sind nun nicht mehr versteckt, die Rückennummer erkennbar, was mir die Zuordnung deutlich erleichtert. Ich kreise die Spieler, die beginnen werden, auf der Liste meines Notizblockes ein.

Die erste Mannschaft steht nun vollständig auf dem Feld.

Die *Hopeville Dragons* folgen. Applaus, vereinzeltes Kreischen, Pompons, die energisch geschüttelt werden. Die Ankündigung durch die Lautsprecher. Mein Bruder, der als Kapitän und Point Guard zuerst aus der Kabine gelaufen kommt. Fokussiert, aber ein kurzes Winken und Lächeln über die Ränge bekommt er trotzdem auf die Reihe.

Es folgt Austin Fields, betitelt als der neue Shooting Guard unseres Teams. Kein Winken, kaum eine Gesichtsregung. Die Aufmerksamkeit ist ihm sichtlich unangenehm, dabei dürfte er es gewohnt sein. In Chicago geht es sicherlich nicht ruhiger zu. Ganz im Gegenteil.

Wheeler betritt als Nächster das Spielfeld. Im letzten Jahr noch Einwechselspieler, heute startet er.

Willies Auflaufen ist der Gegensatz zu Austins Auftritt. Er nimmt sich Zeit, lädt seine Energie über das Klatschen und Jubeln der Menge auf.

Young, unser Centerspieler, ist eher einer der ruhigeren Kandidaten. Übersehen kann man ihn mit seinen über zwei Metern Körpergröße jedoch nie.

Einen Augenblick hallt der Applaus noch nach, dann werden die Scheinwerfer ausgeschaltet. Stattdessen übernehmen nun wieder die großen Deckenleuchten.

Die Schiedsrichter kommen jetzt ebenfalls in die Mitte gelaufen. Hände werden geschüttelt, meist eher formell, vereinzelt fast freundschaftlich, wenn die Spieler sich schon häufiger begegnet sind. Ich nutze diese Sekunden und update die Fans in meiner Instagram-Story über die Startaufstellung und lade ein Foto der tollen Choreografie unseres Cheerleading-Teams hoch.

Dann beginnt endlich das Spiel, und mit jeder Sekunde wird mir in Erinnerung gerufen, warum ich diesen Sport so liebe. Es sind die Taktiken, das Pressing, die schnellen Angriffe nach Balleroberungen, Würfe, die so perfekt in den Korb fallen. Blöcke, die einen Aufjubeln lassen, Pässe, die über das halbe Spielfeld gehen und doch genau dort ankommen, wo sie hinsollten.

Ich liebe sämtliche Sportarten. Egal ob es darum geht, sie anzuschauen, zu kommentieren oder selbst auszuführen. Aber Basketball wird für immer meine Nummer eins bleiben.

KAPITEL 7

Austin

Mein Puls steht kurz vor einer Explosion. So fühlt es sich zumindest an. Der Coach hat mir in der vergangenen Halbzeit nur wenige Minuten Pause gegönnt, in der Zweiten keine einzige.

Jetzt ruft er die erste Auszeit aus.

«Wir wollen zeigen, wer in Georgia *das* Basketball-College ist, ist das klar?», poltert Coach Soto uns die Frage entgegen, die keine ist. Es ist eine Anweisung, ein Befehl, die Führung in den letzten zwei Minuten weiter auszubauen, nicht zu verringern.

Keiner von uns kann unnötige Energie für Worte verschwenden, nicht einmal Willie, der sonst nur selten still ist, also nicken wir nur.

«Habt ihr noch Kraft?», er beobachtet uns ganz genau. *Nein*, will ich antworten, weiß aber, dass es nicht das ist, was er hören will.

«Gut! Ich will, dass ihr mit dem Mann-gegen-Mann-Pressing direkt ab der Grundlinie startet. Alle. Belohnt die Zuschauer mit ein paar schönen Ballgewinnen zum Abschluss.»

Fuck, wie soll ich das noch auf die Reihe bekommen? Doch ich habe keine Chance, mir Gedanken über die Beantwortung dieser Frage zu machen, denn es geht weiter. Mein Gegenspieler macht glücklicherweise den Einwurf, weswegen mein Job zumindest für wenige Sekunden nicht allzu laufintensiv ist.

Wir alle kriechen auf dem Zahnfleisch, mobilisieren die letzten Kraftreserven, um es den *Lions* so schwer wie möglich zu machen, den Ball überhaupt über die Mittellinie zu bekommen.

Überraschenderweise gelingt uns das ziemlich gut. Innerhalb dieser letzten beiden Minuten können wir den ein oder anderen Ballverlust provozieren und durch die so entstehenden Fastbreaks leichte Punkte erzielen.

Die Sekunden verstreichen, Joshua zieht ein letztes Mal zum Korb. Millisekunden bevor die Zeit abläuft, versenkt er den Ball, der Schiedsrichter pfeift das Spiel ab.

Die *Hopeville Dragons* gewinnen gegen die *Georgia Lions*, und die Halle bebt.

Wo eben noch Erschöpfung und Müdigkeit waren, machen sich nun Freude und Erleichterung breit. Es ist egal, wie oft ich diesen Sport verteufle, in diesen Augenblicken fühle ich nichts anderes als pures Glück.

Wir lassen uns feiern und meine kurze Euphorie ebbt wieder ab. Ich fühle mich unwohl mitten auf dem Platz, umschlossen von den Tribünen mit den vielen Menschen darauf. Während des Spiels vergesse ich das, bemerke nicht eine einzige Person. Nichts drumherum existiert. Doch nun fühlt es sich an, als würde ich auf dem Präsentierteller sitzen.

Dieses Gefühl war für mich immer etwas unangenehm,

doch seit dem, was in Chicago passiert ist, hat es sich verstärkt. Es verursacht Beklemmungen in meiner Brust, schürt die Angst, irgendwer dieser Leute könnte sehen, was ich getan habe, welche Schuld auf mir lastet. Dass jemand in dieser Sporthalle einen Nachbarn hat, der einen Freund hat, dessen Schwester von ihrer Freundin gehört hat, was geschehen ist. Wie ein Lauffeuer verbreitet sich die Nachricht. Zunächst als Gerücht, bis die richtigen Leute gefragt werden, die es bestätigen.

Und dann war alles umsonst.

Ich muss hier weg. Zielstrebig steuere ich unsere Bank an, schnappe mir meine Trinkflasche, höre mit einem Ohr das Lob von Coach Soto und biege in Richtung der Kabinen ab.

«Hey, Austin, hast du kurz Zeit?»

Blitzartig bleibe ich stehen, das Chaos in meinem Kopf ist für einen winzigen Moment herrlich still.

Da ist sie wieder. Joyce Reed. Neugierige Journalismus-Studentin, Joshuas Schwester, mein Untergang, wenn ich unkonzentriert mit ihr reden sollte. Allein an ihrer fast unnatürlich klaren, aufgeschlossenen Stimme erkenne ich sie.

Ich drehe mich zu ihr um. Sie steht abseits der Tribüne, perfekt positioniert, um die Spieler auf dem Weg zur Kabine abzufangen. Heute ist sie etwas weniger sportlich angezogen. Blaue, weiter geschnittene Jeans, weißes, enges Top. Diese irritierenden Striche auf ihren Augenlidern sind heute nicht pink, sondern grün. Hopeville-Dragons-grün.

«Sorry, ich habe es echt eilig.»

Joyce schiebt die Unterlippe für einen winzigen Moment nach vorn und wirkt sofort um einiges jünger. Genauso schnell fängt sie sich aber wieder.

«Nur eine einzige Frage?», feilscht sie und grinst mich an.

Ich erinnere mich, dass sie erwähnt hat, sie würde Coach Soto mit ihrem Charme und Gebäck dazu bringen, ihr keine Wünsche abzuschlagen. Mit diesem Lächeln glaube ich das sofort.

Sie ist eindeutig noch aufgeputscht vom Sieg, ihre Augen leuchten, und obwohl ich gerade einfach nur diesen Menschenmassen entkommen möchte, fällt es mir gefährlich schwer, diese Bitte abzulehnen.

«Nächstes Mal. Versprochen», winde ich mich aus der Situation.

«Ich werde es nicht vergessen», antwortet sie, und da ist wieder dieser Ton, der mich nervös und meinen Magen unruhig werden lässt.

«Natürlich nicht», murmle ich und kann endlich in die Kabine verschwinden und Ruhe finden.

Sich in der Waagerechten zu befinden, ist nach diesem Tag ein Segen. Ich strecke meine Beine aus. Meine Muskeln spannen und fühlen sich unglaublich empfindlich an. Hoffentlich bleibe ich heute von nächtlichen Muskelkrämpfen verschont. Es gibt kaum etwas Leidigeres. Aufwachen durch das Ziehen in den Waden, den Krampf nur halbherzig herausdehnen, Schmerzen am nächsten Morgen.

Irgendwo müsste ich noch Magnesiumtabletten herumliegen haben, doch ich habe keine Ahnung, in welchem der noch immer nicht vollständig ausgepackten Umzugskartons sie stecken könnten. Vielleicht sollte ich mich der Unordnung am Wochenende annehmen. Meine Grandma liegt mir deswegen schon seit meiner Ankunft in den Ohren. *Wie sollst du dich denn nur zu Hause fühlen, wenn die Schränke leer und die Kisten voll sind?* Dabei ist die Frage viel eher: Wie soll ich mich überhaupt zu Hause fühlen, wenn ich doch am liebsten gar nicht hier wäre?

Damit meine ich nicht bei meiner Grandma – sie ist ehrlich gesagt die beste Mitbewohnerin, die ich je hatte. Zugegeben: Meine bisherigen WG-Partner zu überbieten, ist auch nicht sonderlich schwer. Da gab es den Möchtegern-DJ, der am liebsten nachts an seinen neuesten Kompositionen arbeitet. Die Mitbewohnerin, die eine illegale Hundebetreuung in unserer Wohnung eröffnet hat, und natürlich der klassische Kühlschrankdieb, der außerdem lautstark mit seiner Freundin streitet oder Sex hat.

Die Konkurrenz meiner Großmutter ist also ziemlich erbärmlich. Bei ihr bin ich grundsätzlich wirklich gern. Nur die Umstände, das College, das Basketballteam, sind das Problem. Gedanklich gehe ich das heutige Spiel durch. Es lief ziemlich gut. Ich habe genug Punkte gemacht, um mich zu beweisen. Würde Reed sich ein paarmal öfter vom Ball lösen, wären es bestimmt noch mehr geworden, aber das ist egal. Es hat gereicht und ich konnte mich aus dem restlichen Geschehen weitestgehend heraushalten. Ansonsten habe ich von Reed bloß ein paar finstere Blicke geerntet.

Da fällt mir etwas ein. Unter übermäßiger Anstrengung rolle ich mich auf die Seite, greife nach meinem Handy und öffne die Instagram-App. Meinen Account habe ich nie gelöscht, nur alle Fotos, die ich auf meinem Profil geteilt habe, aus Angst vor schmerzhaften Kommentaren.

Ohne mir die Stories meiner Freunde, Bekannten oder was auch immer die Leute sind, denen man auf Social Media so folgt, anzuschauen, klicke ich auf die Suchleiste.

Den Account von Joyce Reed zu finden, ist keine Kunst. Es ist der erste, der mir vorgeschlagen wird, nachdem ich ihren Vornamen in die Suchleiste eingetippt habe. Ihr Profil ist bunt und fröhlich, es passt zu ihr. Bei ihrer Follower-Zahl staune ich kurz.

Es sind über zwanzigtausend Menschen, die Joyce folgen. Zwanzigtausend Menschen, die Ausschnitte und Interviews zu unserem Spiel und unserem Team zu sehen bekommen.

Kurz wird mir schlecht. Dabei ist es unwahrscheinlich, dass irgendwer aus Chicago dabei ist. Es ist eine andere Liga, ein anderer Bundesstaat, es sind komplett andere Fans. Egal wie sehr ich mich zur Vernunft ermahne, dieser Knoten in meinem Magen bleibt hartnäckig bestehen.

Trotzdem klicke ich das neueste Video an. Es scheint noch in der Halle aufgenommen worden zu sein. Sie spricht direkt in die Kamera und teilt eine zweiminütige Zusammenfassung des Spiels.

Es ist bewundernswert, wie sie es innerhalb der kurzen Zeit schafft, die wichtigsten Szenen und Statistiken einzubinden. Sie ist gut in dem, was sie tut, das wird niemand abstreiten können.

Dachte ich zumindest.

Eigentlich habe ich die Kommentare nur geöffnet, um zu überfliegen, ob mein Name irgendwo gefallen ist. Viele Kommentare bestehen bloß aus Drachenemojis oder loben Joyce' Berichterstattung. Doch meine Aufmerksamkeit ziehen andere Bemerkungen auf sich.

Das Top könnte noch kürzer sein, dann hätten die Videos zumindest einen richtigen Mehrwert

Denkt sie wirklich, sie hat als Frau in der Branche eine Chance? LOL

Bin nur hier, weil sie heiß ist

Wie viele Typen aus dem Team hat sie wohl schon rangelassen?

Wo mir eben noch ein Sorgen-Knoten schwer im Magen lag, braut sich nun Wut zusammen. Was stimmt nur mit diesen Menschen nicht? Und wie schafft man es, mit diesem ständigen Bullshit umzugehen?

Joyce wirkt so unbekümmert und glücklich, so gnadenlos positiv. Wie kann sie diese Kommentare ignorieren? Was ist ihr Geheimnis? Wieso meistert sie das, was mir unmöglich schien?

Ich schaue den Post danach an. Es ist ein Zusammenschnitt kleiner Interviewfrequenzen, in dem drei meiner Mitspieler sich nach dem Sieg zu Wort gemeldet haben. Der letzte Post beinhaltet eine Handvoll Fotos vom Spiel. Ich swipe durch die Aufnahmen und entdecke auch eine von mir.

Sie hat einen der Momente eingefangen, in dem ich den Ball werfe. Die Füße in der Luft, gerade Haltung. Auch wenn man Bilder von sich selbst grundsätzlich skeptischer betrachtet, muss ich zugeben, dass es ein gelungenes Foto ist.

Auch darunter finden sich keine Kommentare, die andeuten, was in Chicago vorgefallen ist.

Ich verliere mich auf dem Profil von Joyce. Scrolle durch die Beiträge, versuche mich davon abzuhalten, noch mehr dieser widerlich sexistischen Kommentare zu lesen, sie laufen im Grunde immer auf dasselbe hinaus – nämlich auf Schwachsinn. Ich schäme mich für diese Typen, obwohl meine eigene Einstellung und meine Meinungen von ihren kaum weiter entfernt sein könnten.

Vor den Posts zum Spiel entdecke ich auch ein längeres Video. Es sind die Aufnahmen, die sie beim Training letzte Woche gemacht hat. Jeder Spieler der *Hopeville Dragons* ist darin zu sehen. Bei manchen Fragen hat sie zwei oder drei verschiedene Antworten eingeblendet, bei individuelleren Fragestellungen nur eine.

Schon bevor ich an der Reihe bin, weiß ich, welcher Ausschnitt aus unserem Gespräch es in den Zusammenschnitt geschafft hat. Natürlich die Passage, in der ich behaupte, ich sei aus familiären Gründen hierher gewechselt.

Vielleicht wäre ich sogar ein wenig enttäuscht von ihr gewesen, wenn ihre Wahl anders ausgefallen wäre. Auch wenn ich natürlich wünschte, sie wäre nicht so sehr auf der Suche nach einer guten Story und würde mich einfach in Frieden lassen.

KAPITEL 8

Austin

Den Samstagvormittag damit zu verbringen, meine Großmutter durch die Stadt zu bugsieren, klingt ein wenig traurig. Besonders, wenn es die einzige geplante Wochenendbeschäftigung ist, der man zugesagt hat.

«Die Kette *muss* hier sein. Langsam gehen mir die Ideen aus», erklärt meine Grandma nun, während ich auf den Parkplatz der Schwimmhalle abbiege.

«Hoffentlich ist das keine beginnende Demenz», fährt sie nachdenklich fort.

«Jeder verliert mal Dinge. Kein Grund zur Sorge», versuche ich sie zu beruhigen und parke den rostigen Honda, der sich eigentlich schon vor Jahren seinen Ruhestand verdient hat, direkt vor dem Eingang. Sämtliche Kontrollleuchten blinken, bei jedem Bremsen quietscht es, und die Türen zur Rückbank lassen sich nur noch von innen öffnen.

«Aber ausgerechnet die Perlenkette», schimpft meine Grandma und öffnet die Beifahrertür. «Dein Opa hat sie mir geschenkt.»

«Bis gleich», rufe ich ihr noch zu, doch sie hört es schon

gar nicht mehr. Sie verschwindet hinter der Glastür und ich fische mein Handy aus der Mittelkonsole. Doch bevor ich durch die willkommene Belanglosigkeit der sozialen Medien wischen kann, bemerke ich, wie eine bekannte Gestalt aus der Schwimmhalle tritt.

«Fuck!», murmle ich und rutsche tiefer in meinen Sitz. Den Blick nach unten gerichtet, als wäre ich in ein Reel oder TikTok versunken. Gerade als ich dachte, der Situation erfolgreich entkommen zu sein, ertönt ein sanftes Klopfen am Fenster. Mit gespielter Überraschung hebe ich meinen Kopf und lächle verhalten.

Joyce steht direkt vor dem Auto meiner Grandma, winkt euphorisch und lässt mir keine Wahl. Karma, das sich an mir rächt. Joyce Reed wurde vielleicht von einer höheren Macht geschickt, um mich zu bestrafen. Widerwillig öffne ich die Tür und steige aus dem Auto aus.

«Austin, was für eine Überraschung!» Es ist Samstagmorgen. Wie kann ein studierender Mensch schon so energiegeladen sein?

«Gleichfalls. Was machst du hier?», versuche ich ihr mit den Fragen zuvorzukommen und klopfe mir mental auf die Schulter.

«Ich soll einen Artikel über das Schwimmteam schreiben, um etwas Werbung für sie zu machen. Deswegen habe ich mir eben ihr Samstagstraining angeschaut.»

«Die *Hope* hat ein Schwimmteam?» Ihr Lachen, das auf meine Frage folgt, ist ehrlich, offen und schön. Die Striche auf ihren Augenlidern sind heute weiß, und ihr warmer Blick zieht mich gänzlich in seinen Bann.

«Exakt diese Frage ist wohl der Grund, warum ich hier bin.»

Die Tür zur Schwimmhalle öffnet sich erneut, und erst in diesem Augenblick realisiere ich das Ausmaß der Katastrophe, auf die ich geradewegs zusteuere.

«Da ist sie! Wusste ich es doch!» Meine Großmutter kommt mit schnellen, fast hüpfenden Schritten zum Auto gelaufen. Und sieht dabei natürlich so gar nicht angeschlagen aus. Die verlegte Perlenkette hält sie mir wie eine Trophäe entgegen. Dann erst begreift sie, dass ich nicht alleine bin. Mein Gehirn verweigert seine Dienste, mir fällt kein Fluchtweg aus dieser Situation ein. Ich kann nur danebenstehen und beobachten, wie alles nach nur einer einzigen Woche auffliegt.

«Oh, hallo!», sie schaut zwischen Joyce und mir hin und her. «Austin, möchtest du mich nicht vorstellen?»

Obwohl Grandma mich mit meinem Namen anspricht, dauert es einen Moment, bis die Worte durch den Nebel der Resignation zu mir durchdringen.

«Äh, ja, natürlich. Das ist Joyce, sie hat unser Team letzte Woche beim Training interviewt. Joyce, das ist… meine Grandma.» Ich weigere mich, ihr in die Augen zu sehen. Solange ich nicht sehe, wie sich die Puzzleteile für sie zusammenfügen, besteht noch ein utopischer Funke Hoffnung, dass sie die Erklärung für meinen Umzug schon längst vergessen hat. So lächerlich klein dieser Funke auch sein mag.

«Wie spannend! Austin erzählt so schrecklich wenig von seinem Collegeleben.» Sie strahlt meinen möglichen Untergang an. «Joyce, was für ein schöner Name, und dieser weiße Eyeliner ist ja ganz bezaubernd.»

Eyeliner nennt sich das also. Gut zu wissen. Meine Großmutter ist hin und weg. Das erkenne ich sofort.

«Oh, vielen Dank. Ich liebe Ihre Schuhe, die Farbe ist so wundervoll sommerlich», antwortet Joyce, und es wirkt kein bisschen gezwungen oder aufgesetzt. Mein Blick wandert zu den Füßen meiner Grandma.

Sie trägt gelbe Sandalen mit etwas Plateau und einem kleinen Absatz. Kaum ein anderer Schuh schreit weniger *pflegebedürftig* oder *krank* als dieser. Perfekt. Hätte meine Großmutter heute nicht etwas älter und grauer aussehen können?

«Austin, kommst du heute Abend eigentlich zur Party zum Semesterauftakt?» *Sicherlich nicht*, will ich antworten, habe aber das Gefühl, mich mit meiner kleinen Notlüge schon verdächtig genug gemacht zu haben. Die vielen Flyer, die überall auf dem Campus hängen, habe ich die letzten beiden Wochen ganz bewusst ignoriert. Genauso wie die Gespräche meiner Kommilitonen, die seit Tagen aufgeregt von *der* Party des Jahres sprechen. Als ob nicht jeder wüsste, dass für Studierende jede Party *die* Party des Jahres ist – wenn nicht sogar ihres Lebens.

«Ja, vielleicht», antworte ich möglichst gelassen und spiele in Gedanken meine Optionen durch. Sie alle haben eines gemeinsam. Sie sind beschissen.

«Wie schön! Dann sehen wir uns dort», antwortet sie, und trotz dieses freundlichen, offenen Tons meine ich etwas Herausforderndes in ihrer Stimme wahrzunehmen. Aber dann streckt sie meiner Großmutter schon die Hand entgegen und strahlt sie an.

«Es war mir eine Freude, Mrs. Fields.»

«Carol. Nenn mich ruhig Carol, Schätzchen», antwortet Granny und erwidert nicht nur die freundliche Verabschiedung, sondern legt sogar noch ihre zweite Hand auf die von Joyce. Als wäre dieses ganze Zusammentreffen nicht ohnehin schon übermäßig herzlich.

«Es war mir eine Freude, Carol», fügt Joyce nun hinzu, und ich muss mir verkneifen, mit den Augen zu rollen. Die beiden sehen aus wie die besten Freundinnen. Es hat keine fünf Minuten gedauert, bis sich meine Granny von ihr um den Finger wickeln lassen hat.

Und es hat noch weniger Zeit gebraucht, mich auffliegen zu lassen.

Streng genommen habe ich nicht einmal gelogen. Zumindest nicht direkt. Aber jetzt, wo sie meine Großmutter kennengelernt hat, wird Joyce Reed nicht einen einzigen meiner Ausflüchte glauben, und sie wird es sich zur Aufgabe machen, herauszufinden, was mich wirklich nach Hopeville gebracht hat. Oder viel eher, was mich aus Chicago vertrieben hat. Sie wird ihren journalistischen Instinkt nicht ignorieren können.

Für wenige Sekunden folgen meine Augen Joyce' Abgang. Sie dreht sich nicht noch mal um, sondern verlässt mit wippendem Zopf einfach den Parkplatz, als wäre nichts gewesen.

Dabei arbeitet ihr Gehirn vermutlich auf Hochtouren. Sensationslust, die sie packt. Fragen, die sie ausarbeitet, um mich zum Reden zu bringen.

Ich kenne Joyce Reed eigentlich gar nicht. Und doch bin ich mir sicher, dass sie gerade vor sich hinlächelnd einen Schlachtplan entwickelt.

Ihr für die nächsten zwei Jahre vollständig aus dem Weg gehen zu können, erscheint mir unrealistisch. Sie wird bei jedem unserer Heimspiele dabei sein. Wenn sie nicht sogar für das ein oder andere Auswärtsspiel anreist.

Der Campus der *Hopeville University* ist zwar nicht winzig, aber nicht so groß, dass man sich nie begegnen würde. Ein weiteres Zusammentreffen zu vermeiden, ist quasi ausgeschlossen.

Selbst für jemanden, den das Universum nicht bestraft.

Bleibt also nur noch Variante Nummer zwei. Mich zwar distanziert, aber möglichst normal zu verhalten und einfach abzuwarten, bis sie das Interesse an mir und meiner Geschichte verliert. Ihr notfalls eine Lüge auftischen, die besser durchdacht und wasserdicht ist.

«Wieso erzählst du deiner dauerhaft besorgten Großmutter denn nicht, dass du doch schon Freunde gefunden hast?», fragt Grandma, als wir wieder ins Auto steigen.

So modern und jugendlich sie auch wirken mag – von den zwischenmenschlichen Beziehungen junger Menschen hat sie nicht mehr die geringste Ahnung.

«Weil wir keine Freunde sind.»

«Ach, das wird bestimmt noch. Ich habe das Gefühl, dass sie dich gernhat.»

«Tut sie nicht. Sie ist eine neugierige Journalistin, die herausfinden will, warum ich Chicago verlassen habe», kläre ich Granny auf. Dabei verschweige ich allerdings, dass ich sie als Notlüge benutzt habe. Meine Großmutter ist cool, aber ihre moralischen Grundwerte sind unbiegsam.

«Hm.» Sie wirkt nachdenklich. «Joyce-mit-den-tollen-Lidstrichen wüsste also gern, warum du das College gewechselt hast», wiederholt meine Grandma schließlich, und ich nicke.

«Da ich weiß, dass du weder über Chicago reden willst, noch möchtest, dass irgendwer an deiner Uni etwas davon hört, werde ich dir nicht empfehlen, offen zu ihr zu sein.

Auch wenn ich davon überzeugt bin, dass es furchtbar ungesund ist, das alles zu verdrängen.» Ich versuche wirklich, mir das Augenrollen zu verkneifen. Vergeblich. «Sag ihr doch einfach, es habe private Gründe. Das ist die Wahrheit, aber subtil genug, um nichts über deine genaueren Beweggründe zu verraten.»

«Das wird sie noch neugieriger machen», mutmaße ich.

«Sei einfach du selbst. Irgendwann wird es ihr bestimmt zu langweilig, immer wieder die gleichen Antworten zu erhalten», sagt sie und tätschelt meine Hand. «Und gehe zu dieser Party heute Abend, mein Junge. Du bist seit Monaten nicht ausgegangen. Misch dich unter deine Kommilitonen. Habe Spaß, finde ein paar echte Freunde. Den meisten wird es völlig egal sein, warum du in Hopeville bist, sie werden sich einfach nur freuen, dich kennenzulernen.»

Sie hat recht, was die Party betrifft. Auch wenn ihre Gründe dafür Quatsch sind. Ich werde dort nicht auftauchen, um Freunde zu finden oder eine gute Zeit zu haben. Alles, was ich dort tun muss, ist, mich wie der langweiligste, durchschnittlichste, am wenigsten kaputte Typ zu verhalten, den Joyce Reed jemals gesehen hat. Ich werde öde Antworten auf provokante Fragen geben, und zur Not werde ich es mit einer weiteren Lüge probieren. Umso schneller sie das Interesse an mir verliert, desto besser.

Ich werde zu dieser verfluchten Party gehen müssen, verdammt.

«Vielleicht hast du recht. Ich sollte dort heute Abend mal vorbeischauen», antworte ich und starte den Wagen. Nach dem zweiten Versuch springt der Motor unter lauten Beschwerden an.

Meine Grandma schaut zufrieden in meine Richtung,

und ich frage mich, wann sie die Hoffnung aufgibt, ich könne in den nächsten beiden Jahren doch noch glücklich in Hopeville werden. Oder ob sie sich die ganze Zeit an diese Hoffnung krallen wird. Umso länger ich darüber nachdenke, für desto wahrscheinlicher halte ich es. Meine Großmutter ist hartnäckig positiv, man könnte es manchmal sogar etwas naiv oder gutgläubig nennen. Ansonsten hätte sie auch schon vor langer Zeit aufgehört, den Launen meiner Eltern nachzugeben. Ihnen immer wieder zu glauben, wenn sie Versprechungen machen, die sie ohnehin nicht halten werden. Die beiden sind allein kaum lebensfähig, dabei sind sie mittlerweile über vierzig Jahre alt.

Leider haben sie es bis heute nicht geschafft, ihr Leben auf die Reihe zu bekommen. Mir sagt nie jemand etwas, aber ich bin mir zu neunzig Prozent sicher, dass meine Grandma sie noch immer bei überraschenden Arztrechnungen oder ab und an bei der unvorhersehbaren, *monatlich wiederkehrenden* Miete unterstützt. Weil sie nicht anders kann. Weil sie bedingungslos liebt und immer denkt, es sei dieses letzte kleine Stück mit Stützrädern, das sie bräuchten, um allein klarkommen zu können.

Granny wird nicht aufgeben. Nicht bei meinen Eltern und auch nicht bei mir. Sie ist unermüdlich, und es wird hart werden, sie zwei volle Jahre lang immer wieder aufs Neue enttäuschen zu müssen. Weil ich weiß, wie es sich anfühlt. Immer wieder enttäuscht zu werden, immer wieder zu hoffen. Ich habe meine Eltern für eine Menge Mist, der mir widerfahren ist, verantwortlich gemacht. Meistens zu Recht. Doch für das, was mich wirklich belastet, kann ich meinen Eltern nicht die Schuld geben. Das habe ganz allein ich zu verantworten.

KAPITEL 9

Joyce

«Welches der beiden Outfits sagt am ehesten *Ich bin offen, einen Fremden auf einer Party zu küssen, aber nicht irgendeinen Fremden?*»

Ich blicke kurz von meinem Laptop hoch und inspiziere die beiden Outfits, die Lori auf Kleiderbügeln in die Höhe hält. Wie immer hat sie ihren halben Kleiderschrank mit in meine Wohnung gebracht. Beide Optionen habe ich schon an ihr gesehen und weiß, dass sie sowohl in der Bluse in Kombination mit ihrem Lederrock unglaublich gut aussieht als auch in dem schwarzen Kleid.

«Das Kleid», antworte ich nach wenigen Sekunden Bedenkzeit. Es ist hochgeschlossen, aber ziemlich eng und kurz. Die Ärmel sind aus einem etwas transparenteren Stoff. Es ist eines dieser Kleider, das für sämtliche Anlässe geeignet ist.

«Ja, ich denke, du hast recht», bestätigt meine beste Freundin und wirft das verworfene Outfit in die Ecke, doch ich bin schon wieder ganz in meine Arbeit vertieft. «Weißt du schon, was du gleich anziehst?»

«Mhm», murmle ich unverbindlich, weil es eine der besten Antworten ist, wenn man gerade überhaupt nicht zugehört hat.

«Joy!» Lori schmeißt sich mit Anlauf auf mein Bett, wodurch mein Laptop einen kleinen Hüpfer macht. Mahnend sieht sie mich an. «Ich kann deine Obsession mit Austin ja irgendwie verstehen, er ist schließlich wirklich heiß, aber du tust seit Stunden nichts anderes. Lass es einfach gut sein.»

«Es geht nicht darum, dass er heiß ist», erwidere ich und stalke zum hundertsten Mal die Homepage seines Teams in Chicago. Auch dort ist kein Grund für seinen Wechsel und sein Fehlen in der aktuellen Saison angegeben.

«Tja, schade. Das wäre der einzige Grund, den ich hätte gelten lassen», mit diesen Worten klappt sie mein Notebook zu.

«Hey!», rufe ich empört, doch meine Freundin zuckt nur mit den Schultern.

«Dann hat er eben gelogen. Na und? Das braucht dich doch nicht zu interessieren. Vielleicht ist ihm der wahre Grund, warum er nach Hopeville gezogen ist, einfach unangenehm und er hat deswegen eine kleine Notlüge vorgeschoben. Möglicherweise hat er eine Freundin hier, möchte es aber noch geheim halten. Oder er war in Chicago super einsam und hat seine Grandma vermisst. Vielleicht hat er an seinem alten College auch mit zu vielen Cheerleadern rumgemacht, und sie haben sich dann zusammengetan, um ihm das Leben zu Hölle zu machen. Es gibt Millionen Möglichkeiten, die allesamt keine Berichterstattung wert sind.»

«Also die Sache mit den sich rächenden Cheerleadern wäre definitiv einen Artikel wert. *Feministische Cheerleader schließen sich zusammen, um es überheblichem Basketball-PLAYER heimzuzahlen.»*

«Okay, du hast recht. Das würde ich lesen», gibt Lori grinsend zu, steht auf und geht zu meinem Kleiderschrank. Ganz selbstverständlich öffnet sie die Türen und schiebt die Kleiderbügel hin und her, um meine Klamotten zu betrachten. «Wie wäre es mit dem Glitzertop hier? Das hattest du noch nie an. Außerdem passt es perfekt zu deinem Lidstrich heute.»

Zustimmend strecke ich meine Hand nach oben und fange das Top auf, das Lori mir zuwirft.

Wenn ich online schon nicht herausfinden kann, warum Austin Fields mich, ohne mit der Wimper zu zucken, angelogen hat, muss ich es eben persönlich aus ihm herausbekommen. Eine Party ist dazu sicher nicht der schlechteste Ort.

Ein bisschen Alkohol, der die Zunge lockert, ausgelassene Stimmung, die hoffentlich seine Hemmschwelle senkt. Die Voraussetzungen heute Abend, die Wahrheit über diesen Wechsel zu erfahren, könnten übler sein.

Falls er überhaupt auftaucht.

Das gesamte Erdgeschoss des zentralsten Wohnheims auf dem Campus ist zu einer imposanten Partylocation umgestaltet worden. Lauter Bass lässt den Boden vibrieren, Bierfässer nehmen den Platz auf den Treppen ein, auf sämtlichen Ablageflächen stehen Alkoholflaschen und rote Plastikbecher. Die Holztische, die normalerweise von den fleißigen Studierenden zum Lernen genutzt werden, sind heute Spielfelder für Bierpong und andere Trinkspiele. Grelle, bunte Lichterketten hängen über uns und tauchen die Etage in künstliches, rot-grünes Licht. Der Semesterauftakt ist eigentlich wie die meisten anderen Colleges-Partys, nur etwas größer und weniger exklusiv. Um hierherzukommen, musst du nicht mit den richtigen Leuten unterwegs sein, dich für keinen speziellen Sport begeistern, du musst nicht zu einer politischen Organisation gehören oder in einem bestimmten Studiengang eingeschrieben sein. Diese erste, große Party des Jahres ist für alle, und das gefällt mir an ihr am besten. Jeder ist eingeladen und willkommen, niemand fragt sich, ob es komisch ist, einfach aufzutauchen. In einer perfekten Welt wäre jede Feier wie die zum Semesterauftakt.

«Bowle?», fragt Lori, als wir vor einem Tisch mit Mischgetränken stehen bleiben. Vorsichtig riecht sie an der Schüssel.

«Lieber nicht», antworte ich und greife stattdessen nach einem Becher und einer geschlossenen Flasche billigen Pfirsichweins.

«Ja, das ist wahrscheinlich vernünftig.» Sie hält mir ihren Plastikbecher hin. Nachdem ich uns beiden etwas eingeschenkt habe, mischen wir uns unter die feiernden Studierenden, um uns einen Überblick zu verschaffen. Wobei wir genau genommen beide nach etwas Spezifischem Ausschau halten.

Lori nach einem Typen, der ihre potenzielle große Liebe sein könnte, ich nach Austin Fields, um ihn mit seiner Lüge zu konfrontieren.

Eigentlich ist das Timing ungünstig, weil er nun genug Zeit hatte, sich eine neue Schwindelei einfallen zu lassen.

Andererseits hatte ich keine andere Wahl. Ich hätte ja kaum vor seiner Großmutter offenbaren können, dass er behauptet hat, sie sei ein Pflegefall und er hätte deswegen das College wechseln müssen.

Eines kann ich nämlich mit Sicherheit sagen: Die Grandma von Austin ist so gesund, wie man es in ihrem Alter nur sein kann.

Meine beste Freundin und ich drehen unsere Runde, begrüßen Freunde, Kommilitonen und Leute, von denen wir zumindest glauben, sie zu kennen. Die *Hopeville Dragons* haben sich eines der Sofas geschnappt und sich drumherum versammelt. Die meisten von ihnen halten ein Bier in der Hand, mein Bruder wie immer nur eine Coke Zero. Sofort stelle ich fest, dass Austin nicht unter ihnen ist. So ein Mist.

«Joyce, Lori!», winkt Joshua uns heran. Ich meine, Lori etwas genervt ausatmen zu hören, mag mich wegen der lauten Musik aber auch täuschen.

Wir begrüßen auch die anderen, trinken einen Shot mit ihnen, dann verkündet meine Freundin, sie würde sich etwas Neues zu trinken holen. Was in Anbetracht dessen, dass ihr Becher noch halb gefüllt ist, ein offensichtlicher Vorwand ist – vermutlich um die Party nach einem Typen abzusuchen, der ihr gefällt. Ihr Vorsatz, keinen Basketballer zu daten, schließt diese Gruppe hier nämlich vollständig aus.

Ich quatsche noch einen Augenblick mit Willie und Young, ehe ich mich ebenfalls abkapsle, um mich auf die Suche nach Austin zu begeben. Sich inmitten der tanzenden Studierenden frei zu bewegen wird immer schwieriger, weswegen ich eine gefühlte Ewigkeit brauche, um auch nur ein paar Meter zurückzulegen.

Austin könnte überall sein. Vielleicht ist er auch überhaupt nicht hier und die ganze Sache reine Zeitverschwendung. Viele Leute um mich herum sind am Tanzen, andere unterhalten sich in kleinen Gruppen und versuchen sich mit lauten Stimmen über dem Dröhnen der Musik Gehör zu verschaffen.

Ich drehe mich um die eigene Achse und bin kurz davor, aufzugeben, als ich ihn entdecke.

Schwarzes T-Shirt, ebenso schwarze Jeans. Er lehnt betont lässig an der Wand und trinkt einen Schluck aus seinem Becher. Dann scannt sein Blick den Raum ab und bleibt an mir hängen. Sein Gesichtsausdruck ist aufgrund der schwierigen Lichtverhältnisse schwer auszumachen. Für einen kurzen Moment stelle ich mir vor, wie er sich von der Wand abdrückt und einfach geht. Vor mir und meinen Fragen flieht. Doch er bleibt stehen. Austin Fields sieht mir genau in die Augen und bleibt einfach stehen. Mein Herz schlägt vor lauter Aufregung, ihn gleich zu konfrontieren, schneller. Wie von selbst bewegen sich meine Füße auf ihn zu. Uns trennen nur wenige Schritte, doch immer wieder muss ich torkelnden Feiernden ausweichen. Kurz bevor ich ihn erreiche, taucht Sarah neben mir auf.

«Joyce! Lass uns … Lass uns was zusammen trinken!» Wir kennen uns nicht besonders gut, sie hat aber auf jeden Fall schon eine ganze Menge getrunken. Ihre Lippen und ihr Gehirn scheinen nicht mehr ganz im Einklang zu sein, weswegen sich ihre Stimme immer wieder überschlägt. So quietschig klang ihre Stimme definitiv nicht, als wir einen Fotografie-Kurs im letzten Semester zusammen hatten.

«Später, ja?», vertröste ich sie und kämpfe mich weiter

durch die Menge. Und komme nur wenige Zentimeter vor Austin zum Stehen. Seine Augen sind ebenfalls braun, aber viel dunkler als meine. Das ist mir bisher gar nicht aufgefallen. Der Dreitagebart ist heute etwas ausgeprägter als bei unserem Interview und dem ersten Spiel der *Dragons*.

«Du bist hier», stelle ich fest und suche sein Gesicht nach einer Regung ab.

«Hatte nichts Besseres zu tun.» Er gibt sich so bemüht gleichgültig und entspannt, dass es nicht ansatzweise echt wirkt.

«Du hast mich angelogen.» Es ist keine Frage, sondern eine Feststellung. Denn wir wissen es beide. Ich weiß, dass er weiß, dass ich es weiß. Und andersherum.

«Sorry», antwortet er ohne einen einzigen Hauch von Reue in seiner Stimme. Die Musik ist viel zu laut, um sich zu unterhalten, also gehe ich noch einen kleinen Schritt dichter auf ihn zu. Falls er sich in die Enge getrieben fühlt, lässt er es sich nicht anmerken.

«Warum hast du gelogen?»

«Wäre doch eine schöne Geschichte, oder? Der Basketballer, der die große Chance auf seinen Traum verwirkt, um seine Großmutter zu pflegen.»

«Es gibt spannende und es gibt schöne Geschichten. Ich schätze, ich erzähle lieber spannende», erwidere ich und denke dabei an Loris Idee mit der Cheerleader-Rache. So, wie Austin sich aufführt, erscheint mir das gar nicht mehr so unwahrscheinlich.

«Damit kann ich leider nicht dienen.»

«Ist das so?», hake ich nach. Austin nimmt einen weiteren Schluck aus seinem Becher.

«Ja. Ich bin sterbenslangweilig», bestätigt er.

«Dann sage mir doch einfach, was dich hergebracht hat», dränge ich.

Er lehnt sich etwas nach vorn. Es hat fast etwas Verschwörerisches. Gänsehaut breitet sich auf meinen nackten Armen aus. Aufregung, weil ich es gleich wissen werde. Selbst wenn der Grund hinter seinem Wechsel langweilig ist, kann ich das Thema endlich abhaken und werde nicht weiterhin so besessen von seinem Geheimnis sein und mich um wichtigere Dinge kümmern können.

«Nein.» Ein Wort. Eine Abfuhr, keine Erklärung.

Er will sich gerade an mir vorbeischieben, doch aus einem Reflex heraus greife ich nach seinem Arm, um ihn aufzuhalten.

«Lass uns darum spielen. Wenn ich gewinne, sagst du mir die Wahrheit. Solltest du siegen, werde ich dir diese Frage nie wieder stellen.»

Ich weiß nicht, ob mein Vorschlag clever oder dämlich ist. Aber irgendwas sagt mir, dass ich es anders nicht aus ihm herausbekommen werde. Sportler sind von Natur aus ehrgeizig. Es würde mich wundern, würde dieser Ehrgeiz nicht auch in ihm schlummern. Außerdem muss die Aussicht, dieses Thema endlich beenden zu können, doch auch auf ihn unglaublich attraktiv wirken.

Austin sieht mir in die Augen, als würde er versuchen, mich und meinen Vorschlag ganz genau abzuschätzen. Und kurz kann ich nicht über seinen tiefen Blick hinausdenken.

«Was willst du spielen?» Er hat angebissen. Er hat so was von angebissen.

«Bierpong natürlich», antworte ich und deute mit meinem Kopf auf einen der langen Tische, an dem sich zwei Typen gerade ein Match liefern. Ich habe Austin noch nie Bierpong spielen sehen, also kann ich meine Chancen nicht ganz einordnen. Was Partyspiele angeht, sind meine Fähigkeiten in dieser Disziplin ziemlich gut, aber Austin ist ein exzellenter Werfer, weswegen ich ihn als durchaus starke Konkurrenz einschätze. Auch wenn der Ball, mit dem er normalerweise wirft, sehr viel größer und schwerer ist.

Sein Blick wandert von mir zum Bierpong-Tisch und wieder zurück. Mein Herz rast, wie es sich vor jedem Wettkampf gehört.

«Wenn ich gewinne, stellst du mir nie wieder eine Frage über meinen Umzug nach Hopeville?», vergewissert er sich. Und wenn ich mir nicht vorher schon ziemlich sicher gewesen wäre, dass er den Deal annimmt, wäre ich es spätestens jetzt.

«Ganz genau.»

«Okay», willigt er tatsächlich ein. Austin wirkt weder begeistert noch erfreut darüber. Dennoch erkenne ich ein entschlossenes Glitzern in seinen Augen. Sicher unterschätzt er mich.

«Dann suchen wir uns mal einen Tisch», beschließe ich und ziehe ihn weiter in den Raum hinein in Richtung der Spielfläche. Das Spiel der beiden Studierenden, auf das ich eben gedeutet habe, ist noch nicht sehr weit fortgeschritten, weswegen ich mir einen Überblick über die anderen zur Bierpong-Arena umgebauten Tische verschaffe. Ich hoffe, das Match an dem Tisch neben dem Sofa, auf dem die *Dragons* sitzen, neigt sich langsam dem Ende zu. In diesem Wettkampf kann ich alles, was Austin Fields verunsichern könnte, gebrauchen, um meine Chancen zu verbessern. Ich schätze, gerade die vernichtenden Blicke meines Bruders könnten ihn etwas nervös stimmen. Das ist vielleicht berechnend und nicht ganz fair, aber die Zuschauer aus seinem Team könnten ihn auch zusätzlich motivieren. Schwer zu sagen. Mein Plan könnte nach hinten losgehen. Wir werden sehen.

Noch immer umfassen meine Finger Austins Unterarm. Die glatte Haut, die sich um seine Muskeln spannt, ist seltsam kühl, obwohl es hier drin bestimmt dreißig Grad sind.

Sich allein durch die tanzenden Studierenden zu schlagen, ist nicht leicht, aber machbar. Zu zweit steigt der Schwierigkeitsgrad deutlich. Vor allem mit Austin im Schlepptau, der das mit dem Ausweichen auf dem Spielfeld sehr viel besser hinbekommt als auf einer Party. Ständig hält er an, um irgendwelche Entschuldigungen zu nuscheln.

Nach einer gefühlten Ewigkeit erreichen wir aber die Spielfläche. Ein schneller Blick auf den Tisch verrät mir, dass die Runde nicht mehr lange gehen wird. Auf der einen Seite steht nur noch ein mit Bier gefüllter Becher, gegenüber davon zwei.

Unter dem Tisch stehen mehrere Kisten Bier und ein paar Stangen ineinandergestapelter roter Plastikbecher. Zudem eine kleine Box mit weiteren Tischtennisbällen.

«Gutes Timing!», teile ich meine Gedanken mit Austin und deute auf das Spiel, das sicher in wenigen Würfen vorbei sein wird.

«Scheint so», murmelt er und verfolgt mit seinem Blick den kleinen Ball, den eine der Studentinnen gerade auf die gegnerische Seite wirft.

Ich dagegen drehe mich zu dem Sofa um und versuche die *Dragons* subtil auf mich aufmerksam zu machen. Die meisten scheinen sich angeregt zu unterhalten und schauen nicht in meine Richtung, doch Willie lässt seinen Blick über die Menge schweifen und entdeckt schließlich, wie ich mittlerweile ziemlich auffällig in seine Richtung winke. Er stößt Joshua in die Seite, wodurch mir schnell die Aufmerksamkeit des halben Teams sicher ist. Joshua, Willie und die beiden Neuzugänge erheben sich und kommen auf uns zu.

Austin dreht sich in genau diesem Moment zu ihnen um und das dunkle Braun seiner Augen verdüstert sich noch weiter. Fast habe ich ein schlechtes Gewissen. Aber nur fast. Er hätte mir schließlich auch einfach die Wahrheit sagen können, anstatt mich anzulügen.

«Muss das sein?», höre ich ihn dicht an meinem Ohr mit dunkler Stimme fragen. Ich schüttle schnell die Gänsehaut ab, die sich auf meinen Armen ausbreitet.

«Wieso? Ist das ein Problem?»

Er ignoriert meine Gegenfrage und die Neuzugänge. Während ich unsere Zuschauer begrüße und erkläre, dass wir uns entschieden haben, eine Runde gegeneinander zu spielen, schaut Austin wieder gebannt der derzeitigen Bierpong-Partie zu.

Von unserem Deal sage ich nichts. Mein Bruder mustert erst mich skeptisch, dann Austin. Ganz offensichtlich gefällt es ihm nicht, uns hier gemeinsam zu sehen, sagen tut er aber nichts.

Ist auch besser so. Er sollte langsam verstanden haben, dass er mich weder vor allem beschützen noch alles kontrollieren kann.

«Ey, Fields. Nur als Vorwarnung: Joyce hat mir letztes Jahr eine ziemlich üble Abreibung verpasst. Noch kannst du abhauen», erzählt Willie lachend und klopft Austin auf die Schulter.

«Danke für die Warnung, Mann. Aber die Erfahrung werde ich wohl selbst machen müssen», antwortet Austin und versucht sich an einem Lächeln, das jedoch ziemlich aufgesetzt aussieht.

Ein lautes Kreischen, das in ein betrunkenes Jubeln übergeht, lenkt meine Aufmerksamkeit zurück auf den Spieltisch. Der letzte Ball wurde versenkt und die Verliererin leert gerade das Bier aus dem verbliebenen Becher in einem Zug.

Nun sind wir an der Reihe. Schweigend formieren wir an jedem Tischende zehn Becher zu einer Pyramide und befüllen sie mit Bier. Austin rollt mir die Bälle herüber. Keine Ahnung, ob er nobel oder überheblich wirken will, indem er mich beginnen lässt, aber mir soll es recht sein. Ich möchte gewinnen. Und diesen kleinen Vorteil nehme ich gerne mit.

«Letzte Chance zu kneifen, Fields», provoziert mein Bruder Austin. «Das könnte eine peinliche Niederlage werden.»

Ich schaue Joshua mahnend an, der allerdings nur Augen für seinen selbst auserkorenen Konkurrenten hat.

In den ersten Runden treffen wir beide ausgesprochen gut. Jeder von uns versenkt mindestens einen von zwei Wurfversuchen, sodass die Anzahl der Becher schnell sinkt, wir das Bier aber auch in einer entsprechenden Geschwindigkeit austrinken müssen. Hätte ich geahnt, dass ich eine so entscheidende Runde Bierpong spielen würde, hätte ich mir den Pfirsichwein gespart. So fühle ich, wie sich ein sanfter Schleier über meine Umgebung legt und meine Gedanken kaum spürbar benebelt. Ich bin nicht betrunken, aber auch nicht mehr komplett nüchtern. Bisher wirkt es sich nicht auf meine Koordination aus, und ich hoffe, das bleibt auch noch ein paar Minuten so.

Bis ich gewonnen habe. Das würde mir schon reichen.

Wir haben beide noch drei Becher vor uns stehen, als wir anfangen, mehrere Würfe nacheinander zu vergeben. Langsam wird es spannender, und die meist unqualifizierten Zwischenrufe von der Seite, hauptsächlich von den *Dragons*, werden häufiger.

Austin mahlt konzentriert mit seinem Kiefer, ehe er wirft, und ich kann nicht anders, als ihn dabei anzustarren. Seine Gesichtszüge wirken dabei härter, kantiger. Irgendwie faszinierend. Die Kommentare scheinen von ihm abzuprallen. Er verzieht keine Miene, und doch bin ich mir sicher, dass er sie nicht vollständig ausblenden kann.

«Schwach», betitelt Joshua Austins Wurf, der wenige Zentimeter zu weit war und direkt in meiner Hand landet. In diesem Moment bereue ich es wirklich, die Zuschauer hinzugezogen zu haben. Mein Bruder lenkt Austin besser ab, als ich es für möglich gehalten habe. Ihm scheint es ernst mit dieser unnötigen Fehde zu sein, und mit meiner Aktion verstärke ich die negative Stimmung zwischen den beiden offensichtlich noch.

Ich wollte Austin durch die Anwesenheit seines Teams etwas nervöser machen, ihn aber nicht quälen. Am liebsten würde ich Joshua sagen, dass er endlich seine Klappe halten solle, möchte die Sache aber nicht noch größer machen, als sie sowieso schon ist. Also spiele ich weiter. Ich treffe mit meinem zweiten Wurf den Becher, wodurch ich wieder in Führung gehe.

Mein Gegenspieler nickt anerkennend, ohne mich anzusehen. Sein Blick ist auf das Spielfeld fokussiert. Mit einer Bewegung, die viel zu elegant und kontrolliert für ein Trinkspiel und seinen Alkoholpegel wirkt, versenkt er seine beiden Bälle hintereinander, und ein erstauntes Raunen gestellt sich zu der unfassbar lauten Musik.

Scheibenkleister. Das sieht nicht gut aus. Nach einem tiefen Ein- und Ausatmen leere ich die beiden Becher hintereinander und spüre eine unangenehme Völle in meinem Magen.

Als ich aufschaue, um für meinen nächsten Zug zu zielen, bemerke ich zum ersten Mal während des Spiels Austins Blick auf mir. Ich hatte mit Triumph und Siegessicherheit gerechnet, die ihm ins Gesicht geschrieben stehen, stattdessen scheint er eher besorgt zu sein. Sieht man mir so leicht an, wie widerlich ich dieses letzte Bier fand?

Ich schüttle ab, was auch immer der Ausdruck in seinen Augen in mir auszulösen scheint, und konzentriere mich auf den Wettkampf. Mein erster Wurf geht katastrophal daneben, mit meinem zweiten Tischtennisball schaffe ich es aber, das Spiel zu einem Gleichstand zu drehen.

Ein einziger Becher steht jeweils noch vor uns. Doch jetzt ist Austin wieder am Zug und hat mit seinem Wurf theoretisch die Möglichkeit zu gewinnen. Gespannt verfolge ich die Flugbahn des kleinen Balls. Er prallt am Rand des Bechers ab und ich atme kurz auf. Doch die Erleichterung bleibt mir nicht lange vergönnt. Die Kurve seines zweiten Wurfes sieht perfekt aus – wie bei einem seiner überirdisch souveränen Dreipunktewürfe im letzten Spiel.

Mit einem eindeutigen *Plop* weiß ich mit Gewissheit, dass ich verloren habe, auch ohne auf das Spielfeld zu blicken. Frustrierend knapp, aber das ist egal, weil Austin mir so nicht sagen wird, was dieses gut gehütete Geheimnis ist, das hinter seinem Wechsel steckt. Und ich werde nie wieder danach fragen dürfen.

«Krasses Ding, ihr zwei. Hat sich wie ein Match um die Meisterschaft angefühlt. Glückwunsch, Fields», Willie bietet Austin ein High Five an. Er schlägt etwas zögerlich ein, wirkt aber nicht halb so euphorisch wie sein Mitspieler. Ich zweifle nicht daran, dass er erleichtert ist, mich und meine nervigen Fragen los zu sein, aber feiern tut er seinen Sieg erstaunlicherweise nicht.

Mit einem Blick auf den Tisch vor uns erinnere ich mich wieder daran, was jetzt noch vor mir liegt. Ich habe all das Bier ganz umsonst in mich hineingeschüttet. Und die beiden letzten Becher warten noch auf mich.

Als hätte er meine Gedanken gelesen, hebt Austin den Becher, der noch vor ihm steht, den ich aber eigentlich zusätzlich hätte exen müssen, an seine Lippen. Keine Ahnung, ob er meinen dankbaren Blick richtig interpretiert. Eigentlich ist es mir auch egal, denn ich habe nun eine ganz andere Sorge. Noch bevor ich den letzten Schluck aus meinem eigenen Becher nehme, steigt Übelkeit in mir auf, und ich weiß, dass ich dringend mal an die frische Luft muss.

KAPITEL 10

Austin

Gegen Joyce zu gewinnen, war kein Genuss.

Auch wenn ich im Endeffekt natürlich froh bin, den Sieg auf meiner Seite zu haben, tut sie mir ein wenig leid. Sie hat so viel Hoffnung in diese Abmachung mit dem Bierpong-Match gesetzt und wird nun niemals erfahren, warum ich mein Team in Chicago verlassen habe und nach Hopeville gezogen bin.

Für mich ist das gut, für sie und ihren leider viel zu gut ausgeprägten journalistischen Riecher ist es genau das Gegenteil. Außerdem konnte ich nicht ignorieren, dass ihr Gesicht gegen Ende unseres Spiels immer bleicher wurde.

Die Jungs aus dem Team haben mir auf die Schulter geklopft und mir knapp zu meinem Sieg gratuliert. Außer Joshua natürlich. Der hat sich sofort nach meinem letzten Wurf wieder auf die Couch gesellt, und einer nach dem anderen folgten die *Dragons* ihm. Wie immer. Nur Willie hat mich gebeten, ebenfalls mit zu ihnen zu kommen. Zum Chillen und Trinken, hat er es genannt.

Doch ich bin nur aus einem einzigen Grund auf diese Party gegangen, und der ist jetzt nichtig. Ich habe die

Joyce-Katastrophe schneller als gedacht abwenden können.

Joyce sah zum Ende des Spiels gar nicht gut aus und ist direkt nach ihrem letzten Becher Bier mit der Menge der feiernden Studierenden verschmolzen. Kurz habe ich die Köpfe nach ihrem hohen, blonden Pferdeschwanz abgesucht, konnte sie aber nirgendwo mehr entdecken.

«Du willst sicher schon abhauen?», hakt Willie meiner Abfuhr noch mal nach.

«Ja, ich habe morgen viel zu erledigen. Wir sehen uns nächste Woche beim Training.» Mit den Worten verabschiede ich mich und bahne mir einen Weg zum Ausgang. Versehentlich remple ich dabei einen großen Kerl mit Footballer-Statur an, der mir daraufhin einen Todesblick zuwirft, aber sonst nicht reagiert. Kurz bevor ich die Tür erreiche, schiebt sich eine brünette junge Frau in mein Sichtfeld, die ich noch nie zuvor gesehen habe.

«Heeey», lallt sie und schlingt ihre Arme um meinen Hals.

«Äh, hey und Tschüss», erwidere ich und versuche mich möglichst sanft aus ihrer Umklammerung zu lösen und ihrer ziemlich schlimmen Alkoholfahne zu entkommen.

«Geh nich! Du bist Basketbanner… Basketballer, ich bin Cheerleaderin – wills du denn gar nich tanzen?» Vielleicht kommt mir ihr Gesicht von unserem letzten Spiel doch vage bekannt vor. Mehr aber auch nicht.

«Sorry, aber ich muss los», erwidere ich und nehme ihre Arme von meinen Schultern.

«Mhm, schade!», murmelt die junge Frau und drückt mir, ehe ich ausweichen kann, einen feuchten Kuss auf die Wange. Ich sehe zu, dass ich wegkomme, und erreiche endlich die breite Tür ins Freie.

Die Luft draußen ist noch immer warm, aber sehr viel angenehmer als noch auf meinem Hinweg bei Sonnenuntergang. Ich schaue nach oben in den dunklen Nachthimmel. Die Sterne sind heute besonders gut zu sehen. Meistens verdeckt sie der Smog der Fabriken am anderen Ende der Stadt. Doch heute ist die Nacht klar und strahlt eine angenehme Ruhe aus. Daran kann auch die durch die Tür und Fenster dringende laute Musik von der Party nichts ändern. Am Eingang stehen ein paar Raucher, an denen ich kommentarlos vorbeigehe. Ich möchte gerade um die Ecke biegen, als ich leises Fluchen höre, das harmloser ist als das Schimpfwort-Repertoire eines Grundschülers. Unweigerlich muss ich lächeln.

«Joyce? Alles okay?», höre ich mich fragen, obwohl ich mich einfach auf mein Fahrrad hätte schwingen sollen. Ich habe das Spiel gewonnen. Von nun an können wir unseren Kontakt auf die Basketballspiele reduzieren. Und doch kann ich nicht anders, als anzuhalten. Sie steht ein paar Meter neben dem Weg vor einem Gebüsch. Ihre Brust hebt und senkt sich stark.

«Ich versuche nur meinem Körper klarzumachen, dass er sich nicht übergeben muss. Also alles gut – geh einfach weiter.» Ihre Stimme klingt weniger fest und euphorisch als sonst.

«Soll ich dir ein Glas Wasser holen?», biete ich an. Meine Großmutter würde mich schließlich enterben, wenn ich einfach abgehauen wäre. Hilfsbereitschaft ist eine der Eigenschaften, die sie von jedem erwartet, ganz besonders aber von ihrem Enkel.

«Nein, geht schon.» Sie atmet einmal tief durch. «Die frische Luft hilft einigermaßen.» Erst jetzt schaut sie mich an. Sie sieht mir aber nicht in die Augen, sondern fokussiert einen Punkt auf meiner Wange. Dann zieht sie fragend die Augenbrauen in die Höhe.

«Wie lange war ich hier draußen? Drei Minuten oder drei Stunden?»

«Was meinst du?», frage ich irritiert.

«Du hast knallroten Lippenstift auf der Wange.» Sie grinst, schluckt dann aber wieder konzentriert und atmet erneut tief ein.

«Oh, das. Ich wurde von einer Cheerleaderin überfallen», erkläre ich knapp, woraufhin Joyce laut auflacht und dabei kurz ihre Übelkeit zu vergessen scheint.

«Was ist daran so witzig?»

«Ach, nichts», antwortet sie schnell, ihre Mundwinkel aber noch immer gehoben, als würde ich irgendeinen Insider-Witz nicht verstehen. «Du bist also der Typ Basketballer, der etwas mit Cheerleadern anfängt?»

«Nein.» Ich zögere. «Jein. In der Highschool. Danach nicht mehr», erkläre ich, weil ich das Gefühl habe, sie so ganz gut von ihrem rebellierenden Körper ablenken zu können.

«Lass mich raten, du warst der coole Star-Basketballer und sie die blonde, wunderschöne und beliebte Cheerleader-Kapitänin?»

Nun bin ich derjenige, der lacht, weil Joyce dieses stereotype Bild zeichnet, das kaum von der Wahrheit abweicht. «Sie hatte rote Haare, aber der Rest ist ziemlich treffend. Wir waren ein schreckliches, nicht funktionierendes Klischee.»

Joyce' Schmunzeln hält nur einen winzigen Moment. Dann dreht sie sich ruckartig um und krümmt ihren Rücken in Richtung des Busches. Ich begreife sofort, was passiert, und reagiere, ohne ein einziges Mal darüber nachzudenken. Im nächsten Moment stehe ich schon hinter ihr und halte ihr blondes, zusammengebundenes Haar aus der Schusslinie. Ich weiß nicht, ob ihr das recht ist oder ob sie jetzt lieber alleine wäre. Aber nun einfach zu gehen, fühlt sich nicht richtig an. Also bleibe ich und halte dieser Journalismus-Studentin, die mich innerhalb so kurzer Zeit so viele Nerven gekostet hat, die Haare, während sie sich übergibt.

Eine typische Nacht nach einer Collegeparty eben. Granny wäre auf ihre verschrobene Art vermutlich stolz auf mich.

Das erstaunlich leise Würgen, das aus Joyce' Kehle hervordringt, klingt herzzerreißend und erweckt in mir den seltsamen Wunsch, sie in den Arm zu nehmen.

Gott, an mir scheint das Bier auch nicht spurlos vorbeigegangen zu sein.

Die Abstände zwischen ihren angestrengten Atemzügen und dem plötzlichen Erbrechen werden größer, und schließlich scheint sie sich in vorübergehender Sicherheit zu wiegen.

«Sorry. Das… passiert mir normalerweise nicht.»

«Darf ich dir jetzt ein Glas Wasser holen?», biete ich an und bringe wieder etwas Abstand zwischen uns, während sie sich erschöpft auf den Gehweg setzt. Mit bleichem Gesicht und geschlossenen Augen nickt sie langsam.

Schnell gehe ich rein und kämpfe mich erneut durch die Menge. Ich vermeide dabei jeglichen Blickkontakt, um mich nicht noch einmal in eine ähnliche Situation wie eben mit der Cheerleaderin zu manövrieren. Bewaffnet mit einem Becher kaltem Wasser mache ich mich anschließend auf den Weg zurück zu Joyce.

Noch immer sitzt sie, wo ich sie zurückgelassen habe. Das Gesicht dem Himmel entgegen gerichtet.

Leise setze ich mich neben sie und halte den Becher in ihre Richtung. «Hier», flüstere ich vorsichtig.

Joyce öffnet die Augen, und ich sehe die Nacht in ihren Augen reflektiert. «Danke», sagt sie und nimmt einen vorsichtigen Schluck vom Wasser, um sich den Mund auszuspülen.

Kurz sitzen wir einfach so in einvernehmlicher Stille da, bis Joyce den Becher geleert hat und sich langsam wieder hinstellt. «Ich werde mich auf dem Weg nach Hause machen. Die Party ist für mich ganz offensichtlich vorbei.» Die aufrechte Körperhaltung, in die sie sich selbst zwingt, kann nicht verbergen, wie miserabel es ihr geht. Ihre Haut, die sonst immer leicht gebräunt wirkt, ist gespenstisch weiß. Ihr Atem geht noch immer unregelmäßig, und man sieht ihr deutlich an, wie sehr sie sich bei jedem Atemzug konzentriert.

«Soll ich dir ein Uber rufen?»

Joyce legt den Kopf etwas schief und sieht mich skeptisch an. «Ich habe mich zwar übergeben, aber ein Uber könnte ich mir schon noch selbst rufen. Außerdem ist meine Wohnung nicht weit von hier entfernt. Auf der anderen Seite vom Campus. Das Stück kann ich laufen.»

«Meinst du, es ist eine gute Idee, wenn du jetzt alleine durch die Gegend läufst?», merke ich an. Was, wenn sie in ihrem alkoholisierten Zustand einen Bordstein nicht sieht und sich den Kopf aufschlägt? Oder sie Kreislaufprobleme bekommt, weil ihr Körper völlig erschöpft und leer ist?

Ich weiß ganz genau, dass ich mir das nie verzeihen könnte. Ich bin nun einmal der Einzige, der von ihrem Zustand Notiz genommen hat. Ich wäre verantwortlich. Wieder einmal. Das kommt nicht infrage.

«Austin Fields – bisher hatte ich immer den Eindruck, du wolltest mich so schnell wie möglich loswerden, und jetzt scheinst du dir Sorgen um mich zu machen?»

«Jetzt kannst du mir ja auch nicht mehr mit dieser ewigen Fragerei auf die Nerven gehen», gebe ich zu und kann mir ein süffisantes Grinsen nicht verkneifen.

«Touché. Allerdings ging es bei unserem Deal nur um diese eine spezifische Frage. Mir fallen bestimmt noch Hunderte weitere ein, mit denen ich dich nerven kann.»

«Ich fahre dich nach Hause, in Ordnung?»

«Ich will dir nicht zu nahe treten, aber ich bezweifle stark, dass du noch fahren kannst. Oder darfst.»

«Und ich will dir nicht zu nahe treten, aber die Annahme, jeder Student habe sein eigenes Auto, klingt nach einem ziemlich privilegierten Lebensstandard», ziehe ich sie auf. Joyce scheint kurz über meine Worte nachzudenken.

«Du hast recht. Womit willst du mich denn dann nach Hause fahren, wenn nicht mit einem Auto?»

Grinsend deute ich auf mein rostiges, silbernes Fahrrad, das ein paar Meter von uns entfernt an einem Holzzaun steht.

«Meinst du wirklich, das ist sicherer, als alleine nach Hause zu torkeln?»

«Zu einhundert Prozent», bestätige ich, obwohl ich wahrscheinlich seit dem Sophomore Year niemanden mehr auf einem Fahrrad durch die Gegend kutschiert habe. So was verlernt man aber bestimmt nicht. Hoffe ich.

«Ich muss zugeben, dass der Gedanke, ein paar Minuten eher in meinem Bett zu liegen, durchaus verlockend ist.»

«Na dann los», antworte ich und gehe in Richtung meines Fahrrads. Joyce trottet mit zaghaften Schritten hinter mir her, und ich bin mir sicher, die richtige Entscheidung getroffen zu haben. Sie will es sich vielleicht nicht anmerken lassen, aber der Kilometer bis zum Campusende wäre für sie zu Fuß eine Herausforderung gewesen. Ich schließe das massive Schloss auf, mit dem ich mein Rad sichere. Dieses alte Ding würde vermutlich sowieso niemand klauen, aber ein neues Rad wäre eine zu große ungeplante Ausgabe. Also gehe ich lieber kein Risiko ein.

«Du sagst mir, wo wir langmüssen?» Joyce nickt. Ihr Gesicht ist noch immer unverändert blass. «Und du gibst mir Bescheid, wenn du dich übergeben musst?»

«Ich bezweifle ehrlicherweise, dass da noch irgendwas in meinem Magen ist.»

«Na schön. Dann geht es los.» Ich positioniere das Fahrrad auf der schmalen Straße und spüre, wie Joyce sich hinter mir auf den Gepäckträger setzt.

«Ähm … Ist es in Ordnung, wenn ich mich an dir festhalte? Hier ist kein …»

«Ja, klar», antworte ich möglichst gelassen. Kurz darauf legen sich ihre warmen Arme um meine Mitte.

Ich brauche ein paar Meter, um mich an das zusätzliche Gewicht hinter mir zu gewöhnen. Und an ihre Berührung. Doch dann schaffen wir es relativ komplikationslos über die dunklen, zum größten Teil verlassenen Straßen des Campus. Mir fällt auf, dass ich die Unigebäude, die Wiesen, den Springbrunnen und die Bibliothek bisher nur bei Tageslicht gesehen habe.

Das Universitätsgelände bei Nacht, sanft angestrahlt durch den vollen Mond und das kräftige Licht der Sterne, versprüht einen ganz anderen Charme. Es hat etwas Geheimnisvolles und gleichzeitig Friedliches. Etwas, das sich im ersten Moment zu widersprechen scheint und doch perfekt zusammenpasst.

Joyce navigiert mich bis zu dem Ende des Campus, an dem auch die Sporthalle liegt. Von der Halle aus fahren wir nur noch ungefähr hundert Meter, bis wir in eine kleine Sackgasse abbiegen, in der sich ihre Wohnung befindet. Sie erzählt mir, dass sie dort in einer WG zusammen mit Joshua wohnt, und ich frage mich, was er wohl davon halten würde, wenn er wüsste, dass ich seine Schwester nach Hause gebracht habe. Sicher nicht viel.

Uns gegeneinander Bierpong spielen zu sehen, ging ihm schon gewaltig gegen den Strich. Das war nicht zu übersehen. Zu überhören waren zudem auch nicht die ätzenden, herablassenden Kommentare, die er immer wieder auf mich losgelassen hat. Am liebsten würde ich all die vor Missgunst triefenden Worte ignorieren, weil mir seine Meinung eigentlich nicht egaler sein könnte. Ich versuche sie an mir abprallen zu lassen, wie ein Ball, der gegen das Brett vom Korb gedonnert wird. Doch auch wenn sie mich nicht so sehr verletzen, wie Joshua Reed es sich zu wünschen scheint, höre ich sie in den Momenten, in denen er sie ausspricht, und Stunden danach noch in meinem Kopf.

«Hier kannst du halten. Dort oben ist es.» Ich drehe mich zu ihr herum und sehe, wie sie auf eines der dunklen Fenster im ersten Stockwerk deutet.

«Die Treppen schaffst du?», erkundige ich mich vorsichtig. Joyce scheint von meiner Frage weniger beleidigt, sondern eher amüsiert.

«Wenn du jetzt erwartest, ich würde dich mit hoch bitten, muss ich dich leider enttäuschen.»

«So habe ich das nicht gemeint», antworte ich ehrlich.

«Ich weiß. Keine Sorge, wenn ich mich von deinem Fahrradfahrstil nicht übergeben musste, werden die Treppenstufen sicher kein Problem darstellen.»

«Okay. Dann... gute Nacht», verabschiede ich mich.

«Dir auch eine gute Nacht. Und danke. Fürs Haarehalten und dafür, dass du mich nach Hause gebracht hast.» Sie geht auf die Eingangstür zu. Ihre Schritte sind weniger schwungvoll als normalerweise, ihr Zopf wippt kaum.

Ich warte noch vor der Tür, bis ich das Licht im Obergeschoss brennen sehe.

KAPITEL 11

Joyce

Mein Körper fühlt sich schwer und taub an. Ich wäre froh, wenn es meinem Kopf ebenso gehen würde. Stattdessen hämmert mein schlechtes Gewissen mit dem Pfirsichwein-Bier-Mix um die Wette.

Den halben Tag mit einem fiesen Kater im Bett zu liegen, war nicht geplant. Dementsprechend fleißig hatte ich meinen Sonntag strukturiert. Morgens wollte ich eine große Joggingrunde absolvieren, im Anschluss eine kompakte Crossfit-Einheit. Vor dem Mittag hätte ich gerne die Vorlesungen der letzten Woche nachbereitet – Zusammenfassungen geschrieben, meine Notizen geordnet und ansehnlicher gestaltet. Dann wäre ich einen Kaffee mit Lori trinken gegangen, um den Semesterauftakt zu rekapitulieren. Danach hätte der Wohnungsputz auf dem Plan gestanden, gefolgt von der Bearbeitung meiner nächsten Social-Media-Posts.

Nichts davon habe ich bisher angehen können. Ich liege einfach nur da und leide.

Kaum etwas fühlt sich so wenig nach mir selbst an, wie einen kompletten Tag im Bett zu verbringen. Ich bin Lerche und Eule zugleich. Dass Schlaf wichtig für den Körper und die Gesundheit ist, weiß ich, deswegen tue ich es natürlich. So viel wie eben nötig. Nicht mehr. Den ganzen Sonntag zu verschwenden, quält mich wie kaum etwas anderes. Doch ich kann mich gerade wirklich nicht zu einem einzigen meiner Punkte auf der heutigen To-do-Liste aufraffen.

Es ist auch nicht hilfreich, dass ich mich ständig daran erinnere, wie ich mich übergeben musste. Und Austin Fields hat dabei zugesehen. Wobei das noch gar nicht so schlimm gewesen wäre. Viel schlimmer: Er war *nah* dabei und hat mir meine Haare gehalten. Mir ist selten etwas peinlich, aber diese Aktion würde ich sehr gern vergessen.

Am liebsten würde ich den gesamten Abend noch einmal neu starten. Zu Beginn der Party würde ich keinen Wein trinken, sondern ein Wasser. Dann würde ich Austin erneut zu dem Bierpong-Match herausfordern, es dieses Mal aber gewinnen. Das Bier allein, ohne den zusätzlichen Pfirsichwein intus, würde mich nicht zum Erbrechen bringen, und ich könnte endlich den wahren Grund hinter Austins Wechsel nach Hopeville erfahren. Und dann würde ich ausgelassen mit Lori tanzen, das Bier dabei ausschwitzen und nachts mit Joshua zu Fuß nach Hause gehen, um am nächsten Morgen topfit mit meinem Tagesprogramm zu starten.

So hätte es sein können.

Ein Klopfen an meiner Zimmertür unterbricht meine Gedankenspiele. Einmal lang, dreimal kurz, dann wieder lang. In diesem Rhythmus klopft nur eine einzige Person an meine Tür.

«Komm rein», murmle ich mit kratziger Stimme und huste kurz, um den Frosch in meinem Hals loszuwerden.

Lori sieht etwas müde, aber ansonsten fit aus. Gut, dass ich heute noch nicht in den Spiegel geschaut habe. So, wie ich mich fühle, dürfte mein Gesicht ganz anders aussehen.

«Auf einer Skala von Abschlussball bis Sommercamp, wie schlimm ist dein Kater?»

Ihre Frage lässt mich zum ersten Mal an diesem ätzenden Tag auflachen. Es ist ein Insider, der uns seit unserem Highschool Prom begleitet, weil jeder Außenstehende die Skala falsch herum verstehen würde.

Tatsächlich haben wir an unserem Abschlussball keinen Tropfen Alkohol getrunken. Lori dachte damals, sie sei vielleicht schwanger, und wusste nicht, ob sie das Kind bekommen würde oder nicht. Aus Solidarität bin ich mit ihr nüchtern geblieben. Am nächsten Tag hat Lori ihre Periode bekommen. Es stellte sich heraus, dass die Prom-Vorbereitungen sie wohl einfach nur zu sehr gestresst haben.

Das Sommercamp, in dem wir mit fünfzehn Jahren waren, lief hingegen etwas anders ab. Wir haben dort nicht nur das erste Mal Alkohol getrunken, sondern auch den Alkoholgehalt von diesem lustigen, grünen Waldmeister-Schnaps total unterschätzt. Belohnt wurden wir mit unserem ersten Absturz, einem Filmriss und mit dem schlimmsten Kater der Menschheitsgeschichte, den wir unbedingt vor den fiesen Betreuern geheim halten mussten.

«Kurz vor Sommercamp», antworte ich schließlich.

«Oh, Shit. Die Lage ist also ernst. Gut, dass du so eine vorausschauende beste Freundin hast. Eine Sekunde.» Damit verschwindet sie aus der Tür, und ich schließe meine Augenlider, nur um sie Sekunden später wieder zu öffnen, als sich ein wohltuender Duft in meinem Zimmer ausbreitet.

«Gott, dich schickt der Himmel.»

«Ich weiß.» Lori macht es sich neben mir im Schneidersitz auf dem Bett bequem. Den großen Pizzakarton von unserem Lieblingsitaliener auf ihrem Schoß.

«Doppelt Käse?»

«Ich verstehe die Frage nicht», gibt Lori trocken zurück und öffnet endlich den Karton. Der viele Käse ist perfekt zerlaufen und goldgelb. Die Pizza ist immer etwas zu fettig, was sie zum perfekten Hangover-Essen macht. Allein der Anblick lässt meine Laune in die Höhe steigen.

«Mmh», murmle ich genüsslich nach meinem ersten Bissen. «Pizza macht einfach alles besser. Jetzt ist es nicht mehr ganz so schlimm, dass ich mich vor Austin Fields übergeben habe.»

«Du hast *was*?» Lori lässt fast ihr Pizzastück auf meine Bettdecke fallen, kann es aber gerade noch retten.

«Nicht nur das», stöhne ich auf und vergrabe mein Gesicht in den Händen. «Ich sah scheinbar so fertig und verloren aus, dass er mir sogar die Haare gehalten hat.» Ich erzähle ihr die komplette Geschichte, beginnend von dem Zeitpunkt, an dem sie und ich uns auf der Party getrennt haben. Wie es sich für unsere Afterparty-Gespräche gehört, lasse ich kein noch so winziges Detail aus. Mein fehlgeschlagenes Verhör, der Deal mit dem Bierpong-Match, die schmerzlich knappe Niederlage gegen Austin, meine anschließende Übelkeit und die Tatsache, dass der Pfirsichwein daran schuld gewesen sein muss. Dann der peinlichste Teil des Abends: wie ich mich neben dem Wohnheim in diesen Busch übergeben musste, dem die Toxine bestimmt auch nicht gerade gutgetan haben. Und zu guter Letzt die Heimfahrt auf dem Gepäckträger von Austins klapprigem

Fahrrad, das jede Unebenheit des Bodens deutlich spürbar machte, mir aber, zu meinem Erstaunen, keinen weiteren Brechreiz verursachte.

«Aha. Er hat dich also nach Hause gefahren. Und dann?» Die Augenbrauen meiner besten Freundin tanzen lebhafter, als wir betrunken zu *Single Ladies* von Beyoncé tanzen würden.

Kurz lache ich über den schelmischen Ausdruck in ihren Augen. «Nichts *und dann*. Er hat mich abgesetzt und ich bin quasi direkt ins Bett gefallen.»

Lori mustert mich etwas enttäuscht.

«Nicht das Ende, auf das du gehofft hast?», hake ich nach und greife nach einem weiteren Stück der Pizza. Ich spüre, wie meine Lebensgeister mit jeder Minute mehr zu mir zurückkehren.

«Nicht wirklich.»

«Wie lief dein Abend denn so? Offensichtlich besser, schließlich warst du heute schon in der Lage, aufzustehen und Pizza zu holen.»

«Oh, nicht nur das, ich habe sogar schon eine Yogastunde hinter mir und das Projekt für Professor Humphreys Kurs angefangen», ärgert sie mich.

«Angeberin», grummle ich. «Vielleicht schickt dich doch nicht der Himmel, sondern der Teufel.»

«Mag sein», erwidert sie schulterzuckend. «Meine Ausbeute in der letzten Nacht war jedenfalls nicht grandios. Auch wenn ich mit deinen Erlebnissen dieses Mal nicht mithalten kann. Anfangs war ich wirklich guter Dinge. Ziemlich direkt, nachdem ich mich von den *Dragons* und dir abgekapselt habe, bin ich gegen einen süßen Erstsemester-Studenten gestoßen und habe ihm dabei aus Versehen etwas von meinem restlichen Wein auf das Shirt gekippt.»

«Der Wein, der vermeintlich leer war und wegen dem du überhaupt erst abgehauen bist?», ziehe ich sie für die halbherzige Ausrede von gestern Abend auf.

«Ja, genau der», fährt sie unbeirrt fort. «Na ja, eins führte zum anderen, wir haben getanzt, er hat mich geküsst. Es war viel zu viel Zunge im Spiel, ganz gruselig. Danach habe ich die Flucht ergriffen und habe zufällig Brady getroffen – der Surfer, mit dem ich letztes Semester mal aus war, weißt du noch?»

Eine vage Erinnerung an einen blonden Typen mit Muschelkette taucht vor meinem inneren Auge auf und ich nicke.

«Es hat damals ja nicht so richtig geklickt, und ich dachte, nach diesem üblen Kuss wäre es mit Brady dieses Mal vielleicht so viel besser, verstehst du?» Ich nicke wieder, auch wenn ich eigentlich nicht die geringste Ahnung habe. Obwohl ich Lori meistens besser als mich selbst kenne, kann ich noch immer nicht nachvollziehen, wonach sie so krampfhaft sucht.

«Und? War es denn gut?», frage ich schließlich, weil meine Freundin einen Moment still ist.

«Nope. Ich habe letzte Nacht zwei Frösche geküsst. Das war's.»

«Vielleicht hast du viel zu utopische Vorstellungen von einem perfekten Kuss.»

Lori sieht erst mich an, dann schaut sie an die weiße Wand meines Zimmers. «Ja, wahrscheinlich hast du recht.» Dieser ungewohnt stille, nachdenkliche Moment hält aber nur wenige Augenblicke. «Ich wette, Austin Fields hätte gut geküsst. Und du hast es einfach nicht geschehen lassen!»

«Pscht. Nicht so laut!» Ich werfe einen warnenden Blick zur Tür und lache leise. Auch wenn die Tür geschlossen ist, weiß ich, wie dünn die Wände sind. Und dass mein Bruder nahezu jedes Wort hören könnte, das in meinem Zimmer gesprochen wird, sollte er an der richtigen Stelle im Flur stehen.

«Ah, ich hatte kurz vergessen, dass Joshua ihn ja zum Erzfeind auserkoren hat.» Lori rollt mit den Augen und spricht etwas leiser weiter. «Trotzdem hättest du die Gelegenheit nutzen sollen.»

«Ich verspreche dir, es gab nicht ein einziges Nah-Kuss-Erlebnis mit Austin. Und es gibt eine Million Gründe, warum wir auch niemals in so eine Situation kommen würden.»

«Die wären?», hakt Lori nach und wischt sich die Finger an einer dieser billigen, dünnen Take-away-Servietten ab.

«Erstens: Ich habe mich vor ihm übergeben. Zweitens: Mein Interesse ihm gegenüber hing immer nur mit meiner journalistischen Neugierde zusammen. Drittens: Er hasst meine besagte journalistische Neugierde, weil er irgendwas verheimlicht. Viertens: Austin ist überhaupt nicht mein Typ. Soll ich noch weitermachen?»

«Ach, gut aussehende Sportler sind seit wann genau nicht dein Beuteschema?», stichelt Lori.

«Waren sie noch nie.»

«Cameron, erstes Semester. Leichtathlet, falls du dich nicht mehr erinnern solltest.»

«Natürlich erinnere ich mich an Cameron.» Cameron war meine erste und bisher einzige Collegeliebe. Schon in der ersten Woche haben wir uns in den Einführungskursen kennengelernt und sofort gut verstanden. Unsere Beziehung hielt ganze zwei Monate. Dann hat er über Instagram mit mir Schluss gemacht und sich in den Kursen von mir weggesetzt. Angeblich hätte ich ihn nicht genug *priorisiert*. Was auch immer das bedeuten soll.

«Und ja, Cameron war Sportler. Aber wenn du dir meine anderen beiden Ex-Freunde anschaust, stellst du fest, dass keiner von ihnen Sportler war. Bedeutet also nur einer von dreien. Ergo: kein Beuteschema, nur Zufall.»

Meine Freunde in der Highschool waren tatsächlich nicht sportvernarrt. Da war Ramon, der französische Austauschschüler, in der zehnten Klasse. Eigentlich mochte ich an ihm vor allem seinen Akzent. Seltsamerweise blieben wir tatsächlich ein Paar, bis er zurück nach Europa geflogen ist. Damit war die Sache dann vorbei. Es war überraschend wenig schmerzhaft. Wir wussten beide, dass eine Fernbeziehung nicht das ist, was irgendwer von uns beiden sich für seine Teenager-Jahre vorgestellt hat.

Und dann war da noch Julien, der Schlagzeuger im Junior-Jahr. Absoluter Anti-Sportler, dafür aber Vollblut-Musiker. Anfangs fand ich seine Tiefgründigkeit faszinierend. Bis ich irgendwann verstand, dass hinter dieser vermeintlich grüblerischen, ruhigen Fassade gar nicht so viel steckte und ihm mehr an seinem Image gelegen war.

«Ich bin trotzdem nicht überzeugt», hebelt Lori meine Spitzenargumentation einfach mit einem Schulterzucken aus und schließt den leeren Pizzakarton. «Aber ich bin froh, dass deine Besessenheit nun endlich vorbei ist und du Austins Vergangenheit ruhen lässt.»

«Wann habe ich gesagt, dass ich seine Vergangenheit ruhen lassen werde?»

Meine Freundin schaut mich ungläubig an. «Ging es bei eurem Deal nicht genau darum? Joy, du wirst dich doch an eure Abmachung halten, oder? Komm schon, du bist niemand, der leere Versprechungen macht», redet sie mir vorsorglich ins Gewissen.

«In unserem Deal ging es nur darum, dass ich ihm keine Fragen mehr dazu stelle. Ohne seine Mithilfe kann ich also trotzdem recherchieren.»

«Joyce! Das ist obsessiv.»

«Du müsstest mich eigentlich sehr gut verstehen. Wer ist denn diejenige, die bei jedem Film auf Pause drückt, um zu googeln, woher sie den Synchronsprecher kennt? Wenn du es nicht herausfindest, kannst du dich nicht auf das Geschehen auf dem Bildschirm konzentrieren, weil du die ganze Zeit darüber nachdenkst. Ziemlich ähnlich, findest du nicht?» Mein Argument scheint gut zu sein, denn sie ist tatsächlich kurz ruhig und überlegt. Für mich fühlt es sich wirklich so an. Es mag für andere so banal erscheinen, weil Austins Grund für seinen Wechsel von Chicago nach Hopeville vermutlich wirklich so viel unspektakulärer ist als alles, was ich mir ausmale. Doch das schmälert nicht diese innere Unruhe und Aufregung, die in mir herrscht und keine Ruhe geben will. Wenn ich mir einmal eine Frage stelle, brauche ich auch die Antwort darauf.

«Du bist furchtbar nervig manchmal.»

«Weil ich recht habe?», frage ich und ziehe die Augenbrauen in die Höhe. Was ich sofort bereue, weil ich auf diese Weise meine Kopfschmerzen aus ihrem seligen Food-Koma wecke.

«Weil du immer recht haben *musst*», erwidert meine beste Freundin.

KAPITEL 12

Austin

Ein seltsames Wochenende liegt hinter mir. Die Sache mit der Party lief alles andere als geplant, in gewisser Hinsicht lief es aber auch deutlich besser. Das einzige Problem: Ich habe den basketballfreien Sonntag nur damit verbracht, komischen Gedanken nachzuhängen. Irrationale, irgendwie zusammenhangslose Bildfetzen der Party zum Semesterauftakt, von denen sich viele um das gleiche Motiv drehten. Und dazu habe ich mich ungewohnt allein gefühlt.

Dabei war das eigentlich alles, was ich wollte. Meine Ruhe; allein gelassen werden.

Joyce wird mir nicht länger mit ihren Fragen auf die Nerven gehen, und die Erleichterung, die ich darüber hätte verspüren sollen, blieb weitestgehend aus. Stattdessen kam dieses Gefühl der Einsamkeit über mich, das keinen Sinn ergibt. Schließlich war ich die letzten drei Wochen in Hopeville genauso allein. Richtige Gespräche habe ich nur mit meiner Granny geführt, und das war in Ordnung.

Doch nach dieser Party hat sich das geändert.

Vielleicht ging es meinen Eltern so ähnlich, wenn sie

wieder einmal dem Alkohol verfielen und mich bei Grandma abluden. Wenn sie alles, zumindest im Rahmen ihrer beschränkten Möglichkeiten, im Griff hatten und dann aufgrund zufälliger, ungünstiger Umstände einen Drink zu viel genommen haben. Sie wollten wieder mehr, sie vergaßen, wie gut es ihnen ohne den Alkohol ging. Vergaßen, wie viel leichter ihr Leben zuvor war.

In ihrem Fall nennt man es wohl einen Rückfall. Doch kann man bei der Abstinenz von sozialen Interaktionen mit Gleichaltrigen überhaupt von einem Rückfall sprechen?

So seltsam das Wochenende mit all diesen ungewohnten und überraschenden Gefühlen jedenfalls war, ein noch seltsameres Treffen liegt nun vor mir.

Am Sonntagabend habe ich eine Nachricht von einer unbekannten Nummer erhalten. Wäre sie in einem anderen Moment, an einem anderen Tag auf meinem Smartphone eingegangen, hätte ich mich vielleicht mit einer kurzen, unpersönlichen Antwort aus der Affäre gezogen. Aber Ronalds Enkeltochter hat im richtigen oder vielmehr im falschen Moment Kontakt mit mir aufgenommen. Der Small Talk mit ihr war unkompliziert, und sie hat nicht ein einziges Mal gefragt, wieso ich Chicago verlassen habe. Basketball an sich war allgemein kaum ein Thema, und das war eine entspannte Abwechslung. Sie hat mich an diesem frustrierenden Tag abgelenkt, ohne es überhaupt zu wissen. Die Nachrichten konnten zumindest einen Teil der Bilder der vergangenen Nacht in den Hintergrund drängen, und das hat mir gereicht.

Und jetzt stehe ich vor dem *Brain Brew* und habe so etwas wie ein Date. Nur um meine Grandma zu besänftigen. Nur um dieser unerwarteten Sehnsucht nach gleichaltriger Gesellschaft nachzugeben. Und vor allem: nur um Joyce endlich aus meinem Kopf zu bekommen. Ich weiß sowieso nicht, was sie dort ständig zu suchen hat. Die meisten unserer Gespräche über war ich gestresst und mir war unwohl. Ihre Nähe birgt auch nach unserem Deal noch die Gefahr, dass sie mein Geheimnis herausfindet und es überall auf dem Campus verbreitet. Sie ist eine verfluchte Sportjournalistin, die einen Narren an meiner Vergangenheit in Chicago gefressen hat, und jedes Wort, das ich mit ihr wechsle, steigert das Risiko, ihr den wahren Grund für meinen Wechsel auf dem Silbertablett zu servieren. Alles in mir – nein, fast alles – ist sich einig darüber, Abstand zu Joyce Reed zu halten. Apropos Reed. Nicht vorzustellen, wie viel ätzender Joshuas Verhalten mir gegenüber werden könnte, würde er mich häufiger in der Nähe seiner Schwester bemerken. Der Vorgeschmack auf seine miese Laune während des Bierpongs hat mir definitiv gereicht, und auch bei den beiden Trainingseinheiten danach kam er mir *noch* aggressiver vor.

Ich öffne die Tür zu dem Café, das ich bisher nur von außen in Augenschein genommen habe. Es ist schön, aber nicht unbedingt außergewöhnlich. Die Einrichtung ist modern, ohne klinisch zu wirken. Eine breite Fensterfront hüllt den Laden in natürliches Licht. Von der Decke hängen ein paar Pflanzen in diesen geflochtenen Blumentöpfen. Ich frage mich, ob die Blumen echt oder künstlich sind. Zum Gießen müsste man jedes Mal eine Leiter holen. Nicht sonderlich praktisch.

«Austin?» Eine der beiden Baristas kommt mit einem freundlichen Gesichtsausdruck auf mich zu. Auf ihrem

Profilbild hat ihr kastanienbraunes Haar noch kurz über den Schultern geendet; aktuell fällt es ihr in Wellen bis über die Brust.

«Ja, genau. Hey», begrüße ich sie mit einem etwas unbeholfenen Winken.

«Setz dich ruhig schon mal. Ich bin hier gleich fertig. Was möchtest du trinken? Dann bringe ich uns direkt etwas mit.»

«Äh, ich würde einfach einen schwarzen Kaffee nehmen. Danke.»

«Kommt sofort!»

Kathleen verschwindet wieder hinter dem Tresen. Ich setze mich an einen der kleineren Tische direkt am Fenster und stelle meine Sporttasche neben mir ab.

Während ich auf meine Verabredung warte, beobachte ich die Studierenden, die an diesem Nachmittag über den Campus hetzen. Einige von ihnen sind in Gruppen unterwegs, zu denen ich nie gehören werde. Andere starren so gebannt auf ihr Handy, dass die ihnen entgegenkommenden Leute ruckartig ausweichen müssen.

«Gute Stalking-Position, was?», erschrickt mich Kathleen ungewollt, weswegen ich mir meinen Ellenbogen an der Tischkante stoße. Er beginnt sofort unangenehm zu kribbeln.

«Oh, sorry. Ich wollte dich nicht erschrecken.»

«Schon gut. Danke für den Kaffee», antworte ich und schlinge meine Finger um die weiße Porzellantasse, die Kathleen vor mir abgestellt hat. Für sich selbst hat sie scheinbar noch einen Eiskaffee zubereitet.

«Unsere Großeltern sind wohl unter die Verkupplungskünstler gegangen, hm?» Sie klingt amüsiert und nimmt einen Schluck aus dem hohen Glas. In meinem Magen zieht sich plötzlich etwas zusammen, und ich weiß, dass ich dringend etwas klarstellen sollte.

«Ja… Was das angeht…» Ich kratze mir nervös an der Augenbraue. Der Nachrichtenaustausch mit Kathleen war so erfrischend leicht, dass ich sie ungern vor den Kopf stoßen möchte. Andererseits will ich auch wirklich keine falschen Hoffnungen schüren. «Ich bin aktuell nicht auf der Suche…»

«Sag nicht, dein Herz ist schon vergeben!», sie fasst sich an die Brust, und ich kenne sie zu wenig, um ihre Reaktion richtig interpretieren zu können.

«War nur ein Spaß! Glaub mir, mir fällt gerade ein kleiner Stein vom Herzen», erklärt sie nun, doch ich verstehe noch immer nicht, was sie meint. Also lege ich den Kopf etwas schräg und schaue sie verwirrt an.

«Meine zwei besten Freunde haben letztes Semester ihren Abschluss gemacht und ich könnte ein paar neue Bekanntschaften gebrauchen. Deswegen habe ich dich angeschrieben und deine Nummer nicht einfach in irgendeinen Notizblock gelegt, in dem sie dann für die nächsten zwei Jahre in Vergessenheit geraten wäre. Glaube mir, mein romantisches Interesse an dir könnte kaum weniger sein.»

«Nicht böse gemeint», schiebt sie schnell hinterher. Aber wie könnte so ein Satz nicht etwas gemein bei seinem Empfänger ankommen?

«Autsch?», antworte ich etwas irritiert.

«Ich bin lesbisch. Und du keine Frau. Wäre ich hetero, würde ich dich bestimmt *unglaublich* attraktiv finden, also sei nicht beleidigt», lacht sie, und ich spüre, dass sich mein Magen endlich entspannt.

«Wieso wollen unsere Großeltern uns dann verkuppeln?»

«Mein Grandpa weiß es nicht. Wäre also toll, wenn du deiner Großmutter nichts sagst. Sie ist ja nicht gerade für das Hüten allgemeiner Geheimnisse bekannt», erklärt Kathleen zwinkernd. Wenn sie wüsste, wie gut Granny *mein* Geheimnis für sich behalten kann – sie würde sich wundern. Die ganze Stadt würde sich wahrscheinlich wundern.

«Ich werde nichts sagen. Versprochen. Darf ich fragen, warum du es ihm nicht erzählst?»

«Man könnte behaupten, ich würde Konflikten gern aus dem Weg gehen. Dabei glaube ich nicht mal, dass mein Grandpa wirklich negativ reagieren würde. Ein wenig traurig wäre er sicher, weil es so viel schwieriger für mich wäre, Kinder zu bekommen. Falls ich denn welche haben möchte. Er redet schon seit Jahren davon, wie sehr er sich auf Enkelkinder freut. Kleine Kinder, die wie ich und meine Mom aussehen, um sich herumrennen zu haben», ein etwas wehmütiger Ausdruck stiehlt sich in ihr Gesicht, und sie nimmt einen großen Schluck von ihrem Eiskaffee, bevor sie weiterredet. «Meine Mutter ist vor vier Jahren gestorben, und seitdem krallt er sich so an diese Vorstellung, dass mir allein der Gedanke, diese Illusion zu zerstören, Schmerzen bereitet. Solange ich also sowieso in keiner ernsten Beziehung stecke, behalte ich es für mich.»

«Das kann ich verstehen», antworte ich und bewundere Kathleen stumm für ihre Offenheit. Wir kennen uns kaum, und trotzdem lässt sie mich an etwas so Persönlichem teilhaben.

«Jetzt bist du dran: Was ist der wahre Grund, warum du kein Date-Date mit mir willst?» Sie lässt mir keine Zeit zu antworten. «Lass mich raten: Du bist verliebt in eine Frau, aber es ist kompliziert?»

Ich weiß nicht, wie ich darauf reagieren soll. Eine Seite in mir fühlt sich seltsamerweise ertappt, während ein anderer Teil diese Vermutung als kompletten Quatsch abstempelt.

«Wow, direkt ein Volltreffer? Ich bin wirklich gut! Das Psychologie-Studium macht sich scheinbar bezahlt.» Kathleen schlägt begeistert in die Hände.

«So ist das nicht…», beginne ich, werde aber durch eine Bewegung im Augenwinkel unterbrochen.

Nein. Komm schon, Universum. Was soll die Scheiße?

«Austin. Kathleen. Schön, euch zu sehen!» Joyce hält einen To-go-Becher aus hartem Plastik in der Hand und sieht wieder deutlich gesünder aus als bei unserer letzten Begegnung. Ihre Haut ist nicht mehr so bleich und sie sprudelt wieder vor lauter Leben. Ihr Eyeliner ist heute pink, wie an dem Tag, als ich sie das erste Mal gesehen habe. Wieso zur Hölle erinnere ich mich überhaupt daran? Und warum kennt Joyce eigentlich jeden Menschen auf diesem verfluchten Campus mit Namen?

«Hi, Joyce. Die wievielte Dosis ist es heute?» Kathleen schaut sie verschwörerisch an.

Joyce hält sich die Hand vors Gesicht, als würde sie ein Geheimnis mit uns teilen. «Nummer vier. Aber ich bin optimistisch, dass es die letzte ist», antwortet sie verschwörerisch. Alles an ihr wirkt so gelassen und positiv. Ich finde es genauso faszinierend wie gruselig.

«Na ja, ich will euch dann mal nicht weiter stören.» Sie strafft die Schultern und sieht mich das erste Mal ein wenig länger an. Wieder fühlt es sich an, als würde sie allein mit ihrem Blick meine Seele durchforsten. Jeden Ordner öffnen wollen, jedes darin abgeheftete Dokument in Augenschein nehmen. Besonders die, auf denen mit großen, roten Lettern TOP SECRET steht. Bevor ihr das noch gelingen kann, schaue ich runter auf meine Kaffeetasse.

Nach dieser Party kam es mir so viel leichter vor, mit ihr zu sprechen. Mit ihr herumzualbern, sie auf meinem alten Drahtesel nach Hause zu fahren. Jetzt, komplett nüchtern und zurück in unserem Alltag, bin ich mir der Gefahr, die von dieser Bekanntschaft ausgeht, wieder viel bewusster. Und trotzdem ist da dieses Ziehen in meiner Brust.

«Viel Spaß euch beiden noch! Wir sehen uns.»

Kathleen verabschiedet sich ebenfalls von Joyce und ich sitze bloß stumm auf meinem Stuhl. Erst als sie sich entfernt, traue ich mich, ihr mit meinem Blick kurz zu folgen. Schnelle, eilige Schritte, die trotzdem mit jedem Wippen ihres Pferdeschwanzes diese schreckliche Zufriedenheit ausstrahlen.

Bestimmt hetzt sie gerade von einem Kurs zum nächsten, führt ein Interview, wechselt zu einer Freizeitaktivität und dann wieder zu etwas, das mit Arbeit zu tun hat, ihr aber eher wie Vergnügen erscheint. Es ist so offensichtlich, dass sie alles liebt, was mit ihrem Studium und ihren zusätzlichen Arbeiten zu tun hat. Vielleicht beneide ich sie dafür ein wenig.

«Interessant», murmelt Kathleen, und mir wird bewusst, dass ich für einen Moment vergessen habe, wo ich gerade eigentlich bin. Und mit wem ich in diesem Café sitze.

«Hm?», hake ich nach, weil ich nicht mitbekommen habe, ob sie davor etwas gesagt hat, auf das sich ihr «interessant» bezieht.

«Joyce ist es also.» Obwohl wir uns gerade erst kennengelernt haben und sie eigentlich nur eine Vermutung äußern kann, klingt es eher nach einer Feststellung. Sie lehnt sich etwas nach vorn, um mir prüfend in die Augen zu schauen.

«Was meinst du?», versuche ich mich unwissend zu geben.

«Na, Joyce ist die Frau, mit der es kompliziert ist!»

«Ähm... Nein! Wie kommst du darauf?» Ich schüttle vehement den Kopf, in dem Versuch, so die Glaubwürdigkeit meiner Antwort zu unterstreichen.

«Du wirst rot», stellt Kathleen fest und nimmt noch einen Schluck von ihrem Eiskaffee.

Ertappt fasse ich mir an die Wangen. Im Vergleich zu der Kaffeetasse vor mir ist mein Gesicht nicht unbedingt warm.

Hat sie mir gerade eine Falle gestellt?

Etwas ungläubig schaue ich sie an. Sie hat etwas Sahne an der Oberlippe und lächelt mich verschmitzt an.

«Glaube mir, ich kann dich gut verstehen. Sie ist nicht nur sehr hübsch, sondern versprüht auch diese unfassbare Energie, die sich nur durch ihre bloße Anwesenheit auf dich überträgt. In den ersten beiden Wochen habe ich verzweifelt nach Zeichen Ausschau gehalten, ob sie vielleicht ein wenig romantisches Interesse an mir haben könnte. Aber Fehlanzeige. Joyce ist zwar verdammt freundlich, flirten tut sie mit mir aber nicht.»

Ich lasse ihre Worte für einen Moment auf mich wirken und stelle mir selbst die gleiche Frage. Hat Joyce jemals mit *mir* geflirtet?

Nur zu gut erinnere ich mich an die Party. An jeden

einzelnen Moment. Jedes Wort, jede flüchtige Berührung. Sie hat nach meinem Arm gegriffen, um mir diesen Bierpong-Deal vorzuschlagen. Das muss aber nichts zu bedeuten haben. Viel wahrscheinlicher ist, dass sie mich einfach nur am Gehen hindern wollte. Nicht, um Zeit mit mir zu verbringen, sondern um so endlich an meine Geschichte zu kommen. In diesem Moment habe ich nur gehofft, sie würde nicht bemerken, dass meine Haut unter ihrer Berührung unberechtigterweise in Flammen gerät. Auch die Nähe auf dem Fahrrad, ihre Arme um meinen Körper, hatten praktische Gründe. Nichts, woraus sich ableiten ließe, dass sie mit mir flirtete.

Warum zur Hölle enttäuscht mich diese Erkenntnis?

«Da ist wirklich nichts zwischen uns», antworte ich schließlich. Zu spät bemerke ich die feine Nuance des Bedauerns in meiner Stimme. Ich räuspere mich, um es nachträglich zu überspielen, doch Kathleen scheint es genau bemerkt zu haben. Sie nickt, doch ihr Gesicht sagt etwas ganz anderes. Wir wechseln das Gesprächsthema, und ich bin ihr dankbar dafür, dass sie nicht weiter nachbohrt. Dieses Treffen sollte mich schließlich auf andere Gedanken bringen.

Weg von Chicago, weg vom Basketball, weg von meiner Vergangenheit. Weg von Joyce Reed, der Sport-Journalistin.

KAPITEL 13

Joyce

An diesem Freitag, kurz vor dem Ende der Öffnungszeiten, begrüßt uns ausnahmsweise nicht Kathleen im *Brain Brew*. Die Barista, die stattdessen hinter dem Tresen steht, habe ich zwar schon ein paarmal gesehen, mich aber noch nicht wirklich mit ihr unterhalten.

Lori und ich geben unsere Bestellung auf, und mein Blick wandert wie automatisch zu dem Fenstertisch, an dem ich Austin und Kathleen vor ein paar Tagen zusammen gesehen habe. Es hat mich überrascht, mehr nicht, versuche ich mir selbst dieses komische Gefühl in meinem Bauch zu erklären.

Austin wirkte auf mich bisher eher wie ein Einzelgänger, der wenig Interesse an seinen Mitstudierenden zeigt, und auch aus den privaten Treffen der *Dragons* scheint er sich herauszuhalten. Ihn bei einem Date zu sehen, hat einfach nicht richtig in das Bild gepasst, das ich von ihm hatte.

«Dein Kaffee mit Hafermilch und Karamellsirup», erklingt die helle Stimme hinter dem Tresen, und ich greife nach meinem geliebten Mehrwegbecher. Lori erhält ihre Bestellung wenige Sekunden später.

«Du bist ziemlich ruhig heute», stellt Lori fest, als wir das Café verlassen, und nimmt mich von der Seite genau in Augenschein.

«Wird nach ein paar Schlucken hiervon bestimmt anders», erwidere ich, hänge meinen Gedanken aber noch immer ein wenig nach.

«Komm schon, sag mir, was los ist», bohrt meine beste Freundin weiter nach.

Ich seufze, weil ich doch selbst keine Ahnung habe, was mit mir nicht stimmt. «Alles gut», winke ich ab und wechsle das Thema auf unsere Unterhaltung von vorhin. «Du bist sicher, dass du dich mit diesem Kerl treffen willst?»

«Ja, bin ich», Lori rollt betont langsam mit den Augen. «Du bist doch sonst nicht so skeptisch, wieso heute?»

«Weil du den Typen noch nie im Reallife gesehen hast und er fast dreißig ist!», erkläre ich meine Sorge, die ich für absolut begründet halte.

«Gott, Joy. Wir leben in einem Zeitalter, in dem Online-Dating wirklich keine Besonderheit mehr ist. Außerdem ist er siebenundzwanzig, nicht *fast dreißig*. Und da ich ihn noch nie zuvor gesehen habe, treffen wir uns auch nicht bei ihm zu Hause, sondern im *Hope & Hops*.»

«Das wäre ja noch schöner», murmle ich. «Wenn er seltsam ist oder du dich unwohl fühlst, kannst du mir jederzeit schreiben. Dann komme ich und rette dich.»

«Ach, du verlässt dann das Basketballspiel? Auch wenn es gerade so richtig spannend ist?», hakt Lori provokant nach.

«Es ist ziemlich beleidigend, dass du denkst, ich würde dich für ein Basketballspiel in einer Notsituation hängen lassen!», echauffiere ich mich theatralisch.

Wir sind jetzt fast an der Sporthalle angekommen. Lori

braucht von dort aus bloß ein paar weitere Minuten bis ins *Hope & Hops*. Um noch in Ruhe unseren Kaffee austrinken zu können, setzen wir uns auf die verschnörkelte Parkbank vor der Sportanlage. Außerdem hat Lori nur eine winzige Handtasche dabei, in die maximal ihr Handy passt, weswegen ich angeboten habe, ihren Mehrwegbecher einzustecken. In meinem großen Rucksack ist schließlich genug Platz.

«Zeig mir noch mal die Bilder von deinem Date», fordere ich sie auf. Lori entsperrt ihr Handy, öffnet die Dating-App und wischt ein paarmal über das Display, ehe sie mir das Smartphone reicht.

«Für den Fall, dass ich verschwinde und du ein Phantombild erstellen musst?», amüsiert meine Freundin sich.

«Vielleicht.»

Ich studiere die Fotos und die Angaben, die er über sich gemacht hat. Auf den Bildern sieht der Typ tatsächlich ziemlich nett aus. Es ist weder eines dieser Profile, auf denen die Person hauptsächlich ohne Shirt zu sehen ist, noch besteht es bloß aus Gruppenfotos, bei denen man keine Ahnung hat, welcher davon er eigentlich ist.

Eigentlich ein gutes Zeichen.

Auf einem Bild schaut er freundlich in die Kamera, das zweite Foto zeigt ihn beim Kajakfahren in Florida und das dritte Bild in einem schicken Anzug bei einer Feier oder Hochzeit. *Dan, 27 Jahre, Hopeville, Unternehmer. Hobbys: Kino, Kajakfahren, Lesen.*

«Unternehmer?», hake ich skeptisch nach.

«Ja, er ist selbstständig. Irgendwas im Pharma-Bereich.»

«Aha», antworte ich unschlüssig, weil das meine Skepsis nicht gerade löst. Lori übergeht meinen Kommentar und nimmt das Handy wieder an sich. Dann legt sie ihren Kopf in den Nacken und leert den letzten Kaffeerest. Sie übergibt mir den Becher, und wir erheben uns von der Bank, um aufzubrechen. Ich zur Sporthalle, Lori zu ihrer Verabredung. Doch bevor wir uns voneinander verabschieden können, läuft eine Gruppe angetrunken wirkender Studenten an uns vorbei.

«Na, die versucht nicht einmal zu verstecken, dass sie jeden ranlässt! Das Kleid ist ja eine eindeutige Einladung.»

Wut, die so selten Besitz von mir ergreift, kocht augenblicklich hoch. Es braucht für gewöhnlich eine Menge, um mich so richtig auf die Palme zu bringen. Doch meine beste Freundin anzugehen, und dann noch auf eine so widerlich sexistische Art, ist ein rotes Tuch für mich.

Ich schaue die Gruppe junger Männer an und identifiziere den Sprecher als einen Typen, mit dem Lori sich letztes Semester zweimal getroffen hat. Nach dem zweiten Date hat sie die Sache beendet, wenn ich mich richtig erinnere.

Mein Blick streift nur kurz Lori, die in diesem Moment aussieht, als würde sie alles geben für eine Maschine, die sie aus dieser Situation hinausteleportiert.

«Erstens», höre ich mich mit fester, aber zynisch freundlicher Stimme sagen. «Kommt da wohl jemand nicht mit seinen unerwiderten Gefühlen zurecht. Zweitens könnten wir hier in Unterwäsche vor dir stehen und es wäre trotzdem keine *Einladung.*» Ich setze mein letztes Wort mit den Fingern in Anführungszeichen und mache einen Schritt auf die kleine Gruppe zu. «Man sollte meinen, das hätte mittlerweile auch der letzte Neandertaler unserer Generation verstanden, aber da habe ich mich wohl geirrt.»

Ich sehe dem Kerl direkt in die Augen, mache mich so groß wie nur möglich und warte seine Reaktion ab, doch er bleibt stumm und schaut mich mit einer Mischung aus Irritation, Überraschung und Abneigung an. Einer seiner Freunde ist es, der als Erster die Stille bricht. Mich durchströmt fast so etwas wie Genugtuung.

«Damn! Die hat's dir aber gegeben, Mann!» Sein Lachen ist unangenehm. Loris Ex-Date scheint sich nun aus seiner Starre zu befreien.

«Kommt, lasst uns weitergehen. Die Weiber sind irre!»

Mit diesen Worten ziehen die Idioten weiter und lassen Lori und mich endlich in Ruhe. Ich drehe mich zu meiner besten Freundin um, die ihnen nachdenklich hinterherschaut.

«Meinst du, es ist falsch, was ich mache?», fragt sie mich schließlich, den Blick noch immer Richtung Campusende gerichtet.

«Was meinst du?», erkundige ich mich, weil ich ihren Gedankengängen gerade nicht folgen kann. Mein Körper ist noch immer voller Adrenalin und Ärger.

«Die Dates, die Typen», sie deutet auf sich selbst, auf ihr schönes, eng anliegendes bordeauxrotes Kleid. «Das hier», fügt sie leise hinzu.

«Nein!», widerspreche ich vehement. «Lass dir so einen Mist nicht einreden. Es geht niemanden auch nur im Entferntesten etwas an, mit wem du dich triffst, wen du küsst, mit wem du schläfst und was du anziehst. Wenn es sich für dich richtig anfühlt, dann ist es das auch.» Lori nickt resigniert.

«Ich will doch nur fühlen, was… Ich will mich einfach nur verlieben.»

«Und vielleicht ist *Dan, 27 Jahre, Unternehmer* ja die Person, in die du dich verlieben wirst», füge ich aufmunternd hinzu.

«Meinst du?», fragt sie. Ihre Gesichtszüge wirken endlich wieder etwas entspannter und unbeschwerter.

«Ehrlich gesagt setze ich nicht allzu viel Hoffnung in *Dan*. Aber ich bin ganz sicher keine große Expertin in Sachen Liebe, also wer weiß das schon.»

«Ja, du hast recht. Das bist du nicht. Genau genommen bist du ziemlich blind, wenn es um deine eigenen Gefühle geht», fordert sie mich heraus, und ich bin froh, dass sie den dämlichen Kommentar dieses Vollidioten einigermaßen gut verkraftet hat.

«Hast du nicht ein Date, bei dem du sein solltest?», ärgere ich Lori und tue so, als würde ich sie in Richtung *Hope & Hops* schieben. Letztendlich wird eher eine Umarmung daraus.

«Danke, Joy. Wirklich.» Ihre Stimme ist nun wieder ernster und ruhiger.

«Hat irgendwie Spaß gemacht», antworte ich schulterzuckend und denke an das Gesicht des sprachlosen Typen.

Dieses Spiel ist ein wahrer Krimi. Die Führung wechselt beinahe im Minutentakt. Die *MUSC Warriors* wurden mit Beginn der zweiten Halbzeit stärker und die *Dragons* scheinen davon sichtlich beeindruckt zu sein.

Unnötige Ballverluste, voreilige Würfe, Einzelgänge, die im Zusammenspiel bestimmt erfolgreicher ausgefallen wären.

Objektiv, na ja, halb objektiv betrachtet, ist Hopeville das deutlich bessere Team. Doch heute kommen so viele individuelle Fehler zusammen, dass davon nicht viel zu sehen ist.

Wenn sie sich so leicht aus der Ruhe bringen lassen, wird die Meisterschaft unerreichbar sein, wenn im Januar die Conference-Season beginnt und es wirklich ernst wird. Enttäuscht kritzle ich ein paar Notizen in mein kleines Buch, als das Spiel kurz wegen eines Fouls unterbrochen wird.

67 zu 65. Es sind noch ungefähr fünf Minuten auf der Uhr.

Ich sitze ziemlich dicht hinter der Spielerbank der *Dragons* und kann so nahezu jedes Wort hören, das Coach Soto auf das Spielfeld brüllt. Verständlicherweise ist er alles andere als zufrieden.

Josh versucht gerade mithilfe eines Blocks von Willie an seinem Gegenspieler vorbeizukommen. Er kann ihn nicht ganz abhängen, kommt aber einen Schritt an ihm vorbei und zieht so Austins Verteidiger auf sich, der dadurch frei an der Drei-Punkte-Linie steht. Mein Bruder steuert weiter den Korb an, wird beim Abschluss aber geblockt. Die *Warriors* nutzen die Chance für einen gut ausgespielten Konter.

Unentschieden.

«Wieso, verflucht noch mal, gibst du den Ball nicht ab, Reed?» Der Coach ist frustriert. Man muss ihn nicht gut kennen, um das herauszuhören. Selbst ich traue mich kaum, hinunterzugehen und noch ein paar Fotos von der Bank des Teams zu machen, aus Angst, ich könnte ebenfalls angebrüllt werden.

Soto signalisiert dem Kampfgericht, dass er bei der

nächsten Unterbrechung eine Auszeit nehmen wolle. Der Ball landet wenige Sekunden später im Aus und der schrille Ton kündigt den Spielern das Time-out an.

Der Blick jedes einzelnen Teammitgliedes verrät, dass sie genau wissen, was nun auf sie zukommen wird. Sie sind noch gar nicht richtig an der Bank angekommen, da legt der Coach schon los.

«Soll das ein Witz sein? Im Ernst – wollt ihr mich heute komplett verarschen?» Die Jungs greifen stumm nach ihren Trinkflaschen und nehmen gierige Schlucke.

«Fields und Reed, es ist mir scheißegal, wenn ihr euch nicht ausstehen könnt. Wenn ihr da rausgeht, seid ihr ein Team und werdet euch auch so verhalten. Solltet ihr das nicht auf die Reihe bekommen, schicke ich euch auf die Bank.» Sein Blick wandert um die Runde. «Ihr alle werdet jetzt endlich zeigen, was ihr draufhabt, ist das klar, verdammt?»

«Ja, Coach!», versprechen die *Dragons* beinahe unisono, und mir entgeht nicht der feindselige Blick, den mein Bruder Austin zuwirft. Es ist so kindisch.

Das Spiel geht weiter. Es läuft noch immer nicht prickelnd, aber Sotos Ansprache scheint zumindest ein wenig Wirkung zu zeigen. Josh spielt im nächsten Angriff an Austin ab, der den Ball im Korb versenkt. Es folgen trotzdem weitere unnötige Ballverluste, Nachlässigkeiten in der Verteidigung, Würfe, die danebengehen. Die Führung wechselt munter, die Stimmung auf der Tribüne ist aufgeladen. Die letzte Minute bricht an.

«Manndeckung, ab der Grundlinie, Jungs. Mit allem, was ihr habt! Wir dürfen keinen Korb mehr kassieren», brüllt der Coach über das ganze Spielfeld. Das Team reagiert sofort. Jeder weiß, wohin er muss. Die Gegner haben Schwierigkeiten, den Ball überhaupt über die Mittellinie zu bringen. Mein Blick wandert zu der 30-Sekunden-Uhr, die bei jedem Angriff neu startet. Viel Zeit bleibt den *Warriors* nicht mehr, ihren Spielzug abzuschließen. Austins Gegenspieler ist am Ball, er verteidigt konzentriert, ist nie einen Schritt zu langsam. Er versucht Richtung Korb zu dribbeln, Austin ist weiter vor ihm. Nur noch zwei Sekunden auf der Shot Clock. Er springt ab, direkt vor Austin, der nun die Gelegenheit hat, den Wurf abzublocken oder seinen Wurf zumindest zu behindern. Doch Austins Füße heben sich nicht vom Boden. Er bleibt stehen und schaut resigniert dem Ball hinterher, der im Netz landet.

«Fields!», höre ich es von der Bank schreien. Austin scheint aus seiner Starre zu erwachen und macht weiter.

Der *MUSC* führt mit zwei Punkten. Es sind noch 27 Sekunden Spielzeit übrig.

Meine Hände beginnen zu schwitzen. Seit Minuten habe ich mir keine Notizen mehr gemacht. Ich bezweifle auch, dass das nötig sein wird, so sicher bin ich mir, dass ich mir jedes Detail dieses nervenaufreibenden Spiels einprägen werde.

Joshua ist am Ball. Ein perfekter Abschluss ist nötig. Von diesem einen Angriff hängt ab, wer das Spiel für sich entscheiden wird oder ob eine Verlängerung schließlich Aufschluss über Sieg oder Niederlage geben wird. Drei Punkte für den Sieg der *Dragons*, zwei Punkte, und es geht in die kräftezehrende Verlängerung. Ein erfolgloser Angriff würde zu einer dramatischen Niederlage führen. Alles ist möglich.

Die restliche Spielzeit ist zwar knapp, aber Joshua muss

sicherstellen, dass der *MUSC* nach dieser letzten Chance nicht mehr zu einem Gegenangriff kommt. Er lässt sich Zeit. Josh dribbelt auf der Stelle, macht Schlenker von links nach rechts und wieder zurück. Nimmt absichtlich wertvolle Sekunden von der Uhr, was einen weiteren Gegenangriff nahezu unmöglich macht.

Noch fünf Sekunden.

Er schlägt einen schnellen Haken, zieht mittig zum Korb, und kurz fürchte ich, eine Wiederholung der unerfolgreichen Szene von vorhin zu bekommen. Doch dieses Mal spielt er ab. Ein perfekter Pass auf Austin, der an seiner Lieblingsposition außerhalb der Drei-Punkte-Linie steht.

Noch zwei Sekunden.

Austins Gegenspieler sprintet los, doch er ist bereits in der Luft, lässt den Ball los. Der Buzzer, der das Ende der Spielzeit verkündet, erklingt. Alle Augen verfolgen die Kurve des Basketballs, der schließlich mit einem *Wusch* durch das Netz schnellt. Drei Punkte.

Die Tribüne tobt, die Erleichterung ist unseren Spielern ins Gesicht geschrieben.

Die *Warriors* verlassen fluchend das Spielfeld. Coach Sotos Kopf ist knallrot. Er ruft das Team zu sich, doch Gratulationen verteilt er nicht.

«In fünfzehn Minuten in der Kabine. Wer sich verspätet, läuft bis Mitternacht Strafrunden!»

Er geht voraus, um sich bei den Schiedsrichtern zu bedanken und das gegnerische Team abzuklatschen. Die *Dragons* folgen ihm weitestgehend stumm. Als das erledigt ist, verschwindet er mit wütend entschlossenen Schritten in Richtung seines Büros.

Von ihm werde ich heute sicher kein Interview bekommen. Hoffentlich traut sich wenigstens einer der Spieler, sich meinen Fragen zu stellen. Prinzipiell tun sie das nach klaren Siegen um einiges lieber als nach Niederlagen oder durchwachsenen Leistungen wie heute.

Da fällt mir aber ein, dass ich beim letzten Spiel bereits eine sichere Zusage für mein nächstes Interview erhalten habe.

Ich positioniere mich mit meiner Kamera gewappnet an meinem Lieblingsspot. Dicht genug am Geschehen, um die Stimmung im Hintergrund einzufangen, aber mit ausreichend Abstand zur Tribüne, damit bei der Aufnahme jedes Wort zu verstehen ist. Ein schneller Blick auf die Uhr verrät mir, dass die Jungs nur noch zehn Minuten haben, bis sie in der Kabine sein müssen und vom Coach um einen Kopf kleiner gemacht werden.

Austin ist passenderweise einer der Ersten, die sich ihre Sachen schnappen und in die Kabine verschwinden wollen.

«Austin», halte ich ihn auf und wedle mit der Kamera in meiner Hand. «Du hast es versprochen», erinnere ich ihn.

Er fährt sich mit der Hand über das gerötete, verschwitzte Gesicht. «Richtig», murmelt er und macht zwei Schritte in meine Richtung. Der Ansatz seiner Haare ist feucht, auch seine Arme glänzen etwas vor Anstrengung. Es ist verrückt, dass ihn dieser Aufzug irgendwie noch attraktiver macht. *Moment, was?*, stolpere ich über meine eigenen Gedanken und verbanne sie sofort.

«Soll ich mich hierhin stellen?», fragt Austin, und ich nicke, als er sich in die perfekte Position vor die Kamera begibt. Er wirkt erschöpft und alles andere als gut gelaunt. Trotz des Sieges und trotz seines spielentscheidenden Treffers. Ich bin mir sehr sicher zu wissen, woran das liegt, werde aber nicht direkt mit meinen Vermutungen starten. Schließlich will ich die Stimmung des Interviews nicht sofort mit der ersten Frage dämpfen. Wenn ich so in sein lustloses Gesicht schaue, frage ich mich aber, ob hier überhaupt noch etwas gedämpft werden kann. Ich überprüfe ein letztes Mal die Position der Kamera auf dem Stativ. Dann beginne ich die Aufnahme.

«Ihr habt es heute definitiv spannend gemacht für das Publikum», stelle ich zur Einleitung fest. Austins Nicken ist kaum wahrzunehmen. «Haben die deutlichen Ansagen von Coach Soto geholfen, euch in den letzten Minuten zusammenzureißen?»

«Definitiv. Er hatte ja recht. Was wir da auf dem Spielfeld zur Schau gegeben haben, war eine Katastrophe. Er hat uns damit geholfen, dass er uns das so klar gespiegelt hat», antwortet er diplomatisch, aber aufrichtig.

«Du hast mit der Schlusssirene den Siegtreffer erzielt. Was für ein Gefühl war das?»

Austin scheint kurz nachzudenken. Er fährt sich durch die Haare und wirkt etwas angespannt.

«Für eine Sekunde hat es sich unglaublich gut angefühlt. Erleichterung, Euphorie.»

Ich bemerke, dass er mich anschaut, nicht die Kamera, und stelle mich direkt hinter das Stativ, damit es den Zuschauerinnen und Zuschauern später nicht auffällt. «Und nach dieser Sekunde?», bohre ich nach.

«Dann ist das Spiel vorbei, und man realisiert, wie unnötig diese späte Entscheidung über den Sieg war. Hätten wir vorher besser gespielt, wäre es für das Publikum nicht nur ansehnlicher gewesen, wir hätten auch mehrere neue Spielzüge testen können, wie es bei den Spielen vor der Saison ja eigentlich am sinnvollsten ist.»

Normalerweise habe ich kein Problem damit, etwas provokante Fragen zu stellen und die Sportler so aus der Reserve zu locken. Fragen zu stellen, die vielleicht unangenehm sind, die sich aber sämtliche Fans stellen. Doch jetzt gerade fühlt sich das nicht gut an. Und trotzdem frage ich ihn, weil ich das können *muss*. Wenn ich professionelle Sportjournalistin werden möchte, darf ich auch vor solchen Hürden keinen Halt machen.

«Wie kommt es, dass du heute so halbherzig verteidigt hast? Mir und den Zuschauern ist da vor allem der letzte Angriff der *Warriors* im Gedächtnis geblieben.» Ruckartig verändert sich etwas in seinen Augen. Anspannung und fast etwas wie Trotz blitzt in ihnen auf.

«Wie kommt es, dass *du* dich selbst nie verteidigst, deine Freundin aber schon?» Seine Gegenfrage erwischt mich vollkommen unvorbereitet, und ich verstehe nicht, was er damit meint.

«Sorry», schiebt er hinterher, ehe ich etwas sagen kann. «Ich bin nicht gut drauf, und ich schätze, du hast ein empfindliches Thema erwischt. Das hier ist dein Job, ich hätte nicht persönlich werden dürfen.»

«Noch ist das hier genau genommen kein Job», antworte ich etwas versöhnlich. «Was hast du mit deiner Frage gemeint?», will ich aber trotzdem wissen.

Austin seufzt, setzt dennoch zu einer Erklärung an.

«Ich habe letztens zufällig die Kommentare unter deinen Instagram-Posts gelesen.»

Ich kann nicht anders, als ihn kurz zu unterbrechen.

«Zufällig also, ja?», hake ich ein, und Austins Lippen umspielt nun tatsächlich der winzige Ansatz eines Lächelns. Er hat sich meinen Instagram-Account also ziemlich genau angesehen. Interessant.

«Ganz zufällig, richtig», bestätigt er und fährt fort. «Jedenfalls habe ich mich gefragt, warum du dich nicht dagegen wehrst, sondern die Leute einfach diesen Bullshit schreiben lässt. Und dann habe ich heute vor der Sporthalle mitbekommen, wie du dieses Arschloch zurechtgewiesen hast, und habe nicht verstanden, wie das zusammenpasst. Dass du dich für andere starkmachen kannst, aber nicht für dich selbst. Obwohl du offensichtlich der Inbegriff von Schlagfertigkeit bist.»

Seine Worte bringen mich zum Nachdenken. Mir wird klar, dass die Sache für mich so selbstverständlich ist, dass ich darauf keine spontane Antwort finde, ohne mich mindestens zehn Minuten lang in zusammenhanglosen Erklärungen zu verlieren. Zehn Minuten, die Austin Fields nicht hat, wenn er nicht bis Mitternacht Bahnen laufen möchte. Ein Blick auf meine Uhr bestätigt das.

«Du musst in ungefähr einer Minute in der Kabine sein», sage ich ihm.

«Echt? Shit!»

«Na los, ich will nicht schuld daran sein, dass du hier die Nacht über gefoltert wirst.»

Mit einem entschuldigenden Blick wendet er sich von mir ab und trabt zügig in die Kabine, wo ihn bestimmt keine angenehmere Atmosphäre erwarten wird.

KAPITEL 14

Austin

Als ich die Umkleidekabine betrete, grüßt mich eine ungewöhnliche Stille, obwohl der Rest des Teams bereits anwesend ist. Von der üblichen Euphorie nach einem Sieg ist nicht viel zu spüren. Wir wissen alle selbst, dass das heute keine Glanzleistung war und wir mit so einer Performance niemals auch nur in die Nähe der Meisterschaft kommen werden.

Zwischen Vega und Wheeler ist noch ein Platz auf der Bank frei und ich lasse mich dort nieder. Die meisten der Spieler schauen etwas betreten auf den Boden. Reed starrt, wie könnte es anders sein, hasserfüllt in meine Richtung. Also alles wie immer.

Die Tür wird mit einem Ruck aufgestoßen und mit einem lauten Donnern wieder geschlossen. Einige von uns zucken zusammen. Ich ebenfalls.

Coach Sotos Kopf hat zwar nicht mehr die Farbe einer Tomate, weniger sauer ist er offensichtlich aber nicht.

«Ich weiß gar nicht, wo ich anfangen soll. Normalerweise hättet ihr dieses Clowns-Team mit mindestens zwanzig Punkten Abstand aus der Halle fegen müssen. Stattdessen sind wir einer peinlichen Niederlage nur haarscharf entkommen.» Mit zusammengekniffenen Augen mustert er einen von uns nach dem anderen.

«Die Teams in unserer Konferenz werden stärker sein als die *MUSC Warriors*», er spuckt den Namen unserer Gegner beinahe aus.

«Wollt ihr diese verdammte Meisterschaft gewinnen?»

«Ja, Coach!», stimmen wir alle zu. Er nimmt unsere Antwort zur Kenntnis, wirkt aber in keiner Weise besänftigt oder fertig mit dem, was er zu sagen hat.

«Jackson», sein Blick und sein Zeigefinger zeigen nun in Willies Richtung. «Wenn du in Zukunft noch ein einziges Mal auf dem Spielfeld an deinen Haaren herumfummelst, schneide ich sie dir eigenhändig ab.» Willies Schlucken ist nicht zu übersehen. Vorsichtig nickt er. Coach Sotos Blick wandert weiter durch die Kabine. Es ist nur eine Frage der Zeit, bis er bei mir ankommen wird.

«Young, du bist einen halben Kopf größer als der gegnerische Centerspieler. Jeder verdammte Rebound hätte deiner sein müssen», ärgert er sich.

«Jawohl, Sir», antwortet Young sofort, als wären wir beim Militär.

«Und jetzt zu den beiden größten Katastrophen dieses Abends…»

Das ist wohl mein Stichwort. Ich halte die Luft an.

«Fields und Reed – wenn ihr eure Scheiße nicht geklärt bekommt, wird das nicht nur auf dem Spielfeld Konsequenzen haben. Reed, wenn Austin freisteht und du zwei Leute vor dir hast, gibt es nicht ein einziges vorstellbares Szenario, in dem du nicht diesen verfluchten Pass spielst. Und Fields – was auch immer für eine Amnesie dich plötzlich beim Verteidigen erwischt hat, bekomme das in den Griff. Nur weil du die Dinger vorne triffst, bedeutet es nicht, dass du hinten alles schleifen lassen kannst. Ist das klar?»

«Ist klar, Coach», erwidere ich möglichst deutlich.

«Ist das *allen* verdammt noch mal klar?», ruft er in einem noch energischeren Ton.

Das Team stimmt geschlossen zu.

«Ich werde mir in den nächsten Tagen eine Strategie überlegen, wie wir aus diesem lächerlichen Haufen…», mit einer ausladenden Geste schließt er uns alle ein, «…ein anständiges Team machen können.»

Na wunderbar, das klingt verdächtig nach irgendwelchen ätzenden Teambuilding-Maßnahmen. Mein Horror.

«Und falls jemand von euch Trantüten noch vor dem regulären Training am Montag zum Beispiel seine Freiwürfe üben möchte…» Nun fokussiert er Vega neben mir. «Ihr kennt den Code für die Sporthalle. Aber Gnade euch Gott, hier ist am Montag nicht alles ordentlich und sauber.»

Das sind die letzten Worte, die er an uns richtet, ehe er davonstiefelt.

Irgendwer schließt die Tür, was Reed scheinbar als seinen Startschuss interpretiert, um auf mich loszugehen. Und das meine ich wortwörtlich. Er kommt mit zwei großen Schritten auf mich zu, und ich stehe auf, weil ich wenig Lust habe, zu ihm aufzusehen. Lieber begegne ich ihm auf Augenhöhe.

«Was sollte die Scheiße, hm?»

Dass er mich tatsächlich mit beiden Armen nach hinten stößt, trifft mich unvorbereitet. Fast verliere ich das Gleichgewicht, kann mich aber gerade noch fangen.

Ich unterdrücke den Impuls, ebenfalls handgreiflich zu werden. Das würde kein Problem lösen, ganz im Gegenteil. Außerdem wäre Joyce bestimmt alles andere als begeistert, wenn ich mich mit ihrem Bruder prügeln würde. Nicht, dass das relevant wäre.

«Hast du dich kaufen lassen, oder was? Bist du ein korruptes Arschloch, das für ein paar Scheine den Sieg des eigenen Teams vereitelt?» Diese Vermutung ist so abwegig, dass mir ein Lachen entweicht.

«Ja, klar, deswegen habe ich dann am Ende auch den Dreier versenkt. Um das Spiel zu verlieren», erwidere ich sarkastisch.

Joshua ist verdammt wütend und will gerade einen weiteren Schritt auf mich zu machen, als Young dazwischengeht. Ausgerechnet Young, der sonst selten mehr Worte als nötig in die Welt hinauslässt und sich aus allem heraushält. «Jungs, lasst den Mist. Wir waren heute alle nicht gut drauf, kein Grund, sich jetzt noch gegenseitig fertigzumachen.» Er schaut uns abwechselnd an, um zu überprüfen, ob er sich entfernen kann, ohne dass wir uns an die Gurgel gehen. Oder eher Joshua mir.

Schließlich dreht Reed sich um und macht sich an seinem Spind zu schaffen.

Ich hole ebenfalls meine Tasche aus dem Schließfach, wechsle nur schnell meine Schuhe und sehe zu, dass ich aus diesem viel zu engen Raum hinauskomme. Duschen kann ich auch zu Hause. Ohne seine Anfeindungen.

Hoffentlich kriegt er sich bis Montag wieder einigermaßen in den Griff. Die Stimmung zwischen uns war nie gut, aber so schlimm war es bisher noch nicht. Körperlich wurde es bis zu diesem Moment nur auf dem Spielfeld zwischen uns, nicht abseits davon. Diese Entwicklung kann ich wirklich nicht gebrauchen.

Mit geschulterter Sporttasche schlängele ich mich Richtung Tür und nuschle eine Verabschiedung in die Runde. Natürlich kann Reed es sich nicht verkneifen, mir noch einen bissigen Kommentar hinterherzurufen.

«Wenigstens weißt du, wann du dich verpissen solltest!»

«Reed!», warnt Young ihn mit tiefer Stimme. Ich drehe mich nicht zu ihnen um, als ich den Ausgang erreiche.

«Und noch was, Fields: Halte dich von meiner Schwester fern! Ist das klar?»

Mit der Hand an der Türklinke halte ich inne. Meine einzige Reaktion ist der Mittelfinger, den ich, ohne mich zu ihm umzublicken, in seine Richtung halte. Dann lasse ich dieses hitzige Chaos, das in unserer Umkleidekabine herrscht, endlich hinter mir.

Zu Hause wartet nichts und niemand auf mich, außer Ruhe, die nach diesem aufwühlenden Tag aber nicht die gewohnte Entspannung bringt. Meine Großmutter ist beim Bingo oder bei einer Kirchenchorprobe – sie hat es erwähnt, aber ich habe nicht richtig zugehört. Ich bin mir trotzdem ziemlich sicher, dass es eins von beiden ist.

Also entscheide ich mich dazu, den Abend ausnahmsweise mal nicht im Bett zu verbringen, sondern auf dem Sofa. Die Limonade, die Granny für mich übrig gelassen hat, schmeckt genauso fantastisch wie die Reispfanne, die in der Mikrowelle auf mich gewartet hat. Während des Essens lasse ich irgendeine Anwaltsserie auf dem Fernseher laufen, von der ich kaum etwas mitbekomme. Das Spiel heute war beschissen. Mein Blackout war beschissen. Diese Angst, die mich plötzlich eingeholt und gelähmt hat, war beschissen.

So etwas darf mir einfach nicht passieren, weil mein verfluchtes Stipendium, mein komplettes Studium, meine Zukunft davon abhängt.

Die Auseinandersetzung in der Umkleidekabine beschäftigt mich von all dem am wenigsten. Reed kann mich nicht leiden, das ist nichts Neues. Auch nicht, dass er kein Fan davon ist, mich in der Nähe von Joyce zu sehen. Das wurde schon bei unserem Bierpong-Match sehr deutlich.

Ich muss an das kurze Interview denken. Hätte sie auf meine Frage geantwortet, hätten wir mehr Zeit gehabt? Es war wirklich beeindruckend, wie sie sich für ihre Freundin eingesetzt hat. Ich war gerade dabei, mein Fahrrad anzuschließen, als ich den asozialen Kommentar dieses Typen gehört habe. In dieser kurzen Sekunde, in der ich darüber nachgedacht habe, ob es übergriffig wäre, mich einzumischen, hat Joyce schon reagiert.

Und *wie* sie reagiert hat.

Sie hat den Kerl nicht beleidigt. Wobei das nicht ganz richtig ist – sie hat ihn einen *Neandertaler* genannt, und so, wie ich sie bisher kennengelernt habe, war das eine der bösesten Bezeichnungen, die sie je ausgesprochen hat.

Der Gedanke an ihr Wortgefecht lässt mich nach meinem Handy greifen. Joyce' Account ist der letzte in meinem Suchverlauf.

Ich swipe durch die Stories, die sie während des Spiels hochgeladen hat, und entdecke auch einen ersten Beitrag mit einer kleinen Spielzusammenfassung. Sie beschönigt darin nichts, zerreißt uns aber auch nicht völlig. Von unserem kurzen Interview nach dem Spiel ist noch nichts zu sehen. Vielleicht waren meine Antworten nicht zu gebrauchen.

Mir soll es recht sein. Umso weniger Aufmerksamkeit ich bekomme, desto besser.

Weil ich einsehe, wie lächerlich es ist, ihren Account nahezu täglich nach neuen Posts abzusuchen, aktiviere ich den *Folgen*-Button. Und dann tue ich etwas, das ich eigentlich niemals tun wollte.

Um mal die Rollen zu tauschen: Verrätst du mir noch, warum du dich nicht gegen diese ätzenden Kommentare hier wehrst?

Wahrscheinlich wird sie meine Nachricht gar nicht bemerken. Sie bekommt bestimmt eine Menge davon. Besonders an einem Spieltag, an dem sie so aktiv auf Social Media ist.

Ich lege mein Smartphone neben mich auf den samtigen Stoff der Couch und versuche mich auf diese langweilige Serie zu konzentrieren. Dreimal denke ich darüber nach, die Nachricht einfach wieder zu löschen, lasse es aber doch sein.

Gerade als die Sendung für einen Werbespot unterbrochen wird, vibriert mein Handy. In peinlich schneller Geschwindigkeit greife ich danach und schaue auf das Display.

Wie viel Zeit hast du?

Zum Glück ist niemand hier, der Zeuge meines dämlichen Schmunzelns werden könnte.

Glaubst du wirklich, ich hätte nach diesem katastrophalen Spiel noch Pläne?

Dieses Mal lasse ich den Chat direkt geöffnet und warte auf eine weitere Antwort. Ich zucke unter der plötzlichen Vibration in meiner Hand zusammen, als statt einer Nachricht ein grüner Hörer mit den Worten *Audioanruf* erscheint. Verdammt, so hatte ich das nicht gemeint. Etwas überfordert nehme ich das Gespräch an.

«Hey», melde ich mich knapp – und ein wenig atemlos.

«Ist es in Ordnung, wenn ich das Gespräch für journalistische Zwecke aufzeichne?», fragt Joyce ohne eine weitere Begrüßung und trifft mich damit völlig unvorbereitet.

«Äh…», stammle ich überfordert. Ihr Lachen dringt durch das Handy.

«Das war ein Spaß. Oh Mann, jetzt wünschte ich, ich hätte mit Video angerufen.» Zum Glück nicht. Mein Gesichtsausdruck war mit Sicherheit weit von cool oder souverän entfernt.

«Ja, ich schätze, du hast mich erwischt», gebe ich zu.

«Wie sehr hat Coach Soto euch in der Kabine zur Schnecke gemacht?», erkundigt sie sich zu meiner Überraschung.

«Hat dein Bruder nichts erzählt?» Joyce hat nach der Party erwähnt, dass sie gemeinsam in der Wohnung leben. Da sollten sie sich doch über den Weg gelaufen sein, oder?

«Nein, der hat sich sofort in sein Zimmer verkrümelt, ohne ein einziges Wort von sich zu geben.»

«Oh, ach so. Ja, es war schon heftig. Berechtigterweise natürlich. So ruhig habe ich das Team noch nie gesehen.» Bis dein Bruder dann auf mich losgegangen ist, setze ich in Gedanken hinterher, spreche es aber nicht aus.

«Ich wäre so gern dabei gewesen», sinniert Joyce.

«Dein Charme und Gebäck haben also nicht für einen Erste-Reihe-Platz in der Kabine gereicht?»

«Wer weiß, vielleicht hätte es funktioniert. Die Gefahr, in die Schusslinie zu geraten, war mir aber viel zu groß.»

«Verständlich», gebe ich mit einem Grinsen, das sie zum Glück nicht sehen kann, zu.

«Du willst heute also mal ausnahmsweise die Rolle des Journalisten einnehmen?», wechselt Joyce das Thema.

«Ist nur fair, oder?»

«Wenn man außer Acht lässt, dass du mir auf die wenigsten Fragen eine wahre Antwort gegeben hast, ja.»

«Was ich mir bei einem nervenaufreibenden Bierpong-Match verdient habe. Bei einem Match, das, ganz nebenbei bemerkt, deine Idee war.» Meine Gedanken finden automatisch wieder zu diesem Abend zurück. Zu Joyce' warmer Hand auf meiner Haut, meinen Lippen dicht an ihrem Ohr, ihren Armen, auf der Fahrt zu ihrer Wohnung um meine Mitte geschlungen.

Nicht gut, gar nicht gut, erinnere ich mich selbst. Auf diese Art an Joyce zu denken, ist ein Fehler. Ein riesiger, monströser Fehler aus so vielen Gründen. Ich könnte sie normalerweise alle aufzählen. Die gesamte Liste. Außer wenn Joyce in meiner Nähe ist. Oder am Telefon. Dann vergesse ich sie alle.

Coach Soto hat mir vorhin eine vorübergehende Amnesie auf dem Spielfeld unterstellt. Beim Basketball hatte ich keine. Dafür leide ich jetzt, in genau diesem Moment, darunter.

«Nicht sehr sensibel, Austin. Meine Wunden sind noch nicht einmal verheilt», behauptet sie, obwohl ich die Belustigung in ihrer Stimme höre.

«Beim nächsten Mal geht das Spiel bestimmt anders aus», versuche ich sie aufzumuntern. Erst mit kurzer Verzögerung fällt mir auf, was ich da gerade gesagt habe. Auch Joyce ist es nicht entgangen. Natürlich nicht.

«Es gibt also ein nächstes Mal?»

«Vielleicht. Wer weiß das schon?», versuche ich meine Worte etwas zu relativieren.

«Ich kann dir auf jeden Fall versprechen, dass ich mich beim nächsten Mal nicht übergeben werde. Du musst deinen Abend dann nicht damit verbringen, das Haar einer betrunkenen Möchtegern-Journalistin aus dem Weg zu halten, die du nicht einmal leiden kannst und dann auch noch nach Hause fahren musst. Auf deinem Fahrrad.»

Dass dieser Abend auf verdrehte, seltsame Weise der beste seit Langem war, sage ich ihr nicht. Stattdessen rutscht mir etwas anderes heraus. Was auch nicht viel besser ist.

«Habe ich jemals gesagt, dass ich dich nicht leiden kann?»

«Deine Blicke haben das ungefähr hundertmal *geschrien*», behauptet Joyce, und ich überlege, ob sie recht hat. Natürlich war ich nie begeistert, mich ihren Fragen zu stellen. Wobei das auch nicht die ganze Wahrheit ist. Eigentlich habe ich nur mit ihren Fragen zu diesem einen Thema ein Problem. Mit ihrem Lieblingsthema. Abgesehen davon kann ich mir kaum vorstellen, Joyce feindselige Blicke zugeworfen zu haben. Bei unseren letzten Begegnungen war ich eher bemüht, nicht das Gegenteil zu tun.

«Dann kannst du meine Blicke scheinbar noch nicht sonderlich gut deuten», antworte ich und bereue den etwas tieferen Ton meiner Stimme sofort. Shit, das klang ja fast, als würde ich mit ihr flirten wollen.

Ich hätte diesen Anruf nicht annehmen sollen. Verdammt, ich hätte behaupten können, meine Granny habe gerade ihre Bingo-Freunde da und man könne vor lauter Alte-Menschen-Gelächter sein eigenes Wort nicht verstehen. Die Ausrede wäre gar nicht mal so übel gewesen, und da Joyce meiner Grandma sogar schon begegnet ist, hätte sie es vielleicht sogar geglaubt.

«Wie geht es Kathleen eigentlich? Ich habe sie ein paar Tage nicht gesehen», wirft sie ein.

Keine Ahnung, was mich mehr überrascht: Ihre Frage oder der abrupte Themenwechsel, der ein wenig an meinem Selbstbewusstsein kratzt. Meine Antwort sollte sie wirklich nicht zu einem Flirt herausfordern. Dennoch fühlt es sich wie eine Abfuhr an, dass sie meine Worte ignoriert.

«Äh, ich weiß nicht. Wieso?»

«Ich bin doch vor ein paar Tagen in euer Date geplatzt», versucht Joyce mir auf die Sprünge zu helfen, obwohl ich mich sehr gut daran erinnere.

«Ich weiß nicht, ob man in ein öffentliches Café hineinplatzen kann», beginne ich. «Außerdem war es kein richtiges Date», füge ich hinzu, weil ich das aus Gründen, mit denen ich mich lieber nicht näher befassen werde, unbedingt richtigstellen möchte.

«Was war es dann?» Dieses Mal treibt mir ihre Neugierde

keinen Angstschweiß auf die Stirn, sondern bringt mich zum Lachen.

«Joyce Reed, kann es sein, dass du meine brillante Taktik kopierst, mit der ich für gewöhnlich versuche, deinen Fragen zu entgehen?»

«Natürlich nicht. Wie kannst du mir so etwas unterstellen?», erwidert sie mit eindeutig gespielter Empörung.

Ich versuche mir das Grinsen in der Stimme nicht anhören zu lassen.

«Es war jedenfalls kein Date, sondern – und ja, ich weiß, wie seltsam das klingt – ein Verkupplungsversuch unserer Großeltern. Meine Grandma scheint das für nötig zu halten. Ziemlich armselig, ich weiß.»

«Das klingt aber doch nach einem richtigen Date», stellt sie etwas nachdenklich fest.

«Nein, wir… Wir hatten beide keine Intentionen in diese Richtung.»

«Hm.»

War das ein erleichtertes *Hm* oder ist das nur Wunschdenken?

Und das würde gleich zum nächsten Problem führen: Sollte ich mir wünschen, dass Joyce erleichtert darüber ist, dass ich niemanden date? Gott, meine eigenen Gedanken bereiten mir Kopfschmerzen.

Joyce ist für einen kurzen Moment ruhig. Ich könnte mir vorstellen, dass sie eigentlich weiter nachhaken möchte, aber hadert, ob es nicht doch zu persönlich ist. Offensichtlich entscheidet sie sich für Letzteres, denn die Stille zieht sich ein wenig zu lang.

«Also. Die Kommentare…», versuche ich den eigentlichen Grund dieses Gesprächs wieder aufzugreifen.

«Ja, sie sind nicht alle sehr nett, was?» Joyce' etwas trauriges Seufzen löst ein seltsames Gefühl in meiner Brust aus.

«Kann man diese Leute nicht melden, blockieren oder so?»

«Das habe ich am Anfang mal versucht, es hat aber nicht viel gebracht. Deswegen habe ich aufgegeben. Seitdem versuche ich einfach zu akzeptieren, dass viele Menschen ihr eigenes Leben nicht ausstehen können und deswegen ihren Hass im Internet abladen.»

Ich denke einen Augenblick über ihre Worte nach und versuche ihre Erklärung nachzuvollziehen. Dennoch verstehe ich nicht, wie sie trotzdem weitermachen kann. Wie kann sie sich davon nicht unterkriegen lassen, die Freude daran verlieren? Und wieso zeigt sie es all diesen Arschlöchern nicht einfach so, wie sie es diesem *Neandertaler* vorhin gezeigt hat?

«Du könntest darauf reagieren und sie mit deinen Worten genauso auseinandernehmen wie den Affen vorhin», schlage ich spontan vor.

«Ja, das stimmt schon. Aber ich könnte das Gesicht von den Leuten dabei nicht sehen. Wo bleibt denn da der Spaß?», ihr Ton ist wieder etwas fröhlicher, aber so ganz nehme ich ihr das nicht ab.

«Außerdem will ich mich gar nicht so viel mit diesen Menschen beschäftigen. Meine Zeit ist zu kostbar, um sie an einen Haufen frustrierter Flachpfeifen im Internet zu verschwenden.»

Sie hat recht. Ich weiß, dass sie recht hat, und trotzdem wünschte ich, sie würde mehr dagegen tun. Weil es einfach so verdammt falsch ist, was diese Leute von sich geben. Kurz blitzen die Kommentare vom letzten Collegejahr vor meinem inneren Auge auf. Ab und zu habe ich welche davon gesehen, bevor die Social-Media-Verantwortlichen meines Teams in Chicago sie gelöscht haben. Sie haben jeden einzelnen Vorwurf, jede Spekulation in den Papierkorb verfrachtet und mussten für ein paar Wochen die Kommentarfunktion komplett deaktivieren. Ich verstehe, warum Joyce es so nicht handhaben möchte. Beim Stöbern durch ihren Account habe ich gesehen, wie viel gegenseitiger Austausch auf ihrem Profil stattfindet und wie gern sie auf jede einzelne positive Nachricht reagiert.

«Die Einstellung ist wahrscheinlich ziemlich gesund», antworte ich schließlich und höre in dem Moment, wie die Haustür aufgeschlossen wird.

«Meine Grandma kommt gerade nach Hause. Ich werde dann mal…», beginne ich.

«Oh, ja. Klar, ich halte dich nicht länger auf. Grüß schön, wir sind ja fast so was wie Freundinnen.» Ihr Lachen ist nun endlich wieder befreit und schön. Echt schön, nicht bemüht schön.

«Das mache ich. Bis dann.»

«Tschüss, Austin. Schlaf gut.»

Ich lege auf und kann nicht anders, als die drei Sekunden, ehe der Wirbelsturm namens Granny im Wohnzimmer auftaucht, grinsend in mein Handy zu starren.

KAPITEL 15

Joyce

Das Wetter ist perfekt für eine Sporteinheit am Nachmittag. Der Sommer neigt sich langsam auch in Georgia dem Ende entgegen, weswegen ich bei etwas über zwanzig Grad endlich entspannt laufen gehen kann.

Auch wenn ich den Sommer liebe, kann ich dem Herbst ebenfalls eine Menge abgewinnen. Die Blätter an den Bäumen verändern ihre Farbe hier erst ziemlich spät, dafür sieht es dann aber umso zauberhafter aus. Schon jetzt freue ich mich darauf, in ein paar Wochen dieses wundervolle Farbenspiel zu beobachten.

Motiviert jogge ich in Richtung des Stadtparks von Hopeville, der nicht weit von der Uni entfernt liegt und unfassbar schön ist. Inmitten des Parks ist ein See, dessen Form an einen Stern erinnert und deswegen *Star of Hope* genannt wurde. Im Sommer werden die Grünflächen drumherum häufig von Gruppen Studierender in Beschlag genommen oder für Sport genutzt. Ab und an werden hier auch kleine Partys veranstaltet – sehr zum Leidwesen der Anwohner. Nicht selten melden die Bewohner diese Zusammenkünfte der Polizei, woraufhin die jungen

Menschen beim ersten Sirenenschrei fluchtartig den Park verlassen und in der Eile ihren Müll zurücklassen. Worüber sich die Bewohner dann natürlich noch mehr echauffieren.

Es ist Sonntagnachmittag, und ich habe meine To-do-Liste für heute vollständig abgearbeitet, um mich geistig nun ganz meinem Lauf widmen zu können. Zufrieden konzentriere ich mich auf den Weg, auf meine Atmung und auf meine Herzfrequenz.

Ein anderer Jogger kommt mir entgegen. Wir wechseln kein Wort miteinander, nicken uns aber stillschweigend zu. Seine Ohren werden sowieso von klobigen Kopfhörern bedeckt, die jedes Geräusch der Umgebung schlucken. Ich dagegen laufe am liebsten ohne Musik, ohne einen Podcast oder ein Hörbuch. Ab und zu muss ich einfach mit meinen Gedanken, meinen vielen Ideen und mir selbst allein sein. Außerdem liebe ich das wohltuende Geräusch, wenn der sanfte Wind durch die Bäume pustet, das Singen der Vögel, das Schreien der Luchse am Morgen oder am Abend.

Nur noch ein halber Kilometer, bis ich den Park erreiche.

Dort laufe ich für gewöhnlich einmal um den See und trete dann den Rückweg an, um noch eine Runde um den Campus zu drehen. Die Strecke hat für mich mit etwa acht Kilometern die ideale Länge für eine entspannte Einheit.

Als der Asphalt unter meinen Füßen bald zu einem halb befestigten Sandweg wechselt, ist es kein anderer Jogger, der mir entgegenkommt und meine Aufmerksamkeit auf sich zieht, sondern ein wuscheliger Vierbeiner, der seine Nase ganz verloren in den Wind hält. Der Hund geht mir ungefähr bis zu den Knien und hat dunkles Fell, aber ein weißes Ohr. Ein rotes Halsband ist, fast verborgen unter den langen Zotteln, zu erkennen. Überrascht halte ich an und schaue mich nach dem potenziellen Herrchen oder Frauchen um, kann aber niemanden ausmachen.

«Hi, du Süßi. Zu wem gehörst du, hm?» Ich gehe etwas in die Knie, nehme Blickkontakt mit dem Tier auf und halte meine geöffnete Hand etwas vorgestreckt, aber nach unten. Ich gehe nicht auf den Hund zu, weil ich ihn nicht kenne und deswegen nicht einschätzen kann, aber auch, um ihn nicht zu verscheuchen. Das Halsband und sein zotteliges, aber gepflegtes Erscheinungsbild passen nicht zu einem Straßenhund, also wird sein Besitzer oder seine Besitzerin bestimmt irgendwo in der Nähe sein. Und vermutlich verzweifelt den Namen seines Hundes rufen. Ich drehe meinen Kopf etwas zur Seite, um zu horchen. Stille.

Das entzückende Tier macht kleine, vorsichtige Schritte in meine Richtung. Es wirkt zurückhaltend, fast etwas ängstlich, aber dennoch neugierig. Die Schnauze des Hundes hält, kurz bevor sie meine Hand berührt, inne, und durch die Nähe kann ich erkennen, dass ein Name auf dem Halsband steht. *Whisky.*

«Hallo, Whisky. Schön, dich kennenzulernen», versuche ich die Aufmerksamkeit des Tieres bei mir zu halten. Er sollte den Weg wirklich nicht weiter entlanglaufen. Es sind nur etwa 300 Meter bis zur nächsten großen Straße, und ein Ausflug dorthin könnte tragisch enden.

Whiskys kühle Nase berührt nun meine Handfläche. Er beschnuppert mich ausgiebig, während ich weiter Ausschau halte und mich auf meinen Hörsinn konzentriere. Kurz denke ich darüber nach, in Richtung des Sees zu rufen, möchte aber vermeiden, dass er aus Schreck wegrennt.

Besser, er bleibt in meiner Nähe, dann kann ihn wenigstens kein Auto erwischen. Ich richte mich ein wenig auf, mache einen Schritt weiter Richtung Zentrum des Parks und beobachte, ob er mir folgt. Tut er leider nicht. Stattdessen mustert er mich mit schräg gelegtem Kopf, läuft aber immerhin nicht weiter Richtung Straße. Während ich noch überlege, was ich tun kann, dringt ein gedämpftes Rufen zu mir herüber. Wenige Sekunden später erkenne ich in der Ferne einen Mann, der aufgeregt hin und her läuft, seine Hände wie ein Megafon vor seinem Mund gehalten.

Mit vollem Körpereinsatz winke ich ihm ausladend zu. Erfolgreich, wie es scheint, denn er kommt endlich in unsere Richtung.

«Na siehst du, Whisky, da ist dein Herrchen», erkläre ich dem Hund, der noch immer etwas irritiert wirkt. Doch als der Mann nur noch wenige Meter entfernt ist, beginnt Whisky wild mit dem Schwanz zu wedeln und auf seinen Besitzer zuzustürmen. Es ist herzerwärmend, wirklich. Erleichterung seitens des Mannes, pure Freude bei Whisky.

Sein Herrchen befestigt sofort die Leine am Halsband, und gemeinsam kommen sie zu mir. Der vermutlich knapp über dreißigjährige Mann fährt sich durch die Haare. In Anbetracht dessen, wie zerzaust sie sind, hat er das in den letzten Minuten ein paarmal öfter getan.

«Vielen Dank, Miss. Seit fast einer halben Stunde renne ich hier schreiend und verzweifelt durch den Park, weil dieser Rabauke sich mal wieder nicht zusammenreißen konnte, als er ein Eichhörnchen entdeckt hat», erklärt er unter einem erleichterten Seufzen. Whisky scheint sich keiner Schuld bewusst zu sein, sondern schaut nur zwischen uns hin und her.

«Das muss schrecklich gewesen sein, aber es ist ja alles gut ausgegangen.»

«Danke, wirklich. Sie sind unsere Retterin. Wie kann ich das nur wiedergutmachen?»

«Es gibt nichts wiedergutzumachen», antworte ich lächelnd, aber bestimmt.

Zur Verabschiedung beuge ich mich zu dem Hund herunter und lasse mich ein letztes Mal beschnuppern, ehe ich meine Joggingrunde fortsetze.

Meine Laune war zu Beginn der Sporteinheit schon gut, nun ist sie noch besser. Manchmal sind es genau diese Momente, aus denen ich meine Kraft ziehen kann.

Meinen Lauf beende ich an der Tür der Sporthalle. Joshua hat gestern nach dem Spiel seine Kopfhörer im Spind vergessen, und da ich hier sowieso vorbeikomme, habe ich ihm angeboten, sie schnell rauszuholen. Ich tippe den Code an der Eingangstür ein, den Joshua mir vor meinem Aufbruch mitgeteilt hat.

Zu meiner Überraschung sind die Deckenlampen über dem Spielfeld eingeschaltet, und das Aufprallen eines Balles hallt durch den kurzen Windfang des Seiteneingangs, durch den ich in die Halle komme.

Eigentlich nicht verwunderlich, dass jemand hier ist. Laut Austin gab es ja ziemlichen Ärger nach dem Spiel gestern. Nur vernünftig, dass sich dies einer der *Dragons* zu Herzen genommen hat und noch ein Extra-Training am Sonntag abhält.

«Hallo!», rufe ich, um niemanden zu erschrecken, ehe ich um die Ecke biege und das gesamte Spielfeld im Blick habe.

«Joyce Reed, verfolgst du mich etwa?», erklingt eine Stimme, die mir mittlerweile gut, vielleicht zu gut bekannt ist.

Ich kann das Grinsen, das sich auf meinem leicht verschwitzten Gesicht ausbreitet, nicht unterdrücken. Was nicht schlimm ist, weil ich noch weit genug entfernt bin, dass er es vermutlich gar nicht sieht. Meine Gedanken schweifen sofort zu unserem Telefonat gestern. *Dann kannst du meine Blicke scheinbar noch nicht sonderlich gut deuten.* Bei diesen Worten hat sich eine verräterische Gänsehaut auf meinem gesamten Körper ausgebreitet, die ich lieber gar nicht analysieren möchte. Und auch dieses undefinierbare Gefühl in meiner Magengegend, als er mir erzählt hat, dass die Verabredung mit Kathleen kein richtiges Date war, werde ich besser nicht versuchen zu interpretieren. Stattdessen atme ich tief durch, versuche meinen beschleunigten Herzschlag etwas zu beruhigen – hat mich die Laufeinheit so gefordert?

Mit langsamen Schritten überbrücke ich die Distanz zwischen uns. Obwohl uns noch immer wenige Meter trennen, steigt mir der angenehme Duft seines Parfums oder Aftershaves in die Nase, der sich deutlich von dem üblichen muffigen Geruch der Sporthalle abhebt.

«Würdest du dir etwa wünschen, dass ich dich verfolge, Austin Fields?», kontere ich mit etwas Verzögerung. Austin steht – wie könnte es anders sein – an der Drei-Punkte-

Linie. Basketballshorts, weiße Socken, ein ärmelloses Shirt, das seine Oberarme viel zu sehr betont.

«Ich würde nicht behaupten, etwas dagegen zu haben», antwortet er, und ich erkenne ein gewinnendes Lächeln auf seinem Gesicht.

Es ist das erste Mal, dass ich ihn so unbeschwert sehe. Es fühlt sich fast wie ein Privileg an. Wie etwas, das man sich verdienen muss.

Und das habe ich scheinbar getan.

Ich habe keine Idee, womit, aber ich werde mich sicher nicht beschweren, denn dieses echte Austin-Lächeln ist irgendwie anders. Es sind weiße Zähne, entspannte Gesichtszüge, Herzklopf-Lippen.

Was?, unterbreche ich mich selbst und gehe einen letzten Schritt auf ihn zu, bis ich direkt vor ihm stehe. Ich hebe die Hände von mir, deute an, einen Pass zu erwarten. Austin kommt dieser nonverbalen Aufforderung nach. Er passt den Ball zu mir, ich dribble direkt los und schließe mit einem Korbleger ab. Der Ball landet im Netz.

«Ich wusste gar nicht, dass du auch Basketball spielen kannst», reagiert Austin sofort.

«Irgendwer musste ja gegen Joshua spielen, wenn er mal wieder alle anderen vergrault hat», antworte ich lachend und gebe ihm den Ball zurück.

«Das macht natürlich Sinn. Also der Vergraulen-Part», wieder dieses neue Schmunzeln, das mir viel zu gut gefällt. Er macht einen Wurf. Der Ball kreist um den Ring, fällt dann aber hinaus. Mit nur zwei Schritten erreiche ich den Basketball und passe ihn erneut zu Austin.

«Wie er sich dir gegenüber verhält», ich halte kurz inne, versuche meine Worte zu sortieren. «Ich denke, das ist weniger etwas Persönliches, sondern hat mehr mit seinen Unsicherheiten zu tun. Ihm ist das hier», ich mache eine vage, ausladende Geste, «wirklich wichtig. Es ist alles. Und die letzten beiden Jahre hatte er keine so starke Konkurrenz.» Ich bemerke sofort, wie Austin Luft holt, um zu widersprechen, komme ihm aber zuvor. «Ich weiß, dass ihr eigentlich keine Konkurrenten seid, weil ihr in einem Team spielt und ihm die Meisterschaft eigentlich lieber sein müsste, als zwar der Topscorer zu sein, aber die Saison im Mittelfeld abzuschließen. Doch ich schätze, *er* wird noch etwas brauchen, um zu kapieren, dass er von dir profitieren kann.»

«Er will in die NBA, hm?», antwortet Austin, nun fast etwas nachdenklich.

«Du etwa nicht?», erwidere ich und frage mich, ob ich damit verdächtig nah an die verbotene Frage komme. Warum hat Austin Fields Chicago verlassen, wenn seine Chancen auf die NBA dort so viel größer gewesen wären?

Er wirkt, als würde er mit sich hadern. Als würde er gerade eine Entscheidung treffen müssen. Lüge, Wahrheit oder irgendwas dazwischen?

«Keine Ahnung. Ich glaube eher nicht.» Seine Antwort überrascht mich, und gleichzeitig fühlt es sich an, als hätte ich sie bereits gekannt. Ich kann es selbst nicht richtig beschreiben.

«Warum machst du das alles hier dann?»

«Es ist das Einzige, in dem ich richtig gut bin», antwortet er schließlich.

«Gott, das ist so eine typische Gequälter-Sportler-Antwort.» Wir lachen beide und er spielt den Ball zu mir. Dieses Mal versuche ich mich an einem Distanzwurf und treffe den Ring. Austin holt den Rebound und dribbelt mit dem Ball zurück zu seiner Lieblingslinie.

«Ich brauche das Stipendium», gibt er schließlich zu, und da liegt so viel Ehrlichkeit in seinem Blick, dass es mir für einen Moment die Sprache verschlägt. Er nutzt die kurze Stille für einen Wurf, der bilderbuchartig im Netz landet.

«Und du willst hier deine Würfe üben? Nimm es mir nicht übel, aber ich glaube wirklich nicht, dass die dein Problem sind», versuche ich die Stimmung wieder etwas zu lockern.

«Na ja, alleine lässt sich nicht viel mehr trainieren. Außerdem verzeiht man mir vielleicht eher eine *halbherzige* Verteidigung, wenn ich vorne alles treffe.» Ich bemerke die Kopie meiner provokanten Worte nach dem Spiel gestern.

«Nur bist du jetzt nicht mehr alleine», merke ich an.

«Du willst gegen mich spielen?»

«Angst, Fields?», kontere ich belustigt.

«Halte ich dich nicht von irgendwas ab? Warum bist du überhaupt hier?»

«Josh hat seine Kopfhörer im Spind vergessen und die Sporthalle liegt auf meiner Laufstrecke. Aber ich denke, er kommt auch noch eine Weile ohne sie aus.»

«Falls nicht, könntest du die Schuld einfach auf mich schieben. Tiefer kann ich in seiner Gunst nicht sinken», antwortet Austin ein wenig provokant.

«Ist das ein Ja?»

Er übergibt mir den Ball. Das ist dann wohl meine Antwort.

KAPITEL 16

Austin

Ich wandere von einer gefährlichen Situation in die nächste, als wüsste ich nicht, dass diese Frau mein Verderben sein könnte. Statt Abstand von ihr zu halten, tue ich das komplette Gegenteil. Ich beantworte Fragen, die viel zu persönlich sind, und nun spiele ich sogar ein verfluchtes Eins-gegen-eins mit ihr.

Joyce hat den Ball und dribbelt etwa einen halben Meter von mir entfernt auf der Stelle. Sie trägt eine rot-pinke Leggins, die ihre Figur betont, und einen weißen Sport-BH. Hastig wende ich den Blick ab von dem Streifen leicht gebräunter Haut oberhalb ihres Hosenbundes und lasse ihn lieber auf den Boden gleiten. Die Füße in den weißen Laufschuhen stehen in perfekter Wurfposition. Ihre Bewegungen scheinen routiniert, und ich stelle mir vor, wie sie sich als Kind mit ihrem Bruder auf dem Platz gemessen hat. Ob sie schon immer gewusst hatte, dass sie lieber über die Spiele berichten möchte, als selbst auf dem Feld zu stehen?

Sie sieht mir direkt in die Augen, hält den Blickkontakt, während der Ball zwischen ihrer Hand und dem Boden rhythmisch hin und her springt. Gott, ich könnte mich ewig in diesen verdammten haselnussbraunen Augen verlieren, die heute von blauem Eyeliner geziert sind.

Mit einer ruckartigen Bewegung macht sie einen Schritt an mir vorbei, und ich brauche eine Millisekunde zu lange, um mich aus der Hypnose ihres Blicks zu lösen. Diese Verzögerung nutzt Joyce sofort aus und spielt ihren Zug.

«Wehe, du bist so ein Typ, der mich absichtlich gewinnen lässt, weil ich eine Frau bin und sonst ja keine Chance hätte», meckert sie, nachdem sie den Ball in den Korb befördert hat. «Ich weiß nicht, ob es etwas gibt, das ich weniger ausstehen kann.»

«Hattest du beim Bierpong etwa den Eindruck, ich würde dich gewinnen lassen?»

«Da ging es ja auch um etwas», stellt sie nachdenklich fest.

«Vielleicht fehlt mir nur dieselbe Motivation.»

«Oh, deine Leistung beim Spiel gestern sollte eigentlich Motivation genug sein», erwidert Joyce zu meinem Erstaunen knallhart. Herausfordernd ziehe ich die Augenbrauen in die Höhe.

«Okay. Wenn das so ist…», dieses Mal verteidige ich dichter und gebe mein Bestes, nicht in diese hypnotisierenden braunen Augen zu schauen. So fällt es ihr schwer, an mir vorbeizukommen. Ein paar Sekunden versucht sie es mit ein paar Hand- und Tempowechseln, doch mit schnellen, tiefen Schritten bleibe ich stets vor ihr, versperre den Weg zum Korb. Joyce' Ehrgeiz steht ihr ins Gesicht geschrieben. Konzentriert sucht sie nach einem Weg, mich zu besiegen. Schließlich drängt sie sich so eng an mir vorbei, dass ich nicht viel ausrichten kann, ohne sie zu foulen oder zu sehr zu berühren. Beides Dinge, die ich aus verschiedensten Gründen versuche zu vermeiden.

«Hast du etwa Angst, mir wehzutun?» Sie klingt etwas empört und ich fahre mir auf der Suche nach einer ungefährlichen Antwort durch die Haare.

«Ich… Ähm…», beginne ich unsicher zu stammeln. Chicago hat mein Spiel insgesamt vorsichtiger werden lassen. Vorsichtiger und auch schwächer, das weiß ich. Aber das ist in Ordnung, manche Ziele ändern sich eben. Es muss nicht mehr für die NBA reichen, nur für den Erhalt meines Stipendiums. Im besten Fall sollte es allerdings nicht so katastrophal laufen wie gestern. Meine Schockstarre hätte uns fast den Sieg gekostet.

Beim Spiel gegen Joyce ist der Vorfall in Chicago aber nicht der einzige Grund für meine Vorsicht. Natürlich spielt das mit hinein, aber es ist nicht nur das. Es ist auch meine Angst, sie zu berühren und nicht wieder damit aufhören zu können. Nur kann ich ihr das nicht sagen. Ich kann ihr keinen der Gründe nennen.

«Ich habe es dir doch gesagt, ich spiele sonst mit Joshua. Mit ein bisschen Körpereinsatz komme ich zurecht», führt sie weiter aus.

«Wenn er dich genauso wenig verschont wie uns, glaube ich dir das sofort», versuche ich sie mit einem Lächeln von meiner noch immer ausstehenden Antwort abzulenken.

«Gibt es überhaupt Geschwister, die sich gegenseitig *verschonen?*», antwortet Joyce mit einer rhetorischen Frage. Sie kommt mit dem Ball zurück an die Drei-Punkte-Linie.

«Hast du eigentlich Geschwister, Austin?», erkundigt sie sich und wirkt ehrlich interessiert. Die Frage bei ihr ist nur immer, ob ihr Interesse persönlich oder journalistisch geprägt ist. Vielleicht ist es naives Wunschdenken, aber langsam habe ich den Eindruck, dass es viel häufiger ihr privates Interesse ist.

Bei dem Gedanken an mögliche Geschwister muss ich laut lachen. Ein ungeplantes Lachen, ein absurdes Lachen, weil ich von Anfang an wusste, dass ich Einzelkind bleiben würde.

«Was ist so komisch an der Frage?»

«Sorry. An der Frage ist wirklich nichts komisch. Zumindest wenn man meine Eltern nicht kennt», kurz überlege ich, es einfach dabei zu belassen, doch dann spreche ich weiter. Vielleicht weil ich gerne mehr über Joyce erfahren würde und ich weiß, dass das nur funktioniert, wenn ich ihr zumindest ein paar echte Einblicke in mein verkorkstes Leben gewähre. Vielleicht weil sie mir in die Augen schaut und ich einfach nicht anders kann. Sie mustert mich neugierig, den Ball in ihren Händen.

«Meine Eltern waren sehr jung, gerade achtzehn Jahre alt, als sie mich bekommen haben – und sie waren maßlos überfordert. Sie haben eine ganze Menge Mist verzapft, und ich denke, eine ihrer vernünftigsten Entscheidungen war es, dafür zu sorgen, dass sie kein weiteres Kind in die Welt setzen würden.» So ehrlich zu sein, fühlt sich gut an und ist dennoch beängstigend. Mitgefühl flackert in ihren schönen Augen auf.

«Steht ihr euch nahe?»

Ich schüttle den Kopf. «Meine Großeltern haben häufiger die Elternrolle übernommen als die beiden. Zeit mit meiner Mutter und meinem Vater zu verbringen, Zeit in sie zu investieren, kostet mehr Kraft, als sie einem zurückgeben können. Das ist keine böse Absicht, aber so ist es eben.»

«Das tut mir leid», erwidert Joyce und wirkt ernsthaft betroffen.

Ich versuche normalerweise, nicht allzu häufig an meine Eltern zu denken, weil es vor allem damit endet, dass ich mir Sorgen mache. Sorgen, die man als Kind nicht um seine Eltern haben sollte. Sorgen, die andersherum bestehen müsste. Unser letztes Treffen liegt über zwei Jahre zurück. Es war kurz vor dem ersten Todestag meines Großvaters. Damit meine Grandma nicht allein ist, habe ich mir das Auto meines Mitbewohners geliehen und bin die zehn Stunden nach Hopeville gefahren. Auf der Auffahrt zu Grannys neuem Haus stand nicht nur der rostige Honda meiner Großeltern, sondern auch ein Kleinwagen mit einer fehlenden Fensterscheibe und einem zerbeulten Heck. Ich wusste sofort, was das zu bedeuten hatte. Die einzige Frage, die sich mir stellte, war, in welcher Verfassung meine Eltern sein würden. Man weiß bei ihnen nie, was man bekommt, und das ist vielleicht das Schlimmste an der ganzen Sache. An diesem Wochenende waren sie aber tatsächlich in Ordnung. Zumindest bis zum Sonntagmorgen, Grandpas Todestag. Meine Mutter begann ihren Tag mit einem *Kaffee-Hurra*, wie sie ihre bedenkliche Kaffee-Whisky-Mischung nennt, und ab diesem Moment ging alles den Bach hinunter, wie immer, wenn einer von ihnen wieder trank. Ich war froh, als sie endlich zurück nach Atlanta gefahren sind. Nicht nur um meinetwillen, sondern vor allem wegen meiner trauernden Großmutter, die nie so richtig weiß, wie sie ihrer Tochter und ihrem Schwiegersohn helfen kann. Aber wer süchtig ist, kann sich nur selbst helfen.

«Muss dir nicht leidtun», antworte ich nach einem Augenblick der Stille. «Wie ist es mit deiner Familie so?», stelle ich die Gegenfrage und will damit dieses Mal gar nicht von mir ablenken. Weil es mich ernsthaft interessiert. Weil mich eigentlich so ziemlich alles interessiert, was mit Joyce zu tun hat. Diese Einsicht macht mir Angst, aber ich versuche diese für den Moment zu verdrängen. «Wie es mit Joshua sein kann, weiß ich ja ziemlich gut», füge ich grinsend hinterher, in der Hoffnung, die gedämpfte Stimmung etwas auflockern zu können.

«Meine Familie ist…», sie kommt ins Stocken, und ich meine ihr den Konflikt in den Gesichtszügen ansehen zu können. «Meine Eltern arbeiten viel, das haben sie schon immer, aber sie sind wirklich erfolgreich und es hat uns nie an etwas gefehlt.» Sie schaut betreten auf den Boden. «Joshua und ich sind mit einer Menge Privilegien aufgewachsen und profitieren ehrlicherweise noch immer von ihnen. Mir ist das etwas unangenehm», gibt Joyce zu, und ich kann gar nicht beschreiben, wie sympathisch diese Selbsterkenntnis sie macht.

Nie würde ich jemanden für sein Los im Leben verurteilen, schließlich bin auch ich trotz einiger Scheiß-Umstände ein weißer Hetero-Mann und somit ebenfalls privilegiert. Es geht lediglich darum, sich dem bewusst zu sein, und das ist Joyce ganz eindeutig.

«Das sollte dir nicht unangenehm sein. Es ist toll, dass eure Eltern euch das alles geben konnten. Ich freue mich für euch. Na ja, eigentlich freue ich mich weniger für Joshua, sondern eher für dich», ergänze ich und kassiere dafür einen Hieb gegen meinen Oberarm.

«Ihr habt etwas gemeinsam.»

Skeptisch wandert meine rechte Augenbraue in die Höhe.

«Dein Bruder und ich?», vergewissere ich mich. Joyce nickt und versucht ihr Lachen zurückzuhalten.

«Ihr seid beide Idioten, die gegen mich verlieren.» Noch während sie die letzten Silben ausspricht, dribbelt sie zum Korb und schließt auf Höhe der Freiwurflinie mit einem Wurf ab. Ich kann nichts anderes mehr tun, als dem Ball hinterherzuschauen, während er im Netz landet.

«Du willst es wirklich wissen, oder?», vergewissere ich mich und genieße die Mimik, mit der sie mich mustert, als sie auf der Ausgangsposition ankommt.

«Mhm», murmelt sie und befeuchtet ihre Lippen. Diese winzige Geste lässt Hitze in mir aufsteigen, und ich frage mich, ob sie genau das erreichen wollte. Mich ablenken. Meine Gedanken in eine unvernünftige Richtung lenken, die nichts mit Basketball zu tun hat. Mit aller Kraft versuche ich mich zu konzentrieren, beobachte statt ihres verflucht schönen Gesichts ihre Füße und den Basketball. Bei einem Handwechsel kann ich ihr den Ball abnehmen und komme endlich selbst zum Zug.

«Oh, er hat ja doch was drauf», versucht Joyce mich zu provozieren.

Ihre herausfordernde Art gefällt mir gut. Viel zu gut.

Joyce verteidigt nicht mit viel Abstand. Ganz im Gegenteil. Sie schreckt vor Körperkontakt nicht zurück, und obwohl es eigentlich überhaupt nichts Anzügliches hat, in der Defensive stets etwas Kontakt mit den Händen oder Fingerspitzen zu einem Gegenspieler zu halten, hinterlassen ihre Berührungen ein Prickeln auf meiner Haut. Ob sie es bemerkt? Geht es ihr vielleicht sogar ähnlich? Nur mit Mühe kann ich mein Gehirn davon überzeugen, dem Basketballspiel meine volle Aufmerksamkeit zu schenken.

Ich hole meinen Rückstand zügig auf, auch wenn meine Gegnerin mir keine Punkte schenkt.

«Na ja, dass du in der Offensive keine großen Probleme hast, wussten wir bereits», kommentiert Joyce.

«Keine großen Probleme?» Ihre Formulierung war sehr bewusst so gewählt. Ich halte mich nicht für den besten Spieler, den es weit und breit gibt, aber mir ist durchaus klar, dass meine Angriffe, im Gegensatz zu meiner Verteidigung, ziemlich gut sind. So gut, dass Joshua Reed mich zu seinem größten Konkurrenten auserkoren hat. Die Formulierung, ich habe in der Offensive keine *großen Probleme*, wird meiner Leistung also wirklich nicht gerecht. Joyce weiß das vermutlich am allerbesten.

«Ach, doch nicht so bescheiden?» Sie kommt mir mit jedem Wort näher, und ich würde am liebsten zurückweichen, möchte nicht das Risiko eingehen, etwas Dummes zu tun. Etwas noch Dümmeres als das, was ich ohnehin schon hier fabriziere. Doch ich bleibe stehen, lasse zu, dass sie die Distanz zwischen uns verringert. Spüre mein Herz in meiner Brust schneller schlagen, stolpern, hüpfen. Zwischen uns ist nur noch so viel Platz, wie der Basketball in meinen Händen einnimmt. Ich bin froh, dass er da ist, weil ich mir selbst nicht traue. Nicht, wenn Joyce mich so ansieht. Nicht, wenn ich bemerke, wie sich ihre Brust hebt und senkt. Nicht, wenn sie sich sanft auf die Lippe beißt. Ich halte es nicht eine Sekunde länger aus.

Also reiße ich mich von ihr los, dribble mit dem Ball zur Seite, springe hoch, werfe und versenke den Ball im Korb.

KAPITEL 17

Joyce

Es ist einer dieser Tage, an denen ich noch keine Minute für mich und meine Gedanken hatte.

Das liegt nicht nur an meinem vollgepackten Stundenplan, sondern vor allem an mir und meinem Verlangen, alles und noch mehr zu schaffen. Meine Kurse, meine Hausarbeiten, eine Nachhilfestunde, die ich einem Schüler aus der Middleschool ehrenamtlich in unserer Bibliothek einmal die Woche am Nachmittag gebe, ein Artikel über das Cheerleading-Team für die Homepage und Porträtbilder für das Schwimmteam, nachdem meine Worte über die Mannschaft tatsächlich zu einem kleinen Anstieg der Zuschauerzahlen geführt haben. Ich habe ungefähr zehn Stunden ohne eine einzige Pause hinter mir und mein Körper verzerrt sich nach der zweiten Koffeindosis. Nicht einmal Zeit für einen Mittagskaffee konnte ich finden, stelle ich etwas schockiert fest.

Mit einer Stammgastselbstverständlichkeit drücke ich die Tür zum *Brain Brew* auf und merke, wie ich bereits bei dem hellen Ton der Türglocke beginne abzuschalten. Der Trubel zu den typischen Vorlesungszeiten hat sich gelegt, die meisten Studierenden sind bereits in ihren Wohnheimen oder zu Hause. Hinter dem Tresen steht keiner der Angestellten. Ein schneller Blick auf meine Uhr verrät mir, dass das Café noch eine halbe Stunde geöffnet hat. Ich halte also niemanden vom wohlverdienten Feierabend ab.

«Bin sofort da», erklingt Kathleens freundliche Stimme gedämpft aus der kleinen Küche, die durch eine halbe Wand von dem Tresen abgegrenzt ist.

«Kein Stress», rufe ich in ihre Richtung und nutze diese kleine Zwangspause, um meinen Körper etwas herunterzubringen. Die wichtigsten Dinge heute sind erledigt, ich kann mir eine Pause gönnen und etwas entspannen. Ganz bewusst greife ich nicht nach meinem Smartphone, um wie sonst die Wartezeit auf Instagram oder TikTok zu verbringen. Stattdessen stehe ich einfach nur da und atme. Ich versuche, an nichts Spezifisches zu denken, keine Pläne für den Abend zu machen, nicht meine To-do-Liste zu checken. Es kostet mich viel Selbstbeherrschung, aber ich weiß, dass diese achtsamen Momente wichtig sind.

«Hi, Joyce. Sorry, dass du warten musstest! Das Übliche?»

Kathleen hat ihr beneidenswert schönes, braunes Haar zu einem unordentlichen Dutt auf ihrem Kopf zusammengebunden. Einzelne Strähnen fallen in ihr Gesicht, die sie ungeduldig hinter ihr Ohr klemmt.

«Ja, das wäre toll», ich schiebe meinen Becher, den ich schon auf dem Tresen platziert hatte, etwas weiter zu ihr rüber. «Anstrengende Schicht?», frage ich nach, weil sie sonst so viel gelassener wirkt.

«Eine falsche Lieferung, die mich heute ziemlich viel Zeit und Nerven gekostet hat. Aber ich habe die Sache erledigt und kann mich nun endlich auf meinen baldigen

Feierabend freuen», sie seufzt erschöpft und gibt hinter dem Tresen etwas Hafermilch in meinen Kaffee.

Normalerweise arbeitet sie nachmittags, wenn ich meinen zweiten oder dritten Kaffee hole, meistens. Doch unsere letzte Begegnung liegt schon einige Tage zurück, wie mir nun auffällt.

«Ich habe dich die letzten Tage gar nicht gesehen», spreche ich meinen Gedanken laut aus. Zuletzt bei ihrer Verabredung mit Austin. Mein Herzschlag beschleunigt sich automatisch, und ich versuche das Bild von ihm, von seinem Lächeln und besonders von seiner stillen Zurückweisung zu verdrängen.

«Ja, ich hatte ein Gruppenprojekt mit einem Kommilitonen, der nicht sehr kooperativ war, unsere Treffen meinem Schichtplan anzupassen. Deswegen musste ich ein paar Tage morgens arbeiten», erklärt sie seufzend.

«Aber ihr seid jetzt fertig?» Ich beobachte, wie der köstliche Sirup in meinem Becher landet.

«Zum Glück Hätte ich diesen Typen noch einen einzigen Tag länger ertragen müssen, wäre ich vielleicht zur Mörderin geworden.» Sie stellt den fertigen Kaffee auf den Tresen und ich halte mein Handy zum Bezahlen an das Kartenlesegerät.

«Oh, so schlimm?»

«Unfassbar kompliziert, der Kerl, er hat mich wirklich rasend gemacht.» Voller Vorfreude greife ich nach meinem Becher und setze zu einem ersten Schluck an.

«Apropos kompliziert: Wie läuft es bei Austin und dir?»

Ich verschlucke mich dramatisch an dem ersten Schluck heißer Flüssigkeit und muss erst einmal hustend nach Luft ringen. Verflixter Scheibenkleister. Die Frage habe ich nicht kommen sehen. Wenn ich auf diese Weise ersticke, werde ich Austin dafür als Geist heimsuchen.

Kathleen drückt mir besorgt ein Glas Wasser in die Hand, das ich gierig leere. Danach ist es zum Glück besser. Zwei-, dreimal muss ich noch husten, doch ich habe mich gefangen.

«Das wollte ich nicht, sorry. Ich war nur neugierig», sagt Kathleen schließlich mit einem leichten Lachen.

«Was sollte bei Austin und mir denn laufen?» Hatte er etwas zu ihr gesagt? Wenn ja, würde ich jedes Detail aus Kathleen hinausquetschen müssen. Oder hat er ihr vielleicht nur erzählt, dass ich ihm auf die Nerven gehe mit meiner ewigen Fragerei, und ich interpretiere Kathleens Frage mal wieder vollkommen falsch? So wie ich diese Spannung am Sonntag zwischen uns scheinbar missinterpretiert habe. Ich hatte das Gefühl, da wäre etwas zwischen uns gewesen. Aufgeladene Anziehungskraft, kurz vor einer Explosion. Funken, die bei jeder Berührung, jedem Wort freigesetzt wurden. Doch ich habe einen Korb kassiert. Im wahrsten Sinne des Wortes. Fast hätte ich bitter aufgelacht.

Kathleen wirkt etwas nachdenklich. Als würde sie abwägen, was sie mir erzählen kann und was nicht für meine Ohren bestimmt ist.

«Hat er was gesagt?», hake ich etwas ungeduldig nach.

«Er hat nichts gesagt.» Sie schüttelt kurz den Kopf, und ich kann die Enttäuschung, die sich in mir ausbreitet, nicht unterdrücken.

Gott, was ist nur mit mir passiert? Vor ein paar Tagen war ich mir noch sicher, dass mein einziges Interesse an Austin journalistischer Natur ist. Wann hat sich das geändert und wieso habe ich diesen Zeitpunkt nicht einmal mitbekommen? Es war ein so schleichender Prozess, dass ich keinen Tag, kein Gespräch, keine flüchtige Berührung als Auslöser benennen kann. War es schon bei der Party zum Semesterauftakt um mich geschehen, dem Interview nach dem Spiel, unserem Telefonat oder erst bei dem Treffen gestern in der leeren Sporthalle? Verflixt, ich habe keine Ahnung. Vielleicht ist es auch eigentlich gar nichts und ich steigere mich nur in etwas hinein. Es könnte durchaus sein, dass ich Neugierde mit Anziehung verwechsle. Wenn ich so darüber nachdenke, sind das ziemlich ähnliche Gefühle, leicht zu vertauschen. Bestimmt ist es das. Bei unserer nächsten Begegnung wird da sicher nichts anderes mehr sein.

«Aber er musste auch nichts sagen. Für jeden einigermaßen empathischen Menschen mit Augen im Kopf ist es *so* offensichtlich.» Jetzt bin ich diejenige, die den Kopf schüttelt. Erst langsam und zögerlich, dann vehementer.

«Nein… Nein, du irrst dich», streite ich ihre Vermutung ab. Es braucht keinerlei Talent, um aus ihrer Mimik abzulesen, dass sie mir keines meiner Worte glaubt.

«Es ist schon etwas niedlich. Austins Antwort war ganz ähnlich. In seiner Stimme klang ungefähr genauso viel Enttäuschung und Bedauern mit», sie hebt unschuldig ihre Handflächen. «Aber wahrscheinlich bin ich nur eine übereifrige Psychologie-Studentin, die zu viel in eure Tonlagen und Blicke hineininterpretiert.» Der leicht ironische Unterton ist nicht zu überhören.

Leise seufzend atme ich aus und nehme einen Schluck von meinem Kaffee, der dieses Mal nicht in meiner Luftröhre landet.

Dank der Unterhaltung mit Kathleen bekomme ich Austin einfach nicht aus dem Kopf. Den Tag über hatte es aufgrund meines vollen Stundenplans und der vielen Aufgaben noch ganz gut funktioniert, aber jetzt, alleine in meinem WG-Zimmer, gibt es nichts, das mich ablenken würde.

Zum hundertsten Mal gebe ich den Namen von Austins altem Team in die Suchleiste ein. Wenn ich schon an ihn denken muss, dann lieber an sein gut gehütetes Geheimnis als an die verwirrenden Gefühle, die er in mir auslöst. Und die er entgegen Kathleens Einschätzung nicht erwidert. Ansonsten hätte er diesen letzten halben Schritt auf mich zugemacht. Die Situation kann er gar nicht missverstanden haben. Die Elektrizität zwischen uns, meinen Blick. Es war eines dieser eindeutigen Nah-Kuss-Erlebnisse, von denen ich Lori versichert habe, dass sie zwischen Austin und mir niemals passieren würden.

Ich klicke mich durch die Register der offiziellen Homepages von Austins alter Uni und des Sports Departments, lande bei dem Reiter der letzten Saison. Meine Suche ist unstrukturiert, weil ich keine Ahnung habe, wo ich ansetzen soll. Am Sonntag in der Sporthalle hatte ich ganz kurz eine Idee, einen Geistesblitz, der so schnell wieder verschwand, wie er mir in den Sinn gekommen war. Daran ist Austin schuld. Weil er mich ablenkt. Mit seinem Unnahbar-und-plötzlich-doch-nahbar-Sein. Seinen kontrollierten Gesichtszügen, die manchmal plötzlich durch dieses wundervolle Lächeln verdrängt werden. Mit den Brotkrumen an Informationen, die er mir hinwirft, bevor er sich dann wieder in Schweigen hüllt. Ich öffne ein leeres Dokument auf meinem Laptop und beginne alles zu notieren, das ich über Austin weiß. Für die allgemeinen Infos öffne ich sein Spielerprofil, woraus ich die ersten Angaben stumpf übernehme.

Austin Fields

- 20 Jahre alt
- 1,88 Meter
- Studiert Business Administration im 5. Semester
- Zuvor in Chicago gespielt und studiert

Nicht sehr hilfreich, stelle ich fest und ergänze alles, was ich in den letzten Wochen über ihn erfahren habe. Sei es durch meine ewigen Recherchen, meine Beobachtungen oder durch unsere Gespräche. Irgendwo muss doch ein Anhaltspunkt sein.

- Lebt bei seiner Großmutter (NICHT pflegebedürftig)
- Hat kein Auto, sondern ein rostiges Fahrrad

Ich hasse, dass mein Körper bei diesem äußerst harmlosen Stichpunkt direkt ein paar Grad an Temperatur zulegt. Diese Fahrt auf seinem Gepäckträger war eigentlich alles andere als romantisch. Der Weg war uneben, mir war übel, und es hätte mich nicht gewundert, wäre das Fahrrad unter meinem zusätzlichen Gewicht zusammengebrochen. Und dennoch breitet sich eine angenehme Wärme in mir aus, wenn ich daran zurückdenke.

- Gut im Bierpong
- Überdurchschnittlich guter Werfer
- Verteidigt halbherzig
- Einzelkind

- Schwieriges Elternhaus
- Großmutter möchte ihn verkuppeln
- Tolles Lächeln, ätzend attraktiv

Unter einem frustrierten Stöhnen lösche ich den letzten Punkt sofort wieder. Dieser Input hilft ganz sicher nicht weiter, ermahne ich mich.

- Kann Joshua nicht leiden (Ursprung der Fehde ging vermutlich von Josh aus)
- Will mich offensichtlich nicht küssen

Obwohl ich alleine in meinem Zimmer auf dem Bett sitze, rolle ich mit den Augen. Gott, ich neige doch sonst nicht so zur Selbstgeißelung. Wieder einmal betätige ich die Löschen-Taste und entferne den letzten Stichpunkt.

Konzentration, Joyce. Irgendwo hier muss die Wahrheit versteckt sein. Kein Geheimnis kann so gut behütet sein, dass man nicht einmal dessen Umriss erkennt. Das, was da ist, sollte Aufschluss geben über das, was fehlt. Austin Fields hat mit Sicherheit nicht einfach so aus Lust und Laune das College gewechselt. Der Aufwand dafür ist viel zu groß. Außerdem hätte er dann sicher diese Heimlichtuerei gelassen und mir keine Lüge aufgetischt, die so schlecht durchdacht war, dass sie innerhalb weniger Tage aufgeflogen ist. Hatte er ernsthaft geglaubt, in einer Stadt wie Hopeville damit durchzukommen? Hopeville ist zwar kein winziges Dorf, in dem jeder jeden kennt, aber es ist auch keine Großstadt, in der man sich leicht anonym halten und ungeplante Zusammenstöße mit großer Wahrscheinlichkeit ausschließen kann.

Vielleicht sollte ich seiner Großmutter einen Besuch abstatten. Sie wirkt redselig und würde möglicherweise mehr teilen, als Austin bereit ist zu verraten. Doch ich habe versprochen, keine Fragen in diese Richtung zu stellen. Und auch wenn es vielleicht sogar als Schlupfloch durchgehen würde, nicht ihn, sondern seine Grandma zu befragen, kann ich das nicht tun. Es wäre nicht richtig. Es wäre übergriffig, unfair und würde mit Sicherheit dazu führen, dass Austin sich wieder vollständig von mir zurückzieht.

Das möchte ich nicht.

Im Journalismus muss es Grenzen geben, die es zu respektieren gilt. Und dies ist eine dieser Grenzen. Ich muss es also selbst herausfinden. Erneut widme ich mich meiner Liste, ergänze alles, was mir in den Sinn kommt.

- Eher Typ Einzelgänger?
- Wenig Körpereinsatz beim Eins-gegen-eins

Da ist er wieder, dieser lose Gedanke, den ich nicht zusammengesetzt bekomme. Mein Gott, wenn das so weitergeht, brauche ich gleich meinen vierten Kaffee. Unruhig gehe ich erneut die Liste durch. Ideenfetzen, die unkontrolliert herumschwingen, finden zueinander. Erst ist es wie vor einer Nebelwand zu stehen. Verschwommen, unscharf, verborgen. Doch dann lichtet sich mein Blick und eine vage Theorie entsteht. Sofort beginne ich, die Spielberichte des letzten Jahres zu studieren. Einen nach dem anderen. Die komplette Nacht lang.

Ein weiterer Kaffee ist plötzlich nicht mehr nötig, um mich wach zu halten.

KAPITEL 18

Austin

Die anderthalbstündige Fahrt hat nicht ausgereicht, um mich mental auf diese Unternehmung vorzubereiten. Genauso wenig wie die halbe Woche, die vergangen ist, seit der Coach uns in seine Pläne eingeweiht hat. Wobei *eingeweiht* den Eindruck erweckt, wir hätten irgendwas dazu sagen dürfen oder uns einbringen können. Treffender wäre es wohl zu sagen, Coach Soto hat uns seine Pläne aufgezwungen.

Teambuilding. An einem Samstag.

In der Natur. Mit Schlafsäcken und Zelten.

Die Reaktionen der anderen Teammitglieder auf diesen Ausflug waren bunt durchmischt. Von frustriertem Aufstöhnen über neutrales Nicken bis hin zum begeisterten Händeklatschen war alles dabei. Für mich ist diese Aktion meine persönliche Hölle. Joshua sitzt ganz hinten in dem kleinen Bus, ich ganz vorn. Hoffentlich können der Kapitän und ich auch den restlichen Tag über möglichst viel Abstand zwischen uns bringen. Andernfalls wird das hier das Gegenteil von Teambuilding – Mord und Totschlag scheint vorprogrammiert.

«So, Jungs, da wären wir. Raus mit euch!», tönt Coach Sotos kräftige Stimme durch den Bus, sobald der Fahrer den Motor ausgeschaltet hat.

Als einer der Ersten steige ich die Treppenstufen hinab auf den provisorischen Parkplatz. Uns wurde zuvor nicht gesagt, wohin unsere Reise gehen würde. Der Coach hat uns lediglich mitgeteilt, dass wir in die Natur fahren würden und sich jeder an die Packliste halten oder Strafbahnen nach dem morgigen Spiel riskieren solle. Laufen bis Mitternacht, Coach Sotos Lieblingsbestrafung. Also habe ich ein paar Stunden lang den Dachboden meiner Grandma durchsucht. Trotz ihres Umzugs besitzt sie noch allerhand Schätze und mindestens genauso viel Müll. Statt auszusortieren hatten die Umzugshelfer wohl nur die Anweisung bekommen, all die Kartons von einem Dachboden in den nächsten zu schaffen. Bei der ungefähr fünfzigsten Kiste wurde ich dann schließlich fündig. Altes, vermutlich vor ungefähr zwanzig Jahren zuletzt benutztes Campingequipment. Ein Zwei-Personen-Zelt, zwei Schlafsäcke, die etwas muffig gerochen haben, zwei Klappstühle mit Becherhalterung und eine Menge kaum genutztes Campinggeschirr. Davon war doch was zu gebrauchen.

Ich krame meinen großen Rucksack, in dem ich das Zelt, einen der Schlafsäcke, Wasser und meine sonstigen persönlichen Dinge verstaut habe, aus dem Laderaum und lasse anschließend meinen Blick über die Umgebung schweifen. Zu sehen gibt es nicht viel. Bäume, die ihre letzte Energie dafür aufwenden, ihre bunt gefärbten Blätter zu halten, die Ausläufer eines schmalen Flusses und ein Schild mit der Aufschrift *Piedmont National Wildlife Refuge*, das in Richtung des halb befestigten Weges zeigt.

Ein Tag und eine Nacht, die ich hier irgendwie überstehen muss.

Der fast schadenfrohe Ausdruck auf dem Gesicht unseres Trainers verspricht eine Menge, nur nichts Gutes. Mich beschleicht das Gefühl, dass dieses Unterfangen nicht einfach nur daraus bestehen wird, unsere Zelte aufzuschlagen, etwas zu essen und dann mit gut gefülltem Magen schlafen zu gehen, um für das Spiel morgen ausgeschlafen und fit zu sein.

Joshua sieht noch weniger begeistert aus als ich. Fast fühle ich mich etwas schlecht für den Anflug guter Laune, die mir dieser Anblick verschafft. Aber nur fast. Ich habe diesem Typen nie etwas getan, habe mich aus allem, so gut es geht, herausgehalten, und trotzdem kann er nicht aufhören, gegen mich auszuteilen. Es nervt. Es ist ermüdend, erschöpfend und kräftezehrend.

«Haben alle ihr Zeug?», fragt Coach Soto, der mit seinem Strohhut und der Funktionsjacke, die ungefähr eine Million Taschen hat, ganz in seiner Komfortzone zu sein scheint. Ein zustimmendes Brummen erklingt aus unserem Halbkreis.

«Sehr gut!» Mit etwas zu viel Kraft schließt er die Klappe zum Laderaum und gibt dem Busfahrer ein Zeichen, woraufhin dieser den Bus startet und den Rückweg antritt. Der Glückliche, denke ich.

«Ich habe euch in drei Gruppen aufgeteilt», beginnt unser Trainer, und ich atme tief ein, um nicht sofort durchzudrehen. Wenn der Coach die Gruppen nicht ausgelost, sondern selbst eingeteilt hat, bin ich mir zu 95 Prozent sicher, wer sich in meiner Gruppe befinden wird.

Von einem zu oft auseinander- und wieder zusammengefalteten Zettel liest er die Gruppen vor und ich behalte recht. Leider.

«Wheeler, Fields, Reed und Vega.» Verdammte Scheiße. Hätte der Coach nicht wenigstens Young als Puffer einplanen können? Oder zumindest Willie, der einen erstaunlich guten Draht zu Reed hat und häufig versucht, unangenehme Situationen mit einem lockeren Spruch zu lösen? Wheeler und Vega mag ich grundsätzlich gern, aber ich schätze beide nicht als Personen ein, die bei einer möglichen Auseinandersetzung zwischen Joshua und mir einschreiten würden.

Ich bin also auf mich allein gestellt.

In der Wildnis. Wunderbar.

«Ich habe drei Karten. Die Routen sind für jede Gruppe unterschiedlich, führen aber alle zu unserem Schlafplatz für heute Nacht. Um zu überprüfen, dass ihr keine Abkürzungen nehmt, habe ich ein paar Fragen, die sich auf den Weg beziehen, notiert. Die Antworten schreibt ihr bitte daneben. Wenn ihr mir den Zettel nachher unbeschrieben zurückbringt … Na, wer weiß es?»

«Strafrunden bis Mitternacht?», antwortet Murphy zögerlich.

Der Coach nickt. «Ganz genau! Noch Fragen?» Die Stille ist scheinbar Antwort genug, denn unser Trainer nickt zufrieden und verteilt die drei Karten.

Joshua greift natürlich sofort nach unserer Wegbeschreibung. Selbstverständlich kann er auch hier nicht die Führung abgeben. «Hier lang!», weist er uns in dem gleichen Ton an, den er auch gern auf dem Spielfeld anschlägt.

Gott, er geht mir schon jetzt auf die Nerven. Was auch

immer Coach Soto mit dieser Aufgabe bezwecken will – es wird nicht funktionieren. Stattdessen wird es alles noch schlimmer machen.

Schweigend machen wir uns auf den Weg, biegen nach wenigen Hundert Metern auf einen naturbelassenen Pfad zwischen den Bäumen und Gestrüpp ab. Die anderen beiden Gruppen sind nun nicht mehr zu hören, es ist seltsam still. Nur zu gern würde ich zurückjoggen und mich einem der anderen Teams anschließen. Im Laufen stelle ich die Träger meines Rucksacks richtig ein, damit er angenehmer auf meinen Schultern und meinen Hüften sitzt. Dennoch bin ich mir sehr sicher, dass sich das zusätzliche Gewicht relativ zügig negativ auf meine Ausdauer und Kraft auswirken wird.

«Wie viele Kilometer, meint ihr, wird uns der Coach hier durch die Gegend laufen lassen?», fragt Wheeler, sichtlich bemüht, die angespannte Stimmung zu durchbrechen.

«Auf der Karte sind keine Entfernungen angegeben», antwortet Joshua monoton, der stets eine Schrittlänge vorausgeht.

«Das Naturschutzgebiet umfasst fast 150 Quadratkilometer, wenn ich mich richtig erinnere. Er könnte uns also problemlos den ganzen Tag durch die Wälder irren lassen», merkt Vega vorsichtig an.

«Warst du schon häufiger hier?», hake ich überrascht nach. Vielleicht geht die Zeit etwas schneller vorüber, wenn ich mich zumindest mit Vega und Wheeler gut stelle. Solange wir nicht über Chicago und meinen Mannschaftswechsel sprechen, können wir uns grundsätzlich ja unterhalten, und keiner der beiden hat in den vergangenen Wochen irgendwelche Anstalten gemacht, mich diesbezüglich auszuquetschen. Dafür ist Joyce zuständig, schießt es mir in den Kopf und danach ins Herz.

«Meine Eltern fahren gern hierher. Meine Mutter pflegt eine seltsame Obsession zu Kokardenspechten.»

Vega ist die Unsicherheit im Gesicht abzulesen. Was würde ich nur dafür geben, wenn die Obsession meiner Mutter mit Vogelbeobachtungen zu tun hätte statt mit Drogen- und Alkoholkonsum? Doch das sage ich natürlich nicht.

«Bist du nie mit ihnen hergekommen?»

«Vor Jahren zuletzt. Kurz vor der Highschool, glaube ich.»

«Vielleicht sollte Vega die Navigation übernehmen?», richte ich mich an die Gruppe. Die Worte kommen mir über die Lippen, bevor ich wirklich darüber nachdenken kann. «Schließlich war er schon mal hier.»

Wieso fällt es mir nur so schwer, mich rauszuhalten? Reed hält an, drückt seinen Rücken durch. Scheinbar möchte er jeden Millimeter seiner Körpergröße nutzen, um möglichst imposant aufzutreten. Eigentlich sollte ihn mein Vorschlag nicht provozieren. Hätte Wheeler ihn an meiner Stelle unterbreitet, wäre vermutlich gar nichts passiert. Doch da ich es war, sieht Reed das selbstverständlich als einen persönlichen Angriff. Er dreht sich nicht ruckartig zum Rest der Gruppe um. Eher langsam. Ruhig, aber deswegen nicht weniger gefährlich.

«Ich glaube nicht, dass ich das besser könnte…», wirft Vega sofort ein. Doch Joshua nimmt ihn kaum wahr. Die Wut, die aus unerklärlichen Gründen permanent in ihm lodert, richtet sich wieder einmal ausnahmslos gegen mich.

«Hast du ein Problem damit, wie ich uns durch diesen Wald führe, Fields?»

«Nein, habe ich nicht. Ich dachte nur, es wäre vielleicht auch mal ganz schön, die Verantwortung innerhalb des Teams etwas aufzuteilen. Unsere individuellen Stärken nutzen. Wenn wir schon jemanden in unserer Gruppe haben, der sich gut auskennt!» Es fällt mir nicht leicht, so neutral zu klingen. In meiner Stimme liegt kein Unterton, nur fast unbeteiligte Gelassenheit. Ich bin zufrieden.

«Das ist mein Team und ich trage als Kapitän die Verantwortung.»

«Beim Basketball, ja. Hier könnte das vielleicht auch jemand anderes übernehmen», schlage ich sachlich vor. Ich habe den Eindruck, diese Tonlage bringt Reed noch viel mehr in Rage, als hätte ich mich mit lauter Stimme geäußert. Er ballt die Fäuste, und ich bin mir nicht sicher, ob er das überhaupt bemerkt. Dieser Anblick löst einen Hauch von Genugtuung in mir aus, die moralisch sicher nicht einwandfrei ist. Allerdings ist es auch falsch, wie sehr Joshua seit meinem ersten Tag bei den *Hopeville Dragons* gegen mich austeilt. Vielleicht hat er mal ein wenig Konter nötig. Verdient hat er es allemal. «Auf dem Spielfeld würde es aber auch nicht schaden, die Verantwortung oder den Ball ausnahmsweise mal an das Team abzugeben.»

Ich weiß, dass ich mit diesem Seitenhieb eine persönliche Grenze übertrete. Die Reed-flippt-aus-Grenze. Und doch kann ich mir die Worte nicht verkneifen. Im Augenwinkel bemerke ich, wie Wheeler und Vega nervös von einem Fuß auf den anderen treten. Als hätten die beiden bei der Einteilung der Gruppen nicht schon gewusst, was passieren würde. Als wäre nicht jedem klar gewesen, dass sie die Niete gezogen haben.

«Was ist dein Scheiß-Problem, Fields?» Er spuckt meinen Namen förmlich aus.

«Sag du es mir», gebe ich zurück, weil ich es tatsächlich gern wüsste. Joyce hat mir zwar gesagt, dass ihr Bruder nicht gut mit Konkurrenz zurechtkommt, aber ist das wirklich alles? Übertönt dieses komplette Arschloch-Verhalten seine Unsicherheit – hat er bloß Angst um seinen Titel? Einen Titel, der mir nicht egaler sein könnte?

«Mein Problem ist ein arroganter Wichser, der es in Chicago zu nichts gebracht hat und denkt, er könnte hier mein Team übernehmen.»

Er hat ja keine Ahnung. Wenn es eine Sache gibt, die ich nicht möchte, ist es, Kapitän dieser Mannschaft zu sein. Oder irgendeiner Mannschaft. Nur sind die Bedrohung, die er empfindet, und seine Meinung von mir so gefestigt, dass er mir das ohne eine Begründung nie glauben würde. Und eine Begründung kann ich ihm nicht liefern, weil ich sie niemandem geben kann, ohne alles noch viel schlimmer zu machen.

«Du siehst Geister, Reed», schmettere ich seine Behauptung ab, was nicht gerade deeskalierend wirkt.

«Und du siehst bald gar nichts mehr», droht Joshua und macht einen Schritt auf mich zu. Wieder einmal. In mir steigt seltsamerweise ein Lachen hinauf, das ich versuche zu unterdrücken. Seine Reaktion ist so lächerlich klischeehaft, dass sie eher zu einem Middleschool-Raufbold passen würde als zu einem erwachsenen Studenten, der ungefähr jede Minute damit verbringt, an seine goldene Zukunft zu denken. Sollte ich Reed jetzt aber ins Gesicht lachen, werde ich diesen Tag sicher nicht ohne ein blaues Auge hinter mich bringen können. Joshuas letzte Worte scheinen Wheeler aber aus seiner Starre erwachen zu lassen.

«Hey, hey, hey», versucht er es mit erhobenen Händen versöhnlich und schiebt sich zwischen uns.

«Der Coach hat diesen Ausflug als Teambuilding-Maßnahme organisiert. Wenn er feststellen muss, dass sich zwei seiner Spieler geprügelt haben, wird das für uns alle nicht gut ausgehen. Also reißt euch bitte zusammen. Für das Team.» Wheeler beeindruckt mich. Ich hatte ihn nicht für so mutig gehalten. Und für so geschickt. Der Appell an den Teamgeist funktioniert in der Regel sehr verlässlich bei Menschen, die im Mannschaftssport aufgewachsen sind. So auch bei Reed und mir.

Ich atme tief durch, versuche meine Herzfrequenz, die während der Auseinandersetzung mit Joshua angestiegen ist, zu senken. Reed entspannt seine Hände und der Ausdruck in seinen Augen scheint nicht mehr ganz so hitzig. Zwar ist noch immer pure Abneigung in dem Blick, den er mir zuwirft, aber er ist nicht mehr ganz so rasend.

«Außerdem habe ich wenig Lust, diese Wanderung länger als nötig bestreiten zu müssen. Lasst uns also zusehen, dass wir die Fragen vom Coach beantworten und beim Treffpunkt ankommen.»

Vega, Reed und ich nicken zustimmend. Dann ziehen wir weiter. Joshua behält die Karte natürlich in seinem Besitz, navigiert uns aber problemlos zu der Antwort auf die erste Frage. Coach Soto bat uns bei der Aufgabe darum, aufzuschreiben, welches Hinweisschild an der Weggabelung zu finden ist. Es ist eine Infotafel, auf der Bilder von verschiedenen Singvogelarten, die sich in dem Naturschutzgebiet angesiedelt haben, abgedruckt sind. Mir entgeht nicht das leichte Lächeln, das dabei auf Vegas Gesicht tritt, und ich frage mich unwillkürlich, wie es wohl ist, in einer Familie aufzuwachsen, die am Wochenende gemeinsam in die Natur fährt, um Vögel zu beobachten. Ein kurzes, schmerzhaftes Stechen in meiner Brust signalisiert mir, mich von diesen Was-wäre-wenn-Fragen, diesen unnützen Gedankenspielen, zu distanzieren. Sie bringen nichts, sie ändern nichts.

Es ist in Ordnung.

Im Gegensatz zu dem, was mich aus Chicago vertrieben hat, habe ich die Vergangenheit mit meiner Familie ziemlich gut verarbeitet. Und doch gibt es noch diese kurzen Augenblicke, in denen ich vergesse, dass es in Ordnung ist. Dass ich damit abgeschlossen habe.

Wir gehen weiter in die Wälder hinein und müssen zwischendurch kurze Trinkpausen einlegen. Zwar sind die Temperaturen mittlerweile angenehm, doch die lange Strecke und das schwere Gepäck auf unser aller Rücken verlangen eine regelmäßige Wasserzufuhr. Ein positiver Nebeneffekt ist außerdem, dass mit jedem Schluck, den wir trinken, das Gewicht, das wir zu tragen haben, ein klein wenig geringer wird.

Nach ungefähr sechs Kilometern kommen wir an einem See an. Hier treffen wir das erste Mal seit Beginn unserer Wanderung auf andere Menschen. Zwei Angler sitzen in ihren Klappstühlen, essen Sandwiches und beobachten das stille Gewässer. Wir schreiben auf unseren Zettel, wie viele Fische von welcher Art pro Tag entnommen werden dürfen und ziehen weiter.

Joshua und ich reden nicht miteinander, aber sind seit

der anfänglichen Auseinandersetzung auch nicht mehr aneinandergeraten. Mehr kann man, denke ich, nicht von uns erwarten.

Fünf Stunden später, die sich nach keiner Minute weniger angefühlt haben, erreichen wir endlich den Treffpunkt. Leider muss ich zugeben, dass Reed uns ziemlich sicher und souverän durch das Naturschutzgebiet navigiert hat. Er mag ein Arschloch sein, aber sein Orientierungssinn ist durchaus zu gebrauchen. Eine andere Gruppe ist kurz vor uns angekommen, das letzte Team fehlt noch.

Coach Soto sitzt vor einer winzigen Holzhütte auf einem dunkelbraunen Campingstuhl und wirkt äußerst zufrieden. Joshua gibt unseren Zettel ab. Die Antworten werden sofort überprüft und mit einem Nicken abgenommen. Immerhin keine Strafrunden. Dazu wäre ich jetzt auch wirklich nicht mehr in der Lage. Meine Oberschenkel beginnen zu zittern, sobald ich die Muskeln anspanne, mein Rücken fühlt sich an, als wäre ich in den letzten Stunden mindestens vierzig Jahre gealtert, und ich habe so starken Hunger wie lange nicht mehr. Werden wir hier überhaupt etwas zu essen bekommen? Mahlzeiten standen nicht auf der Packliste. Hätte ich trotzdem etwas einpacken sollen? Wie auf Knopfdruck beginnt mein leerer Magen zu rumoren.

«Oh Mann, ich habe auch einen Bärenhunger!» Willie tritt neben mich. Mein Magengrummeln scheint ihm nicht entgangen zu sein. Mit der flachen Hand klopft er sich auf den Bauch. «Apropos Bärenhunger – es gibt hier doch keine Bären, oder?», Willie schaut etwas skeptisch zwischen seinen Mitspielern hin und her.

«Die nächste bekannte Bärenpopulation ist näher an Hopeville dran als an dieser Gegend hier, Jackson», antwortet der Coach gelassen.

«In Hopeville schlafe ich aber auch nicht mitten in einem Wald. Durch nichts als eine dünne Plastikplane von der Natur getrennt.» Willies theatralische Ader heitert mich sofort auf, und ich bin froh, nun wieder in der größeren Gruppe mit den anderen Jungs zusammen zu sein.

«Du solltest dir mehr Sorgen wegen der Alligatoren machen», ärgert Wheeler ihn lachend, woraufhin Willie ihn entsetzt anstarrt.

«Auch Alligatoren sind für gewöhnlich nur weiter südlich anzutreffen», geht der Coach beruhigend, aber ebenfalls amüsiert dazwischen.

«*Für gewöhnlich* klingt nicht so ungefährlich, wie Sie denken, Coach», erwidert Willie und sieht sich argwöhnisch um.

Die letzte Gruppe taucht nur eine halbe Stunde später auf, und wir beginnen, die Zelte aufzubauen. Coach Soto hat darauf bestanden, dass wir dies noch vor dem Essen erledigen.

Erst die Arbeit, dann das Vergnügen.

Wobei ich bei der Bezeichnung *Vergnügen* noch äußerst skeptisch bin, weil mein Bauchgefühl mir sagt, dass unser Trainer noch nicht ganz fertig ist mit uns und seinen fragwürdigen Teambuilding-Maßnahmen. Allerdings ist es wohl tatsächlich sinnvoll, das restliche Tageslicht zum Aufbau unseres Lagers zu nutzen. Ein paar Spieler teilen sich ein Zelt, und ich bin froh, mein eigenes zu haben.

Das letzte Mal war ich vor ungefähr zehn Jahren campen. Natürlich nicht mit meinen Eltern. Mein damaliger bester Freund ist mit seiner Familie jedes halbe Jahr in die freie Natur gefahren und einmal haben sie mich netterweise mitgenommen. Vermutlich aus Mitleid, aber das war mir damals relativ egal, weil ich mich so gefreut habe, in den Urlaub fahren zu können. Auch wenn es im Endeffekt nur ein fünfzig Kilometer entfernter Campingplatz war. Meine Skills, ein Zelt aufzubauen, sind deswegen allerdings etwas eingerostet.

Zwei Heringe fehlen bei dem Zelt meiner Großeltern, aber für eine Nacht sollte es schon gehen. Ich platziere meinen Rucksack im Inneren des Zeltes, genau dort, wo einer der beiden Heringe fehlt.

Der Coach und Young versuchen gemeinsam ein Feuer in Gang zu bekommen. Die Lagerfeuerstelle ist wie in einem kitschigen Sommercamp-Film mittig von einem Sitzkreis aus halben alten Baumstämmen, die als Bänke dienen, angesiedelt. Ein paar der Jungs, die besonders schnell mit dem Aufbau ihres Schlafplatzes waren, sitzen dort bereits und entspannen ihre überanstrengte Muskulatur.

Nach diesem Gewaltmarsch wäre mir ein bequemes Sofa und später mein gemütliches Bett definitiv lieber als harte Holzbänke und ein Schlafsack auf dem Waldboden.

Ich setze mich neben Willie, der sich gerade etwas angewidert einen Käfer von seinem Arm schnippt. Willie Jackson ist noch offensichtlicher als ich nicht gerade der geborene Naturbursche.

Anders als Young, der mit geübten Handgriffen das Feuer entfacht. Coach Soto klopft ihm anerkennend auf die Schulter. Eine seltene Geste. Dann verschwindet er in der kleinen Hütte, in der er die Nacht verbringen wird. Scheinbar hat er zwar große Lust, uns zum Zelten zu zwingen, für sich selbst erachtet er es aber nicht unbedingt als notwendig.

Die Stimmung steigt drastisch, als er mit einer riesigen Kühlbox zurückkommt, die Ranger oder Mitarbeiter des Infostandes hier für ihn platziert haben müssen. Diese Box hat er nämlich ganz sicher nicht hierhergeschleppt.

«So, *Dragons.* Ich lasse euch natürlich nicht verhungern, schließlich habt ihr morgen Abend ein wichtiges Spiel vor euch. Lasst uns also ein schönes Lagerfeuer-Mahl genießen und uns einander anschließend etwas besser kennenlernen.»

Der letzte Halbsatz klingt aus dem Mund von Soto fast wie eine Drohung. Wenn er denkt, ein Lagerfeuer würde reichen, um uns einander so viel näher zu bringen, überschätzt er die Wirkung dieses Feuers aber gewaltig. Reed rollt betont mit den Augen. Ich scheine mit meinen Gedanken also nicht allein zu sein.

Die Hotdogs und das Brot sind köstlich. Wahrscheinlich würde mir gerade aber auch jede Nahrung überdurchschnittlich gut schmecken, weil ich in den letzten Stunden tierischen Hunger leiden musste. Ich spüre mit jedem Bissen, wie die Anstrengung des Tages von mir abfällt, um mit dem letzten Stück Brot einer angenehmen Müdigkeit und Erschöpfung Platz zu machen. Plötzlich scheint die Aussicht auf meinen Schlafsack auf dem harten Boden gar nicht mehr so schrecklich. Ein Gähnen zieht sich gemeinschaftlich durch die Bänke. Unser Team ist zwar fit, aber die körperliche Belastung beim Basketball ist eine ganz andere als die hier. Und dann noch die ganze frische Luft.

Einschlafprobleme wird es auf diesem Campingplatz heute sicher nicht geben.

Gemeinsam räumen wir nach dem Essen etwas auf, um keine wilden Tiere anzulocken, und versammeln uns dann auf Coach Sotos Wunsch hin aber wieder am Lagerfeuer.

«Das Team der *Hopeville Dragons* gibt es in dieser Konstellation erst seit wenigen Wochen. Einige der Spieler kennen sich besser, andere schlechter, was vollkommen normal ist. Trotzdem ist es wichtig, zumindest ein oder zwei Dinge von seinem Teamkollegen zu wissen, damit man auch auf dem Spielfeld eine Verbindung hat, die man positiv nutzen kann.»

Oh Mann, jetzt geht es los. Plötzlich wünsche ich mir die Wanderung zurück. Wer hätte das gedacht?

«Ihr müsst keine besten Freunde werden, aber ihr müsst eure Mitspieler respektieren. Ansonsten wird das mit der Meisterschaft nichts werden, das kann ich euch versprechen.» Coach Soto schaut uns allen in die Augen. Einem nach dem anderen. Seinen Strohhut hat er abgenommen, seine Glatze glänzt im Lagerfeuerlicht.

«Wie ihr wisst, bin ich sehr viel besser darin, euch auf dem Spielfeld zusammenzubrüllen, als über Persönliches zu reden. Deswegen habe ich meine Frau drei Fragen auf diese Karteikarten schreiben lassen. Es sind Fragen, von denen sie denkt, dass sie euch als Team näher zusammenzubringen könnten.»

Es hat mich in den letzten Wochen so viel Energie und Kraft gekostet, nichts über mich preiszugeben. Meine Klappe zu halten, wenn es um persönliche Themen geht. Und das alles nur, um jetzt an einem verdammten Lagerfeuer zu sitzen und vor zehn Typen irgendwelche pseudopsychologische Fragen zu beantworten? Fehlt nicht mehr viel, bis einer der Jungs seine Akustikgitarre aus dem Zelt holt und einen Countrysong anstimmt.

«Okay. Legen wir los», der Coach wirkt nun etwas unsicher. Ihm ist der Part mit der offenen Kommunikation scheinbar nicht weniger unangenehm als uns. Und trotzdem zieht er es durch. Für das Team, für eine Chance auf die Meisterschaft. Weil es ihm mindestens genauso viel bedeuten würde wie uns. Vielleicht sogar noch mehr. Ich schaue in das Gesicht dieses Mannes, der nicht mehr allzu weit von seinem Ruhestand entfernt ist. Der länger Basketballtrainer ist, als wir auf dieser Welt sind. Der trotz aller Mühen und Erfolge noch keinen Meisterschaftstitel holen konnte. In diesem Moment löst sich meine Abwehrhaltung etwas. Es geht nicht nur um mich, es geht sogar am wenigsten um mich. Ich bin umgeben von Menschen, die große Ziele haben, die Spiele gewinnen wollen, Titel holen, eine Profikarriere anstreben. Es geht für uns alle um so viel. Ich schulde es ihnen, mich im Rahmen meiner Möglichkeiten zu bemühen. Solange mir die Fragen unverfänglich erscheinen.

«Wie sieht dein perfekter Tag aus?», liest Soto vor. Dann hebt er den Blick mit einem lautlosen Seufzen. «Freiwillige vor.»

Ich gebe mir einen Ruck.

«Ausschlafen, ein paar Körbe werfen, gemeinsam mit meiner Großmutter was Leckeres essen und abends vielleicht ein Bier trinken gehen.» Joyce' Gesicht taucht vor meinem inneren Auge auf. Aus mir unerklärlichen Gründen bin ich gern in ihrer Nähe, rede gern mit ihr, sehe sie gern an, lasse mich von ihrer Energie anstecken. Gedanklich füge ich also hinzu, Joyce zu treffen, bin aber nicht so irre, dieses heimliche Gefühl zu teilen. Außerdem weiß ich, dass ich das eigentlich nicht wollen sollte. Mit ihr kann ich mich nie fallen lassen, nie wirklich abschalten, weil ich auf jedes Wort achten muss, das ihr Hinweise liefern könnte. Jede Begegnung mit ihr wird von meiner Vergangenheit überschattet, und ich wünschte, es wäre anders.

«Mein perfekter Tag wäre auf jeden Fall ein Good-Hair-Day», fährt Willie neben mir fort und lockert dieses ganze Unterfangen direkt auf. Dafür bin sicher nicht nur ich ihm dankbar, sondern jeder der Anwesenden. «Außerdem Fast Food zum Frühstück, ein Basketballspiel, das wir gewinnen, und eine After-Party», fügt er etwas ernster, aber noch immer mit der typischen Willie-Leichtigkeit hinzu.

Zu meinem Erstaunen weigert sich keiner unserer Mitspieler, ebenfalls etwas zu teilen. Manche Antworten überraschen mich tatsächlich, weil ich eben doch kaum etwas von meinen Teammitgliedern weiß, das nicht direkt mit Basketball zu tun hat. Young zum Beispiel fährt an den Wochenenden häufig frühmorgens angeln, Vega ist bei seinen Großeltern aufgewachsen, wodurch ich mich ihm sofort etwas näher fühle, Wheelers Freundin lebt in Nashville und arbeitet dort an ihrer Musikkarriere. Reed schafft es ebenfalls, mich zu überraschen, indem er erzählt, dass sein perfekter Tag mit einer Joggingrunde gemeinsam mit seiner Schwester beginnt. Es ist nicht zu übersehen, wie wichtig sie ihm ist. Er liebt Joyce wahrscheinlich so sehr, wie er mich hasst, was alles noch sehr viel mehr kompliziert macht.

«Du musst eine Leiche verschwinden lassen. Wen bittest du, dir zu helfen?», der Coach starrt etwas irritiert auf die Karte, von der er gerade die Frage vorgelesen hat. «Das hat sie wirklich geschrieben», sagt er kopfschüttelnd, aber mit einem seltenen Lächeln mehr zu sich selbst als zu uns.

Dieses Mal startet Wheeler, ohne lange nachdenken zu müssen. «Meine Freundin. Eines ihrer musikalischen Vorbilder hat einen Song, in dem es quasi genau darum geht. Außerdem steht sie auf True-Crime-Podcasts. Ja, ich denke, sie wäre die perfekte Komplizin.» Ein winziger Hauch Eifersucht trifft mich unvorbereitet, wodurch ich ihn nicht sofort einordnen kann. Doch dann begreife ich, was sich ein winziger Teil in mir zu wünschen scheint. Einen *Partner in Crime*. Jemanden, dem ich alles anvertrauen kann, eine Person, von der ich weiß, dass sie immer hinter mir stehen würde. Aber wie soll das gehen, wenn ich nicht bereit bin, meine Geheimnisse zu teilen?

Es ist interessant zu hören, wer diese eine Person im familiären Umfeld oder Freundeskreis meiner Mitspieler ist, der sie auf diese Art vertrauen. Die Antworten sind genauso unterschiedlich, wie wir alle es offensichtlich sind. Uns verbindet viel, allein schon der Basketball, der einen so großen Teil unseres Lebens einnimmt, und doch sind es besonders die Unterschiede, die am spannendsten zu erfahren sind. Ich antworte als einer der Letzten.

«Etwas seltsam, aber ich würde vermutlich meine Grandma bitten. Sie tut zwar immer, als wäre sie moralisch unfehlbar, aber ganz ehrlich: Ich würde nicht die Hand dafür ins Feuer legen, dass sie in der Vergangenheit nie eine Leiche verschwinden lassen musste.»

«Vor welchen Tieren, die in Georgias Natur vertreten

sind, hast du am meisten Angst?», leitet Soto schließlich die letzte Frage ein. Nun ist es nicht nur ein heimliches Lächeln, sondern ein lautes Lachen, das Sotos Kehle entweicht. «Ich glaube, meine Frau will uns Angst machen. Erst die Leiche, nun die wilden Tiere.»

Diese letzte Frage mündet in einer Diskussion darüber, welche vermeintlich gefährlichen Lebewesen hier überhaupt heimisch sind und welche eigentlich nur in anderen Bundesstaaten vorkommen. Ich kann dazu nicht viel beitragen, aber diese harmlosen Wortgefechte zu verfolgen, erfüllt mich mit einer ungewohnten Ruhe. Die Holzscheite zerfallen in den Flammen, das Feuer wird knisternd kleiner, und ich begreife, dass ich mich wohlfühle. Inmitten dieses Teams, diesen Menschen, von denen ich die meisten tatsächlich zu mögen beginne, breitet sich ein vages, winziges Gefühl von Ankommen aus. Ich genieße es.

Zumindest für diesen Moment.

Weil ich weiß, wie schnell dieses Gefühl schwinden kann.

KAPITEL 19

Joyce

Lori begleitet mich wieder zum Spiel, und es ist mir egal, dass ich sie dafür bestechen musste. Leider sind wir heute viel zu spät dran und müssen uns durch das Gedränge im Eingangsbereich der Sporthalle schieben. Sogar die beeindruckende, energievolle Choreografie des Cheerleading-Teams ist schon in vollem Gange.

An der *Hope* fand ein Schreibkurs mit einem Bestsellerautor statt. Mein neuer Professor ist mit ihm befreundet und konnte ihn überreden, einen kostenlosen Kurs für die Studierenden im beschaulichen Hopeville anzubieten. Es war extrem interessant, ihm zuzuhören, und auch wenn nicht alles davon auf mein Schreiben als Sportjournalistin übertragbar ist, habe ich sehr viel gelernt. Und dafür sogar in Kauf genommen, es nur knapp vor Anpfiff zum Spiel der *Dragons* zu schaffen.

Die besten Plätze sind selbstverständlich schon belegt, aber da muss ich nun durch. Schnell verschaffe ich mir einen Überblick und lasse meinen Blick über die Tribüne schweifen.

«Hier entlang», beschließe ich und ziehe meine beste

Freundin mit schnellen Schritten hinter mir her. Freundlich entschuldige ich mich bei allen Zuschauern, die kurz aufstehen oder ihre Beine einziehen müssen, damit wir uns durch die Reihen drängeln können. Doch ich habe die zwei freien Plätze im Fadenkreuz, relativ mittig und nicht allzu weit vom Spielfeldrand entfernt. Wehe, irgendwer schnappt sie uns vor der Nase weg. Ich würde zwar nichts sagen, aber innerlich würde ich mich schon ärgern. Vielleicht würden sie sogar einen bösen Blick kassieren.

Vermutlich aber nicht.

«Puh, ein Glück», stoße ich aus, sobald wir endlich an den Plätzen ankommen. Als hätten alle nur auf uns gewartet, erlischt in genau dem Moment das Licht. Ich kann nichts gegen die Gänsehaut tun, die sich wie auf Knopfdruck auf meinem Körper ausbreitet. Jedes. Mal.

Es ist das letzte Heimspiel in den nächsten drei Wochen, weswegen die Halle komplett ausverkauft ist. Die *Hopeville Dragons* haben die Non-Conference-Saison mit einer Menge Heimspielen gestartet, wodurch es für die Fans im nächsten Monat leider etwas mau aussehen wird. Vielleicht sollte ich mir überlegen, zumindest bei einem Auswärtsspiel mitzufahren, um auf meinen Kanälen für sie berichten zu können.

Die *Thunderhawks* betreten den Platz.

Auf der westlichen Tribüne bricht lauter Jubel aus. Offenbar sind sie mit einiger mentaler Unterstützung angereist.

Möglicherweise könnten wir etwas Ähnliches organisieren. Einen großen Bus, der gemeinsam mit dem Team beim Auswärtsspiel auftaucht. Ich mache mir eine mentale Notiz, wohl wissend, dass mir eigentlich die Zeit fehlt, mich um die Organisation zu kümmern.

Jetzt sind die *Dragons* an der Reihe. Die Zuschauer zeigen sich begeistert, obwohl unsere Jungs letzte Woche so grottig gespielt haben. Nachtragend sind sie offensichtlich nicht.

In der üblichen Reihenfolge werden die Spieler aufgerufen. Coach Soto verändert seine Startaufstellung nur ungern. Trotz der Scheinwerferbeleuchtung fällt mir auf, wie viel Sonne das Team abbekommen haben muss beim Campingausflug. Die Gesichter offenbaren eine gesunde Bräune, und insgesamt sehen alle ziemlich entspannt aus.

Heute Mittag sind sie zurückgekommen. Joshua hat nicht viel erzählt, sich aber auch nicht beschwert. So übel kann es also nicht gewesen sein. Auf meine ständigen Nachfragen hat er zumindest erwähnt, dass sie unendlich viele Kilometer mit ihrem Gepäck wandern mussten und der Coach ihnen seltsame Fragen am Lagerfeuer gestellt hat. Das war's. Nach diesen spärlichen Informationen hat er sich mindestens eine Stunde lang im Bad eingeschlossen, bis ich dann zu meinem Schreibkurs aufgebrochen bin. Vielleicht bekomme ich heute Abend ja noch ein paar Insider-Informationen aus ihm heraus. Wäre doch eine schöne Einleitung vor meinem Bericht zum heutigen Spiel.

Die Teams und die Schiedsrichter stellen sich für den Sprungball auf – dann geht es los. Die *Dragons* kommen sofort in den Ballbesitz. Austin spielt einen Pass auf Willie, der den Basketball im Korb versenkt, obwohl gerade mal drei Sekunden von der Uhr abgelaufen sind. Diese Szene macht Lust auf mehr.

Die *Thunderhawks* sind wirklich stark, und mit unserer Leistung von letzter Woche wäre unser Team gnadenlos untergegangen. Doch heute sind sie gut drauf, wirklich gut. Auch Joshua gibt keine komplette Ego-Show zum Besten, sondern bindet den Rest der Mannschaft mit ein, wie es sich für einen richtig guten Point Guard gehört. Selbst Austin hat einige seiner Treffer einem guten Assist von Joshua zu verdanken.

Jedes Mal, wenn ich für einen erfolgreichen Wurf von Austin klatsche, beäugt Lori mich von der Seite mit einem wissenden Blick. Zugegeben, im Endeffekt hatte sie recht mit der Annahme, ich würde mich für Austin interessieren, nicht nur für sein Geheimnis. Sie wusste es schon, bevor ich selbst es begriffen habe. Nur bin ich nun noch verwirrter: Ich bin mir weder sicher, ob es ihm auch so geht, noch, was ihn dazu gebracht hat, Chicago zu verlassen.

Diese eine Vermutung schwirrt permanent in meinem Kopf herum, nachdem ich nächtelang Spielberichte gelesen habe, doch ich finde keine Beweise. Nichts Eindeutiges, nur eine Möglichkeit. Und dennoch bin ich mir sicher, auf der richtigen Spur zu sein. Es würde so viel erklären.

Wie von selbst findet mein Blick Austin, der gerade konzentriert gegen seinen starken Gegenspieler verteidigt. Bemüht, nie einen Schritt zu spät zu sein. Ihn nicht zu nahe kommen zu lassen.

Die Bedingung unseres Deals ist es, ihm keine Fragen über Chicago zu stellen. Das werde ich nicht tun. Aber eine Vermutung zu äußern, auf die er reagieren kann, war durch diese Vereinbarung *genau genommen* nicht ausgeschlossen. Ich bin mir nicht sicher, ob er mir die Wahrheit sagen würde, aber ich bin gut darin, Reaktionen zu lesen, Mimik zu deuten, Veränderungen einer Stimme – seiner Stimme – wahrzunehmen.

Es nützt nichts. Ich werde das Gespräch mit ihm suchen

müssen. Nicht unbedingt heute, aber bald, sonst platze ich womöglich. Es ist mir unerträglich, denn ich beginne zu ahnen, wie schwer die Last ist, die auf seinen Schultern wiegt. Und diese Ahnung lässt viele Szenen, die sich auf dem Spielfeld zutragen, in einem neuen Licht erscheinen. Einem tragischen Licht.

Der Schiedsrichter pfeift ein Foul an Joshua.

Mist, ich hatte gar nicht bemerkt, dass die *Dragons* den Ball gewinnen konnten. Selbstbewusst positioniert sich mein Bruder an der Freiwurflinie. Er legt sich den Ball zurecht, dreht ihn in seinen Händen, so wie er es immer kurz vor seinem Wurf tut. Diese Bewegung ist ihm so in Fleisch und Blut übergegangen, dass er gar nicht mehr darüber nachdenkt, gar nicht mehr anders kann. Diese Routine gehört zu seinem Wurf, zum Konzentrationsaufbau, zu seinem Fokus.

Josh geht nur ganz leicht in die Knie, hebt die Füße beim Wurf nicht vom Boden. In einer eleganten, geübten Bewegung landet der Ball im Netz.

Während Joshua sich für den zweiten Freiwurf positioniert, riskiere ich einen kurzen Blick auf Austin und zucke überrascht zusammen. Ich glaube nicht, dass er mich in der Menge der Fans wirklich ausmachen kann, doch genau so wirkt es. Es scheint, als würde er exakt in meine Richtung schauen, mich ansehen. Mein Herzschlag beschleunigt sich, obwohl er so weit entfernt ist. Mein Körper fühlt sich sofort zu unserer letzten Begegnung zurückversetzt. Es war in genau dieser Halle, und doch wirkte dieser Ort so anders. Halbdunkel, privat. Hallende Akustik, nur wir zwei und dieser Fast-Kuss, an den ich ungelogen mindestens fünfmal täglich denken muss. Manchmal öfter. Und dann die stumme Zurückweisung, die mich so überrascht hat, weil ich die Anziehung zwischen uns so deutlich gespürt habe.

Gott, es ist frustrierend.

Ein lautes Signal erklingt, und Austin wendet den Blick ab. Halbzeit.

Die beiden Teams verschwinden in den Umkleidekabinen, um sich die Meinung ihrer Coaches anzuhören. Meiner Ansicht nach dürfte es heute nicht allzu unangenehm werden. Für beide Mannschaften. Sie spielen souverän und konzentriert, die *Dragons* führen aktuell mit vier Punkten, die aber schnell aufgeholt werden können.

Alles ist möglich.

Mit Loris Unterstützung drehe ich ein kurzes Video mit einer Zusammenfassung der ersten Hälfte und poste es auf Instagram.

«Wie lange soll deine Dating-Pause eigentlich gehen?», bei dem Thema waren wir vorhin, bevor wir eilig nach Plätzen in der ausverkauften Halle suchen mussten, stehen geblieben.

«Puh, keine Ahnung. Bis ich mich wieder danach fühle, schätze ich. Mindestens drei Wochen aber ganz bestimmt. Egal wie toll ich irgendeinen Typen plötzlich finde. Wenn er es nicht schafft, ein paar Wochen zu warten, ist es sowieso zum Scheitern verurteilt», antwortet Lori seufzend.

Sie hatte schon eine Menge schlechter Dates, aber diese zweite Verabredung mit Dan hat den Vogel wohl abgeschossen. Zuvor hat sie ihre katastrophalen Dates nämlich immer nur zum Anlass dafür genommen, es möglichst schnell durch eine viel bessere Verabredung wieder zu vergessen.

«Tja, *Dan, 27 Jahre, Unternehmer* hat geschafft, was zuvor

noch keiner zustande gebracht hat – dir das Dating madig zu machen.»

«Joy, es hätte wirklich *jedem* die Lust daran genommen. Ich meine, der Typ wollte mir Diätpillen verkaufen. Es hat sich wie ein seltsames Marketinggespräch angefühlt, das darauf abgezielt hat, mir Problemzonen einzureden. Dabei dachte ich nach unserem ersten Date wirklich, der Kerl sei immerhin nett und halbwegs interessant. Meine Menschenkenntnis ist scheinbar noch katastrophaler, als ich sowieso schon angenommen hatte.»

Zum Glück hat sich Lori nur bezüglich ihres Männergeschmacks, nicht aber bezüglich ihres Körpers verunsichern lassen. Sie ist nicht arrogant, sich ihres guten Aussehens und ihrer Wirkung aber durchaus bewusst. Bei anderen Menschen hätte so ein Erlebnis möglicherweise noch ganz andere Probleme heraufbeschworen oder Narben geöffnet.

«Ich dachte wirklich, Diätpillen wären ein längst ausgestorbenes Relikt aus den Siebzigern», antworte ich schließlich kopfschüttelnd.

«Das Geschäft läuft wohl nicht sehr erfolgreich, wenn Dan seine Kundinnen nur über Dating-Apps akquirieren kann», gibt Lori trocken zurück, woraufhin wir beide auflachen müssen. Trotzdem sieht sie traurig aus. Lori und die Liebe ist eine noch viel kompliziertere Angelegenheit als die Liebe und ich.

Und das soll was heißen.

Das Spiel geht weiter, und es fällt mir schwer, mich auf das allgemeine Geschehen zu konzentrieren und nicht unentwegt Austin Fields anzustarren. Immer wieder ermahne ich mich zu journalistischer Professionalität, die ich in seiner Gegenwart schon lange verloren habe.

KAPITEL 20

Austin

Wir konnten unsere knappe Führung in den letzten Spielzügen endlich ausweiten.

Die letzte Minute bricht an, und ich weiß, dass wir uns im Vergleich zu letzter Woche drastisch gesteigert haben. Das Publikum hat sich von unserer Energie anstecken lassen. Die Stimmung auf den Rängen ist ausgelassen, nahezu euphorisch. Auch die Auswärtsfans lassen sich von dem Rückstand nicht unterkriegen, sondern feuern ihr Team permanent an. Selten habe ich, insbesondere in der Non-Conference-Season, so eine beflügelnde Atmosphäre erlebt.

Die *Thunderhawks* sind am Ball, und ich gebe mir Mühe, mein Versagen von letzter Woche nicht zu wiederholen. Ich lasse meinen Gegenspieler nicht aus den Augen. Um ihn gar nicht erst in den Ballbesitz kommen lassen, blockiere ich den Passweg konsequent.

Die Wanderung gestern sitzt uns allen noch in den Knochen, und morgen wird sich das rächen. Wer weiß, ob ich mich dann überhaupt aus dem Bett bewegen kann und es bewerkstelligt bekomme, mit dem Fahrrad zur Uni und zum Training zu fahren?

Aber das ist jetzt nicht relevant. Wenn die Muskeln erst einmal warm sind, ist davon kaum etwas zu spüren. Es zählen nur diese letzten Sekunden des Spiels.

Der Point Guard unserer Gegner versucht, sich gegen Reed Platz zu verschaffen, um mit einem Wurf abschließen zu können, doch unser Kapitän ist heute in Bestform und überlässt ihm nicht einen Zentimeter. Er blockt den Wurf spektakulär ab und gewinnt den Ball. Meine Reaktion folgt wie automatisch. Ich sprinte, halte dabei seitlich Blickkontakt zu Reed, mit dem ich immer wieder aneinandergerate, außer heute auf dem Platz.

Er spielt den Ball so, als würde er mich herausfordern wollen. Einen Tick zu weit. Sodass ich noch etwas mehr beschleunigen muss – etwas besser sein muss –, um ihn zu erreichen, ehe er im Aus landet. Doch ich schaffe es.

Mein Verfolger ist mit ein paar Schrittlängen so weit entfernt, dass ich den Ball fast gelassen unter meine Kontrolle bringen und den Fast-Break erfolgreich abschließen kann.

Es folgt ein weiterer Angriff der *Thunderhawks*. Dieses Mal können wir sie nicht daran hindern zu punkten, aber unser Sieg ist nicht mehr in Gefahr.

Wir sind in Führung, es sind nur noch zehn Sekunden, und der Ball gehört uns.

Willie verschafft Reed durch einen Block etwas Platz, dieser zieht Youngs Gegenspieler auf sich, der daraufhin direkt am Korb freisteht und mit einem Dunking das Spiel beendet. Für eine weitere Aktion unserer Gegner ist keine Zeit mehr.

Wir haben gewonnen. Und das sogar auf eine ansehnliche Weise.

Nach dem üblichen Abklatschen und Verabschieden mache ich mich auf den Weg in die Kabine. Dabei komme ich an Joyce vorbei, die sich Murphy bereits für ein kurzes Interview geschnappt hat. Unser Freshman hat heute etwas mehr Spielzeit als sonst bekommen und diese ausgesprochen gut genutzt. Kein Wunder, dass Joyce ihre Chance direkt ergriffen hat.

Einen winzigen Augenblick lang erwidert sie meinen Blick, während ich an ihr vorbeigehe, und wirft mir den Ansatz eines Lächelns zu, woraufhin sich mein nach dem Spiel gerade abgeflachter Herzschlag unmittelbar wieder beschleunigt. Dann fokussiert sie sich wieder auf ihren Interviewpartner.

Sie sieht wunderschön aus mit ihrem grünen Eyeliner, dem hohen Zopf, einer lässigen, schwarzen Jeans und dem engen weißen Shirt, und obwohl ich Interviews abgrundtief hasse, bin ich etwas eifersüchtig auf Murphy. Weil er gerade in ihrer Nähe sein kann und nicht ich.

Normalerweise bekomme ich während eines Spiels nichts von dem mit, was um mich herum geschieht, alles ist verschwommen. Die Tribünen, das Wetter, das draußen herrscht – nichts davon ist relevant.

Nur die Geschehnisse auf dem Spielfeld sind scharf gestellt.

Doch heute habe ich mich immer wieder dabei erwischt, nach Joyce Ausschau zu halten. Auf ihrem üblichen Platz hinter der Trainerbank konnte ich sie nicht finden, weswegen ich kurz angenommen hatte, sie wäre gar nicht hier. Aber noch vor der Halbzeitpause habe ich sie entdeckt, auf der gegenüberliegenden Seite, etwas weiter höher auf den Rängen.

Die Aufregung, die sich in mir breit gemacht hat, als ich ihren Blick auf mir gespürt habe, kann ich nicht auf das Spiel schieben. Joshua stand in diesem Moment an der Freiwurflinie. Die Male, die ich gesehen habe, dass er einen ungestörten Wurf von der Position nicht trifft, kann ich nach all den Wochen des Trainings, all den Spielen, an einer einzigen Hand abzählen. Es war also sicher keiner der spannenden Momente dieses Spiels.

Ich weiß nicht, was diese Aufregung bedeutet. Wohin sie führen soll, wohin sie führen könnte. Aber ich weiß, dass mein Vorhaben, Abstand zu Joyce Reed zu halten, kläglich gescheitert ist. Kopfschüttelnd trete ich durch die Tür zu unserer Umkleidekabine, wo sich die Hälfte des Teams bereits gut gelaunt eingefunden hat. Als Coach Soto schließlich mit den restlichen Spielern dazustößt, ist seine Miene zwar gewohnt ernst, aber eindeutig nicht wütend.

«Gratulation, *Dragons*. Das heute war genau die Performance, die ich von euch sehen möchte. Wenn ihr so weitermacht, werden unsere Gegner es ganz schön schwer haben.»

Dieses Mal sitzen wir nicht mit gesenkten Köpfen in der Umkleidekabine, sondern aufrecht. Selbstbewusst. Zufrieden.

«Vielleicht sollte ich euch regelmäßig zum Campen schicken. Die frische Luft scheint euch gutzutun», fügt Coach Soto mit einem Grinsen in der Stimme hinterher. Natürlich lächelt er nicht offensichtlich. Ein richtiges Lächeln kann scheinbar nur seine Frau in ihm hervorrufen, aber seine Augen grinsen so, wie er es mit seiner stoischen, brummigen Art nicht kann.

«Ihr habt euch einen freien Tag verdient, weswegen das

Training morgen ausfällt. Erholt euch etwas, damit wir Dienstag mit einem komplett fitten Team weitermachen können.»

Puh, das ist eine wirklich gute Nachricht. Denn jetzt, wo das Adrenalin meinen Körper verlässt und meine Muskeln abkühlen, spüre ich meine Gliedmaßen überdeutlich. Die Vorlesungen zu besuchen, wird morgen schon genug Kraft beanspruchen.

Der Coach verschwindet aus der Kabine und sofort erklingt aufgeregtes Stimmengewirr. Wir alle sind aufgeputscht vom Sieg, vom Spiel, vermutlich auch noch etwas von unserem unfreiwilligen Campingtrip, der sich überraschend angenehm entwickelt hat.

«Ey, Fields. Kommst du gleich mit ins *Hope & Hops*?»

Ich will gerade absagen. Willie erklären, dass ich viel zu kaputt sei. Doch ich halte inne. Wenn nicht heute, wann dann? Sollte ich mich nicht wohlfühlen oder sollte mir jemand mit Fragen auf die Nerven gehen, die ich nicht beantworten möchte, kann ich jederzeit abhauen.

«Komm schon, wir gehen fast alle. Außerdem müssen wir einen trainingsfreien Montag doch nutzen!»

Reed ist bestimmt nicht begeistert, wenn ich mitkomme. Dieses Mal vermeide ich es aber bewusst, in seine Richtung zu schauen. Eigentlich ist es mir jetzt, in diesem Moment voller Euphorie, wirklich vollkommen egal, was er von meiner Anwesenheit hält.

«Alles klar. Ich bin dabei», antworte ich schließlich, woraufhin mir Willie kumpelhaft gegen die Schulter boxt.

Die Aufmachung liegt irgendwo zwischen Industrial Style und Vintage Chic, was zunächst sehr gegensätzlich wirkt, irgendwie aber dennoch passt. Das gedämpfte Licht ist in warmen Gelbtönen gehalten, ist aber hell genug, um die große Craftbier-Karte an der Wand entziffern zu können. Die Besucher scheinen überwiegend Studierende zu sein, die zum Großteil aussehen, als wären sie noch gar nicht einundzwanzig. Trotzdem haben die meisten von ihnen einen Drink vor sich stehen.

«Ausweiskontrollen werden in diesem Laden wohl nicht sehr ernst genommen, oder?», frage ich Wheeler leise, der neben mir in die Bar tritt.

«Der Inhaber fragt schon nach Ausweisen, akzeptiert aber selbst die schlechtesten Fälschungen und stellt sich bei Kontrollen dann dumm. Wahrscheinlich wird irgendwann der Tag kommen, an dem ihm das zum Verhängnis wird, aber solange hat er die Bude voll mit Studierenden und macht ordentlich Cash.» Wheeler zuckt lachend mit den Achseln, dann setzen wir uns an einen der größeren, freien Tische.

Reed und ich schaffen es, möglichst viel Abstand zwischen uns zu bringen, was für einen harmonischen Abend die bestmögliche Voraussetzung ist.

Während Willie und Murphy die erste Runde Getränke für uns holen, drehen sich die Gespräche an unserem Tisch zunächst um unser Spiel und den Campingausflug, von dem wir heute Mittag zurückgekehrt sind. Hundemüde bin ich nach unserer Zusammenkunft am Lagerfeuer, die weit über Mitternacht hinausging, in meinen Schlafsack gekrabbelt. Obwohl es ohne Luftmatratze oder Isomatte nicht sonderlich bequem war, bin ich innerhalb weniger Minuten in einen tiefen, traumlosen Schlaf gefallen und erst durch das ungnädige Pfeifen von Coach Soto sechs Stunden später wieder aufgewacht. Den Rückweg durften wir auf direktem Weg antreten, weswegen wir dafür keine zwei Stunden gebraucht haben.

Die Jungs kommen mit einem Tablett voller Getränke zurück und versuchen diese nach unseren Bestellungen zu sortieren. Meine trockene Kehle bemerke ich erst, als Murphy das Bierglas vor mir abstellt. Ich habe mich für eines der hauseigenen Craftbiere entschieden, dessen Beschreibung mir zugesagt hat.

Wir stoßen auf unseren Sieg an und ich fühle mich wohl. Es ist ein ähnliches Gefühl wie gestern am Lagerfeuer, nur dass die Gesprächsthemen ohne die Anleitung von Coach Soto etwas leichter sind.

Das Bier schmeckt wirklich gut. Etwas fruchtig, aber nicht zu süß.

«Hey, war ein tolles Spiel heute. Glückwunsch!»

Ich brauche nicht aufzusehen, so eindringlich hat sich ihre Stimme bereits in mein Gehirn gebrannt.

Natürlich tue ich es trotzdem.

Joyce steht mit ihrer Freundin am Ende des Tisches und schaut einmal in die Runde. Kurz flüstert sie ihrem Bruder etwas ins Ohr, der bloß mit den Augen rollt, und genauso schnell, wie sie gekommen ist, verschwindet sie auch wieder.

Die beiden lassen sich auf der anderen Seite des Ganges auf einer der bequem scheinenden Sitzecken nieder. Genau in meinem Sichtfeld. Jedes Mal, wenn ich geradeaus schaue, durch die Lücke zwischen Youngs und Willies breiten Schultern, sehe ich Joyce' schönes Gesicht. Joyce und ihre Freundin unterhalten sich angeregt, lachen über etwas. Ich nehme einen großen Schluck von meinem Bier, das nun fast vollständig geleert ist, und versuche mich davon abzuhalten, allzu oft in ihre Richtung zu starren.

Es gelingt mir nicht.

Als ich wieder aufsehe, begegnen sich unsere Blicke, verhaken sich ineinander, und dieses fast verstohlene Lächeln, das sie mir zuwirft, lässt mich schwer schlucken. Dann löst sie den Blickkontakt und studiert die Getränkekarte auf dem Tisch.

Ich schaffe es nicht mehr, mich auf die Gespräche meines Teams zu konzentrieren, weil meine verfluchten Gedanken nicht von Joyce Reed loskommen. Nur einzelne Wortfetzen dringen immer mal wieder zu mir durch. Es geht dabei um Wohnheim-Partys und irgendeinen Sportlerball. Doch all das könnte mich gerade nicht weniger interessieren. Ich bemerke, dass Joyce aufsteht, um etwas an der Bar zu bestellen. Mit einer schnellen Handbewegung greife ich nach meinem Glas, exe den letzten Schluck und rücke den Metallstuhl nach hinten.

«Ich hole mir noch ein Bier. Möchte noch jemand einen Drink?», frage ich gehetzt in die Runde.

«Ich würde noch ein Weißbier nehmen», antwortet Vega, woraufhin ich nicke und den Tresen ansteuere. Joyce wartet noch darauf, vom Barkeeper, bemerkt zu werden, der sich gerade mit einer jungen, dunkelhaarigen Frau unterhält. Sie hat sich auf einen der hohen Hocker niedergelassen und hält einen Zwanzig-Dollar-Schein sowie ihren Ausweis in der Hand, der sehr wahrscheinlich nicht echt ist, was ich auf die Entfernung aber nicht wirklich einschätzen kann.

Ich atme tief ein und aus, versuche meine Nervosität so zu verbannen.

«Hey», begrüße ich sie, räuspere mich etwas unbeholfen und setze mich auf den Barhocker neben ihr.

«Hey», erwidert Joyce und schaut mir dabei so verdammt tief in die Augen, dass ich erneut fürchte, vollkommen gläsern für sie zu sein. «Ich bin überrascht, dich hier zu sehen.»

«Warum überrascht es dich?», frage ich, weil mir keine cleveren Gesprächsthemen einfallen wollen. Die Antwort kenne ich eigentlich bereits. Mein bisheriges Verhalten hat nicht gerade darauf hingewiesen, dass ich nach einem Spiel noch liebend gern Zeit mit meinem Team verbringen würde.

«Ich hätte nicht gedacht, dass ein einziger Campingausflug genügt, um dein Einsiedler-Dasein zu beenden.» Da ist wieder diese herausfordernde, fast freche Nuance in ihrer Stimme, die meinen Herzschlag ungesund beschleunigt.

«Mein Einsiedler-Dasein?», wiederhole ich amüsiert und lege den Kopf etwas schräg.

«Wie würdest du denn jemanden nennen, der sämtliche soziale Kontakte zu vermeiden versucht?»

«Sieht das hier gerade nach dem Vermeiden sozialer Kontakte aus?» Ich deute mit meiner linken Hand zwischen uns beiden hin und her.

«Du bist also nicht an die Bar gekommen, um etwas zu bestellen, sondern um mit mir zu sprechen?»

Ihre direkte Art verunsichert mich für eine Sekunde, aber befeuert auch die Hitze, die sich in ihrer Nähe auf meiner Haut ausbreitet.

«Ich möchte *auch* etwas bestellen», stelle ich klar und bekomme meine verfluchten Mundwinkel nicht unter Kontrolle. Ein dämliches Grinsen breitet sich auf meinem Gesicht aus.

«*Auch?*», wiederholt sie, und ich vergesse unter ihrem Blick kurzzeitig, wie man Worte formuliert. Also antworte ich nur mit einem *Mhm* und kann mich einfach nicht abwenden. Kann dem Barkeeper nicht signalisieren, dass wir noch etwas bestellen möchten. Kann nur hier sitzen und sie weiter ansehen.

«Das ist sehr interessant, Austin Fields.»

Joyce vergisst nie, wie es funktioniert zu reden. Sie ist die Meisterin der Kommunikation und dieser leise, raue Tonfall in ihrer Stimme bringt mich fast um den Verstand. Sofern ich ihn nicht sowieso schon lange verloren habe.

Ich will sie berühren, möchte mit meinen Fingerspitzen über ihre Wangen streichen. Fühlen, ob ihr Herz auch so rast wie meines, obwohl doch eigentlich gar nichts passiert. Nie passiert ist.

«Du bist interessant», murmle ich leise, obwohl ich diese drei Worte überhaupt nicht laut aussprechen wollte. Es ist eine Wahrheit, die nur für meinen Kopf, für mein Herz, für mein Innerstes bestimmt war, nicht für Joyce selbst. Sie lehnt sich weiter zu mir, ihre Hand berührt ganz sanft mein Knie.

«Wie bitte?» Die Frage könnte mir Hoffnung geben, dass die Musik mein peinliches Geständnis übertönt hat, doch ihre Augen sagen etwas anderes. Haselnussbraun. Der grüne Eyeliner. Ein Blinzeln, das verrät, dass sie jedes einzelne Wort verstanden hat.

Mit angehaltenem Atem schlucke ich, ihr Blick wandert zu meinem Kehlkopf. Verfluchte Scheiße, wie komme ich aus dieser Situation nur wieder heraus, wenn ich eigentlich gar nicht entkommen will?

«Fields, ich habe dir doch gesagt, dass du dich von meiner Schwester fernhalten sollst!»

Ein Ausweg, ein Eimer kaltes Wasser über meinen Kopf, auf den ich gern verzichtet hätte.

Reed baut sich vor uns zu seiner vollen Größe auf, und plötzlich schaffe ich es sehr leicht, mich von Joyce loszulösen. Joshua hat diesen Satz nicht bedrohlich leise ausgesprochen, sodass nur wir ihn hören. Nein, ihm war es scheinbar wichtig, dass das gesamte *Hope & Hops* Zeuge dieser Auseinandersetzung wird.

Ich habe zwei Möglichkeiten: Beschwichtigen oder Konfrontation. Ob Ersteres Erfolgschancen hat, kann ich nicht sagen. Seiner wütenden Miene nach zu urteilen eher nicht.

Doch bevor ich überhaupt eine Entscheidung treffen kann, reagiert Joyce. Natürlich muss sie nicht erst abwägen, wie diese Situation am besten zu lösen ist.

«Gott, Josh, lass den Mist.» Sie legt die Hand, die eben noch hitzige Spuren auf meinem Knie hinterlassen hat, seitlich an ihre Schläfe, als würde ihr dieses Wortgefecht schon jetzt Kopfschmerzen bereiten. «Du machst dich lächerlich.»

«Ich mache mich lächerlich? Du bist doch diejenige, die sich von diesem Wichser verarschen lässt.»

«Was?», entfährt es mir nun. Joshua Reed kann eine Menge von mir behaupten, aber sicher nicht, ich würde seine Schwester verarschen. Die beiden ignorieren meinen Zwischenruf, und in mir keimt das Gefühl auf, dass ich eigentlich gar kein aktiver Part dieses Streits mehr bin. Nur der Auslöser, der Schuldige. Ausdiskutiert werden kann es scheinbar aber nur zwischen Bruder und Schwester. Ich würde Joyce dabei gern aktiver zur Seite stehen, aber so wie ich sie bisher kennengelernt habe, ist das nicht nötig.

«Josh, es reicht jetzt, ernsthaft. Du tust, als wäre ich ein kleines Kind, das beschützt werden müsste. Falls du es nicht bemerkt hast, ich bin mittlerweile erwachsen, du kannst also damit aufhören. Und hier vor allen Leuten so eine Szene zu machen, ist super unangenehm. Können wir das also bitte beenden?»

Im Augenwinkel nehme ich wahr, dass jeder in unsere Richtung starrt. Der gesamte Tisch mit den *Dragons*, eine andere größere Gruppe, die ich nicht kenne, der Barkeeper. Joyce' Freundin ist mittlerweile aufgestanden und verfolgt das Geschehen nur eine Schrittlänge von uns entfernt. Ein wenig, als würde sie nur auf das Stichwort warten, um bei dem Geschwisterstreit dazwischenzugehen. Diese aufmerksame Haltung und ihr wenig beeindruckter Gesichtsausdruck lässt erahnen, dass es nicht das erste Mal wäre.

«Kapierst du denn nicht, dass er sich nur an dich ranmacht, um mir eins auszuwischen?»

«Das –», beginne ich, weil ich mich instinktiv verteidigen möchte. Mehr vor Joyce, weniger vor Joshua. Mehr kann ich zu meiner Verteidigung nicht sagen, denn der Barkeeper beugt sich über die Theke und zeigt auf Reed.

«Hey, junger Mann. Raus jetzt, ich habe auf diese Unruhe keine Lust in meinem Laden!» Mir war vorher gar nicht aufgefallen, wie groß und kräftig der Inhaber vom *Hope & Hops* ist. Seine Gestalt, die tiefe Stimme und die eindeutige Geste zur Tür dulden keine Widerrede.

Nicht einmal für Joshua Reed.

Mit wütenden Schritten stampft er in Richtung der Eingangstür. Ich bemerke, wie Joyce und ihre Freundin einen schnellen Blick wechseln. Joyce nickt ihr zu, woraufhin ihre Begleitung ebenfalls aus der Bar eilt. Es muss schön sein, sich ohne ein einziges Wort zu verstehen. So eine Person hätte wohl jeder gern in seinem Leben. Für mich ist das nicht möglich. Nicht in der nächsten Zeit. Weil eine Freundschaft oder eine Beziehung diese Stufe vermutlich erst erreicht, wenn man keine Geheimnisse voreinander hat.

«Sorry», entschuldigt sich Joyce seufzend und steht auf. Sie bewegt sich nicht zum Ausgang, sondern zu einer schmaleren Tür mit einem Zigaretten-Symbol auf der anderen Seite des Raumes.

Ich bin noch ganz perplex. Deswegen tue ich das Erste, zu dem ich mich imstande fühle, und bestelle das Weißbier für Vega, auf das er schon viel zu lange wartet.

Zurück an unserem Tisch herrscht eine seltsame Ruhe. Immerhin bin ich wieder so weit zu Sinnen gekommen, dass ich nur das Bier vor Vega abstelle und Joyce folge.

Die Tür, durch die sie verschwunden ist, führt auf eine Terrasse, die mit einer Lichterkette geschmückt ist, von der nur noch einzelne Lampen funktionieren. Joyce sitzt mit dem Rücken zu mir auf der Steinmauer, die den Bereich abgrenzt. Ihr Blick geht in Richtung eines Hains an Bäumen, der nicht von dem spärlichen elektrischen Licht beleuchtet wird.

Ich nähere mich ihr mit einem Räuspern, um sie nicht zu erschrecken.

«Alles in Ordnung bei dir?», frage ich vorsichtig, setze mich ebenfalls auf die Mauer und ziehe meine Beine auf die andere Seite, um in die gleiche Richtung wie Joyce zu schauen.

«Ja, musste nur kurz etwas runterkommen», antwortet sie, ohne mich anzusehen.

«Was Joshua behauptet hat… Dass ich mich an dich ranmachen würde», ich setze Reeds Worte mit meinen Fingern in Anführungszeichen, *«um mich an ihm zu rächen*, das ist völliger Quatsch. Das weißt du, oder?»

Jetzt schaut sie mich endlich an. Ich hatte erwartet, sie niedergeschlagen oder verunsichert zu erleben, doch sie lacht.

«Also wenn das dein Plan wäre, wärst du sehr schlecht darin, ihn umzusetzen.»

Mein irritierter, vielleicht etwas schockierter Ausdruck bleibt nicht unbemerkt.

«Nichts für ungut, aber für solch ein teuflisches Vorgehen wäre ein wenig mehr Offensive zu erwarten.»

Sie hat recht. Nicht ein einziges Mal habe ich einen richtigen, eindeutigen Schritt auf sie zu gemacht. Vor ihr geflohen bin ich dagegen häufiger. Ich habe mich ihrer Nähe entzogen. Sie kann nicht wissen, wie schwer mir das in den letzten Wochen gefallen ist. Seit ich in ihr nicht mehr nur die schrecklich neugierige Journalistin sehe, die unangenehm tief in meine Vergangenheit bohrt, sondern auch Joyce. Joyce, die so stark ist und mit so vielen öffentlichen Beleidigungen zurechtkommt. Joyce, die so ehrgeizig ist, dass sie alles schaffen kann – alles schaffen *wird*, davon bin ich überzeugt. Joyce, die schlagfertig ihre Freundin verteidigt, als sei gar nichts dabei. Joyce, die es nur durch ihre Anwesenheit schafft, einen Raum zum Strahlen zu bringen. Joyce, der man die gute Laune einfach nicht nehmen kann.

Joyce, die mein Herz verrücktspielen lässt und mich veranlasst, dumme Dinge zu tun.

Nichts davon kann ich ihr sagen, also kommt meine Antwort viel zu verzögert.

«Du hast recht.»

Für einen weiteren Moment bleibt es still.

«Es tut mir leid, wenn ich die Situation zwischen meinem Bruder und dir noch komplizierter mache.»

«Das ist nicht deine Schuld. Mir tut es viel mehr leid, für Streit zwischen euch zu sorgen.»

Doch Joyce lacht bloß auf.

Ich bin froh, dass sie trotz dieses katastrophalen Abends nicht ihr Lachen verloren hat, dafür ist es viel zu schön.

«Wir streiten uns andauernd. Frag mal Lori, die jetzt gerade, wie so oft, die Scherben aufsammelt. Aber es dauert für gewöhnlich nicht lange, ehe wir uns wieder versöhnen. Wobei er es dieses Mal wirklich zu weit getrieben hat. Damit wird er nicht zu leicht davonkommen.»

«Ich hatte gerade den Eindruck, dass wir uns irgendwie miteinander arrangieren könnten», gebe ich zu. Heute auf dem Spielfeld waren wir wirklich ein Team. Dort war nichts von den Spannungen zwischen Reed und mir zu spüren. Wir haben gemeinsam funktioniert. Sicher würden wir niemals Freunde werden, aber das erwartet ja auch niemand. Ich am allerwenigsten. Doch ich hatte ernsthaft für ein paar Stunden die Hoffnung, die nächsten zwei Jahre würden keine vollständige Katastrophe werden.

Joyce nickt in die Stille hinein und schaut geradeaus, in das Dickicht der dunklen Bäume. Dann dreht sie sich mit einem frechen Grinsen auf den Lippen erneut zu mir.

«Ihr habt also schon mal über mich gesprochen, hm?»

«Was meinst du?»

«Na ja, was hat Josh noch gleich gesagt? *Fields, ich habe dir doch schon mal gesagt, dass du dich von meiner Schwester fernhalten sollst.*» Sie versucht dabei, seine Stimme zu imitieren, was alles andere als einschüchternd wirkt. Diese Showeinlage bringt mich tatsächlich zum Lachen. «Das impliziert also, dass es nicht das erste Mal war.»

«Nein, es war nicht das erste Mal. Er hat letzte Woche nach dem Spiel in der Umkleidekabine schon etwas in die Richtung gesagt. Die Stimmung war etwas …»

«Moment!», unterbricht sie mich. «War das nicht der Abend, an dem du mir auf Instagram geschrieben hast und wir telefoniert haben?»

Erwartungsvoll beobachtet sie mich. Sie lässt ihren Kopf dabei etwas zur Seite fallen, weswegen ihr blonder Zopf viel länger erscheint.

«Äh», beginne ich und umfasse meinen Nacken mit der linken Hand. Das Telefonat war definitiv nicht geplant, damit hat sie mich vollkommen überrumpelt. «Ja, ich schätze, das war der Abend.»

«Ganz schön rebellisch, Austin Fields», stellt sie anerkennend fest. Ihr Nachsatz ist es, der eine verfluchte Gänsehaut über meine Arme schickt. «Gefällt mir.»

«Tut es das?», höre ich mich sagen.

Fuck.

Zwischen uns herrscht schon wieder diese verdammte aufgeladene Stimmung, die mich bereits in der Sporthalle und eben in der Bar, vor Reeds Ausraster, um den Verstand gebracht hat.

Wir sind uns nah, zu nah. Es sind nur wenige Zentimeter, die ich überbrücken müsste. Ich schaue auf ihre Lippen und wünschte sofort, ich hätte es nicht getan.

Ich möchte Joyce Reed küssen. Unbedingt. Mit jeder Begegnung wächst dieses Verlangen in mir. Ihre Brust hebt und senkt sich ähnlich schnell wie meine. Mein Herz schreit mich an, es endlich zu tun, aber da ist nicht nur mein Herz, das ruft, sondern auch meine Vernunft.

Ich kann das nicht, nicht *so*. Nicht mit all dem, was ich vor ihr verberge. Denn das hier wäre nicht nur irgendein bedeutungsloser Kuss, es wäre viel mehr. Für mich auf jeden Fall, und ich glaube, auch für sie. Joyce zu küssen wäre noch sehr viel gefährlicher als alles, was ich in den letzten Wochen getan habe. Es wäre kein Spiel mit dem Feuer, sondern so, als würde ich absichtlich meine Hand in die Flammen halten.

Ich könnte alles verlieren.

Auch sie.

«Ist dir nicht kalt?», frage ich ausweichend. Ich möchte sie nicht zurückweisen, aber ich weiß mir nicht anders zu helfen. Die Verwirrung steht Joyce ins Gesicht geschrieben und ich will ihr alles sagen. Wie sehr ich sie bewundere, wie schön sie ist, wie fucking gern ich sie küssen würde.

Doch ich bleibe stumm.

«Ähm, nein.»

Natürlich nicht, die Frage war auch absolut bescheuert. Sie trägt ein langärmliges Shirt, und es sind bestimmt noch um die zwanzig Grad, auch wenn die Herbstsonne längst untergegangen ist.

«Austin, kann ich…», beginnt sie, und ihr Tonfall ist so ernst, so ungewohnt zögerlich, dass ich rennen will.

«Ach, hier seid ihr.»

Wir drehen uns gleichzeitig zu Joyce' Freundin um, die an der offenen Tür zur Terrasse steht.

«Joshua hat sich einigermaßen beruhigt, aber geht jetzt

nach Hause. Willst du auch gehen, oder bleiben wir noch?» Joyce möchte gerade zu einer Antwort ansetzen, da spricht ihre Freundin schon weiter. «Gott, wie unhöflich von mir. Sorry. Hi, ich bin Lori, wir wurden uns, glaube ich, noch nicht offiziell vorgestellt.» Sie winkt mir freundlich zu. Der schnelle Seitenblick zu Joyce entgeht mir nicht.

«Hey, schön, dich kennenzulernen. Ich bin Austin.» Ihrem verschwörerischen Schmunzeln nach wusste sie das aber längst.

«Ich bleibe mit dir hier, Lori, schließlich habe ich es versprochen – und dieses Versprechen werde ich auch nicht brechen, weil mein Bruder sich mal wieder wie ein Vollidiot aufführt», antwortet Joyce schließlich und klettert von der Steinmauer.

«Sie ist nur mit mir zu eurem Spiel gekommen, wenn ich danach mit ihr ins *Hope & Hops* gehe», erklärt Joyce mir leise, und ich bin froh, dass die Stimmung zwischen uns wieder etwas entspannter ist. «Normalerweise bin ich nämlich ein viel zu großer Streber, um an einem Abend vor den Vorlesungen trinken zu gehen.»

«Okay, viel Spaß euch beiden», antworte ich noch, ehe Lori und Joyce wieder von der Bar verschluckt werden und ich mit einem leisen *Fuck* mein Gesicht in den Händen vergrabe.

KAPITEL 21

Joyce

Dieser Tag gleicht einer riesigen Katastrophe. In meinen Vorlesungen habe ich kaum etwas mitbekommen, und meine Notizen sehen aus, als hätte sie ein Middleschool-Schüler verfasst. Nein, ich glaube, ich hätte das sogar in der Middleschool besser hinbekommen.

Ich war mental abwesend. Den gesamten Tag.

Und schuld daran ist nur Austin Fields.

Dabei kann ich ihn nicht einmal ernsthaft dafür verantwortlich machen, weil er gar nicht so viel dafür kann. Es ist mehr mein eigener Kopf, der einfach nicht aufhören kann, an ihn zu denken.

An das, was er verbirgt.

Es ist, als würde mir sein Geheimnis stärker unter den Nägeln brennen, je näher ich ihm komme.

Unsere Begegnungen im *Hope & Hops* gestern waren magisch. Es klingt kitschig, aber mir fällt kein passenderes Wort dafür ein. Diese nächste indirekt-direkte Zurückweisung hat mir kaum wehgetan. Vielmehr ist mir etwas bewusst geworden. Sein Blick, seine Signale – das ist nichts, das ich mir einbilde.

Sie sind echt.

Nur ist er zu anständig, um mir stumme Versprechungen zu machen, wenn diese mittlerweile gewaltig scheinende, alles überrollende Frage zwischen uns steht.

Eine Frage, auf die ich nach langen Nächten der Recherche vielleicht eine Antwort habe, auch wenn ich immer noch keine eindeutigen Beweise finde. Nur Indizien. Haltlos, aber sie ergeben ein Bild, das ich nicht mehr ignorieren kann. Ein Bild, das viel zu viel meiner mentalen Kapazitäten einnimmt, weswegen ich endlich wissen muss, ob ich richtigliege. Gestern, nach diesem erneuten Nah-Kuss-Erlebnis, war ich kurz davor, ihn mit meiner Vermutung zu konfrontieren. Doch dann kam Lori, und ich wusste, dass es das Richtige ist, mit ihr diesen Abend zu verbringen.

Sie zeigt es nicht gern, aber sie ist traurig, weil es nie funktioniert. Meine beste Freundin sucht nach etwas, das sie einfach nicht findet, und das muss so schmerzhaft sein.

Also habe ich das einzig Vernünftige getan und diese Unterhaltung mit Austin verschoben. Auf unbestimmte Zeit, die ich nun sehr gerne bestimmen würde. Doch blöderweise hat er mir noch immer nicht auf meine Direktnachricht geantwortet, die ich ihm heute Morgen auf Instagram geschickt habe. Also müssen nun härtere Geschütze aufgefahren werden.

Ich betrete das Café, in dem ich täglich, manchmal sogar mehrmals am Tag, ein und aus gehe – und hoffe. Hinter der Theke ist niemand zu sehen. Das hat um diese Uhrzeit, kurz vor Schließung, aber nicht viel zu bedeuten.

«Kathleen?», rufe ich vorsichtig und spreche stumme Gebete zu einem Gott, an den ich eigentlich gar nicht glaube.

«Oh, sorry! Bin sofort da!», kommt Kathleens Stimme

aus der Küche, und ich atme erleichtert auf. Mit ein wenig Mühe hätte ich bestimmt auch ihren Instagram-Kanal gefunden, aber so ist es leichter, ihr mein Anliegen zu schildern, ohne superseltsam zu wirken.

Wobei sich das erst noch zeigen wird.

Kathleen kommt mit schnellen Schritten hinter die Theke und schaut mich freundlich an. «Das Übliche?», fragt sie und greift schon automatisch nach meinem Becher, den ich auf dem Tresen platziert habe.

«Ja, das Übliche… und einen Gefallen, bitte.»

«Bin ganz Ohr», erwidert sie, während sie beginnt, meinen Kaffee zuzubereiten.

«Ich weiß von Austin, dass eure Großeltern befreundet sind oder einander zumindest kennen», beginne ich, und Kathleen bestätigt meine Aussage mit einem wissenden *Mhm*.

«Kennst du zufällig die Adresse von Austins Grandma?» Diese Frage zu stellen, kostet mich eine Menge Überwindung. Doch ich bin verzweifelt. Ernsthaft verzweifelt – weswegen ich zu so fragwürdigen Maßnahmen greife.

«Du meinst den Austin, mit dem überhaupt nichts läuft?», stichelt sie und gibt etwas Hafermilch in meinen Kaffee.

«Ja, ja, genau den», erwidere ich ungeduldig. Ich habe es wahrscheinlich verdient, so auf die Folter gespannt zu werden.

«Zufällig kenne ich die Adresse nicht», antwortet sie, und ich lasse enttäuscht die Schultern sinken. «Na ja, ich weiß nicht genau, welche Hausnummer es ist. Aber ich kann dir den Bungalow auf Google Maps zeigen.»

«Du bist meine Rettung, Kathleen. Danke», stoße ich erleichtert aus.

«Für die Liebe tue ich das gern», antwortet sie.

Ich ignoriere ihren Kommentar und warte, bis sie meinen Kaffee fertig zubereitet hat, ehe ich ihr mein Handy mit der geöffneten Karten-App in die Hand drücke. Sie scrollt einen Moment auf dem Display durch Hopeville, dann scheint sie das Haus gefunden zu haben.

«Das muss es sein.» Sie markiert den Punkt auf der Karte mit dem Finger und reicht mir mein Smartphone über den Tresen herüber.

«Du hast wirklich etwas gut bei mir.»

«Keine Sorge, ich werde darauf zurückkommen.»

Zügig bezahle ich mein Getränk, bedanke mich nicht weniger als drei weitere Male bei Kathleen, schaue mir die Route zu der Markierung an und bestelle mir ein Uber.

Das Haus von Austins Grandma sieht fast genauso aus, wie ich es mir vorgestellt habe. Zumindest von außen.

Eine gepflegte Fassade, eine Veranda mit quietschgelben Kissen auf dem Schaukelstuhl, ein roter Briefkasten direkt an der Straße und blühende pinke Blumen neben der Tür, die wie ein Relikt aus dem Sommer scheinen.

Ich liebe dieses Haus schon jetzt. Es ist das komplette Gegenteil von dem Haus, in dem ich aufgewachsen bin.

Mein Elternhaus war groß und modern, immer etwas zu steril und leise, weil unsere Eltern selten da waren. Vielleicht auch einer der Gründe, warum ich Lori fast jeden Tag nach der Schule mit zu uns geschleppt habe. Umso mehr Leute dieses Haus mit Leben gefüllt haben, desto eher hat es sich wie ein Zuhause angefühlt.

Ich würde darauf wetten, dass der Bungalow der Fields vor Leben und Zuhause-Gefühl nur so strotzt. Ich stelle mir eine Inneneinrichtung vor, bei der meine Eltern die Nase rümpfen würden, der aber keine Gemütlichkeit abgesprochen werden kann. Etwas zu viel Deko, ein wenig zu kitschig, zu viele Kissen, zu viele verschiedene Teppiche. Eine Küche, die nicht klassisch weiß, grau oder schwarz ist. Alles ist lebendig, echt und nicht austauschbar.

Es kostet mich ungewöhnlich viel Mut, die Klingel zu betätigen.

Austin hat noch immer nicht auf meine Nachricht geantwortet, sonst hätte ich diese undurchdachte Aktion noch abblasen können. Doch so bleibt mir keine andere Wahl. Entweder ich kreuze hier unangekündigt auf, oder ich werde noch mindestens einen weiteren Vorlesungstag nicht aufnahmefähig sein. Zweiteres kann ich mir nicht leisten. Schließlich habe ich einen Plan für mein Studium, für meine Zukunft, meine Karriere.

Also bleibt mir nur diese Option. Ich drücke auf den goldenen Knopf der Klingel und versuche meine Atmung unter Kontrolle zu bekommen.

Die Sekunden vergehen in Zeitlupe. War das eine dumme Idee? Ist es zu aufdringlich? Wird er es komisch, vielleicht sogar unheimlich finden, dass ich seine Adresse herausgefunden habe?

Ich will gerade wieder gehen, als sich die Tür öffnet. Austins Großmutter hat ihr grau-blondes Haar zu einem ordentlichen Dutt hochgesteckt, trägt eine rote Strickjacke und einen langen Jeansrock. Ihre Augen sind wach und wirken so viel jünger, als sie sein müssten.

«Carol, Hi. Wie schön, Sie wiederzusehen», begrüße ich sie und hoffe, dass sie sich an unsere erste und einzige Begegnung erinnert.

«Oh, was für eine Überraschung, Liebes. Joyce, richtig?» Ein erster Schwall Erleichterung durchflutet meinen Körper und meine Adern.

«Richtig», bestätige ich und bekomme ein warmes Lächeln geschenkt.

«Ist Austin zu Hause?», frage ich möglichst locker, fast beiläufig. Als wäre ich einfach gerade in der Nähe gewesen und hätte mich spontan dazu entschieden, ihm einen Besuch abzustatten.

«Er ist im Garten. Austin hilft mir mit den Beeten, weil es mir langsam schwerfällt, mich so lange zu bücken.» Sie berührt mit einer Hand ihren unteren Rücken.

«Komm doch rein und geh durch die Terrassentür, das geht schneller, als außen um das Haus zu gehen.» Mit einer einladenden Geste gewährt sie mir Zutritt in ihr Heim, das tatsächlich fast genauso aussieht, wie ich es mir vorgestellt habe.

Es riecht nach Duftkerzen und Zitronen. Keine Kommode und kein Beistelltisch ist von Dekoartikeln verschont geblieben. Die Kissenbezüge auf dem Sofa sind mit roten Blumen bestickt. Die Wohnküche ist etwas eng, aber wunderbar gemütlich, die Einbauelemente in einem freundlichen Blauton gestrichen. Auf dem Fernseher läuft eine Reality-Show ohne Ton, dafür kommen leise Töne aus einem alten Radio auf der Küchentheke. Ein Radio mit Antenne. Es ist Jahre her, dass ich so ein Exemplar zuletzt gesehen habe.

«Möchtest du etwas trinken? Ich habe gerade eine Limonade angesetzt. In ein paar Stunden ist sie sicher noch intensiver, aber schmecken tut sie auch jetzt schon.»

Ich bringe es nicht über mich, abzulehnen, obwohl ich am liebsten augenblicklich in den Garten rennen würde, um mit Austin zu sprechen. Sichtlich erfreut öffnet Carol den Kühlschrank und füllt etwas Limonade aus einer Glaskaraffe in einen durchsichtigen Becher.

«Vielen Dank, Carol.»

Sie winkt ab und öffnet die Tür zur Terrasse, damit ich hindurchgehen kann. Anschließend verschwindet sie wieder in die Küche.

Als könnte ich mir mit der Limonade Mut antrinken, nehme ich einen großen Schluck. Dann betrete ich den gepflegten kleinen Garten.

«Joyce?» Austin kneift die Augen zusammen. Er hockt auf den Knien vor einem Blumenkübel, die Hände in der Erde versunken. Gott, wie kann ein Kerl sogar während der Gartenarbeit so gut aussehen?

«Hey. Sorry, dass ich hier unangekündigt auftauche», beginne ich und sehe noch immer Hunderte Fragen in seinem Blick. «Ich habe dir eine Nachricht geschrieben, aber du hast nicht geantwortet.» Sofort wandert Sorge über seine Gesichtszüge.

«Ist was passiert? Ist alles in Ordnung? Ich habe seit einer Weile nicht auf mein Handy geschaut, weil es in meinem Zimmer am Ladegerät hängt.»

Ich weiß nicht, welche Szenarien er sich gerade ausmalt, aber er scheint beunruhigt, weswegen ich zügig versuche, Entwarnung zu geben.

«Ja. Ja, alles okay. Ich… Es gibt da nur etwas, worüber ich mit dir sprechen wollte.»

«Oh, ähm. Okay. Wollen wir dafür ein Stück gehen?», schlägt er vor und reibt die Hände aneinander, um die Blumenerde, die daran kleben geblieben ist, loszuwerden.

«Gern», willige ich ein und nehme einen letzten Schluck von Carols wirklich köstlicher Limonade, um mir selbst etwas zu tun zu geben und ihn nicht noch offensichtlicher anzustarren. Sein T-Shirt ist an den Oberarmen etwas zu eng und spannt über seinem Bizeps.

«Ich wasche noch eben meine Hände, ja? Kommst du mit rein?»

«Klar», antworte ich erneut einsilbig, weil ich plötzlich mit einer ungewohnten Nervosität konfrontiert werde. So bin ich normalerweise nicht.

Ich folge Austin zurück in das Haus. Er öffnet eine Holztür neben dem Eingang, hinter der sich scheinbar das Badezimmer befindet. Carol steht an der Küchentheke und blättert durch die Tageszeitung.

«Die Limonade war wirklich sehr lecker. Danke! Soll ich das Glas abwaschen?», frage ich und mache zwei Schritte in ihre Richtung.

«Ach, Quatsch, du kannst den Becher einfach hier auf der Theke abstellen. Es freut mich, dass sie dir geschmeckt hat.» Die Wärme, die Austins Großmutter ausstrahlt, ist unmenschlich und selten zu finden. «Wenn du das nächste Mal hier bist, habe ich bestimmt eine vorbereitet, die schon etwas geschmacksintensiver ist.»

«Granny, wir gehen eben raus. Ich mache den Garten spätestens morgen fertig, ja?»

«Das eilt doch nicht. Du hättest mit deinem Muskelkater sowieso nicht so fleißig sein müssen. Habt einen schönen Abend! Es war schön, dich wiederzusehen, Joyce», wendet sie sich schließlich an mich und erfüllt mein Herz trotz meines Vorhabens mit Leichtigkeit.

«Gleichfalls, Carol», antworte ich. Austins Hand liegt plötzlich federleicht auf meinem Rücken. Die Berührung ist durch mein Shirt kaum spürbar und entfacht dennoch ein Prickeln auf meiner Haut.

Wir verlassen das gemütliche, einladende Haus, und er lässt seine Hand sinken. Leider.

«Am Ende der Straße ist ein kleiner Park. Wollen wir dorthin gehen?», schlägt Austin vor. Was er wohl vermutet? Was, denkt er, könnte der Grund für meinen plötzlichen Besuch sein?

«Klingt gut», antworte ich und knete nervös meine Hände.

«Woher weißt du eigentlich, wo ich wohne?» Zu meiner Erleichterung stelle ich fest, dass er nicht verärgert klingt. Nur neugierig.

«Ich habe meine Quellen», erwidere ich ausweichend, aber lächelnd.

«Es war Kathleen, oder?»

Ich presse die Lippen zusammen, um sie nicht zu verraten, doch meine Reaktion scheint keine Zweifel offenzulassen.

«Das wundert mich überhaupt nicht. Sie ist quasi ein großer Fan von dir. Ich wette, sie könnte dir keine Bitte abschlagen. Sogar ohne Bestechung mithilfe von Gebäck.»

«Ein großer Fan?», hake ich belustigt nach.

«Kann man so sagen», murmelt er, erklärt die Aussage aber nicht weiter. Ich dränge ihn nicht, schließlich bin ich mit einem Auftrag hierhergekommen.

Wir passieren das letzte Haus der Wohnstraße, und die

Sackgasse mündet tatsächlich in einen kleinen Park. Wobei Park etwas übertrieben ist. Es ist eher eine hübsche, gepflegte Grünanlage mit einem Springbrunnen in der Mitte und verschnörkelten Holzbänken drumherum. Die Blumenkästen und Beete sind bunt bepflanzt. Der Gärtner schien bei der Anordnung keinen genauen Plan zu haben. Alles scheint etwas zufällig, fast chaotisch, aber es hat dennoch einen gewissen Charme. Der Springbrunnen plätschert angenehm im Hintergrund. Leise Stimmen, die von den anliegenden Gärten durch den sanften Wind hinübergetragen werden, machen diesen ansonsten so stillen Ort etwas lebendiger.

Austin und ich setzen uns auf eine der dunklen Holzbänke, und ich weiß, dass es nun ernst wird. Ich konnte es den ganzen Tag nicht erwarten, doch nun breitet sich unangenehme Nervosität in mir aus. Ich möchte ihn nicht vergraulen. Möchte nicht, dass er wieder beginnt, mich so aktiv zu meiden.

Dieses Gespräch, diese Konfrontation könnte alles zerstören, was zwischen uns ist und was je zwischen uns sein könnte. Oder eben nicht. In meinen träumerischen Gedankenspielen bringt uns die Aussprache endlich näher.

Nach einem kurzen Zögern drehe ich mich zu ihm, damit ich nicht die ganze Zeit zur Seite schauen muss. Mein linkes Bein ziehe ich dafür angewinkelt auf die Bank.

Jetzt ist der Zeitpunkt gekommen.

Austin schaut mich neugierig, vielleicht sogar etwas ängstlich an. Ob er ahnt, worum es geht?

KAPITEL 22

Austin

Die Ernsthaftigkeit in Joyce' Blick lässt mich unruhig werden. Mein Bein beginnt zu wippen, und ich lege meine flache Hand darauf, um es davon abzuhalten.

Worüber möchte sie sprechen? Was ist so wichtig, dass es nicht ein paar Stunden warten konnte, bis ich auf mein Handy geschaut hätte? Welche Art des Gesprächs ist so unaufschiebbar, dass sie sogar Kathleen nach der Adresse meiner Granny fragt?

«Also? Worüber möchtest du reden?» Mein Ton klingt geduldig und spiegelt nicht ansatzweise wider, was in mir vorgeht.

Joyce zieht mit einer schnellen Bewegung ihren blonden Zopf etwas straffer und lässt die Hände wieder auf ihren Schoß sinken.

«Wir haben ja diesen Deal. Den Bierpong-Deal…», beginnt sie, und ich würde sie am liebsten sofort stoppen. Sie hat versprochen, mir keine Fragen mehr zu diesem Thema zu stellen. Ist sie hier, um dieses Versprechen zu brechen? Etwas resigniert nicke ich.

«Wie du weißt, habe ich mich daran gehalten und bin

dir nicht weiter auf die Nerven gegangen. Also zumindest nicht damit.» Ein kurzes Lächeln ziert ihr schönes Gesicht, dann wird sie wieder ernster.

«Durch diesen Deal ist aber natürlich nicht plötzlich, von einem Moment auf den anderen, mein Interesse an den Hintergründen deines Wechsels verloren gegangen», erklärt sie weiter.

Eine so lange Einleitung hat selten etwas Gutes zu bedeuten, verdammt. Ich höre ein Rauschen in den Ohren, das immer lauter wird. Alles in meinem Körper spannt sich an, ein Knoten bildet sich in meinem Magen, das Schlucken fällt mir schwer.

Los. Raus damit, würde ich am liebsten sagen, bekomme aber keinen Ton herausgepresst.

Joyce' braune Augen sind unergründlich. Sie wirken etwas heller als gewöhnlich. Egal welche Emotionen in ihrem Blick liegen, ich bekomme ihn nicht interpretiert. Angst, Neugierde, Anspannung, Mitleid, Schuld. Es könnte nichts davon sein und vielleicht sogar alles zugleich.

«Austin.» Ihre Finger berühren meine Hand, die ich zur Beruhigung auf meinen Oberschenkel gelegt hatte. Die wohlige Hitze, die ihre Berührungen verursachen, kann ich kaum spüren, so angespannt bin ich. Dabei würde ich mich nur zu gern darauf konzentrieren. Nur darauf, nicht auf die Panik, die sich in jeder Zelle meines Körpers ausbreitet.

«Hat dein Wechsel nach Hopeville etwas mit Gabriel Stone zu tun?» Die Gefühlswelle, die über mich hineinbricht, begräbt mich und erlöst mich. Sie überrollt mich vollständig, doch dann zieht sie weiter. Seit Monaten starre ich diese Monsterwelle am Horizont an. Hoffe, dass der

Wind sich rechtzeitig dreht, und doch sehe ich sie jeden Tag näher kommen.

War der Zusammenprall unausweichlich? Vermutlich.

Ich spüre die einzelne Träne, die sich aus meinem Augenwinkel gelöst hat, nicht sofort. Ich bemerke sie erst, als Joyce sie mit ihren zarten Fingern auffängt. Wäre in mir nicht so viel los, würde ich vielleicht Scham empfinden, doch dafür habe ich keine Kapazitäten. Nicht jetzt, wenn sie vor mir sitzt und alles vorbei sein könnte. Das Gute ebenso wie das Schlechte.

«Ich werde es niemandem sagen. Versprochen.» Ich sehe in ihre Augen. Der Ausdruck, der eben noch so undeutbar war, ist jetzt leicht zu lesen. Ihre Aufrichtigkeit. Sie meint es ernst, daran zweifle ich nicht eine einzige Sekunde. Joyce' Finger liegen noch immer auf meiner Wange. Als sie es bemerkt, zieht sie ihre Hand schnell zurück.

«Es ist beim Training passiert. Deswegen gibt es keine Aufnahmen», sage ich, und Joyce nickt nur stumm, was es mir leichter macht fortzufahren. Wenn ich einmal aufhöre, weiß ich nicht, ob ich noch ein weiteres Mal die Kraft aufbringe anzufangen.

«Es war der Tag vor dem Spiel, das darüber entscheiden sollte, ob wir noch eine Chance auf den zweiten Tabellenplatz zum Ende der Saison haben. Wir waren motiviert, energiegeladen. Vielleicht etwas zu sehr», meine Stimme wird leiser, und ich huste kurz, um mich wieder in den Griff zu bekommen. *Nicht aufhören, Austin. Besser, sie hört deine Version als die dramatische Variante der Gerüchteküche* – sollte sie die nicht schon lange aufgestöbert haben. Aber würde sie mich dann so ansehen? Mich berühren?

«Gabe war eigentlich nicht mein zugewiesener Gegenspieler in diesem Trainingsmatch. Ich weiß gar nicht mehr genau, wer gegen ihn verteidigt hat. Jedenfalls konnte er ihn überspielen und hatte freie Bahn zum Korb, weswegen ich aufgerückt bin. Ich wollte ihn am Abschluss hindern, so wie ich es täglich in so einer Situation getan habe. Doch ich war etwas zu spät, habe den Ball nicht mehr erwischt und ihn gefoult. Er war im Sprung, als ich ihn getroffen habe. Hatte keine Kontrolle über seinen Körper – weil ich ihn aus dem Gleichgewicht gebracht habe.»

Die Bilder tauchen vor meinen Augen auf, und dieses Mal kann ich nicht wegsehen. Es sind Bilder, Sequenzen, die ich monatelang zu verdrängen versucht habe und die mich in schlechten Nächten einholen.

«Ich habe noch immer nicht verstanden, wie das überhaupt möglich war, alles ging so schnell, doch er ist gefallen. Mit dem Kopf voran ist er auf dem Boden aufgeschlagen und...»

Dieses Mal bemerke ich die Tränen, die ausbrechen wollen, rechtzeitig und blinzle sie weg.

«Und er hat sich nicht bewegt, hat nicht einmal die verfluchten Augen geöffnet. Er lag einfach nur da, und ich dachte, es sei nur noch eine Hülle. Gabe... Er sah fremd aus, als wäre alles Leben aus ihm gewichen. Wir standen nur da, alle zehn Spieler auf dem Feld, und haben nicht begriffen, was geschehen ist. Ich dachte... Ich dachte, ich hätte ihn umgebracht.»

Die ganze Zeit fokussiere ich mich nur auf den Ausdruck in Joyce' Blick, und als er vor mir verschwimmt, weiß ich nicht, ob es ihre Augen sind, in denen sich Tränen sammeln, oder meine eigenen.

«Es waren nur ein paar Sekunden, in denen sich keiner

gerührt hat, aber sie fühlten sich wie Stunden an. Ewig lange Stunden, die einfach nicht vergingen. Einer meiner ehemaligen Spieler konnte sich schließlich aus seinem Schockzustand befreien und ist zu Gabe, hat seine Atmung kontrolliert – der Coach hat einen Krankenwagen gerufen… und ich habe nichts getan. Ich stand einfach nur dort. Direkt neben ihm. Zur Salzsäule erstarrt. Ich habe nicht einmal etwas hören können. Da war nur Rauschen, ohrenbetäubendes Rauschen. Ich habe nicht mitbekommen, dass jemand wohl gerufen hat, dass er atmet. Habe die ganzen acht Minuten, die es gedauert hat, ehe der Krankenwagen kam, nicht einen Ton von mir gegeben, mich keinen Zentimeter bewegt. Stumm stand ich neben meinem Mitspieler, meinem Freund, der auf dem Boden lag und sich einfach nicht gerührt hat. Einer der Feuerwehrleute hat mir irgendwas zur Beruhigung gespritzt, dabei war ich so ruhig. So ruhig wie noch nie. Was danach geschehen ist, weiß ich nur noch aus Erzählungen der anderen, weil alles verschwommen ist.»

«Austin, es tut mir so leid», Joyce rückt zu mir vor und umarmt mich. Sie schlingt ihre Arme um meinen Körper, und ich brauche einen Moment, um die Bedeutung dieser Geste zu verstehen. Dann erwidere ich sie, halte mich fast an ihr fest, und wäre ich nicht so erschöpft von meinem Geständnis, wäre es mir vielleicht unangenehm. Doch ich brauche sie. Ich brauche ihre Nähe, um die Welle der Erinnerungen zu überstehen.

«Er ist nicht gestorben», murmle ich in ihr blondes Haar. Es duftet nach Kokos, was mir bisher noch nie aufgefallen ist. Wie paradox, es in diesem Augenblick zu bemerken, in dem es nicht weniger relevant sein könnte.

«Aber seine Karriere ist es», fahre ich fort, weil es überraschend guttut, mich Joyce zu öffnen. «Und damit auch ein Teil von ihm. Ich habe seine Zukunft zerstört, weil ich für diese verfluchte Kopfverletzung verantwortlich bin, die nicht einfach so heilt. Es ist kein verletztes Sprunggelenk, kein Kreuzbandriss, kein gebrochener Finger. Es ist sein Gehirn. Es macht keinen Unterschied, wie hart er in der Reha arbeitet, die verletzten Regionen können nicht so schnell wieder in Ordnung gebracht werden. Es wird Jahre dauern. Vielleicht dauert es für immer.»

«Es tut mir so leid», wiederholt Joyce nur. Ihre Stimme ist ganz nah an meinem Ohr, und sie klingt so furchtbar traurig. Leidend. Ich löse mich aus der Umarmung, um sie anzusehen. Es ist die Verurteilung, die ich in Chicago so oft in den Blicken der anderen gesehen habe, die ich befürchte. Doch davon ist in Joyce' Augen nichts zu finden. Da ist kein Hauch von Schuldzuweisung, von Wut, von Abneigung. Stattdessen eine Wärme, die ich nicht verdiene, aber aufsauge wie ein Ertrinkender den Sauerstoff.

«Das College wollte wohl nicht, dass publik wird, wie es zu Gabriels Unfall gekommen ist, um keine Unruhe zu stiften und Kritik dem Team und insbesondere mir gegenüber zu schüren. Vermutlich sollte auch der Coach nicht unter Beschuss geraten. Sie haben sämtliche Kommentarfunktionen auf den Social-Media-Kanälen gesperrt und alle Anwesenden Geheimhaltungsklauseln unterschreiben lassen. Aber es ist noch immer ein verdammtes College – die Leute reden trotzdem. Irgendwer vertraut irgendwem etwas an und es macht die Runde. Es dauerte nicht lange, ehe ich die Blicke gespürt habe, den Hass in ihnen gesehen habe.»

All dies durch meine Schilderung noch einmal zu erleben, ist verdammt schmerzhaft. Es reißt Wunden auf, die noch nicht genug Zeit hatten, vollständig abzuheilen. Und doch fühle ich mich leichter. Weil die Person, der ich mich in den letzten Wochen viel zu oft verwehrt habe, es nun weiß. Joyce kennt diesen Teil meiner Geschichte, der so sehr beeinflusst, wer ich bin und was ich tue.

Fast schießen mir erneut die Tränen in die Augen, denn die unsichtbare Barriere, die uns voneinander getrennt hat, ist nun durchbrochen. Meine Gefühle, meine Vergangenheit liegen für sie auf dem Silbertablett bereit, und ich kann keinen Einfluss darauf nehmen, was sie damit tun wird. Dieser Umstand sollte mir Angst machen, meine Paranoia entfachen, doch das geschieht nicht. Ich bin erleichtert, einfach nur erleichtert, weil der Ball nun bei ihr liegt. Sie entscheidet, wie dieses Spiel weitergeht, vielleicht sogar, wie es ausgeht. Ich kann nur noch von der Seitenlinie aus zusehen.

«Austin…»

Ich atme tief ein, wappne mich, sofern das überhaupt möglich ist. Warte ihren Richtspruch ab.

«Jeder Basketballspieler, jeder Sportler weiß, wie zerbrechlich der Traum von einer Profi-Karriere ist. Unfälle passieren, und beim Sport, insbesondere beim Leistungssport, setzt man sich diesem Risiko noch sehr viel mehr aus. Es war ein Unfall, Austin. Du hast ihm nicht absichtlich wehgetan, es war nur ein blöder Zufall, eine Verkettung ungünstiger Umstände, die ein übles Ende genommen hat.»

Ich nicke und möchte ihr glauben, würde mir zu gern diese Schuld von den Schultern nehmen lassen. Doch bis dahin ist es noch ein langer Weg, der vielleicht irgendwann endet, vielleicht aber auch nie. Möglicherweise wird mich diese Schuld ein Leben lang begleiten. Und ich hätte es verdient.

Doch für den Moment bin ich erleichtert, weil Joyce es jetzt weiß und trotzdem nicht davonrennt. Sie sitzt hier vor mir und hasst mich offensichtlich nicht, obwohl ich selbst es tue.

«Danke, dass du mir keine andere Wahl gelassen hast, als dir die Wahrheit zu sagen.» Ich meine jedes Wort ernst, denn auch wenn die Schuld gerade schwer wiegt, fühle ich mich leichter. In Joyce' Gegenwart ist insgesamt alles weniger beschissen. Die Gefahr, die bisher von ihr ausging, ist jetzt verbannt, weil sie alles weiß. Weil es nichts mehr zu verheimlichen gibt. Kein Geheimnis, das sie lüften könnte, steht zwischen uns. Hält mich von der Nähe zu ihr ab, die ich mir schon so lange wünsche.

«Immer wieder gern…», murmelt sie leise, und dieses vorsichtige, zaghafte Lächeln trifft mich völlig unvorbereitet. Es bringt Helligkeit in diese alles überschattende Dunkelheit, die seit diesem einen Trainingstag in Chicago in mir herrscht. Das Geschehene mit Joyce zu teilen und noch einmal zu erleben, war kräftezehrend, aber wenn sie mich so ansieht, vergesse ich das. Jedes verfluchte Mal, wenn wir uns näherkamen, habe ich einen Rückzieher gemacht, und auch wenn es mir schwerfiel, bin ich davon überzeugt, richtig gehandelt zu haben. Aber jetzt… Was sollte mich jetzt noch aufhalten? Sicher nicht Joyce' in der Abendsonne funkelnde braune Augen.

Sicher nicht ihre Hand, die sich sanft auf meine legt.

Ich spüre meinen eigenen Puls laut und schnell pochen,

Aufregung breitet sich in meinem gesamten Körper aus. Es ist faszinierend und fast ein wenig erschreckend, wie schnell sich meine Laune, meine Empfindungen in der Nähe dieser Frau verändern können.

«Wirst du es nun endlich tun?»

Ihre geflüsterten Worte mit diesem neckenden Unterton sind der einzige Schubser, den ich noch brauche. Ein letzter Blick auf ihre Lippen, der mich zuvor zwar schon mehrmals in Versuchung gebracht, aber vor allem Panik in mir heraufbeschworen hat. Doch diese Panik ist jetzt verschwunden, verpufft nach diesem Geständnis, vor dem ich so eine große Angst hatte.

Ich schließe die Augen, lasse meine Lippen auf ihre treffen. Unser Kuss ist weder sanft noch stürmisch, er liegt irgendwo zwischen der Explosion aufgestauter Emotionen und des zarten Hauchs ehrlicher Erleichterung.

Jetzt kann ich mir eingestehen, wie oft ich mir ausgemalt habe, wie es wohl sein würde, Joyce zu küssen. Ein Tagtraum, dem ich mich nicht hingeben konnte, nicht wollte. Dieser Kuss ist noch so viel besser.

Meine Hand, die nicht von Joyce berührt wird, lege ich sanft in ihren Nacken. Ihre Haut unter meinen Fingerspitzen ist weich und warm. Ich ziehe sie noch etwas dichter zu mir, weil es nicht nah genug sein kann. Es ist mir egal, was mögliche Spaziergänger denken könnten. Ich möchte nur hier mit Joyce sein und diesen Kuss genießen, der so lange in der Luft lag und bis vor ein paar Minuten dennoch meilenweit entfernt schien. Wir finden einen Rhythmus, der sich so wundervoll, so natürlich, so perfekt anfühlt. Zu gern hätte ich noch eine Weile darauf verzichtet, Luft zu holen, doch schließlich bringt Joyce etwas Abstand zwischen uns. Nicht viel, aber genug, um den Kuss zu unterbrechen.

«Damit hätten wir schon viel eher beginnen sollen.» Sie beißt sich auf die Lippe, und am liebsten würde ich sie sofort wieder küssen. Und nicht mehr damit aufhören.

«Du hättest mich ja auch –», beginne ich, werde aber direkt unterbrochen.

«Du bist vor mir geflohen. Wortwörtlich.»

Ich weiß genau, worauf sie anspielt. Unsere Begegnung in der Sporthalle, an die ich peinlich oft zurückdenke. Wir waren uns nah, nur getrennt durch den Basketball in meinen Händen, den ich wie ein Schutzschild umklammert hatte. Dann wurde es zu viel, und ich habe getan, was ich am besten kann. Weglaufen und den Ball in den Korb werfen.

«Ich wollte nichts beginnen, das wegen meiner Geheimnisse keine Chancen hat», antworte ich ihr mit der Kurzversion meiner ewigen, quälenden Gedankenspiralen.

«Oh, so anständig also?», sie zieht eine Augenbraue kaum merklich in die Höhe. Ich habe genug Zeit damit verbracht, sie anzuschauen, um ihre Belustigung zu erkennen.

«Nicht immer», erwidere ich und genieße die sanfte Röte, die ihre Wangen erreicht. Joyce in Verlegenheit zu bringen, macht verdammt viel Spaß. Auch wenn ich mir relativ sicher bin, es nicht oft bewerkstelligt zu bekommen. Verlegenheit und Sprachlosigkeit sind nicht gerade Begriffe, die ich mit Joyce verbinden würde.

«Aber apropos *anständig*. Meine Grandma würde mich rausschmeißen, wenn sie wüsste, dass ich eine Frau vor dem ersten Date geküsst habe.»

Würde sie nicht. Ich glaube sogar, sie wäre ziemlich begeistert, wenn sie hiervon wüsste. Es war schließlich nicht zu übersehen, wie toll sie Joyce findet. Auch wenn sie alle paar Tage Lobeshymnen auf Kathleen singt. Allerdings war dies die erstbeste Überleitung, die mir eingefallen ist. Denn ich möchte Joyce unbedingt besser kennenlernen. Ohne mir Sorgen um meine Geheimnisse zu machen, ohne ständig davonzurennen – ohne meine Vergangenheit, meinen Umzug, den Collegewechsel hinter Lügen und Vorwänden verstecken zu müssen.

Ich möchte mehr Zeit mit ihr verbringen, mit ihr sprechen, mit ihr lachen und ja, verflucht, ich will sie unbedingt noch einmal küssen.

«Austin Fields, ist das deine verschrobene Art, mich nach einem Date zu fragen?»

«Funktioniert es?»

«Mhm», murmelt sie leise, und mein Herz beginnt sofort wieder zu rasen. Fuck, wie soll ich nur bis zu einer nächsten Verabredung abwarten?

«Dann ja», antworte ich selbstsicher.

«Hast du keine Angst vor meinem Bruder?»

«Ich glaube nicht, dass ich noch tiefer in seiner Gunst sinken kann», gebe ich zu. Selbst der Gedanke an Joshuas Schikanen, die auf mich zukommen werden, kann meine Laune nicht senken.

«Ich fürchte, da irrst du dich.» Sie lacht, aber der Ausdruck in ihren Augen ist etwas zu ernst. Leichte Sorge scheint darin mitzuschwingen.

«Es ist mir egal.» Ich untermale meine Worte mit einem Schulterzucken.

«Also, Joyce Reed, hast du am Samstagabend schon etwas vor?» Wir haben am Freitag ein Auswärtsspiel, dafür aber den Samstag basketballfrei. Das Timing wäre perfekt.

«Außer Lernen, meine Social-Media-Kanäle am Laufen halten, Sport und dem Schreiben meiner Hausarbeit?», ärgert sie mich. Natürlich sind ihre Tage, vermutlich sogar Wochen schon lange im Voraus verplant. Doch ich habe das Gefühl, diese Pläne könnte sie mit dem richtigen Anreiz etwas umstellen.

«Wenn es nicht anders geht, leiste ich dir auch beim Lernen Gesellschaft», pokere ich, auch wenn ich mir für unser erstes Date etwas anderes wünsche.

«Oh ja, das würde bestimmt äußerst produktiv ablaufen», erwidert sie sarkastisch. Auch ich glaube nicht, mich neben ihr auf zähe Unilektüre konzentrieren zu können.

«Also gut. Samstagabend. Ohne Lernen», willigt sie schließlich ein. Das Lächeln, das diese Aussicht in mir auslöst, kann ich nicht kontrollieren. Muss ich aber auch nicht mehr. Und das fühlt sich verflucht gut an.

KAPITEL 23

Joyce

Die Woche war so überladen, dass sie wie im Flug verging, und dennoch habe ich immer wieder dem Samstag entgegengefiebert.

Nun sind es nur noch ein paar Stunden bis zu unserem ersten Date.

Um mich von meiner ungewohnten Nervosität abzulenken, setze ich mich an meinen Schreibtisch. Wie von selbst navigiert mein Zeigefinger den Cursor mithilfe des Touchpads auf das Dokument, das ich in letzter Zeit so häufig geöffnet habe. Es ist meine Brainstorming-Liste und die Auszüge aus den Spielberichten, mit deren Hilfe ich meine Vermutung bezüglich Austins Vergangenheit anstellen konnte. Ich habe die Stichpunkte und Notizen zu meinen Recherchen so oft gelesen, dass ich sie auswendig kann. Und doch lasse ich meine Augen erneut die Zeilen absuchen. Jetzt, wo ich die ganze Geschichte kenne, ergibt alles so viel Sinn.

Ich denke nicht nach. Die Worte fließen einfach so in das digitale Dokument auf meinem Laptop. Ich schreibe Austins schreckliche Erlebnisse nieder, auch wenn ich diese Worte niemals jemanden zeigen werde. Für kein Geld der Welt, würde ich diese viel zu persönliche, traumatische Erfahrung mit der Öffentlichkeit teilen. Es gibt Grenzen. Auch für eine so ambitionierte und ehrgeizige Sportjournalismus-Studentin wie mich. Das Schreiben ist mein Weg, den Dingen einen Sinn zu geben. Sie zu verarbeiten.

Meine Finger können kaum mithalten, so schnell diktieren meine Gedanken diese tragische Aneinanderreihung von Sätzen. Leise Tränen fließen meine Wangen hinab, weil ich in seinen Augen gesehen habe, wie viel Schmerz in ihm schlummert. Dabei kann er nichts dafür. Unfälle geschehen – das meine ich genauso, wie ich es ihm gesagt habe.

Dennoch kann ich nachvollziehen, dass es für Austin nicht so leicht ist. Dass er das Ganze nicht einfach als Unfall abhaken und die Bilder aus seinem Kopf verbannen kann.

Schuldgefühle sind mächtig.

Sie können einen auffressen. Es sind die guten Menschen, die darunter leiden. Die, die es eigentlich nicht verdienen.

Ich wische mir über die Augen. Zum Glück habe ich mich noch nicht geschminkt.

Nach der Schreibsession legt sich zumindest ein Teil dieser Unruhe endlich, die mich die ganze Woche umgetrieben hat. Bevor ich meinen Laptop zuklappe, schaue ich auf die Uhr in der rechten Bildschirmecke. Nur noch eine Stunde bis zu unserer Verabredung.

Sofort breitet sich wohlige Wärme in meinem Bauch aus. Austin hat mich mit seinen Plänen für heute Abend ziemlich im Dunkeln gelassen. Ich weiß, dass er mich abholen wird, aber nicht einmal, womit. Auf meine Rückfrage, ob ich wieder Passagierin auf seinem Gepäckträger sein würde, hat er keine richtige Antwort gegeben. Dann habe ich über die Outfit-Frage versucht, an weitere Informationen zu kommen. Schließlich muss ich ja wissen, ob mein normaler Freizeitlook in Ordnung ist oder ob es für heute etwas schicker sein muss. Er hat gesagt, ich könne einfach anziehen, worin ich mich wohlfühlen würde.

Eine Antwort, die eigentlich überhaupt keine Antwort ist.

Nicht hilfreich. Also werde ich mich wohl überraschen lassen müssen. Ich schalte meine Lieblingsplaylist ein, in der sich fast nur Songs von Kelsea Ballerini befinden, und wandere ins Badezimmer, um mich dort zu schminken.

Die Tränen, die ich vor ein paar Minuten vergossen habe, haben keinen großen Schaden in meinem Gesicht angerichtet. Meine Augen sind kaum gerötet, meine Wangen nicht aufgedunsen. Trotzdem verteile ich etwas Concealer auf meiner Haut.

Mich zwischen meinen verschiedenen Eyeliner-Farben zu entscheiden, fällt mir heute schwer. Doch schließlich greife ich nach dem pinken Stift und ziehe mit routinierten Bewegungen einen Lidstrich mit Eyeliner-Wing.

Voller Vorfreude betrachte ich mein Spiegelbild. Die Joyce, die mir entgegenblickt, ist aufgedreht und glücklich. Ausnahmsweise ist es nicht das Koffein, das daran schuld ist, denn ich hatte heute nur eine einzige Tasse. Es ist einzig und allein die Aussicht auf dieses Date, auf das ich mich seit Tagen freue.

Lori hat die Entwicklung zwischen Austin und mir bloß mit ihrem berühmten Ich-habe-es-dir-doch-gesagt-Blick kommentiert. Auch ihr habe ich nicht erzählt, was in Chicago geschehen ist. Ich habe ihr ehrlich gesagt, dass ich es nun weiß, ihm aber versprochen habe, niemandem etwas zu sagen. Lori hat typisch verständnisvoll reagiert. Sie teilt kaum etwas von meiner Neugierde und Sensationsgier, was diese Situation deutlich leichter gemacht hat. Ich hätte vermutlich die Beste-Freundin-Karte gespielt und ewig weitergebohrt. Dafür wollte sie aber haargenau wissen, wie der Kuss war, um dann doch ungefähr hundertmal zu wiederholen, dass sie recht hatte.

Sie schien sich ehrlich für mich zu freuen, doch ich werde das Gefühl nicht los, dass ihre Begeisterung sie etwas Mühe gekostet hat, weil es bei ihr in letzter Zeit so bescheiden mit dem Dating läuft, obwohl sie viel mehr nach diesen romantischen Glücksgefühlen gesucht hat als ich.

Zurück in meinem Zimmer, werfe ich planlos verschiedene Hosen und Oberteile auf mein Bett auf der Suche nach einem perfekten, entspannten Outfit, das trotzdem schön und vielleicht auch ein wenig sexy aussieht. Zu *How Do I Do This* summend, einem meiner Lieblingssongs, inspiziere ich meine Vorauswahl. Ich bin knapp davor, Lori per Videochat anzurufen, um sie über mein Outfit bestimmen zu lassen, kann mich aber gerade noch davon abhalten. Das werde ich schon alleine schaffen, rede ich mir gut zu. Gott, ich bin doch sonst nicht so nervös. Es ist nicht so, dass es mein erstes Date seit Jahren wäre.

Na ja, die Sache mit Cameron ist jetzt ziemlich genau ein Jahr her, und seitdem gab es keine richtigen Dates, aber das ist keine ewig lange Zeit. Denke ich zumindest. Mist, das ist nicht hilfreich.

Seufzend ziehe ich meine Lieblingsjeans an, schließlich war Austins Empfehlung für den Abend, etwas anzuziehen, worin ich mich wohlfühle. Und was ist schon wichtiger, um sich gut zu fühlen, als die perfekt passende Jeans? Richtig – nichts. Dazu probiere ich ein schwarzes, schulterfreies Langarmshirt und betrachte mich zufrieden im Spiegel. Gar nicht übel, stelle ich anerkennend fest und beschließe, die Klamottensuche einzustellen. Lieblos werfe ich die restlichen Kleidungsstücke zurück in den Schrank, der aus allen Nähten zu platzen droht, und schließe schnell die Türen, damit nichts herausfällt.

Es kann losgehen.

Josh sitzt im Wohnzimmer und schaut sich zum mindestens zehnten Mal *The Last Dance* an, eine Sportdokumentation über Michael Jordan und die Chicago Bulls. Zugegeben, die Serie ist wirklich fantastisch, aber sie bestimmt jeden zweiten Monat anzuschauen, kommt mir doch etwas übertrieben vor.

Ich lehne mich gegen den Wohnzimmertisch und wäge kurz ab, ob jetzt ein guter Moment ist, die Bombe platzen zu lassen.

«Gehst du mit Lori aus?», fragt mein Bruder schließlich und greift nach der Fernbedienung, um die Serie zu pausieren. Eigentlich nicht nötig, wenn man sowieso jedes Wort auswendig kennt.

«Nein, ich bin mit Austin verabredet», sage ich ein wenig zu schnell, um gelassen zu wirken.

Joshua und ich haben uns die ganze Woche über kaum gesehen, und ich wusste, dass seine Reaktion nicht sehr begeistert ausfallen würde. Also habe ich meine Samstagabendpläne nicht sofort herausposaunt. Doch ich will es nicht vor ihm verheimlichen.

Mein Bruder mag manchmal, oder auch häufiger, ein riesiger Idiot sein, aber wir stehen uns trotzdem nah. So war es schon immer. Er sollte wissen, was in meinem Leben los ist, auch wenn seine Meinung dazu keine Rolle spielt.

Josh richtet sich auf und starrt mich einen Augenblick ungläubig an. Dann zieht er die Brauen zusammen, die etwas dunkler als seine Haare sind.

«Das ist ein Witz.»

«Nein, Josh, das ist kein Witz», antworte ich kraftvoll, nachdem ich betont langsam ausgeatmet habe.

«Nur damit wir uns nicht missverstehen: Du willst mir also sagen, dass du auf ein Date mit Austin *fucking* Fields gehst?» Sein Ton ist bemüht ruhig, und ich erkenne, wie viel Kontrolle es ihm abverlangt. Innerlich tobt er. Ich bin seine Schwester, ich erkenne das sofort. Der Frieden zwischen uns ist seit seinem unangenehmen Ausraster im *Hope & Hops* sowieso noch instabil, und wir wissen beide genau, dass diese Diskussion zu schnell wieder entfachen und in Flammen aufgehen könnte.

«Richtig», erwidere ich und beobachte, wie er sich zwingt, auf dem Sofa sitzen zu bleiben und nicht aufzustehen.

Impulskontrolle ist etwas, woran er definitiv noch arbeiten muss. Sonst wird es mit der Karriere im Profisport noch sehr viel schwieriger als sowieso schon. Denn auch dort sind die meisten Teams darauf bedacht, keine fragilen Bomben unter ihre Fittiche zu nehmen. Und aktuell ist Joshua *sehr* fragil.

Dabei war klar, dass es in seinen Jahren bei den *Hopeville Dragons* auch mal Spieler geben wird, die auf einem ähnlichen Niveau wie er spielen. Von denen er sich vielleicht anfangs bedroht fühlt und derentwegen er um seinen Stammplatz oder seine Position bangt. Dinge, die auch mit Austins Anwesenheit bisher nie in Gefahr geraten sind. Und dennoch scheint es meinen Bruder äußerst nervös zu stimmen, nicht der einzige Star im Team zu sein. Nicht mit weitem Abstand die Punktestatistik anzuführen. Er ist nicht blöd, eigentlich ist er sogar ziemlich intelligent, auch wenn das häufig nicht so deutlich wird, weil ihn sein Studium nicht interessiert und er deswegen nur das Nötigste dafür tut. Doch was dieses Thema angeht, scheint er vollkommen verblendet zu sein. Er begreift nicht, dass sich Austins Anwesenheit sogar positiv auf seine Karrierechancen auswirken wird.

«Ist das eine Trotzreaktion? Machst du das, weil ich letzte Woche… etwas übertrieben habe?», die letzten drei Wörter bringt er nur schwer über die Lippen.

«Nein, Josh. Ich gehe mit Austins aus genau den gleichen Gründen aus, warum auch andere auf Dates gehen – ich mag ihn und möchte ihn gern besser kennenlernen.» Verstohlen werfe ich einen Blick auf die Uhr meines Handys. Noch fünf Minuten, bis Austin mich abholen wird. Um diese ganze Situation nicht weiter als nötig zu befeuern, werde ich unten an der Straße auf ihn warten und es nicht dazu kommen lassen, dass er klingelt und den Weg hoch zu unserer Wohnung antritt.

Noch kann sich mein Bruder beherrschen. Austin jetzt hier in der Wohnung zu sehen, in der er schon vor mir gelebt hat, würde das Fass allerdings zum Überlaufen bringen. Das tut nicht Not. Nicht heute, weil ich mich viel zu sehr auf diese Verabredung freue, um dieses Gefühl durch die Reviermarkierungen meines nervigen Bruders schmälern zu lassen.

«Joyce, ich glaube wirklich nicht, dass das eine gute Idee ist. Der Typ ist nicht ganz koscher. Vertraue mir», versucht er es nun auf die sanfte, beschützende Art. Doch auch diese wird ihn nicht an sein Ziel bringen. Ich vertraue meinem Urteilsvermögen dazu viel zu sehr.

«Du bist voreingenommen, weil du dich von ihm bedroht fühlst», stelle ich das Offensichtliche fest.

«Schwachsinn. Fields ist nicht ansatzweise so gut, wie alle denken. Ohne mich wäre er *nichts* auf dem Feld.»

Kein Team würde ohne einen anständigen Point Guard funktionieren, würde ich am liebsten einwerfen, habe aber keine Lust auf diese sinnlose Diskussion.

«Dann gibt es doch kein Problem, oder?»

«Nein», antwortet er etwas kühl. Kurz scheint er zu überlegen, sich wieder seiner Serie zuzuwenden, dreht sich dann aber doch noch einmal zu mir.

«Wenn irgendwas passiert oder du doch kapierst, dass der Kerl ein Arschloch ist, kannst du mich jederzeit anrufen. Ich nehme mir ein Uber und hole dich ab, ja?» Mit einem Seufzen rolle ich die Augen. Ich weiß, dass dies Joshuas Art ist, einen Schritt auf mich zuzumachen, auch wenn es nur ein winziger Schritt ist.

«Danke, Josh.»

Er nickt einmal, dann beginnt sich die eben noch eingefrorene Szene auf dem Fernseher wieder zu bewegen. Mein Bruder bemüht sich, das registriere ich. Ich wünschte nur, es würde ihm etwas weniger schwerfallen.

Ich schließe die Haustür hinter mir und trete auf den Gehweg. Ein alter Wagen hält neben mir. Der etwas in

Mitleidenschaft gezogene Honda kommt mir bekannt vor und mein Herzschlag beschleunigt sich. Nach einem flüchtigen Blick durch das Fenster stelle ich fest, dass es tatsächlich Austin ist, der darinsitzt und sich gerade abschnallt, um auszusteigen.

Mir fällt wieder ein, wann ich ihn an diesem Auto schon einmal gesehen habe. Es war unsere Begegnung am Schwimmbad, als die Lüge mit seiner Grandma aufgeflogen ist. Lächelnd denke ich daran zurück. Dieses Treffen hatte meine Neugierde noch so viel mehr entfacht, nur um dann etwas später beim Semesterauftakt einen Dämpfer in Form eines verlorenen Bierpong-Matches einstecken zu müssen.

«Hast du nicht einmal gesagt, dass es nach einem sehr privilegierten Lebensstil schreit, davon auszugehen, dass jeder Student ein eigenes Auto hätte?» Austin hat die Autotür geöffnet und läuft um den Wagen herum zu mir. Abgesehen von den weißen Sneakers ist sein Outfit komplett schwarz, und trotz oder vielleicht gerade wegen der Schlichtheit steht es ihm unverschämt gut.

«Das ist nicht mein Wagen, sondern der meiner Großmutter. Und eigentlich vermeide ich es, so gut es geht, diese Rostlaube zu fahren», er fährt sich etwas nervös durch das dunkle Haar, was ziemlich süß aussieht.

«Aber ich wollte dich zu unserem ersten Date ungern mit dem Fahrrad abholen», fügt er dann hinzu und öffnet mir mit einem kräftigen Ruck die Beifahrertür. Obwohl das Auto vermutlich fast älter als wir beide zusammen ist und von außen eindeutig auch so aussieht, riecht es im Inneren nicht muffig. Stattdessen umhüllt mich ein frischer, zitroniger Geruch. Das Leder der Sitze ist an einigen Stellen etwas abgeblättert oder aufplatzt. Allerdings ist weder ein einzelnes Staubkorn, geschweige denn Müll zu finden. Mein Blick bleibt kurz an dem Radio hängen.

«Ja, hier funktioniert nur Kassette», kommentiert Austin meine scheinbar so eindeutigen Gedanken.

«Das ist schon fast wieder cool, oder? Auf so eine Retro-Art», erwidere ich lachend. Dieses Auto hat bestimmt eine Menge erlebt und gesehen. So wie ich Austins Großmutter einschätze, hätte der Wagen sicher eine Menge Tratsch und Skandale zu erzählen.

Austin startet den alten Honda. Mehrmals. Doch das scheint ihn nicht unruhig zu stimmen. Beim vierten Versuch springt er dann schließlich an. Sofort blinken sämtliche Kontrollleuchten auf und erlöschen auch wenige Sekunden später nicht.

«Ja, es gibt einige Gründe, warum ich mich normalerweise für mein Fahrrad entscheide. Aber die paar Kilometer schafft er schon noch. Ganz sicher», versucht Austin mich zu beruhigen, obwohl ich wirklich nicht beunruhigt bin. Eher amüsiert.

«Na ja, halb sicher», setzt er spitzbübisch hinterher, und ich könnte mich dennoch kaum sicherer fühlen.

«Euer Spiel gestern lief gut, hm?», frage ich Austin, der losfährt und scheinbar viel Kraft aufwenden muss, um den Gang zu wechseln. Zwar habe ich bereits Joshuas Kurzversion zum Auswärtsspiel der *Dragons* gehört, seine Meinung interessiert mich dadurch aber nicht weniger.

«Ja, es war knapp, aber ist gut ausgegangen. Unsere Gegner waren wirklich stark, und wir hätten uns auch nicht beschweren können, wenn es andersrum ausgegangen wäre. Verdient hätten es wohl beide Teams gehabt.»

Solche Sätze hätte ich von meinem Bruder zum Beispiel sicher nicht gehört.

«Und… bei Joshua und dir war alles in Ordnung?»

«So in Ordnung es zwischen uns halt sein kann», antwortet er und versucht sich an einem unbekümmerten Ausdruck. Es ist nicht zu übersehen, dass ihn diese Disharmonie etwas belastet. Kein Wunder. Es muss verdammt anstrengend sein, ständig mit diesen Seitenhieben und bösen Blicken konfrontiert zu werden.

«Weiß er eigentlich…»

«Dass du es endlich gewagt hast, mich zu küssen?», ziehe ich ihn auf, weil es so unglaublich viel Spaß macht.

«Meine Frage zielte zwar auf dieses Date ab, aber wenn du unbedingt möchtest, kannst du mir auch gleich beides beantworten.» Er konzentriert sich auf die Straße, sein kurzer, vergnügter Seitenblick entgeht mir trotzdem nicht.

«Ja zum Date, Nein zum Kuss. Aber er ist nicht blöd, Zweiteres kann er sich vermutlich denken.»

«Will ich wissen, wie seine Reaktion ausgefallen ist?»

«Hätte schlimmer sein können», antworte ich, weil es die Wahrheit ist. Josh hat sich wirklich zusammengerissen. Vielleicht war ihm unsere kurze Funkstille nach der Sache in der Bar tatsächlich eine kleine Lehre.

«Allerdings kann ich nicht dafür garantieren, wie er dir gegenüber bei eurer nächsten Begegnung reagieren wird», füge ich hinzu und stelle fest, wie wohl ich mich hier neben Austin fühle, in diesem winzigen alten Auto, das bei jedem Bremsen quietscht. Es fühlt sich vertrauter an, als es in Anbetracht der wenigen Zeit, die wir bisher miteinander verbracht haben, sollte.

«Damit komme ich schon klar», erwidert dieser schulterzuckend, und ich liebe es, wie wenig ihn die mögliche Konfrontation mit meinem Bruder zu kümmern scheint.

«Wohin fahren wir eigentlich?», führe ich weiter, was ich über Nachrichten schon seit Tagen versuche – den Plan für den heutigen Abend aus ihm herauszubekommen.

«Zum Haus meiner Grandma.»

Ich weiß nicht, was mich mehr überrascht. Nach all dem Rumbohren und Nerven nun endlich eine Antwort bekommen zu haben oder dass unser erstes Date im Haus seiner Großmutter stattfindet. Sicher ist aber, dass ich es kaum erwarten kann herauszufinden, wie wir diesen Abend verbringen werden.

KAPITEL 24

Austin

Meine Nervosität steigt in unermessliche Sphären, während ich Joyce die Autotür öffne. Ich bin mit der Organisation dieses Abends eigentlich ziemlich zufrieden, weiß gleichzeitig aber auch, dass es eben kein teures Restaurant ist, in das wir mit einer schwarzen Limousine fahren. Und auch wenn ich ihre Erwartungen nicht so einschätze, habe ich Angst, mit meiner Abendgestaltung einen Fehlgriff zu landen.

Verdammt, diese Frau bringt mich dazu, viel zu viel nachzudenken. Und manchmal viel zu wenig.

«Da sind wir», überbrücke ich die kurze Stille. Joyce steigt aus dem alten Honda aus, der zum Glück nicht ausgerechnet auf dieser Strecke seinen letzten Atemzug getan hat. Auch wenn es nicht mehr lange dauern kann.

«Ich weiß, ich war schon mal hier», erinnert mich Joyce lachend, als könnte ich das vergessen haben.

Ihr spontanes, ungeplantes Auftauchen beim Haus meiner Großmutter vor ein paar Tagen hat alles geändert. Immer wieder frage ich mich, ob es alles leichter gemacht hätte, wenn ich ihr schon früher von Chicago erzählt hätte.

Meistens komme ich zu dem Entschluss, dass es so der einzig mögliche Weg war. Ich selbst hätte es nicht über mich gebracht und brauchte ihren Anstoß, ihre Konfrontation. Außerdem hätte ich ihr ein paar Wochen zuvor noch nicht genug Vertrauen entgegenbringen können. Niemals hätte ich angenommen, ausgerechnet Joyce Reed – der Schwester meines mich hassenden Kapitäns und übermotivierte Jungjournalistin – ausreichend trauen zu können, um alles zuzugeben. Doch das tue ich. Es macht keinen Sinn.

Den Honda schließe ich nicht ab, weil das Risiko zu groß ist, den Schlüssel beim Wiederaufschließen abzubrechen. Deswegen lässt auch Granny ihn immer offen stehen. Wertgegenstände lassen wir sowieso nicht im Auto und stehlen wird diese Schrottkiste ebenfalls niemand. Ich greife sanft nach Joyce' Hand und führe sie mit mir über die Veranda ins Haus. Ihre Finger verflechten sich ganz automatisch mit meinen, und schon diese harmlose Berührung entfacht ungewohnte Hitze in mir. Meine Hand ist deutlich größer als ihre, und dennoch fühlt es sich wie zwei Puzzlestücke an, die perfekt zueinander gehören. Scheiße, was ist nur los mit mir?

«Wo ist deine Großmutter?» Joyce schaut sich suchend in der Wohnküche um.

«Bingo oder Kirchenchor. Ich verwechsle die beiden Termine immer. Eigentlich bin ich der Meinung, heute sei es Bingo. Wahrscheinlich ist es deswegen also der Kirchenchor. Sie müsste aber bald zurück sein», erkläre ich ihr.

Erst jetzt wird mir bewusst, wie das hier aussieht. Ich führe sie bei unserer ersten Verabredung nicht in ein Restaurant aus, sondern bringe sie zu mir nach Hause, wo gerade zufällig sturmfrei ist – Gott, was denkt sie wohl gerade, könnten meine Intentionen sein? Um diese Möglichkeit direkt aus dem Weg zu räumen, enthülle ich unser eigentliches Ziel, indem ich die schmale Tür, die in den kleinen Garten führt, öffne. Mit einer einladenden Geste gebe ich ihr zu verstehen, ruhig schon einmal hinauszugehen. Ich dagegen laufe noch schnell zum Kühlschrank, um die Flasche Kirschwein zu holen, die ich vorhin kaltgestellt habe. Ich schnappe mir die Flasche und folge ihr.

Joyce hat nur zwei Schritte aus der Tür hinaus gemacht und betrachtet den Garten, den ich die letzten beiden Stunden hergerichtet habe.

«Austin, das ist… Ich weiß gar nicht, was ich sagen soll. Es ist wundervoll.» Ihre schönen Augen mit dem pinken Lidstrich wandern von mir zu dem Schauplatz unseres ersten Dates und wieder zurück. Sie sagt es nicht aus Höflichkeit, das sehe ich ihr an. Joyce scheint wirklich begeistert, vielleicht sogar etwas gerührt zu sein.

Auch ich betrachte nun noch einmal mein Werk. Mit der gerade einsetzenden Dämmerung wirkt der Garten tatsächlich noch etwas gemütlicher. Ich habe den kleinen Holztisch für uns gedeckt. Weiße Tischdecke, Weingläser, Teller, Besteck, eine Kerze und sogar Blumen, die ich mir vom Wohnzimmertisch ausgeliehen habe. Außerdem habe ich eine Lichterkette um den halbhohen Holzzaun gespannt, der den Garten von dem Nachbargrundstück abtrennt, damit es gemütlicher wirkt und wir eine Lichtquelle haben, wenn es noch dunkler wird. Mein persönliches Highlight ist der Tapeziertisch, den ich im Abstellraum gefunden habe und der als Spielfeld für ein Bierpong-Duell herhalten kann. Die Becher habe ich bereits aufgestellt, die Bälle und das Bier bereitgelegt.

«Ich hätte dich gern in ein schickes Restaurant ausgeführt, aber…», druckse ich etwas herum, weil sie noch viel mehr verdient als das.

«Das hier ist viel besser als ein überteuertes Restaurant. Gott, es ist so perfekt.» Sie strahlt mich an und meine Sorgen verfliegen. Es war scheinbar doch die richtige Idee für den heutigen Abend.

Wir setzen uns an den wackeligen Holztisch, und ich fülle unsere Gläser mit dem Kirschwein. Der süßliche Duft breitet sich in der warmen Herbstluft aus.

«Cheers!», prostet Joyce mir zu, und unsere Gläser klirren kurz aneinander. Ich führe das Glas an meine Lippen und nehme den ersten Schluck. Es ist eine meiner Lieblingsweinsorten. Eher trocken, aber süß und fruchtig.

«Oh, der ist wirklich gut. Viel besser als der Pfirsichwein bei der Party, der mich vergiftet hat.» Sie schafft es, ihre Miene für ungefähr zwei Sekunden ernst zu halten, ehe sie dann doch zu lachen beginnt.

«Sollten wir nachher noch eine Runde Bierpong spielen, nehmen wir nur die halbe Menge Bier», beschließe ich mit weiser Voraussicht.

«Bist du etwa nicht scharf darauf, mir wieder Gesellschaft zu leisten, während ich mich übergebe?» Ihre Frage ist vermutlich eher sarkastisch gemeint, ich antworte ihr trotzdem ehrlich.

«Ich möchte dir sehr gern Gesellschaft leisten. Aber vor allem will ich, dass es dir gut dabei geht.»

«Gute Antwort», beschließt Joyce mit einem anerkennenden Grinsen und nimmt einen weiteren Schluck aus ihrem Weinglas.

«Übrigens bin ich leider ein grauenvoller Koch, weswegen ich uns Essen bestellt habe. Andernfalls wäre nämlich sicher nichts Genießbares auf diesem Tisch hier gelandet.» Wie auf das Stichwort höre ich die Türklingel im Haus läuten.

«Bin sofort wieder da!», richte ich an Joyce und stehe auf.

«Soll ich helfen?», fragt sie noch schnell, ehe ich ins Haus stürme.

«Nein, nein. Bleib einfach dort sitzen und genieße den Wein.»

Den Lieferanten habe ich samt Trinkgeld bereits online bezahlt, weswegen er die Tüte mit meinen Bestellungen direkt auf der Fußmatte abgestellt hat. Ich richte das Essen in der Küche schnell auf einem Holzbrett an, in der Hoffnung, es einigermaßen ansehnlich zu präsentieren. Die Sojasoße kippe ich in zwei kleine Porzellanschalen und stelle diese ebenfalls mit auf das Brett, das ich im Anschluss in den Garten balanciere.

«Oh mein Gott, Sushi? Ich liebe Sushi!», ruft Joyce begeistert, und ich grinse, weil ich auf ungefähr diese Reaktion gehofft habe.

«Ich weiß», antworte ich, weil ich niemals auf gut Glück Sushi bestellt hätte, wenn ich mir nicht sicher gewesen wäre, dass sie es gern mag.

«Woher? Ich würde mich daran erinnern, hätte ich dir das mal erzählt.»

«In deiner Instagram-Bio steht *Sushi-Lover*. Das war ziemlich hilfreich», erkläre ich ihr.

«Ha, ich wusste, es ist eine grandiose Idee, Dinge, die ich gern mag, dort aufzuschreiben. Damit jeder die Chance hat herauszufinden, womit er mir eine Freude machen kann.»

Joyce macht sich sofort über das Essen her und schmunzelt dabei unfassbar niedlich vor sich hin. Gut zu wissen, dass Sushi eine ziemlich sichere Methode zu sein scheint, ihre Laune zu verbessern. Das werde ich mir merken.

Ich muss mich wirklich bemühen, nicht komplett leer auszugehen. Zum einen lenkt es mich etwas vom Essen ab, sie immer wieder ansehen zu müssen, zum anderen legt sie ein äußerst gutes Tempo vor.

Wir haben fast alles aufgegessen, als meine Grandma zurück nach Hause kommt und uns kurz begrüßt, dann aber schnell wieder verschwindet und uns mit der Information, sie würde es sich mit einem Buch im Bett gemütlich machen, alleine lässt.

«Deine Großmutter ist wirklich toll. Wenn ich irgendwann einmal alt bin, möchte ich auch noch so cool sein. Und diese schönen Farben tragen. Ich weiß sowieso nicht, warum die meisten Menschen irgendwann aufhören, alles, was keine Erdtöne sind, aus ihrem Leben zu verbannen. Bunte Kleidung, buntes Make-up, bunte Sofakissen sind doch nicht nur jungen Leuten vorbehalten.»

Ich könnte hier stundenlang sitzen und einfach nur Joyce' besonderen Gedankengängen zuhören, und es wäre ein für mich gelungener Abend. Mich hat es wirklich erwischt.

«Wieso grinst du so?», hakt Joyce skeptisch nach.

«Nur so», antworte ich ausweichend und trinke den letzten Schluck aus meinem Glas.

«Dafür, dass du vor ein paar Wochen nicht ein einziges Lächeln hervorbringen konntest, bekomme ich es jetzt aber ganz schön oft zu Gesicht», analysiert sie meine Mimik aufmerksam.

«Schon Lust, die Revanche zu verlieren?», wechsle ich das Thema und deute auf das provisorische Spielfeld.

«Oh, du glaubst doch nicht wirklich, ich würde noch ein zweites Mal gegen dich verlieren. Ich kenne jetzt deine Schwachstellen, Austin Fields, und ich werde sie nutzen», droht sie nun mit gespitzten Lippen, die ich zu gern küssen würde. Doch sobald ich damit beginne, weiß ich nicht, ob ich so leicht wieder aufhören könnte, und irgendwie habe ich ihr ja eine Revanche versprochen.

Daran werde ich mich halten.

«Was sind denn meine Schwachstellen?», erkundige ich mich.

«Das werde ich dir doch nicht verraten», empört sich Joyce spielerisch und steht auf.

Dieses Mal füllen wir wirklich nur wenig Bier in die einzelnen Becher. Enden soll dieser Abend nämlich vorzugsweise nicht damit, dass einem von uns schlecht wird.

Joyce absolviert irgendwelche extravaganten Dehnübungen, bevor wir starten, und ich frage mich, ob das eine Ablenkungstaktik sein soll oder ob ihr dieser Sieg wirklich so wichtig ist, obwohl es heute nicht um mein Geheimnis geht.

Denn das hat sie ja bereits gelüftet. Die Erleichterung darüber spüre ich noch immer im gesamten Körper.

Mir war vorher gar nicht klar gewesen, wie sehr es mich belastet hat, stets mit einer solchen Vorsicht Gespräche mit Joyce zu führen oder allgemein in ihrer Nähe ständig in Alarmbereitschaft und auf der Hut zu sein. Es kümmert mich dagegen erstaunlich wenig, meine Vergangenheit vor meinem Team geheim zu halten, obwohl ich einige meiner Mitspieler mittlerweile durchaus mag und sie schon als eine Art Freunde bezeichnen würde. Vielleicht liegt es daran, dass sie nicht so offen nach den Gründen für meinen Wechsel bohren.

«Bereit zu verlieren?», erklingt Joyce' klare Stimme von der anderen Seite des Tapeziertisches. Die Distanz ist etwas größer als beim letzten Mal. Eine weitere Herausforderung.

«Für die Verliererin unseres letzten Matches ganz schön gewagte Floskeln, oder?»

Joyce kneift die Augen zusammen und kaut auf ihrer Unterlippe. «Sie sind nur gewagt, sollte ich heute nicht gewinnen. Das werde ich aber.»

«Ist das dieses Manifestieren, von dem die Leute ständig sprechen?», frage ich und rolle die Tischtennisbälle zu Joyce hinüber.

«Ganz genau.»

Das Spiel beginnt, und wir brauchen beide einen Moment, um uns an die ungewohnte Entfernung zu gewöhnen, weswegen die ersten Runden unüblich beschwerlich laufen. Doch dann bekommen wir den Dreh langsam raus. Joyce eine Runde vor mir, was ihr einen signifikanten Vorteil beschert, den ich schleunigst wieder ausgleichen muss. Als wäre das nicht schon schwierig genug, versucht meine Gegnerin es dann auch noch mit unethischen Ablenkungstaktiken. Während meiner Würfe starrt sie mir mit klimpernden Wimpern über den Tisch in die Augen oder beginnt, zu der Musik, die wir über mein Handy eingeschaltet haben, zu tanzen. Das hat sie also mit meinen Schwachstellen gemeint.

Zu meiner Schande muss ich gestehen, dass sie damit Erfolg hat. Meine Konzentration lässt nach, und ich kann mich nur schwer auf diese blöden Plastikbecher und den

Tischtennisball konzentrieren, wenn ich eigentlich nur Joyce anschauen möchte.

«Ich glaube, es fängt an zu regnen, wir sollten das Spiel beenden», versuche ich meine sich anbahnende Niederlage abzuwenden. Tatsächlich habe ich in den letzten Minuten ein paar einzelne Regentropfen abbekommen. Die letzten Tage war es trocken, weswegen ich heute gar nicht den Regenradar gecheckt habe. So ein Mist. Ich hatte gehofft, wir könnten noch ein wenig mehr Zeit hier draußen im sanften Lichterkettenlicht verbringen.

«Nur über meine Leiche. Lieber bringe ich diesen Sieg im strömenden Regen über die Bühne, als dieses Match nun zu beenden.»

Ihre Antwort überrascht mich nicht. Natürlich lässt sie mich nicht so leicht davonkommen. Es stehen noch vier Becher vor Joyce und nur zwei vor mir. Ihre Chancen stehen definitiv besser, aber verloren habe ich noch nicht. Ich gebe mein Bestes, mich möglichst wenig ablenken zu lassen und treffe zumindest eines der Ziele.

Aus den einzelnen Tropfen wird langsam ein beständiger Nieselregen. Ein Blick in den Himmel verspricht mehr davon. Dunkle, tief hängende Wolken schieben sich vor den Halbmond und erwecken den Eindruck, ein gewaltiger Schauer würde in nicht allzu ferner Zukunft über uns hineinbrechen. Joyce trifft mit ihrem zweiten Ball, wodurch sie nur noch ein einziger Becher von ihrem Sieg trennt. Sie scheint den Regen, der mit jeder Minute stärker wird, kaum zu bemerken.

Ich vergebe beide Würfe und ärgere mich innerlich sehr darüber. Möglich, aber unwahrscheinlich, dass Joyce ebenfalls keinen Treffer landen wird.

Der erste Ball schießt etwas über das Ziel hinaus und landet direkt in meiner Hand. Für den zweiten Wurf nimmt sie sich Zeit. Joyce lässt sich von dem Regen nicht stressen, der mittlerweile in Form von dicken, schweren Tropfen auf uns hinabfällt. Sie sieht nur den Becher vor mir, den es zu treffen gilt. Ihr Blick wandert kurz vom Becher zu mir, dann wieder zurück. Sie wirft den kleinen Plastikball, und schon in dem Moment, in dem sie ihn loslässt, weiß ich, dass ich nur noch Millisekunden bis zu meiner Niederlage habe. Der Ball kreist nicht um den Becherrand, springt auch nicht pingpongartig hin und her. Mit einem eindeutigen *Plopp* landet er im Becher, und Joyce streckt begeistert die Arme in die Höhe.

«Gewonnen!», ruft sie, und trotz meiner Niederlage muss ich lächeln. Besonders dann, als sie auf meine Seite des Tisches kommt, nach meiner Hand greift und mich fast rennend zum Haus schleift. Der Dachunterstand des Bungalows meiner Großmutter bietet einen kleinen Regenschutz, auch wenn dort nicht viel Platz vorhanden ist. Joyce stellt sich mit dem Rücken zur Wand, umklammert meine Hand noch immer mit ihrer, und mein Herz fühlt sich nicht an, als hätte ich eine Niederlage kassiert. Ganz im Gegenteil.

KAPITEL 25

Joyce

Mein Rücken ist an die kühle Hauswand gelehnt. Meine Haare sind nass, meine Klamotten sind nass, und dennoch friert keine Zelle meines Körpers. Austins Hand in meiner ist warm, und ich kann nicht anders, als ihn dichter zu mir zu ziehen. Schließlich soll auch er endlich dem Regen entkommen. Die Euphorie, die von mir Besitz ergriffen hat, rührt nicht ausschließlich von dem Bierpong-Sieg, sondern besonders von diesem wundervollen ersten Date. Noch nie hat sich jemand so viele Gedanken um mich gemacht und eine so persönliche, perfekte Verabredung organisiert. Das hier ist besser als alles, was ich mir vorgestellt habe.

Dieser Garten, der so wunderschön gedeckte Tisch, die Lichterkette, die diesem Ort etwas Magisches verleiht, der unendlich süße Wein, das leckere Sushi und meine Bierpong-Revanche. Es ist so wunderbar. Doch nichts ist vergleichbar mit der Art, auf die Austin Fields mich jetzt gerade ansieht.

Ich habe in den letzten Minuten nicht in den Spiegel geschaut, aber ich weiß, dass meine Haare feucht sind, die Klamotten wie eine zweite Haut an meinem Körper kleben, mein Eyeliner vermutlich verwischt ist, meine Wangen vom Alkohol und der mentalen Anstrengung gerötet sind – und dennoch schaut er mich an, als wäre ich wunderschön und makellos. Ich bin mir bei seinem Blick so sicher, weil ich ihn genauso sehe. Sein dunkles Haar ist durch die Feuchtigkeit fast schwarz, sein Dreitagebart wirkt in dem gedimmten Licht noch dunkler, Regentropfen wandern seine Schläfen hinab, das schwarze Shirt ist durchnässt und liegt eng an seinem Körper an.

Selten habe ich den Anblick eines Mannes heißer gefunden. Ich halte seine Hand noch immer fest. Er ist mir nah, so nah, dass ich seinen Herzschlag an meiner Brust fühlen kann. Sein Herz schlägt schnell, fast im gleichen Takt wie meines. Vielleicht sogar noch etwas rasender. Diese Beobachtung stiehlt ein Lächeln auf meine Lippen. Austin stützt sich mit der freien Hand an der Hauswand hinter mir ab und ich zerfließe. Ich spüre nahezu jeden seiner Muskeln, sehe seine mystisch dunklen Augen und seinen schönen Mund. Sein Oberkörper hebt und senkt sich unter schweren Atemzügen, und ich glaube, wenn ich noch eine Sekunde länger abwarte, zerspringe ich.

Meine Lippen müssen nicht viel Distanz überbrücken, um auf seine zu treffen, so nah sind wir uns. Wärme und Elektrizität fluten meinen gesamten Körper, feuern mich an, mich bloß nicht von Austin zu lösen. Als stünde dies überhaupt zur Debatte.

Er erwidert den Kuss sofort, drängt sich noch ein wenig dichter an mich. Wenn eben noch Wärme durch meinen Körper geströmt ist, ist es nun brennende Hitze. Ich spüre die Kälte der Hauswand in meinem Rücken nicht, nur

Austins Wärme. Seinen Oberkörper, der sich gegen mich presst, unsere ineinander verschränkten Finger. Gierige Küsse, die sich mit zärtlichen Küssen abwechseln. All die kleinen Flirts, all die Glücksgefühle, all die Anziehung, die sich den Abend über aufgebaut haben, entladen sich, und es fühlt sich so unglaublich gut an. Der Regen ist verschwunden, alles ist verschwunden. Da sind nur noch er und ich und eine Menge wunderbarer Gefühle.

«Joyce… Du musst damit aufhören…», knurrt er fast, und alles an seiner Tonlage schreit, ich solle eigentlich bloß nicht aufhören.

«Womit denn?», murmle ich leise und beiße sanft auf seine Unterlippe. Er reagiert mit einem Stöhnen, das mich nur noch weiter befeuert.

«Mich *so* zu küssen. Ich möchte dann nämlich noch ganz andere Dinge tun, die sich für ein erstes Date wirklich nicht gehören», erklärt er, schafft es dabei aber kaum, den Kuss zu unterbrechen.

«Wer bestimmt denn, was sich gehört und was nicht?», frage ich atemlos. Wenn ich nicht wüsste, dass seine Großmutter nur eine Wand getrennt von uns schläft oder in ihrem Buch liest, hätte ich ihn schon lange in sein Zimmer befördert.

«Mein Anstand», erwidert er. Dabei ist die Art, auf die sein Blick über mein Gesicht gleitet, überhaupt nicht anständig.

«Dann muss dein Anstand jetzt wohl kurz wegschauen», antworte ich und ziehe ihn wieder dichter zu mir. Lasse unsere Lippen miteinander verschmelzen, unsere Zungen einander erst vorsichtig, dann bestimmt erforschen. Ich spüre seine Erregung trotz der Kleidungsschichten zwischen uns und wünschte in diesem Augenblick, er würde hier allein leben.

«Du frierst, Joyce», unterbricht Austin unseren Kuss und streicht sanft über meine Arme.

«Eigentlich ist mir ziemlich warm», antworte ich, weil ich in den vergangenen Minuten wirklich keine Kälte gespürt habe. Nur brennende, feurige Hitze.

«Du hast Gänsehaut. Das fühle ich durch dein Shirt», widerspricht er, und jetzt, in Abwesenheit von Austins Küssen, bahnt sich tatsächlich die Kälte einen Weg durch meine nassen Klamotten.

«Komm, wir gehen rein. Du musst etwas Trockenes anziehen, sonst erkältest du dich noch. Ich will wirklich nicht schuld sein, wenn du wegen einer Verkühlung deine eine Million To-do-Listen-Punkte nicht erledigen kannst.»

Obwohl sich alles in mir dagegen sträubt, diese körperliche Nähe zu unterbrechen, zaubern seine fürsorglichen Worte ein Schmunzeln auf meine Lippen.

«Ich habe leider keine Wechselklamotten dabei», wende ich ein.

«Irgendwas werde ich schon in meinem Kleiderschrank finden, das gehen sollte», antwortet Austin und öffnet die Tür zum Haus.

«Ich könnte auch selbst schauen, was mir gefällt», schlage ich amüsiert, aber leise vor. Schließlich könnte Carol wirklich schon schlafen. Ich habe nicht auf die Uhr geschaut, aber der Sonnenuntergang ist schon eine ganze Weile her. Es ist sicher nach zehn Uhr abends.

«Du in meinem Zimmer? Das ist eine ganz, ganz üble Idee», antwortet Austin flüsternd und lehnt sich dabei viel zu nah zu mir hinunter.

«Na schön, dann warte ich eben hier», gebe ich fast etwas trotzig zurück, obwohl ich nur Glück fühle. Austin lässt seine Lippen noch ein letztes Mal sanft über meine streichen. Dann verschwindet er hinter einer der Türen.

Mein Herzschlag beruhigt sich gar nicht mehr. Ich hatte erwartet, dass dieses Date toll werden würde, aber das hier übersteigt all meine Vorstellungen. Es ist sicher nicht die klassische Variante einer perfekten Verabredung, aber es ist meine wunderbar perfekte Version davon.

Dass Austin nach einer so kurzen Zeit meinen Geschmack schon so gut treffen konnte, erfüllt mich trotz der Regen-Kälte mit einer unglaublichen inneren Wärme.

Austin kommt wenige Minuten später mit einer schwarzen Jogginghose, deren Weite man durch eine Kordel verstellen kann, und einem beigen Hoodie zurück. Ich schäle mich in dem kleinen, aber ausreichend großen Badezimmer aus meiner klammen Jeans und dem nassen Shirt. Meine Haut ist eiskalt darunter und von Feuchtigkeit benetzt.

Hier riecht es weniger nach Zitrone, mehr nach Lavendel, und es gibt nicht ganz so viele Dekorationen wie in der Wohnküche. Dennoch ist es gemütlich und alles andere als steril und unpersönlich. Der Schmuck von Austins Grandma liegt in offenen Dosen auf einer schmalen Kommode und bunte Bilder in Holzrahmen hängen an den Wänden.

Ich ziehe die Jogginghose über und schnüre sie mit dem innenliegenden Band enger, damit sie mir nicht über die Hüften rutscht. Die Beine sind etwas zu lang, weswegen ich sie unten etwas umkremple. Der Hoodie riecht nach Austin. Etwas nach Zitrone, was sicher an diesem Haus liegt, aber auch nach seinem Parfum oder Aftershave, das er jeden Tag zu tragen scheint. Ich erwische mich selbst dabei, den Stoff kurz vor meine Nase zu halten, und schüttle über mich selbst den Kopf.

Gott, ich benehme mich wie ein verknallter Teenager.

Der kurze Blick in den kleinen Spiegel über dem Waschbecken bestätigt meine Vermutungen. Mein Pferdeschwanz ist feucht, die Haare kleben an meinem Kopf. Abgesehen von einzelnen Babyhaaren, die bereits getrocknet sind und etwas abstehen. Mein Eyeliner ist noch da, die Wings sind allerdings fast vollständig verschwunden. Trotz dieser Umstände und meinem nicht sehr schmeichelnden Outfit fühlt es sich nicht unangenehm an, so das Badezimmer zu verlassen. Austin steht vor der Couch und lässt seine Augen über meinen Körper gleiten, oder eher über die zu großen Klamotten daran. Er macht einen Schritt auf mich zu, und meine Herzfrequenz reagiert sofort auf seine Nähe.

«Du bist so schön», sagt er leise, und würde ich nicht die Ernsthaftigkeit in seinem Blick sehen, würde ich kein Wort davon glauben.

«Du bist ein Spinner», kontere ich, kann dieses dämlich glückliche Grinsen aber nicht verhindern.

«Ich sollte mir langsam ein Uber rufen …», füge ich schließlich hinzu, obwohl ich eigentlich gar nicht gehen möchte.

«Ich *könnte* dir auch eins rufen, aber ich weiß ja, dass du das lieber selbst machst», erwidert Austin, und ich weiß, dass er damit auf eines unserer vergangenen Gespräche anspielt. Da hatte ich gerade eine Niederlage im Bierpong einstecken müssen, obwohl ich so unbedingt sein Geheimnis herausfinden wollte. Heute habe ich gewonnen. Auch, wenn es dieses Mal um nicht mehr ging, als einen wundervollen Abend mit Austin zu verbringen, der mir endlich genug vertraut hat, um seine Vergangenheit mit mir zu teilen. Zwar musste ich ihn damit quasi konfrontieren, doch so ausführlich, wie er es letzte Woche getan hat, hätte er es ja gar nicht erzählen müssen. Ich weiß, dass er das getan hat, weil er es wollte. Weil er wollte, dass ich ihn und sein Handeln verstehe, seine Ängste nachvollziehen kann. Und vielleicht auch, weil er herausfinden wollte, ob ich ihn im Anschluss mit anderen Augen sehen würde.

Lächelnd schüttle ich den Kopf und öffne die App auf meinem Smartphone. Ich wische eine Nachricht von Lori beiseite, mit der sie sich vor einer halben Stunde erkundigt hat, wie es läuft. Sobald ich im Uber sitze, werde ich ihr antworten.

«Der Fahrer ist in zehn Minuten da», teile ich Austin mit, der etwas enttäuscht auf den Fußboden schaut. Dann fällt mir ein, was ich ihn heute unbedingt noch fragen wollte.

«Freitag ist ja der Sportlerball», beginne ich und suche in Austins unwirklich braunen Augen nach einer Reaktion.

«Ja, das Team hat so etwas erwähnt», antwortet er und versucht ein Gähnen zu unterdrücken.

«Willst du gar nicht hingehen?» Ich lege den Kopf schief und mustere ihn genau. Der Sportlerball ist ein wichtiges Event für das College. Insbesondere für das Basketballteam, das dort als der heimliche Star unter den Sportteams der *Hopeville University* regelmäßig die meisten Sponsoren anzieht. Es ist eine zum Teil politische Veranstaltung, bei der man wichtige, nützliche Kontakte knüpfen kann, aber auch eine gute Party, für die relativ viel Geld in die Hand genommen wird. Dadurch ist nicht nur der DJ normalerweise ziemlich cool, auch die Snacks und die Getränke sind viel besser als auf den sonstigen Collegeveranstaltungen.

«Hm, ich glaube, das ist nicht so mein Ding.»

«Und wenn ich dich fragen würde, ob wir zusammen hingehen? Würde das deine Meinung ändern?», versuche ich ihn umzustimmen.

«Ja, das würde meine Meinung vermutlich ändern», bestätigt er.

«Gut, dann haben wir wohl unser nächstes Date», stelle ich fest.

Der Uber-Fahrer kommentiert meine zu große Kleidung nicht mal mit einem einzigen Blick, was mir ganz recht ist. Ich habe sowieso keine große Lust, mich mit ihm zu unterhalten, weil ich viel lieber Lori von meinem Abend berichten möchte.

Oh mein Gott, dieser Abend war so, so fantastisch

Ich beobachte unseren Chat, um zu prüfen, ob der Hinweis, dass sie die Nachricht gelesen hat, auftaucht. Darauf muss ich nicht lange warten.

Das freut mich so, Joy! Du musst mir morgen
Nachmittag alles erzählen

Wir haben uns für morgen in der Bibliothek verabredet, um ein paar Stunden ablenkungsfrei zu lernen.

Das werde ich. Du wirst nicht glauben, wie viel Mühe er sich gegeben hat. Es war ehrlich perfekt. Das beste Date, das ich je hatte

Ich schicke die Nachricht ab und bereue es sofort. Um sie zu löschen, ist es allerdings zu spät – Lori hat sie bereits gelesen. Es fühlt sich nicht richtig an, meiner besten Freundin quasi unter die Nase zu reiben, wie toll meine Verabredung war, wenn bei ihr in letzter Zeit nur das Gegenteil der Fall ist. Es ist nicht so, dass ich sie anlügen wollen würde, aber vielleicht hätte ich ihr weniger überschwänglich schreiben können. Schnell schicke ich eine Nachricht hinterher.

Ist deine Mitbewohnerin da?

Unruhig wippe ich mit dem Bein. Der Uber-Fahrer schaut etwas genervt auf die Straße, es kann aber auch sein, dass ich mich irre.

Nope, die ist bei ihrem Lover

Ein wenig erleichtert atme ich aus.

Kann ich noch vorbeikommen?

Auch wenn ich unfassbar müde nach diesem aufregend schönen Tag bin, möchte ich sichergehen, dass es meiner besten Freundin gut geht. Sie ist niemand, der mir etwas Gutes nicht von ganzem Herzen gönnen würde, aber das bedeutet nicht, dass es immer leicht für sie ist.

Klar

Ich teile dem Fahrer die neue Zieladresse mit, was er mit einem Brummen zur Kenntnis nimmt. Der Weg verändert sich dadurch kaum, die Fahrt wird nur ungefähr eine Minute länger. Die Begeisterung steht ihm allerdings nicht gerade ins Gesicht geschrieben. Wieso entscheidet man sich dazu, Menschen durch die Gegend zu fahren, wenn man sie so offensichtlich nicht leiden kann? Zweimal versuche ich, ihn in lockeren Small Talk zu verwickeln, scheitere aber eindeutig. Dafür blinkt eine neue Nachricht auf meinem Handy auf, die mir trotz des grimmigen Fahrers sofort ein Lächeln auf das Gesicht zaubert. Sie tackert es dort sogar fest, und ich weiß nicht, ob meine Mundwinkel in den nächsten Stunden oder Tagen überhaupt wieder in eine normale Position wandern können.

Komm gut nach Hause und schreibe mir kurz, wenn du sicher angekommen bist, ja?
Habe ich eigentlich erwähnt, dass du verboten gut in meinem Hoodie aussiehst?

Der Fahrer hält vor Loris Wohnheim und ich bedanke mich bei ihm, woraufhin er mich nur anschaut und sofort losfährt, als ich die Tür hinter mir schließe. Er muss wohl wirklich einen üblen Abend gehabt haben, wenn ihn meine gute Laune so sehr nervt. Ich versuche, es nicht persönlich zu nehmen, und schreibe meiner besten Freundin, dass ich da bin.

Die breite Glastür ihres Wohnhauses öffnet sich mit einem hallenden Summen. Der Eingangsbereich ist dunkel und verlassen, nur die kleine rote Lampe in der Mitte des Lichtschalters leuchtet. Ich betätige sie und laufe die Treppe hinauf in den ersten Stock, in dem sich Loris Zimmer befindet. Sporadisch klopfe ich an die Holztür, öffne sie aber fast gleichzeitig bereits. Lori sitzt in ihrem Bett, den Rücken an das Kopfteil gelehnt, und hält ein Buch mit pastellfarbigem Cover in den Händen, welches sie gerade wohl noch gelesen haben muss. Es ist nur ihre Seite des Wohnheimzimmers durch die kleine Stehlampe beleuchtet, das leere Bett ihrer Mitbewohnerin liegt in grauer Dunkelheit.

«Das war dein Date-Outfit? Beim nächsten Mal komme ich vorher vorbei und berate dich», begrüßt Lori mich mit einem sanften Lachen. Ich schlüpfe aus meinen Sneakers und setze mich mit zu ihr auf das Bett, lehne mich ebenfalls an das weiße Kopfteil an.

«Es hat angefangen zu regnen, deswegen sind meine Klamotten nass geworden. Austin hat mir etwas von sich geliehen», erkläre ich ihr die kurze Version der Geschichte.

«Süß», kommentiert sie mit einem knappen Grinsen.

«Lori, ich würde am liebsten alles, was passiert ist und was ich gefühlt habe, mit dir teilen, aber ich möchte auch nicht, dass du deswegen traurig bist.»

«Wieso sollte ich deswegen traurig sein?», fragend und ehrlich irritiert schaut sie mich an. Ihre Augen sind müde. Wäre ich nicht für einen nächtlichen Besuch vorbeigekommen, wäre sie vielleicht schon eingeschlafen. Ich seufze leise und fahre mit meiner Hand über meinen noch immer etwas feuchten Pferdeschwanz.

«Ich weiß nicht, es hat sich irgendwie komisch angefühlt, so von diesem Date mit Austin zu schwärmen, während bei dir…»

«Ungefähr jede Verabredung beschissen läuft?», hilft sie mir mit einem halb traurigen, halb amüsierten Lächeln aus. Ich nicke stumm und beobachte meine beste Freundin, die nun auf die liebenswürdigste Art mit den Augen rollt.

«Gott, Joy, du bist unmöglich. Nur weil es bei mir gerade nicht so toll läuft, musst du doch nicht verbergen, wenn du das wunderbarste Date deines Lebens erlebt hast. Du bist meine beste Freundin – ich liebe dich und kann mir kein einziges Szenario vorstellen, in dem es mich traurig stimmen sollte, zu hören, dass du eine schöne Zeit hattest. Manchmal wünschte ich wirklich, du würdest es nicht immer allen recht machen wollen.»

Erleichterung durchflutet meine Adern, und ich drehe mich zu Lori, um sie sitzend zu umarmen.

«Es ist einfach so hart mitanzusehen, wie sehr du all das möchtest und immer wieder enttäuscht wirst. Und ich… Ich habe nicht einmal danach gesucht…»

«Tja, da hast du wahrscheinlich den Kern des Problems erfasst. Ich will es zu sehr. Nur weiß ich nicht, wie ich das ändern soll.»

«Irgendwann wird es funktionieren und dieser eine Typ wird dich all die Enttäuschungen vergessen lassen», versuche ich sie aufzumuntern. Auch wenn es gerade nicht danach aussieht, bin ich mir sicher, dass es so kommen wird. Lori wird bekommen, was sie sich wünscht. Liebe. Eine Familie. Alles.

«Dein Wort in den Ohren des Universums», seufzt Lori, schaut mich dann aber augenbrauenwackelnd an. Die Müdigkeit, die sie eben noch ausgestrahlt hat, scheint plötzlich verschwunden zu sein.

«Und jetzt erzähle mir alles. Jedes kleine, schmutzige Detail. Meine Neugierde wird sicher nicht bis morgen Nachmittag abwarten können!»

KAPITEL 26

Austin

Dieser Freitag hielt kaum eine ruhige Minute für mich bereit. Ich musste meine Vorlesungen besuchen, das letzte Training vor dem nächsten Auswärtsspiel am Sonntag absolvieren, das Auto ausleihen, den Anzug aus der Reinigung abholen, noch ein paar Vorbereitungen treffen, mich duschen und anziehen. Ich habe nun eine ungefähre Vorstellung davon, wie Joyce' Tage sich mit ihrem überladenen Terminkalender anfühlen müssen.

Überraschenderweise sehne ich mich dennoch nicht danach, einen ruhigen Abend auf dem Sofa zu verbringen und nichts zu tun, außer mir mit meiner Grandma langweilige Serien zu anzuschauen und Kekse zu essen. In den letzten Tagen habe ich mich nämlich erstaunlich gut mit dem Gedanken anfreunden können, zu diesem Ball zu gehen. Mit Joyce. Wenn es vor unserem ersten richtigen Date schon kaum messbar war, wie oft ich an sie denken musste, habe ich diese Skala seitdem zum Explodieren gebracht. Immer wieder erwische ich mich in Tagträumen über diesen wundervollen Abend. Der Regen war nicht eingeplant, hat der ganzen Atmosphäre aber keinen Abbruch getan. Im Gegenteil: Dieser Kuss wäre ohne ihn vielleicht nur halb so magisch gewesen, und ich hätte Joyce nicht in meiner Jogginghose und meinem Hoodie gesehen. Ein Anblick, der mich alles andere als kaltgelassen hat.

Wir haben uns die Woche über nur zweimal kurz zwischen zwei unseren Vorlesungen treffen können, weil ihre Termine und mein Training sich überschnitten haben. Trotzdem haben diese halbstündigen Treffen meine Energiereserven sofort aufgefüllt. Und das lag nicht an dem Kaffee, den wir am Mittwoch gemeinsam im *Brain Brew* getrunken haben, wo wir uns den eindeutigen Blicken von Kathleen stellen mussten.

Bisher haben wir noch nicht darüber gesprochen, was das genau zwischen uns ist und wohin es führen soll, weil es dazu natürlich noch viel zu früh ist. Aber für mich steht fest, dass ich Joyce Reed in meinem Leben haben möchte.

Joshua hat mich die letzten Tage beim Training in Ruhe gelassen. Wir haben nicht miteinander gesprochen, aber das tun wir sonst ja auch nie. Allerdings ist er mich auch weder körperlich noch verbal angegangen, und das ist durchaus eine positive Überraschung für mich. Ich hatte eigentlich fest damit gerechnet, zumindest einen blöden Kommentar nach dem Date mit seiner Schwester abzubekommen, aber nichts dergleichen ist geschehen. Entweder findet er sich mit der Situation ab, oder es ist die berühmte Ruhe vor dem Sturm.

«Oh, Austin, mein Junge, du siehst so adrett aus!» Die Wortwahl meiner Grandma lässt mich leicht grinsen. Begeistert mustert sie meinen einzigen Anzug. Ich habe ihn vor etwa einem Jahr für die Hochzeit eines alten Freundes aus der Highschool gekauft. Er ist komplett schwarz und passt mir perfekt. Darunter trage ich ein ebenso schwarzes Hemd, weil ich mich mit einem weißen Hemd wie ein überheblicher Geschäftsmann oder wie ein Bräutigam gefühlt hätte. Vermutlich liegt es einfach daran, dass ich mich sonst nie so elegant kleide.

«Danke, Granny.»

«Ich will noch schnell ein Foto machen, warte bitte kurz!» Sie macht auf dem Absatz kehrt und läuft zurück in das Wohnzimmer, wo ihr Handy auf dem Couchtisch liegt. Meine Großmutter hat sich lange gegen ein Smartphone gewehrt, konnte sich der Entwicklung dann aber irgendwann doch nicht mehr entziehen.

«Muss das sein?»

«Unbedingt! Lächle jetzt bitte mal, Austin!», weist sie mich an und hält die Handykamera mit ausgestreckten Armen in meine Richtung. Ihre Haltung und ihre konzentrierte Mimik bringen mich wirklich zum Lachen, sodass ich nicht einmal ein falsches Fotolächeln aufsetzen muss.

«Wunderbar! Und versprich mir, dass du nachher beim Ball auch ein Bild mit Joyce zusammen machst und es mir schickst, ja?»

«Grandma…»

«Wenn du dich weigerst, werde ich Joyce schreiben und darum bitten», droht sie mir nun fast.

«Du hast ihre Nummer überhaupt nicht», erinnere ich sie, doch meine Großmutter winkt nur ab.

«Ach, die werde ich schon herausfinden. Ich habe meine Mittel und Wege.»

Tatsächlich glaube ich ihr das sofort.

«Schön, du bekommst ein Bild», verspreche ich ihr, damit sie nicht sämtliche ihrer Quellen einschaltet, um an Joyce' Kontaktdaten zu kommen.

Den schwarzen Pick-up-Truck habe ich an der Straße vor dem Bungalow meiner Grandma abgestellt. Netterweise leiht der Bingo-Partner meiner Großmutter ihn mir bis morgen. Er ist zwar etwas in die Jahre gekommen, aber in einem deutlich besseren Zustand als der Honda, in dem ich Joyce wirklich nicht zu einem Ball kutschieren möchte. Sie hat mindestens fünfmal betont, dass wir uns auch einfach ein Uber nehmen könnten, aber ich habe widersprochen und mich nach anderen Lösungen umgeschaut, um diesen Abend zu etwas Besonderem zu machen.

Es ist nicht irgendein langweiliger Ball, sondern das erste Mal, dass wir irgendwo ganz offiziell gemeinsam auftauchen. Diese Aussicht weckt Vorfreude und Nervosität zu gleichen Teilen in mir. Außerdem ist mir durchaus bewusst, wer ebenfalls da sein wird. Der Großteil meines Teams und selbstverständlich auch Joshua Reed, der sich die Gelegenheit, mit wichtigen Personen aus der Branche zu sprechen, sicher nicht nehmen lassen wird. Was eigentlich etwas sehr Gutes ist. Denn in Anwesenheit so vieler wichtiger Sponsoren und hoher Tiere aus dem Sportbereich würde er niemals eine Auseinandersetzung mit mir herausfordern. Auch nicht, wenn er mich gemeinsam mit Joyce dort aufkreuzen sieht.

Ich steige in den riesigen Ford ein und stolpere beim Öffnen der Tür fast, weil ich keinen Widerstand spüre. Bei diesem Auto klemmt keine der Türen, und auch der Motor startet beim ersten Versuch. Vorhin hatte ich schon kurz die Gelegenheit, mich etwas an die Übergröße dieses Schlachtschiffes zu gewöhnen, beobachte mich aber noch immer dabei, wie ich regelmäßig die Seitenspiegel überprüfe, um zu schauen, ob ich einigermaßen mittig auf der Straße fahre. Immerhin ist es ein Automatikwagen und nicht wie Grandmas Schrottmühle eines der seltenen Autos mit Schaltgetriebe.

Um zu Joyce' Wohnung zu fahren, brauche ich meine Navigationsapp nicht. Der Weg ist fast identisch mit der Strecke zur Uni, nur, dass ich kurz vorher in die schmale Wohnstraße abbiegen muss, die mir heute noch sehr viel enger vorkommt. Ich finde keinen Parkplatz und stelle den Wagen deswegen wieder halb auf der Straße, halb auf dem Gehweg ab.

Bin da, soll ich hochkommen oder lieber nicht?

Grundsätzlich würde ich sie sehr gern in ihrer Wohnung abholen, kann aber verstehen, wenn es unnötigen Stress verursacht, sollte Joshua noch da sein.

Komme!

Ich steige aus und warte neben der Beifahrertür auf Joyce. Nur wenige Sekunden später öffnet sich die Haustür des Wohngebäudes und Joyce tritt hinaus. Sie sieht wunderschön aus in dem eleganten Kleid und den hohen Schuhen, wenn der Anblick auch ungewohnt ist. Ihr Haar habe ich bisher ausschließlich in ihrem typischen hohen Pferdeschwanz gesehen. Heute fällt es ihr in sanften Wellen über die Schultern. Das Kleid ist strahlend blau, ich glaube, man nennt den Ton Königsblau, und lässt ihr Haar durch den Kontrast noch blonder wirken. Es ist knöchellang und scheint aus einem satinartigen Stoff zu sein. Ich weiß nicht, wie lange ich sie schon anstarre, aber irgendwann bemerke ich ihren amüsierten Blick.

«Sorry, ich... Ähm... Du siehst wirklich toll aus», stottere ich einfallslos, doch Joyce scheint es mir nicht übel zu nehmen. Sie überbrückt die letzten drei Schritte zwischen uns und haucht einen sanften Kuss auf meine Lippen.

«Du übrigens auch», erwidert sie mit ihrem Eine-Million-Watt-Lächeln.

«Wo kommt denn der Pick-up her?», neugierig legt sie den Kopf schief.

«Habe ich mir ausgeliehen für heute Abend», erkläre ich knapp.

«Ich habe eine Schwäche für Pick-up-Trucks, wusstest du das?»

«Nein, aber ich werde es mir für die Zukunft merken.»

«Es wäre wirklich nicht nötig gewesen, Austin. Ehrlich», gibt sie mir noch einmal zu verstehen. Zum wiederholten Male.

«Ich weiß, aber ich wollte es so.»

Mit einer überschwänglichen Geste öffne ich die Beifahrertür, nehme ihr kurz die Handtasche ab und bedeute ihr, einzusteigen. Sobald sie sitzt, gebe ich ihr die Tasche zurück und laufe um das lange Auto herum, um ebenfalls einzusteigen. Die Fahrt zum Ball dauert keine fünf Minuten. Der Sportlerball findet nicht auf dem Campus statt, sondern in der Mehrzweckhalle der Stadt *Hopeville*. Joyce hat mir erzählt, dass die Halle für alle möglichen verschiedenen Anlässe genutzt wird und dort ab und an auch kleinere Musiker und Musikerinnen spielen, wenn sie ausnahmsweise einen Stopp in unserer beschaulichen

Stadt einlegen. Der Parkplatz davor ist riesig, aber schon gut gefüllt. Ich stelle den Wagen extra etwas weiter hinten ab, um nicht unter den Augen so vieler Zuschauer in einer der kleineren Lücken einparken zu müssen.

«Wir wollen dort also wirklich reingehen?», frage ich mit einem etwas skeptischen Blick auf all die elegant gekleideten Menschen, bei denen die Anzüge so viel natürlicher wirken, als sich diese Verkleidung für mich anfühlt.

«Definitiv. Es wird sicher lustig», antwortet sie und fügt nach meinem wenig überzeugten Blick noch hinzu: «Es gibt auch leckere Snacks und Getränke umsonst. Man munkelt sogar, es gäbe kleine Sushi-Häppchen.»

Wer bin ich, dass ich Joyce die Chance auf kostenloses Sushi verderben könnte?

«Dann haben wir wohl keine andere Wahl.»

Wenn ich eben noch dachte, vor dem Eingang sei viel los, muss ich diesen Gedanken nun revidieren. Die kleine Menschenmasse ist nichts im Vergleich zu den Mengen, die sich drinnen hinter der Doppeltür stauen. Ich lockere etwas unruhig meine Krawatte, während wir in der Schlange warten. Joyce entgeht meine Unsicherheit nicht, sie greift nach meiner Hand und drückt sie sanft. Das hilft tatsächlich etwas. Ich weiß nicht einmal, warum mich diese vielen Menschen so nervös machen. Ich habe eigentlich kein Problem mit engen Räumen oder vielen Leuten. Nur wittere ich in jeder Person, die mich einen Moment zu lange anschaut, jemanden, der weiß, was passiert ist. In meinen unrealistischen Vorstellungen tritt einer von ihnen auf die große Bühne, von der ich zumindest annehme, dass es sie überhaupt gibt, schnappt sich ein Mikrofon und offenbart mein Geheimnis, meine Vergangenheit, meine Dämonen, die ich nicht einfach in Chicago lassen konnte.

Bei der Einlasskontrolle nenne ich meinen Namen, woraufhin Joyce und ich einen Stempel auf den Handrücken gedrückt bekommen. Keine sehr edle Lösung für einen solch hochgestochenen Anlass, finde ich, aber mir soll es egal sein. Coach Soto hat vor drei Tagen beim Training abgefragt, wen er auf die Gästeliste für den Sportlerball setzen soll und ob wir mit oder ohne Begleitung kommen würden. Joyce hätte es vermutlich auch über andere Wege geschafft, auf der Liste zu landen, doch da ich ihr so etwas Stress und Arbeit abnehmen konnte, habe ich den Coach gebeten, bei mir ein Plus eins zu notieren. Joshuas Blick dabei war finster, aber er hat sich jeglichen Kommentar verkniffen. Abgesehen von Wheeler, der für zwei Tage nach Nashville zu seiner Freundin fliegt, und Murphy, dessen Großvater morgen seinen achtzigsten Geburtstag in North Carolina feiert, haben sich alle aus meinem Team angemeldet.

Wir schaffen es, uns ein paar Schritte weiter durch die Menge und in den Saal zu drängen, wo die Menschenmasse sich zum Glück lichtet. Der Raum ist nett, aber nicht allzu aufwendig geschmückt. Ein DJ steht etwas gelangweilt an seinem Pult, das auf einem Podest aufgebaut ist, und spielt leise, ruhige Musik. Servicekräfte mit weißen Schürzen über ihren Anzügen tragen Tabletts mit Sektflöten durch den Raum. Es dauert keine zehn Sekunden, ehe sie auch uns erreichen. Joyce greift gelassen nach einem Sektglas, ich erkundige mich bei der Servicekraft kurz, welches der Gläser alkoholfrei ist, weil ich lieber keinen einzigen Tropfen Alkohol zu mir nehmen möchte, wenn ich Joyce und mich später in dem Auto von Grandmas Freund nach Hause fahren muss.

«Hier interessiert es absolut niemanden, ob man schon einundzwanzig ist», verrät Joyce mir hinter vorgehaltener Hand verschwörerisch und genehmigt sich einen Schluck.

Ich entdecke in einer gut beleuchteten Ecke einzelne Paare, die Fotos machen, und erinnere mich an die Bitte meiner Großmutter.

«Wäre es in Ordnung für dich, wenn wir ein Bild zusammen machen? Meine Grandma flippt sonst aus», sage ich zu Joyce, die daraufhin ganz begeistert in die Hände klatscht.

«Unbedingt!» Sie scannt den Raum kurz ab und winkt dann enthusiastisch in eine Richtung.

«Perfektes Timing, da kommt Willie. Er kann ein Foto von uns machen, das nicht verwackelt ist oder einen Daumen auf der Linse hat.» Jackson sieht in seinem dunkelroten Anzug und den streng zusammengebundenen Dreadlocks ganz anders aus. Sehr viel erwachsener und ernster. Doch dieser Eindruck bleibt nur über die Entfernung bestehen. Sobald er dichter ist, lässt sein breites Grinsen ihn wieder einfach nur wie Willie Jackson, den charmanten Witzbold, erscheinen.

«Joyce und… Austin! Was für eine interessante Überraschung, euch hier zusammen zu sehen.» Er zwinkert mir zu, und ich bin mir sicher, dass es Joyce nicht entgeht, doch sie lässt sich von ihm natürlich nicht beirren.

«Es ist auch sehr schön, dich zu sehen, Willie.»

«Oh Mann, ich hatte gedacht, der Abend könnte etwas lahm werden, aber nun schreit es ja förmlich nach einer guten Prise Action.» Etwas warnend funkle ich ihn an, auch wenn ich weiß, dass er es nicht böse meint. Joyce übergeht auch diesen Kommentar einfach.

«Willie, könntest du uns einen Gefallen tun und ein Foto von uns machen?» Ehe er antworten kann, spricht sie weiter. «Ich weiß ja, dass du ein gutes Auge hast.» Ich glaube nicht, dass er einen einzigen Augenblick darüber nachgedacht hat, ihr diese Bitte auszuschlagen, aber spätestens mit diesem schmeichelnden Nachwort lässt sie ihm keine Wahl mehr.

«Es wäre mir eine Ehre!», antwortet er mit gespielter Höflichkeit. Ich will gerade in die Richtung gehen, in der sich die anderen Paare fotografieren lassen haben, aber Joyce nimmt meine Hand und leitet mich in die entgegengesetzte Richtung. Willie folgt uns.

«Das Licht ist hier viel besser», erklärt Joyce mir. «Deine Grandma soll schließlich ein gelungenes Foto und kein unterbelichtetes Suchbild bekommen. Außerdem hätte ich selbst auch gern ein gutes Bild von uns beiden.» Ihre Worte bringen mein Herz kurz aus dem Takt, doch dann bekomme ich es zum Glück wieder in den Griff. Wir positionieren uns vor einer freien Wand und Willie bringt sich in seine Fotografen-Position. Joyce dreht ihren Körper etwas zu mir, und ich lege meine Hand vorsichtig auf ihren unteren Rücken, checke mit einem schnellen Blick in ihr Gesicht ab, ob das für sie in Ordnung ist. Ihr Lächeln lässt keinen Zweifel daran.

«Joyce, du siehst wie immer toll aus, Austin… Du könntest ruhig etwas mehr Zähne zeigen.» Etwas genervt atme ich aus, woraufhin Joyce mich sanft gegen die Brust boxt. Dann versuche ich mich an einem breiteren Grinsen, das sich nur aufgesetzt anfühlt.

«Okay, sorry, Mann, das ist gruselig. Guck lieber wieder normal.»

Joyce kichert, und ich beherrsche mich, Jackson nicht im Spaß den Mittelfinger entgegenzustrecken. Stattdessen schaue ich zu Joyce, die mit ihren bezaubernden braunen Augen die Kamera hypnotisiert. Sie ist heute ein klein wenig mehr geschminkt als üblich, sieht aber noch immer nach ihr selbst aus. Der Eyeliner hat den exakt gleichen Ton wie ihr Kleid, die Lippen sind in einem dezenten Rotton angemalt. Wie konnte es nur passieren, dass ich mit der atemberaubendsten Begleitung, die man sich nur vorstellen kann, zu diesem Sportlerball gehe?

«Du bist so schön», flüstere ich leise, und ihr Kameragrinsen wird noch echter, noch wundervoller.

«Die letzten sind tatsächlich ziemlich süß geworden.» Willie schaut kurz auf die Bilder und gibt Joyce dann ihr Smartphone zurück. Sie wischt ein paarmal über den Bildschirm, um zu prüfen, ob Willie wirklich abgeliefert hat, scheint aber zufrieden zu sein.

«Danke, Willie. Die sind klasse.»

«Stets zu Diensten! Wir sehen uns später. Ich werde mal abchecken, wen ich noch so entdecke.»

Joyce leitet mir ihren Favoriten weiter. Tatsächlich ist das Foto ziemlich gut geworden. Mein Blick liegt auf Joyce, und das dezente Lächeln auf meinem Gesicht gilt nur ihr, nicht der Kamera. Wir wirken vertraut und… verliebt, verdammt. Bisher habe ich mir diese Entwicklung noch nicht eingestanden, aber dieses Bild schreit es förmlich. Ich schlucke hart und sende das Foto schnell meiner Großmutter, um mein Handy dann für den Rest des Abends in meiner Anzughose zu verstauen.

Wir kämpfen uns etwas weiter in das Innere der Halle vor, begegnen noch ein paar weiteren *Dragons*, die uns neugierig mustern, dann aber normal begrüßen. Ich weiß, dass innerlich jeder von ihnen auf das Drama wartet, mit dem sie rechnen, wenn Reed hier auftaucht. Dabei kann ich mir wirklich nicht vorstellen, dass er seinen Ruf inmitten dieser wichtigen Leute riskieren würde.

In den letzten Tagen habe ich mich meinem Team Schritt für Schritt weiter angenähert. Der Campingausflug hat mir diesbezüglich tatsächlich sehr geholfen. Aber auch wenn ich mich ganz langsam in meinem eigenen Tempo etwas öffne, kann ich in der Gegenwart der anderen Spieler einfach nicht vollständig abschalten, weil da noch immer diese Angst ist, dass plötzlich alles vorbei sein könnte.

Joyce plündert begeistert die Snack-Teller, die ihr ein Kellner hinhält, und ich tue es ihr gleich, weil ich einfach gern die Freude in ihrem Gesicht dabei sehe. Und weil das Essen wirklich verdammt gut ist. Bei diesem Punkt wurden offensichtlich keine Kosten und Mühen gespart.

Zwischendurch versorgt Joyce mich mit Informationen zu den Leuten, die hierher eingeladen worden sind. Ein paar von ihnen begrüßen wir, weil Joyce ein paar Kontakte knüpfen und pflegen möchte. Unangenehm viele von ihnen wissen tatsächlich, wer ich bin. Die *Dragons* scheinen in Hopeville und Umgebung wohl wirklich viel Aufmerksamkeit zu genießen. In all den Formulierungen und der Mimik dieser Leute suche ich nach Anzeichen, ob sie nicht nur meinen Namen kennen, sondern auch etwas über meine Vergangenheit in Chicago ahnen, entdecke aber nichts. Mit jeder neuen flüchtigen Bekanntschaft werde ich etwas entspannter.

Wir haben gerade das Sushi-Büfett entdeckt, als Joshua das erste Mal in unserer Nähe auftaucht. Das Unbehagen über diese Begegnung steht ihm eindeutig ins Gesicht geschrieben. Dennoch kommt er mit gelassenen Schritten in unsere Richtung.

«Schwesterherz. Fields», begrüßt er uns jeweils knapp mit einem Nicken. Ich weiß, dass es nur ein Anstandsbesuch seinerseits ist, um seiner Schwester willen, und er eigentlich lieber auf der anderen Seite des Saals wäre.

«Josh, hast du schon mit Dixon gesprochen?», erkundigt sich Joyce bei ihrem Bruder.

«Nein, hab ihn noch nicht gesehen.» Reed schaut sich etwas um.

«Dahinten, vor dem DJ-Pult», teilt Joyce ihm mit und deutet vage in die Richtung.

«Alles klar, danke.» Mit diesen Worten dreht er sich um und steuert einen großen grauhaarigen Mann an, mit dem wir vor ein paar Minuten einen winzigen Small Talk gehalten haben.

«Wow», murmle ich und schaue Reed noch etwas ungläubig hinterher. Ich hatte recht. Kaum sind ein paar Menschen in der Nähe, die über seine Zukunft entscheiden könnten, kann er sich plötzlich zusammenreißen.

«Man kann über meinen Bruder sagen, was man will, aber er kämpft mit allem, was er hat, für seine Sportlerkarriere. Er erträgt es deswegen sogar, uns gemeinsam hier zu sehen und keinen Streit anzufangen.»

«Den Ehrgeiz, wenn es um eure Karrieren geht, habt ihr wohl beide abbekommen.»

«Ja, der ist vererbt. Wir hatten keine Wahl, unsere Eltern sind beide absolute Karriere-Menschen. Aber auf eine

Art, die ich nicht unbedingt nachahmen möchte», antwortet Joyce. Beim letzten Satz wird sie etwas leiser. Ich würde gerne nachhaken, weiß aber, dass dies hier nicht der richtige Ort dafür ist.

Also streiche ich ihr nur eine blonde Strähne aus dem Gesicht und frage sie, ob wir tanzen wollen. Dieser Vorschlag scheint sie zu überraschen, aber sie willigt sofort ein. Die Vorstellung, mit Joyce zu der ruhigen Musik zu tanzen, ist sehr viel verlockender, als noch mehr Gespräche mit Menschen zu führen, die mich nicht im Geringsten interessieren. Ich ertrage das ihr zuliebe, weil ich weiß, wie wichtig diese Kontakte für sie sind, aber ich bin erschöpft und bereit für Gesellschaft, die meinen sozialen Akku auflädt, nicht verbraucht. Ein wenig Zweisamkeit mit Joyce ist genau richtig.

Die Tanzfläche ist mittlerweile gut besucht. Zum Großteil zwar von etwas älteren Pärchen, weniger von Studierenden, aber das stört mich nicht. Joyce' Hand liegt in meiner, meine andere Hand liegt auf ihrem unteren Rücken, und die Nähe ist wunderschön und quälend zugleich. Es ist schön, endlich mit ihr allein zu sein, denn auch wenn wir inmitten all dieser Fremden sind, geht es jetzt und hier nur um uns. Wir sind in unserer eigenen kleinen Blase, in der nur Joyce und ich existieren, in der nur wir wichtig sind. Quälend ist es, weil ich gern noch so viele andere Dinge tun würde, als nur zu tanzen.

Ich würde sie gern küssen, ihr Worte zuflüstern, die sie erröten lassen. Doch das hier ist nicht der richtige Ort dafür. Der Kokosgeruch ihrer Haare wandert in meiner Nase, und ich ziehe sie sanft noch etwas dichter zu mir. Ihre verflucht braunen Augen, die in diesem Licht fast golden leuchten, liegen auf mir, wandern zu meinen Lippen, und ich schlucke hart, weil der Drang, sie zu küssen, so groß ist. *Richtig* zu küssen.

Ich beuge mich etwas zu ihr hinab, um ihr ins Ohr zu flüstern: «Ich kenne einen Platz, von dem aus man die beste Aussicht auf Hopeville und die Sterne hat.»

Ihre nackten Arme reagieren mit einer Gänsehaut, und ich streiche mit meinen Fingerspitzen darüber.

«Dann lass uns gehen», haucht Joyce und zaubert damit ein ehrliches Lächeln voller Vorfreude und Erleichterung auf mein Gesicht.

KAPITEL 27

Joyce

Zurück im geräumigen Pick-up begrüßt uns eine angenehme Stille. Ich liebe den Trubel solcher Veranstaltungen, aber es ist danach auch schön, etwas Ruhe genießen zu können. Und Zweisamkeit. Verstohlen beobachte ich Austin neben mir. Der schwarze Anzug sitzt wie angegossen, und wenn ich es nicht besser wüsste, würde ich vermuten, er sei maßgeschneidert. Es ist unfair, dass er nicht nur in seinem Basketballtrikot heiß aussieht oder in diesem edlen Aufzug, sondern auch in Jeans und Shirt, in Hoodie und Jogginghose. Mein Gott, sieht er jemals nicht unverschämt gut aus?

«Was ist?», fragt mich Austin. Mein Starren ist wohl nicht unbemerkt geblieben.

«Nichts», gebe ich möglichst unschuldig zurück. «Also, wohin fahren wir?»

«Ich habe den Ort vor ungefähr zwei Jahren entdeckt, als ich meine Grandma in Hopeville besucht habe. Meine Orientierung in dieser Stadt war damals noch schlechter als heute und ich habe mich komplett verfahren. Aber es hat sich gelohnt.» Austin blickt durch die Windschutzscheibe und startet den Motor. Auf dem Parkplatz ist nun deutlich weniger Betrieb, weswegen wir entspannt zurück auf die Straße gelangen.

«Du wirst mir nicht verraten, wo genau dieser geheimnisvolle Ort ist, oder?»

«Nein, ich denke nicht», antwortet Austin schulterzuckend und setzt den Blinker.

Ich muss gestehen, dass ich mich in Hopeville eigentlich nur in Campusnähe auskenne. Vermutlich war ich an seinem mysteriösen Ort also tatsächlich noch nie. Ein Schwall Vorfreude erfasst mich, und ich begreife, dass es weniger mit dieser spontanen Aktion, zu der wir fahren, zusammenhängt, sondern mehr mit der Aussicht, Zeit mit Austin allein zu verbringen.

Die Sonne ist schon lange untergegangen. Die Novembernächte in Georgia sind sehr dunkel, dafür aber noch äußerst mild. Nur selten sinken die Temperaturen mal unter fünfzehn Grad.

«Und du bist sicher, dass du den Ort wiederfindest?», ziehe ich ihn auf, weil er so konzentriert auf die Straße schaut und die Umgebung nach Straßenschildern oder anderen Anhaltspunkten abzusuchen scheint.

«Zu ungefähr fünfzig Prozent», erwidert er trocken, woraufhin ich leise lache.

Wir fahren eine Straße mit steilerer Steigung hinauf, was das Auto ohne Beschwerden hinter sich bringt. Der alte Wagen von Austins Großmutter hätte hier sicher Schwierigkeiten bekommen. Die Menge der Häuser nimmt nach und nach ab, stattdessen verdichten sich die halb kahlen Bäume weiter. Schließlich endet der Asphaltweg und die Straße setzt sich auf einem Feldweg fort.

«Das hier ist die perfekte Gegend, um eine Studentin nach einem Ball verschwinden zu lassen. Ihre Leiche wird erst nach Jahren entdeckt», gebe ich zu bedenken.

«Du siehst überall eine Geschichte, oder?»

«Weil die Geschichten überall lauern und nur darauf warten, aufgeschrieben zu werden», kontere ich und lasse meinen Blick über die dunklen Bäume gleiten, deren Äste sich mystisch im Wind bewegen. Vor uns lichtet sich der schmale Waldstreifen. Der Feldweg endet in einer Sackgasse, wird aber zum Ende hin breiter und erinnert an einen Wendeplatz. Austin dreht den Pick-up, sodass wir nun mit Blickrichtung zum Wald stehen.

«Da sind wir», teilt er schließlich mit und schaltet den Motor aus.

«Okay», sage ich gedehnt und verberge die Spur Skepsis in meiner Tonlage nicht.

Austin schnallt sich ab und verlässt das Auto. Ich tue es ihm gleich. Ich lasse mich vorsichtig aus dem hohen Truck hinab gleiten, greife nach meiner Tasche, die ich mir über die Schulter lege, und schließe die Tür. Die Luft hier oben ist etwas kühler, aber ungewohnt klar. Es scheint, als würden die Abgase des Industriegebietes und der Smog der Stadt nicht so weit hinaufsteigen. Ich bekomme nur im Augenwinkel mit, dass Austin die Tür zur Rückbank geöffnet hat, weil mich der Ausblick ablenkt.

Er hat nicht übertrieben, als er sagte, er kenne den Ort mit der besten Aussicht auf Hopeville. Die Stadt liegt etwas unter uns. Die Lichter, die Gebäude, die sich im Schein der Straßenlaternen erahnen lassen, der Campus, der so viel Fläche dieses Ortes einnimmt, und ein dunkler unförmiger Kreis, den ich als den *Star of Hope* identifizieren kann, inmitten der Grünflächen des Parks, die in der Dunkelheit eher grau scheinen. Ich lege meinen Kopf in den Nacken. Das Bild, das sich mir nun bietet, ist nicht weniger schön. Ein wolkenloser Nachthimmel, mit vielen kleinen Sternen und vereinzelten Flugzeugen. Der Mond, der irgendwo auf dem Weg von Halbmond zu Vollmond ist, hüllt diese Anhöhe in ein beruhigendes, kühles Licht. Es dauert eine Weile, ehe ich mich von dem Anblick lösen kann.

Austin macht sich gerade an der Klappe der Ladefläche zu schaffen.

«Lust auf einen Hopeville-im-Mondschein-erste-Reihe-Platz?», ruft er zu mir herüber und springt unerwartet elegant auf die Ladefläche. Ich bücke mich zu meinen Füßen, versuche dabei, meine Handtasche nicht auf den Boden fallen zu lassen, und löse die Riemen meiner High Heels, die ich anschließend abstreife. Der Schotterweg unter meinen nackten Füßen ist ein wenig piksig, aber nach den Stunden auf so hohen Absätzen ist es trotzdem eine Wohltat, die Schuhe los zu sein. Austin hält mir die Hand entgegen, um mir beim Hinaufklettern zu helfen, nachdem er mir die Schuhe und die Tasche abgenommen und auf der Ladefläche abgelegt hat. Ich bin sehr froh über den hohen Beinschlitz meines Kleides, durch den ich mich ziemlich frei bewegen kann.

Die Fläche des Trucks ist ungewöhnlich sauber und gepflegt. Wem auch immer dieses Auto eigentlich gehört – der Platz wird entweder nie für Bauschutt, Gartenabfälle oder Ähnliches genutzt oder aber regelmäßig penibel gesäubert. Abgesehen von einem riesigen Stapel Wolldecken ist die Ladefläche komplett leer. Das muss es gewesen sein, was Austin eben von der Rückbank geholt hat.

«Wie viele Decken hast du eingepackt?», frage ich ihn belustigt.

«Alle, die ich finden konnte», gibt er zurück. «Ich dachte, es würde bestimmt kalt werden draußen, und da ich ja wusste, dass du nur ein Kleid tragen würdest…», er zuckt mit den Achseln, dann dreht er sich etwas nervös zu dem Decken-Haufen und breitet eine davon aus. Wärme, die im vollständigen Gegensatz zur kühlen Luft steht, breitet sich in meinem Bauch und meiner Brust aus. Seine Weitsicht und seine Bemühungen, jedes unserer Treffen zu einem wundervollen Erlebnis zu machen, rühren mich.

Austin streift sein Jackett über die Schultern, legt es unachtsam ab und setzt sich auf die Decke, den Rücken an die Außenwand der Fahrerkabine gelehnt. Ich zögere nicht eine Sekunde, sondern lasse mich neben ihn sinken. Direkt neben ihn, sodass ich den Stoff seiner Anzughose an meinem nackten Bein spüre, das durch den Schlitz in dem langen, blauen Kleid ein wenig freigelegt ist. Austin legt seinen Arm um mich und ich lasse mich weiter gegen ihn sinken. Die Berührung fühlt sich nach Geborgenheit und Vertrautheit an. Schweigend schauen wir auf die letzten Lichter, die in Hopeville noch brennen, und in den sternenklaren Himmel. Zu gern würde ich die Zeit anhalten und ewig diesen Moment genießen.

«Danke», breche ich die Ruhe mit leiser Stimme schließlich.

«Wofür?», fragt Austin und dreht den Kopf zu mir, wodurch ich nun direkt in seine dunklen Augen schauen kann. Mein Körper reagiert unmittelbar, mein Herz klopft wie wild, und eine leichte Gänsehaut breitet sich auf meinen Armen aus. Das fast spitzbübische Grinsen in Austins

Gesicht verrät eindeutig, dass ihm diese Reaktion nicht entgangen ist.

«Für diesen schönen Abend, für diesen Ort, deine Mühen… Für dich», antworte ich und halte kontinuierlich den Blickkontakt aufrecht. Genieße sein schweres Schlucken genauso wie er kurz davor den Anblick meiner Gänsehaut. Er legt seine Hand auf meine Wange, und die Wärme fühlt sich schön an auf meiner Haut. Doch bei Weitem nicht so schön wie der Moment, in dem er sich mir weiter nähert und die Lider schließt.

Unsere Lippen verschmelzen miteinander, und alles in mir entspannt sich.

Ich kann die Male gar nicht mehr zählen, die ich Austin Fields heute küssen wollte. Endlich muss ich mich nicht mehr in Selbstbeherrschung üben, sondern kann tun, wonach ich mich seit Stunden sehne. Mein Kuss drückt das vermutlich ziemlich deutlich aus. Ich erhöhe die Intensität, lasse meine Lippen stürmischer, gieriger auf seine treffen. Es ist das erste Mal, dass wir wirklich allein sind, seit sich die Dinge zwischen uns in diese für mich so überraschend wunderbare Richtung entwickelt haben. Bei unserem ersten Kuss war es mitten am Tag, in dem kleinen Park, der jederzeit von seinen Nachbarn hätte besucht werden können. Das zweite Mal waren wir zwar bei ihm zu Hause im Garten, aber nur eine dünne Hauswand hat uns von seiner Grandma getrennt.

Doch heute ist niemand hier, und Austins seltsame, viel zu anständige Regeln für ein erstes Date gelten für uns nicht mehr. Es ist eine Novembernacht irgendwo im Nirgendwo über den Dächern von Hopeville, und wir sind endlich allein. Heute hält mich nichts davon ab, Austin zu zeigen, wie sehr ich das hier will – wie sehr ich ihn und seine Nähe will.

«Hat dein Anstand eigentlich auch irgendwelche Regeln für ein zweites Date einzuhalten?», unterbreche ich unseren Kuss atemlos und schaue ihm tief in die Augen.

Seine Antwort ist wortlos und doch unmissverständlich deutlich. Er zieht mich vorsichtig, aber bestimmt auf seinen Schoß, sodass ich rittlings auf ihm sitze. Mein Kleid rutscht dadurch noch weiter hoch, doch keine einzige Zelle meines Körpers empfindet Kälte. Nur feurige, wundervolle Hitze, die sich zwischen uns ausbreitet.

«Also keine Regeln», schlussfolgere ich. «Gut.»

Austins verhangener Blick lässt keinen Zweifel daran, dass er das hier genauso sehr möchte wie ich. Es sich ebenfalls gewünscht hat. Wer weiß, wie lange schon. Ob er es vor mir bemerkt hat, was da zwischen uns ist? Was es sein könnte? Oder hat er ähnlich lange gebraucht, um das zu begreifen? Irgendwann würde ich ihm diese Fragen stellen, versuchen, eine ehrliche Antwort aus ihm herauszukitzeln. Doch jetzt ist mir ausnahmsweise nicht nach Reden zumute, sondern nach Dingen, die keine Worte benötigen.

Unsere Lippen finden erneut zueinander, unsere Zungen necken sich. Sanft, aber spürbar beiße ich auf seine Unterlippe und genieße den kehligen Laut, den er dabei ausstößt. Seine Hände umfassen meine Hüften, ziehen mich scheinbar mühelos noch dichter an ihn. Meine Finger machen sich ungeduldig an seinem schwarzen Hemd zu schaffen. Die Knöpfe sind schrecklich winzig, und ich bin viel zu elektrisiert, um mich zu konzentrieren, weswegen es nervenaufreibend lange dauert, ehe ich die endlose Knopfreihe bezwungen habe. Ich löse mich für einen winzigen Moment aus dem Kuss, um ihn anzuschauen. Austins Oberkörper sieht im Mondscheinlicht mit den feinen Muskeln wie gemalt aus und bringt mich in Versuchung, einen ironischen Kommentar abzulassen. Doch dafür müsste ich den Kuss länger als diese kurze Sekunde unterbrechen, und das werde ich in den nächsten Minuten sicher nicht tun. Zumindest nicht, um zu sprechen. Ich dränge mich Austin mit meinem Becken entgegen und spüre seine Härte an meiner Mitte. Seine Hände wandern von meinen Hüften über meinen Körper, bis er meinen Hinterkopf mit einer Hand umfasst und die andere Hand ihren Weg quälend langsam wieder hinab findet.

«Joyce…»

«Was?», murmle ich und küsse mit meinen Lippen eine unsichtbare Spur seinen Hals hinab. Ein leises Stöhnen erklingt, und ich fahre mit der Linie neckisch fort.

«Ich habe es nicht darauf angelegt, dass… das heute passiert», erwidert er mit einem bedauernden Unterton, und obwohl in meinem Gehirn gerade nicht allzu viel Platz für etwas anderes ist, als Austin so nah wie nur möglich zu sein, verstehe ich, was er meint.

«Tja, ich vielleicht schon», kontere ich und schaue ihn mit einem eindeutigen Blick an, um dann kurz zu meiner Handtasche neben uns zu schielen. Es ist nicht so, dass ich geplant hatte, heute mit Austin zu schlafen. Aber ich wollte mir die Option auch nicht durch ein fehlendes Kondom nehmen lassen. Kurz flackert Erleichterung in seiner Mimik auf, ehe ich den Reißverschluss an der Seite meines Kleides öffne. Sein Blick bleibt an meinem Oberkörper hängen, während ich die Träger meines Kleides nach unten schiebe. Ich trage keinen BH, weil es den schönen Rückenausschnitt meines Kleides zunichtegemacht hätte. Ich weiß nicht, ob ich jemals etwas so sehr genossen habe wie diesen Ausdruck in Austins Augen. Er scheint sich jeden Zentimeter einprägen zu wollen. Dann fährt er langsam mit seinen Fingern über meinen Hals, zu meinen Schlüsselbeinen, seitlich meine Brüste entlang, und ich wünsche mir mehr davon. Mehr Berührungen, mehr Küsse, mehr von Austin. Doch er lässt sich Zeit. Erforscht meinen Oberkörper mit seinen Augen, seinen Händen und schließlich mit seinen Lippen, was meine Erregung ins Unermessliche steigert.

Und meine Ungeduld.

Ich schiebe mich etwas nach hinten, um seinen Gürtel öffnen zu können. Kaum habe ich dieses weitere Hindernis bezwungen, schlingt Austin seine muskulösen Arme um mich und stößt sich mit mir auf dem Schoß von der Ladefläche ab. Ehe meine vernebelten Gedanken hinterherkommen, liege ich auf dem Rücken, Austin ist auf seinen Handflächen gestützt über mir. Sein Körper berührt meinen noch nicht, dennoch strahlt er eine angenehme Wärme aus. Die Wolldecke unter meinem nackten Rücken ist angenehm, alles ist einfach nur schön und wunderbar.

Austin scheint es sich zur Aufgabe gemacht zu haben, meine gesamte Haut mit Küssen zu bedecken. Als er schließlich an meinem Bauch ankommt, schiebt er mein Kleid Stück für Stück weiter hinab. Immer so weit, dass er neuen Platz für seine Lippen schafft, bis er mir das Kleid über die Füße streift. Ich schließe die Augen, gebe mich nur den Berührungen hin. Seine Finger streichen über meinen Slip. Quälend langsam verteilt er auch dort seine magischen Küsse. Zunächst nur am Rand meiner Unterwäsche, als ich dann meine Hüften anhebe, schiebt er endlich auch den letzten Streifen dünnen Materials meine Beine hinab.

Sehnsuchtsvoll greife ich nach dem Bund seiner Anzughose. Sie ist zwar geöffnet, aber störend zwischen uns. Ich möchte keinen Stoff spüren, der uns voneinander trennt, sondern ihn. Das Grinsen, das meine Begierde auf seinem Gesicht auslöst, entgeht mir nicht. Er entledigt sich seiner Hose aus, dann kommt er meinem stummen Wunsch schließlich nach und lässt sich auf mich sinken. Ich spüre seine Brustmuskeln auf mir, seine Erektion an mir, und es fühlt sich wunderbar an. Sicher, aber aufregend. Vertraut und doch ganz neu.

«Du hast was vergessen», sage ich mit etwas kratziger Stimme und lasse meine Hand über seine Boxershorts gleiten.

«Wir haben doch Zeit, oder?», fragt er plötzlich ganz dicht an meinem Ohr. Mein gesamter Körper reagiert unmittelbar mit einem sehnsüchtigen Beben. Austin lässt mir keine Gelegenheit zu antworten. Keine zwei Sekunden später hat er seine Position verändert – angenehm kühle Luft streicht über meine erhitzte Haut hinweg, als er sich vor mich kniet. Küsse bedecken meine Mitte. Zaghaft, vorsichtig, gefühlvoll. Als dann auch noch seine Zunge zum Einsatz kommt und sanft in mich gleitet, fehlt mir jegliche Kraft, ein Stöhnen zu unterdrücken, was für ihn wohl einem Anfeuerungsruf gleichkommt. Es ist fast, als würde ich erst jetzt richtig realisieren, wie sehr ich mich selbst belogen haben, seit ich Austin kenne. Wie sehr ich mich wirklich zu ihm hingezogen gefühlt habe und es ist, als würde ein Damm brechen. Mein Becken beginnt schneller als erwartet zu beben, mein Stöhnen wird abgehackter, lauter, und der Orgasmus rollt mit einer unfassbaren Intensität über mich hinweg.

Trotzdem ist es noch nicht genug. Vielleicht bin ich gierig, aber ich will noch mehr.

«Austin, ich möchte dich in mir spüren.» Mein Atem geht unregelmäßig, er scheint dennoch jedes Wort verstanden zu haben.

«Soll ich?», er schaut fragend zu meiner kleinen Handtasche, als wolle er wirklich sichergehen, dass ich meine Meinung nicht geändert habe.

«Bitte», flehe ich nun fast, weil die Sehnsucht in mir von Sekunde zu Sekunde stärker wird. Er lehnt sich zur Seite, dorthin, wo er bei unserer Ankunft meine Handtasche abgelegt hat. Da darin ansonsten nur mein Handy und ein kleines Portemonnaie verstaut sind, wird er schnell fündig. Sofort vermisse ich seine Wärme auf mir, spüre den kühlen Nachtwind auf meiner Haut. Endlich entledigt er sich seiner Boxershorts, reißt die Verpackung auf, rollt sich das Kondom über und ist wieder bei mir.

Vorsichtig dringt er in mich ein, hört dabei nicht für eine Sekunde auf, mir in die Augen zu schauen, als wolle er sichergehen, dass es nicht unangenehm für mich ist.

Das ist es nicht, ganz und gar nicht. Es ist unendlich weit davon entfernt, unangenehm zu sein.

Als stumme Bestätigung schlinge ich meine Beine um ihn. Die Geste scheint zu wirken. Nun ist er endlich sicherer, etwas weniger zaghaft. Gemeinsam finden wir schnell einen Rhythmus, der für uns beide gut ist. Wir sind Berührungen, Stöhnen und gierige Küsse in der Nacht. Wir sind endlich eins. Ich kann nicht einschätzen, ob es zwei Minuten oder zehn sind, bis Austin auf den Höhepunkt zusteuert, weil mich sämtliches Zeitgefühl verlässt. Ort und Zeit, all das verschwimmt zu einer unwichtigen Nebensächlichkeit, während sein Körper über meinem zu beben beginnt. Zu spüren, wie er kommt, bringt mich fast zu einem zweiten Orgasmus. Unser Atem geht schwer und schnell, genau wie unsere Herzen, die sich ein Wettrennen zu liefern scheinen.

«Sorry», murmelt Austin an meiner Halsbeuge. «Ich hätte gern gewartet, bis du noch einmal… Aber… Fuck, ich konnte nicht eine Sekunde länger aushalten.»

«Oh, glaube mir, ich bin auf meine Kosten gekommen», erwidere ich lächelnd und presse meine Lippen auf seine.

Austin rollt sich von mir, nimmt eine weitere der Wolldecken von dem kleinen Stapel, legt sich wieder zu mir und breitet die Decke über uns aus, wobei er akribisch darauf achtet, dass kein Zentimeter meiner Haut unbedeckt ist. Er schiebt sich ein wenig nach oben und setzt sich aufrecht hin, mit dem Rücken an der Außenwand der Fahrerkabine, und ich richte mich ebenfalls auf, damit ich mich bei ihm ankuscheln kann. Seinen Arm legt er um mich, und mit seinen Fingerspitzen malt er kleine Kreise auf meiner Haut.

Der Mond strahlt noch genauso sehr mit den Sternen um die Wette wie vorhin. Hopeville ist inzwischen dunkler geworden, einige der Lichter sind erloschen. Ich spüre einen Kuss auf meinem Haar und weiß nicht, ob ich mich jemals nach einem ersten Mal so vollkommen wohlgefühlt habe.

«Geht es dir gut?», fragt Austin nach einer Weile leise.

«Besser als gut», antworte ich und streiche unter der Decke über seinen Oberschenkel. «Und dir?»

«Ich glaube, das hier ist mein absoluter Lieblingstag. Obwohl der Abend in einer überfüllten Halle begonnen hat, voller Menschen, die zu viel von sich halten.»

«Oh, ich fühle mich geehrt, dass ich diesen Negativpunkt scheinbar ganz gut ausgleichen konnte», gebe ich mit einem leisen, etwas heiseren Lachen zurück.

«Solltest du auch.» Das freche Grinsen, das dabei auf seinem Gesicht liegt, verschwindet langsam und weicht einem ernsteren Ausdruck. «Joyce... Darf ich dich etwas fragen?» Seine Stimme wirkt nun unsicher. Vorsichtig, als würde er sich auf schwieriges Terrain begeben.

«Natürlich.»

«Du hast vorhin beim Ball kurz über deine Eltern gesprochen und erwähnt, du würdest die Art, auf die sie ihre Karriere verfolgen, nicht nachmachen wollen. Was meintest du damit?» Es überrascht mich, und gleichzeitig wundert es mich überhaupt nicht, dass Austin dieser kleine Nebensatz in Erinnerung geblieben ist.

«Wenn du nicht darüber reden willst...», setzt er hinterher, weil ich ein paar Sekunden nichts sage. Er soll meine Stille aber nicht falsch interpretieren.

«Es ist nicht so, dass ich nicht mit dir darüber sprechen möchte. Am liebsten würde ich dir alles über mich erzählen. Aber ich weiß ja, dass es mit deinen Eltern wirklich schwierig war, und dagegen kommen mir meine Probleme so banal und unbedeutend vor», gebe ich schließlich zu.

«Nur weil ich andere Sorgen und Probleme in meiner Kindheit hatte, heißt es doch nicht, dass deine kleiner oder unbedeutend sind.» Austins Tonlage ist ernst, und ich habe keinen Zweifel daran, dass er es genau so meint.

«Ich habe dir ja schon einmal kurz von meiner Familie erzählt. Meine Eltern sind… Joshua und ich wussten immer, dass sie alle möglichen Probleme für uns regeln würden. Zumindest, wenn man sie mit Geld lösen konnte. Sie haben uns die Wohnung in Hopeville gekauft, und würden wir sie darum bitten, würden wir sicher auch ein Auto inklusive Tiefgaragenstellplatz bekommen. Aber… manchmal wünscht man sich andere Dinge von den eigenen Eltern noch viel mehr. Schon als wir Kinder waren, sind die beiden viel geschäftlich unterwegs gewesen. Unsere Au-pairs wussten in der Regel besser darüber Bescheid, was in unseren Leben gerade los war, als Mom und Dad. Unser Haus sieht aus wie eines dieser Musterhäuser. Austauschbar, nicht ansatzweise so wohnlich wie der Bungalow deiner Grandma. Es fühlte sich nie wie ein Zuhause an. Wenn wir Urlaub gemacht haben, wurden Josh und ich in diese Kinderclubs abgeschoben. Ich glaube gar nicht, dass sie das böse gemeint haben oder uns loswerden wollten, aber so hat es sich angefühlt. Sie dachten wahrscheinlich wirklich, es sei spannender für uns. Unseren Heimatort und Hopeville trennen keine drei Stunden, und dennoch waren sie seit der Wohnungsbesichtigung damals, vor dem Kauf, nicht ein einziges Mal hier, um zu schauen, wie Joshua und ich so leben.» Die Worte sprudeln aus mir hinaus, und Austin unterbricht mich nicht, um sich über die Banalität meiner Probleme lustig zu machen. Stattdessen nehmen seine sanften Berührungen an Intensität zu, um mir zu signalisieren, dass es in Ordnung ist weiterzumachen.

«Ich zweifle nicht daran, dass unsere Eltern uns lieben, aber manchmal vergessen sie, glaube ich, dass Erziehung und Liebe nicht nur aus finanzieller Sicherheit bestehen. Das würde ich bei meiner eigenen Familie anders machen wollen. Ich würde wissen wollen, wie jeder einzelne Tag meiner Kinder war, sie umarmen, wenn der Schultag toll war. Und noch länger, wenn er es nicht war. Ich glaube nicht, dass man sich entscheiden muss für Karriere oder Familie. Man muss nur wollen, dass beides nebeneinander funktioniert, und Kompromisse finden», schließe ich ab und fixiere den Nachthimmel.

«Familien sind kompliziert, hm?», gibt Austin seufzend zurück. «Auch die, die auf den ersten Blick so unglaublich perfekt scheinen.»

«Willst du mir mehr von deiner komplizierten Familie erzählen?», frage ich und versuche ihm durch meine Stimmlage und Mimik zu verstehen zu geben, dass es völlig in Ordnung ist, wenn er nicht noch mehr zu diesem Thema mit mir teilen möchte.

Doch Austin beginnt tatsächlich, von seiner Kindheit zu berichten. Davon, dass seine Eltern ihr erstes Date beim Highschool-Prom hatten, das dann später mit seiner Entstehung endete. Davon, dass seine Mutter und sein Vater ohnehin keine spezifischen Pläne für die Zeit nach dem Abschluss hatten und dachten, sie würden mit einem Baby schon zurechtkommen. Davon, dass sie sich bei dieser Annahme vollkommen überschätzt haben. Von Geldsorgen, Sucht, verlorenen Jobs, Momenten der Hoffnung, die in großen Enttäuschungen mündeten. Ich kann nicht zählen, wie oft ich ihn währenddessen in meine Arme schließe. Zum einen, weil kein Kind mit so vielen Sorgen aufwachsen sollte, zum anderen, weil ich nicht fassen kann, wie er trotz allem zu einem so unfassbar tollen Mann heranwachsen konnte.

Wir reden die ganze Nacht. Nicht alle Themen sind so schwer, manche aber schon. Andere bringen uns zum Lachen, zum Herumalbern, zum Diskutieren. Ab und zu küssen wir uns, doch den Großteil der restlichen Zeit verbringen wir damit, alles über den jeweils anderen erfahren zu wollen. Die Stunden rasen an uns vorbei, und die Außenwelt scheint erst wieder zu existieren, als die Sonne langsam aufzugehen beginnt.

Die Müdigkeit, die die ganze Nacht nicht Besitz von uns ergreifen konnte, zieht uns nun in ihren Bann. Wir verlassen ein wenig wehmütig diesen wundervollen Ort, und Austin fährt mich nach Hause, wo ich erschöpft, aber voller Glück in mein Bett falle.

KAPITEL 28

Austin

Den Samstag nach meinem Date mit Joyce habe ich fast vollständig verschlafen, weswegen ich am Sonntag dann aber energiegeladen und topfit am Bus auf dem Weg zu unserem Auswärtsspiel aufgetaucht bin. Wir haben einen deutlichen Sieg erringen können, und ich zehre auch zum Beginn der neuen Woche noch von der Energie, die dieses wunderbare Wochenende in mir freigesetzt hat. Nicht einmal der strengste Professor, der mich heute Vormittag in meiner Controlling-Vorlesung mit dem trockensten und langweiligsten Stoff gequält hat, konnte mir meine gute Laune vermiesen.

Auch die Liegestütze und Sprints, mit denen Coach Soto uns heute foltert, stören mich nicht im Geringsten. Ich schwebe über den Hallenboden, bemerke meine brennenden Muskeln kaum, weil es mir einfach nur verflucht gut geht. Meine Mitspieler beginnen sich bei der dritten Runde Liegestütze zu beschweren, doch ich ziehe es einfach durch, stets mit einem vermutlich unfassbar nervigen Grinsen auf den Lippen. Es ist mir egal, dass die anderen es bemerken und nach dem gemeinsamen Auftritt von

Joyce und mir beim Sportlerball sicher eins und eins zusammenzählen können.

Dieses samtige Gefühl bleibt dennoch, und ich würde eine Menge dafür geben, mich immer so zu fühlen. Schwerelos und leicht.

Verliebt.

Der Gedanke löst überraschenderweise keine Panik in mir aus, sondern nur Glück. Ja, verdammt, ich bin verliebt in Joyce Reed, und es fühlt sich wie das Beste an, das mir jemals passiert ist. Niemals hätte ich gedacht, nach diesem beschissenen Jahr so ein Hoch zu erleben. Doch hier bin ich – nur auf meine Arme und Füße gestützt mit zitternden Muskeln, das Gesicht knapp über dem Hallenboden schwebend, und lächle wie ein Vollidiot.

Zum Abschluss des Trainings teilt der Coach uns in vier Teams ein und lässt uns auf beiden Körben ein Drei-gegen-drei-Match bestreiten. Heute meint es unser Trainer scheinbar gut mit mir, denn er verfrachtet Joshua nicht nur in ein anderes Team, sondern auch in ein anderes Match auf der entgegengesetzten Seite der Sporthalle. Aber selbst seine Anwesenheit und seine tödlichen Blicke hätten mich heute vollkommen kaltgelassen.

Mit Young und Vega an meiner Seite haben wir gute Chancen und erzielen ziemlich direkt die ersten Punkte. Murphy verteidigt gegen mich und hält etwas zu viel Abstand, was ich sofort mit einem erfolgreichen Dreipunktewurf bestrafe. Danach wird es schwieriger. Trotz einzelner unnötiger Ballverluste entscheiden wir das Trainingsspiel für uns und klatschen einander im Anschluss beflügelt und zufrieden ab. Die Stimmung scheint allgemein heute ziemlich gut zu sein, auch in der Umkleidekabine. Trotz der körperlich anspruchsvollen Übungen wirken alle nach dem Training motiviert und energiegeladen. Vielleicht betrachte ich heute aber auch alles einfach nur mit helleren Farben.

Ich verlasse die Kabine schließlich mit der Sporttasche über meiner Schulter und noch leicht feuchten Haaren. Als ich in die Herbstluft nach draußen trete, fällt die schwere Eingangstür zur Halle hinter mir nicht ins Schloss. Neugierig drehe ich mich um und stelle fest, dass Reed mir gefolgt ist. Weil wir uns selten etwas zu sagen haben, wende ich mich wieder von ihm ab und gehe weiter. Dennoch steuert er mit schnellen Schritten ebenfalls die Fahrradständer an, obwohl ich genau weiß, dass der Weg zu seiner Wohnung in die entgegengesetzte Richtung verläuft. Mit einem tiefen Einatmen wappne ich mich für die Worte, die sicher gleich folgen werden.

Dieser Tag ist fantastisch, und egal, was Joshua Reed zu sagen hat, er wird ihn mir nicht vermiesen können.

«Fields!», ruft er mir zu, und ich bleibe stehen. Wieder atme ich ein. Und aus. Dann drehe ich mich zu ihm um.

«Was gibt's?», frage ich möglichst unbeteiligt und mustere ihn. Der tödliche, verachtende Ausdruck, an den ich mich schon gewöhnt habe, ist aus seinem Gesicht gewichen. Stattdessen ist da ein winziges, gefährliches Grinsen. Sofort bildet sich ein Kloß in meinem Magen. Ein Kloß, den ich dachte endlich losgeworden zu sein.

«Hör zu, Fields. Ich will nicht lange um den heißen Brei herumreden.»

Da sind wir ja schon zwei. Ich schaffe es nur, mit einem Nicken zu reagieren, weil mein gesamter Körper in Alarmbereitschaft ist.

«Ich weiß von Gabriel Stone und was mit dir und ihm in Chicago passiert ist.»

Nein, verdammte Scheiße.

Das kann nicht wahr sein.

Das hier ist die Welle, die ich nicht unbeschadet überstehe. Eine Welle, die ich nicht beobachtet habe und nicht habe kommen sehen. Er hätte alles sagen können, nur nicht das. Reed lässt mir keine Zeit, diese Information zu verdauen, sondern fährt direkt fort. Denn natürlich war das nicht alles.

«Das Ganze wird jetzt so laufen: Du verlässt das Team, und ich werde meine Klappe halten. Andernfalls werden bald nicht nur die *Dragons*, sondern alle wissen, warum du wirklich hier gelandet bist. Du hast die Wahl.» Joshua zuckt mit den Achseln, als hätte er nicht gerade meine gesamte Zukunft, all meine Pläne in die Luft gesprengt und mich unter den Trümmern begraben.

Und – was vielleicht noch schwerer wiegt: Mein Herz bricht nicht, es implodiert. Denn der erste Gedanke, den ich greifen kann, beschäftigt sich mit der Frage, woher Reed diese Information hat. Ausgerechnet jetzt. In diesem Moment wünschte ich mir, ich wäre ein Typ, der an Zufälle glaubt. Doch das bin ich nicht, und jeder letzte Rest Vernunft in mir bestätigt mich darin.

«Und weil ich so ein netter Kerl bin, gebe ich dir drei Tage Bedenkzeit. Bis dahin erwarte ich, von Coach Soto über deinen Rücktritt informiert zu werden.» Dann dreht er sich einfach um und geht. Lässt mich fassungslos vor meinem Fahrrad stehen.

Die gute Laune, die mich seit zwei Tagen begleitet, war doch nicht so beständig, wie ich angenommen hatte. Es war nicht mehr als ein Wunschtraum. Ich hätte nicht so naiv glauben dürfen, dass nun alles gut wird, alles gut bleibt. So leicht macht es mir das Universum natürlich nicht, nach dem, was ich getan habe. Ich spüre nicht, wie meine schwere Sporttasche von meiner Schulter rutscht, höre nur den dumpfen Laut, als sie auf dem asphaltierten Boden landet. Spüre aber wieder diese Schuld, die sich für ein paar wunderbare Tage ein kleines bisschen leichter angefühlt hat. Ein Wirbelsturm aus Gedanken wütet durch meinen Kopf, und ich bekomme keinen davon zu fassen. Überladene Gedankenfetzen verschwimmen zu einer unklaren Masse.

Keine Flüche entweichen meinem Mund, meine Hände ballen sich nicht wütend zu Fäusten, ich bewege mich nicht einen Zentimeter. Alles fühlt sich dumpf an, und meine Regungslosigkeit erinnert mich auf eine schreckliche Art an den Moment, in dem Gabriel auf den Hallenboden aufgeschlagen ist.

Ich habe keine Idee, wie viel Zeit verstreicht, ehe ich mich wieder rühren kann, es kümmert mich auch nicht. Welchen Unterschied würde es schon machen? Mechanisch verfrachte ich die Sporttasche auf mein Fahrrad, öffne das Schloss und schwinge mich so energielos darauf wie noch nie zuvor. Wäre der Weg vom College zu meiner Grandma mir nicht nach all den Wochen in Fleisch und Blut übergegangen, hätte ich mich heute sicher verfahren. Ich achte gefährlich wenig auf die Straße, auf die Autos und die Fußgänger. Mein Körper übernimmt die Kontrolle, mein Gehirn schaut nur teilnahmslos zu. Nimmt die mich verhöhnende Herbstsonne kaum wahr, genauso wenig die bunten Blätter, die über die Wege schweben.

Zu Hause angekommen, stelle ich mein Fahrrad ab und stürme sofort in mein kleines Zimmer. Meine Großmutter muss im Garten sein, ich habe sie in der Wohnküche nämlich nicht entdecken können, die Haustür war aber nicht verschlossen. Es ist mir recht, ich brauche ein paar Minuten nur für mich, um meine wirren Gedanken endlich sortieren zu können. Meine Sporttasche räume ich nicht sofort aus, wie ich es sonst tue, sondern stelle sie einfach neben der Tür ab.

Ich werde die Basketballschuhe ja sowieso nicht mehr brauchen.

Diese Einsicht liegt bitter auf meiner Zunge. Kraftlos lasse ich mich auf mein Bett sinken und vergrabe mein Gesicht in den Händen. Meine Wangen sind warm. Oder meine Hände sind sehr kalt. Ich weiß es nicht, es ist auch nicht wichtig. Viel relevanter ist, wie mein Leben gerade von seinem absoluten Hochpunkt in die Hölle rast.

Bittere, giftige Vermutungen manifestieren sich in mir. War alles gelogen? Hat Joyce das alles nur getan, um ihrem Bruder zu helfen? War diese ganze Sache zwischen uns nur eine Lüge? Ein Schauspiel, um etwas gegen mich in der Hand zu haben, um den Titel ihres Bruders zu sichern? Zu bewirken, dass ich verschwinde und er der wichtigste Spieler und Star der *Hopeville Dragons* bleibt, um alle Aufmerksamkeit der Talentscouts auf sich zu ziehen?

Mein Innerstes zerreißt zwischen dem Wunsch, Gewissheit zu haben, und noch eine Weile den letzten Funken Hoffnung zu wahren, dass das alles nur ein Missverständnis ist. Ich ziehe mein Handy aus der Hosentasche und öffne den Chat mit Joyce.

Die Nachricht, über die ich mich vorhin noch so gefreut habe, lässt nun Bitterkeit in mir aufsteigen.

Ich freue mich auf morgen <3

Wir hatten uns für den Abend verabredet, gewappnet mit Kaffee im Stadtpark spazieren zu gehen. Meine Finger fliegen über das Display, ich denke nicht lange nach.

Dein Bruder weiß von Chicago und hat mir ein Ultimatum gestellt

Noch immer bin ich mir nicht sicher, ob ich ihre Reaktion darauf überhaupt lesen möchte. Quälende Bilder, wie sie lachend vor ihrem Smartphone sitzt und sich darüber amüsiert, mich hinter das Licht geführt zu haben, erscheinen vor mir. Doch es ist nicht wirklich ihr Gesicht, das ich sehe, sondern eine Fratze, die kaum Ähnlichkeit mit ihr hat. Die echte Joyce kann ich einfach nicht mit so einer Tat in Einklang bringen.

Mein Verstand kämpft gegen mein Herz und ich drohe zu zerspringen. Wie wahrscheinlich ist es schon, dass Joshua Reed ausgerechnet jetzt, keine zwei Wochen nachdem ich Joyce alles erzählt habe, von allein herausfindet, warum ich Chicago verlassen habe?

Vielleicht hat sie es ihm ohne böse Absichten gesagt. Möglicherweise dachte sie, es würde dieser Fehde zwischen uns Abhilfe leisten – aber warum zur Hölle? Sie hat es mir versprochen, und ich habe ihr geglaubt. Ich habe ihr in die Augen gesehen und war mir noch nie in meinem Leben so sicher, jemandem vertrauen zu können.

Und das habe ich nun davon. Jetzt muss ich mit den Konsequenzen leben.

Ich habe eine Wahl, die eigentlich keine ist. Pest oder Cholera. Das College hinschmeißen, weil ich mein Stipendium verliere, sobald ich das Team verlasse. Oder wieder diesen Chicago-Albtraum zu durchleben, in dem mich jeder verurteilt, angestarrt und gemieden hat. Reed würde diese ganze Geschichte bestimmt auf seine eigene Art erzählen und ausschmücken, mich als das Monster darstellen, das ich nie sein wollte und zu dem ich durch diesen grausamen Moment geworden bin.

Mein Handy vibriert neben mir. Nicht nur einmal, sondern konstant. Ich nehme den Anruf nicht an, weil ich noch eine Weile brauche, um zu verstehen, was gerade geschehen ist, was ich fühle und wie ich nun weitermachen kann. Weitermachen muss.

Bemüht versuche ich Szenarien abspielen zu lassen, in denen Joyce mein Vertrauen nicht missbraucht hat. Ich versuche Szenarien zu finden, die das alles durch einen blöden Zufall erklären lassen. Meine Zukunft läge noch immer in Trümmern, aber das wäre vielleicht nur ein halber Vernichtungsschlag, wenn mein Herz noch funktioniert.

Erneut vibriert es neben mir, weswegen ich mein Handy in den Flugmodus schalte. Es ist wie mit diesem Gedankenexperiment – Schrödingers Katze. Solange Joyce mir nicht sagt, dass sie es war, die mein Geheimnis weitergetragen hat, ist es nicht geschehen.

Es klopft zaghaft an der Tür, ich sage nichts. Hoffe, dass Grandma dann einfach geht.

«Austin?», erklingt es kurz darauf besorgt. Vermutlich

habe ich die Tür zu meinem Zimmer eben etwas zu energisch hinter mir geschlossen.

«Jetzt nicht!» Meine Stimme und meine Wortwahl sind hart, doch natürlich lässt sie sich davon nicht abschrecken. Die Holztür wird einen Spalt geöffnet. Meine Grandma taucht mit einem besorgten Gesichtsausdruck im Türspalt auf. Der orange Strickpullover leuchtet förmlich, und doch kommt mir die Farbe gerade nur dumpf und blass vor.

«Alles in Ordnung, Austin?» Sie macht einen Schritt in mein Zimmer und mustert mich.

«Du bist ganz bleich, Junge. Was ist passiert?» Ich schüttle den Kopf, weil ich nicht weiß, ob es hilft, mit meiner Großmutter zu sprechen, oder ob es das alles noch viel realer macht.

«Komm. Lass uns ein Stück gehen, die frische Luft wird dir guttun.» Eigentlich kann es nicht noch schlimmer werden. Warum also nicht hoffen, dass meine Großmutter irgendwas zu dieser Misere sagen kann, was diese Situation etwas weniger beschissen wirken lässt? Und wenn es nur ein kleiner Silberstreifen am Horizont ist. Also nicke ich verhalten und erhebe mich von meinem Bett.

KAPITEL 29

Joyce

So ein Mist, so ein unglaublicher Mist. Zum ungefähr zehnten Mal versuche ich Austin zu erreichen. Doch seit dem dritten Versuch klingelt es nicht einmal mehr. Stattdessen sagt mir diese schrecklich monotone Computerstimme lediglich, der gewünschte Teilnehmer sei aktuell nicht zu erreichen. Wieder einmal starre ich auf die kurze Nachricht, die er mir vor einer halben Stunde geschickt hat.

> Dein Bruder weiß von Chicago und hat mir ein Ultimatum gestellt

Ich war gerade in der Bibliothek, um für eine Prüfung zu lernen, und habe sofort meine Sachen zusammengepackt und versucht, Austin anzurufen. Erfolglos.

Was ist nur passiert? Was hat mein Bruder getan, und warum schreibt Austin mir erst, um dann jegliche Kontaktversuche abzuschmettern? Ein Teil von mir kennt die Antwort darauf bereits, auch wenn ich es mir erst nicht eingestehen konnte.

Er denkt, ich wäre es gewesen, die Joshua in sein Geheimnis eingeweiht hat, und ich kann es ihm nicht einmal verdenken. Ausgerechnet mein Bruder weiß plötzlich Bescheid, kurz nachdem Austin sich mir anvertraut hat. Ich weiß, wie das aussieht, auch wenn es mich enttäuscht, wie wenig er anscheinend auf mein Wort vertraut. Ich habe es ihm versprochen, und auch für meinen Bruder würde ich so ein Versprechen niemals brechen.

Und was für ein Ultimatum soll das überhaupt sein? Was hat Josh nur angerichtet?

Als ich endlich unsere Wohnung erreiche, sprinte ich die Treppenstufen hinauf und öffne mit einem Ruck die Tür. Mein Bruder ist weder im Wohnzimmer noch in der Küche. Die Tür zum Badezimmer steht offen, bleibt also nur noch sein eigenes Zimmer.

Oder er ist überhaupt nicht zu Hause, kommt es mir kurz in den Sinn. Den Gedanken verdränge ich sofort wieder, weil ich nicht weiß, was ich dann tun sollte. Ich reiße die Tür zu seinem Schlafzimmer auf, und seine Umrisse verschwimmen durch die Wuttränen in meinen Augen. Trotzdem erkenne ich Joshua, der auf seinem Bett sitzt. Er hat den Rücken an die Wand angelehnt und lässt sein Handy sinken, als ich in den Raum stürme.

«Was zur Hölle hast du getan?»

«Zählt das schon als Fluch, kleine Schwester?»

Ich hatte nie gedacht, zu einem Mord fähig zu sein, doch in diesem Moment sammelt sich so viel Ärger in mir, dass ich es nicht ausschließen würde.

«Was. Hast. Du. Getan?», betone ich jedes Wort klar und deutlich, damit auch mein idiotischer Bruder versteht, welche Frage ich ihm stelle. Denn scheinbar ist er aktuell nicht bei vollem Verstand. Andernfalls hätte er das, was Austin passiert ist, niemals gegen ihn verwendet. Konkurrenzkampf hin oder her. Josh ist etwas zu leicht reizbar, versessen auf seine Karriere und greift nicht immer zu den richtigen Mitteln, aber im Kern ist er ein guter Mensch. Dachte ich zumindest. Diese Aktion hier entspricht leider dem Gegenteil.

«Hör zu, ich weiß, du hast aus mir unerklärlichen Gründen irgendwas für ihn übrig, aber ich habe eine Chance gesehen und sie ergriffen. Für die NBA. Kannst ausgerechnet du mich dafür verurteilen?»

«Ja!», rufe ich empört und werfe die Hände in die Luft, so geladen bin ich.

«Ich habe auch Ziele und Visionen für meine Zukunft, aber dafür würde ich niemals zu solchen Methoden greifen», setze ich hinterher und suche in seinem Blick nach etwas wie Bedauern. Doch da ist nichts. Nur eine kalte Maske, vorsichtig platziert, um nicht zugeben zu müssen, zu weit gegangen zu sein.

«Ach, wirklich? Du bist doch diejenige, die diesen mitleidheischenden Artikel geschrieben hat. Und sicher nicht, um ihn auf deiner Festplatte versauern zu lassen.»

Die Wahrheit bricht über mich herein.

Das alles ist tatsächlich meine Schuld. Weil ich Austins Geschichte niedergeschrieben habe, auch wenn ich sie niemals veröffentlichen wollte. Wirklich nicht. Genauso wenig, wie ich wollte, dass mein Bruder sie findet. *Ich* habe ihm die Macht gegeben, dieses Geheimnis, das Austin mir anvertraut hat, gegen ihn zu verwenden.

«Du warst an meinem Laptop?», frage ich zwar, doch ich kenne die Antwort bereits.

«Eigentlich war ich nur auf der Suche nach einem unserer Spielberichte vom letzten Jahr, habe dann aber zufällig die Datei mit seinem Namen entdeckt.» Josh besitzt die Dreistigkeit, mit den Schultern zu zucken, als sei gar nichts dabei.

«Was stimmt nicht mit dir?» Meine Stimme ist jetzt viel leiser, weil ich so schockiert darüber bin, wozu mein Bruder fähig ist.

«Ich war sogar ziemlich gnädig. Die einzige Bedingung für mein Stillschweigen war, dass er das Team verlässt. Wäre ich ein wirkliches Arschloch, hätte ich ihn sicher auch noch dazu bringen können, dass er aufhört, sich mit dir zu treffen.»

«Oh, soll ich mich jetzt etwa bei dir bedanken?» Mein Lachen ist bitter, fast hysterisch.

Joshua greift mit Daumen und Zeigefinger an seinen Nasenrücken.

«Und denkst du wirklich, er würde jetzt noch etwas mit mir zu tun haben wollen, wenn ich der Grund bin, warum alles in die Luft fliegt?» Meine eigenen Gefühle, mein eigenes Glück stehen für mich gerade absolut im Hintergrund, aber dennoch ist mir bewusst, dass Joshs Tat auch mich betrifft. Ich war die letzten Tage und die letzten beiden Wochen so unglaublich glücklich. Alles lief perfekt – so perfekt, wie ich es selbst nie hätte planen können. Wieso hätte es nicht so bleiben können? Bringt man irgendein Gleichgewicht des Universums durcheinander, wenn man so verdammt glücklich ist?

«Hör zu, Joyce. Das klingt vielleicht alles etwas hart, aber ich habe mir nicht all die Jahre den Arsch aufgerissen, auf so viel verzichtet, um mir dann von einem Austin Fields alles versauen zu lassen. Das ist sicherlich egoistisch und moralisch grenzwertig, aber findest du nicht, er ist auch ein wenig selbst schuld, wenn er alle belügt?»

Ungläubig schüttle ich den Kopf. Was diese Sache angeht, scheint er komplett auf dem Schlauch zu stehen. Er zerstört nicht nur Austins Leben, sondern auch sein eigenes.

«Josh, wie kannst du nur so ein dämlicher Idiot sein? Du schadest nicht nur Austin mit dieser Aktion, sondern auch dir selbst!»

Mit noch immer stoischer, aber nun etwas irritierter Miene mustert er mich, sagt aber nichts.

«Vielleicht bist du nicht mehr der große Überflieger bei den *Dragons*, seit Austin im Team ist, und vielleicht musst du dir die Aufmerksamkeit ein wenig teilen. Aber du spielst eine viel bessere Saison als im letzten Jahr. Nicht nur, dass ihr bisher jedes einzelne Spiel gewonnen habt, deine persönlichen Statistiken sind ebenfalls deutlich besser. Das liegt nicht nur daran, dass du dich weiterentwickelt hast, sondern auch an Austin.»

«Das ist Schwachsinn. Ich habe mir die Statistiken selbst angeschaut. Letztes Jahr zu dieser Zeit hatte ich einen besseren Punkteschnitt.»

«Aber nicht einmal die Hälfte der erfolgreichen Assists. Du agierst mit diesem Team endlich wie ein richtiger Point Guard. Wie ein Point Guard, der nicht nur eine Ego-Show abzieht, sondern die Mannschaft einbindet. Und Überraschung – die meisten deiner Assists hat Austin in Punkte verwandelt, du Vollidiot!»

«Es werden niemals zwei Spieler der *Hopeville Dragons* den Sprung in die NBA schaffen.»

«Du wirst den Sprung erst recht nicht schaffen, wenn die *Dragons* die Saison irgendwo im Mittelfeld beenden. Da kannst du noch so viele Punkte machen, keiner wird sich für dich interessieren.» Normalerweise hätte ich weniger harte Worte gefunden, aber ich bin noch immer so unglaublich wütend.

«Wir können den Titel auch ohne Austin Fields holen», gibt er zurück. Allerdings klingt er mittlerweile weniger überzeugt von seinem Vorgehen und seiner Entscheidung. Enttäuscht schüttle ich den Kopf. Tränen füllen erneut meine Augen.

«Du zerstörst gerade mit voller Absicht eine Zukunft, Josh. Austin braucht das Stipendium. Im Gegensatz zu uns hat er keine Eltern, die ihm alles finanzieren. Wenn du deine Karriere auf dieser Schuld aufbauen willst, viel Spaß dabei.» Ich drehe mich um, knalle die Zimmertür meines Bruders zu und wische mir die heißen Tränen von den Wangen. Erneut versuche ich Austin anzurufen. Ohne Erfolg. Dann wähle ich die Nummer meiner besten Freundin, weil ich keine Ahnung habe, was ich sonst tun soll.

«Hey, Joy», begrüßt Lori mich gut gelaunt.

«Josh erpresst Austin mit seinem Geheimnis. Es ist meine Schuld. Ich weiß nicht, was ich tun soll», fasse ich die Geschehnisse in knappen, atemlosen Sätzen zusammen.

«Bin in fünf Minuten da», ertönt es am anderen Ende der Leitung, und ich höre bereits das Klimpern ihres Schlüsselbundes.

Es dauert keine fünf Minuten, ehe die Wohnungstür geöffnet wird, und ich frage mich, ob Lori hierher geflogen ist, statt zu laufen. Sie mustert mich, wie ich mit angezogenen Knien auf der Couch sitze. Die Wut, die sich eben schon bei mir entladen hat, steht ihr ins Gesicht geschrieben. Sie trägt eine graue Jogginghose und einen dunklen Pullover. Die Gewissheit, dass sie sofort und ohne Umwege über ihren Kleiderschrank zu mir gekommen ist, lässt mich das erste Mal seit dieser Nachricht von Austin lächeln.

«Ich bin sofort bei dir, Joy. Aber ich bin mir sehr sicher, dass du deinen Bruder zu sehr verschont hast, also werde ich ihn ganz kurz zurechtweisen, ja?» Sie wartet meine Antwort nicht ab, sondern geht mit langen Schritten auf Joshuas Zimmertür zu. Auch sie klopft nicht an, ehe sie den Raum betritt, schließt aber die Tür hinter sich.

Die einzelnen gedämpften Worte kann ich nicht verstehen. Ich höre lediglich, dass Lori sehr laut und Josh sehr leise ist. Währenddessen unternehme ich einen weiteren, verzweifelten Versuch, Austin zu erreichen. Ich gehe gar nicht mehr davon aus, dass er rangehen wird. Womit ich recht behalte.

Loris Wangen sind etwas gerötet, als sie Joshuas Zimmer verlässt.

«Dein Bruder ist ein riesiges Arschloch.»

Ich nicke nur, weil es die Wahrheit ist. Zumindest was diese Aktion heute betrifft, gibt es nichts zu beschönigen. Lori kommt auf mich zu und schließt mich in ihre Arme. Sofort lösen sich wieder einzelne Tränen aus meinen Augenwinkeln.

«Es war gerade alles so gut», beginne ich und erzähle ihr die Langfassung der heutigen Ereignisse. Meine beste Freundin hört aufmerksam zu, jede meiner Emotionen spiegelt sich nahezu identisch in ihrer Miene, so sehr fühlt sie mit mir mit.

«Denkst du, ich sollte zu ihm fahren, oder ist das zu aufdringlich, weil er ganz offensichtlich nicht mit mir sprechen möchte?»

Seit dem ersten fehlgeschlagenen Anruf denke ich darüber nach, einfach zu dem Bungalow seiner Großmutter zu fahren. Andererseits kann ich verstehen, dass er nun etwas Zeit für sich braucht. Insbesondere, da alles meine Schuld ist. In seinem Kopf vielleicht sogar noch viel mehr als es tatsächlich der Fall ist. Der Gedanke daran, dass er annehmen könnte, ich hätte Joshua absichtlich eingeweiht, dreht mir den Magen um.

Es geht mir schrecklich, und Austin muss sich noch viel schlimmer fühlen. Er steht vor einer unmöglichen Wahl. Nur wegen meines idiotischen Bruders. Und wegen mir.

«Ich finde, du solltest hinfahren, es aber akzeptieren, sollte er dich dann wegschicken und nicht mit dir sprechen wollen. So sieht er zumindest, wie wichtig es dir ist», rät Lori mir. «Falls er das anhand deiner zehn Anrufversuche noch nicht bemerkt haben sollte», fügt sie mit dem Ansatz eines Lächelns hinzu.

«Wie oft ich versucht habe, ihn anzurufen, habe ich dir gar nicht erzählt.»

«Habe ich unrecht?»

Zur Kontrolle entsperre ich mein Handy, öffne das Anrufprotokoll und schaue auf die Zahl, die neben Austins Namen prangt. Zerknirscht schaue ich meine beste Freundin an, die sich sofort zu mir herüberbeugt, um einen Blick auf mein Display zu werfen.

«Vierzehn Anrufe», liest sie vor. «Ich denke, das reicht jetzt, Joy. Fahr lieber zu ihm. Auch auf die Gefahr hin, weggeschickt zu werden. Soll ich mitkommen?», bietet Lori an, doch ich schüttle den Kopf. Das hier muss ich alleine in Ordnung bringen.

Es dauert viel zu lange, ehe mein Uber vor unserer Wohnung anhält. Die Fahrerin ist das komplette Gegenteil von meinem letzten, wenig gesprächigen Fahrer. Allerdings kann ich mich darüber heute nicht wirklich freuen, weil ich zu sehr in meine eigenen Gedanken versunken bin, um mit mehr als zweisilbigen Antworten auf ihren netten Small Talk zu reagieren. Es tut mir leid, da ich in einer anderen Situation die Letzte gewesen wäre, die so grummelig auf dem Rücksitz schmollt und nur auf ihr Handy starrt. Doch heute schaffe ich es nicht anders.

Der Wagen hält vor dem Haus von Austins Großmutter, und ich springe fast aus dem Auto. Die Tür lasse ich hinter mir zufallen und bin ungefähr eine Sekunde später bereits auf der gemütlichen Veranda. Die Möbel sind alle etwas weiter an die Hauswand herangeschoben worden. Vermutlich wegen des vermehrten Regens in den letzten Tagen.

Mit zittrigen Knien stehe ich vor der Haustür und betätige die Klingel. Den lauten Ton hört man sogar von draußen. Ansonsten regt sich nichts im Haus.

Ich warte einen Moment ab, dann versuche ich es erneut. Keine Reaktion.

Vielleicht sind Austin und seine Grandma im Garten und hören mein Läuten deswegen nicht. Ich gehe um das Haus herum, in der Hoffnung, die beiden zu entdecken. Vor dem Zaun, der den Garten und die Terrasse begrenzt, bleibe ich stehen und horche. Ich höre bloß das Zwitschern irgendeines Vogels und ein hupendes Auto am Ende der Straße. Also stelle ich mich auf die Zehenspitzen, um über den Holzzaun zu schauen, weil ich es doch zu seltsam finde, einfach durch die Pforte zu spazieren.

Der Anblick des Gartens erinnert mich an das wundervolle Date, das Austin für uns organisiert hat. Das Essen im Kerzenschein, die Lichterkette, die er um den Zaun gespannt hat, mein Sieg beim Bierpong-Match und dieser unbeschreiblich schöne, romantische Kuss im Regen. Jetzt ist der Garten allerdings leer und wirkt fast trostlos, so verlassen wie er ist. Dabei helfen auch die bunt bepflanzten Blumenkübel und die sorgfältig gestutzten Büsche nicht. Frustriert stöhne ich auf und gehe zurück auf die Veranda.

Überfordert mit der Frage, wie ich nun weitermachen soll, lasse ich mich auf die Treppenstufen nieder.

KAPITEL 30

Austin

Granny hat mich zu einem Café geschleppt, das ein paar Straßen von ihrem Bungalow entfernt liegt. Dort verkaufen sie das gesamte Jahr über Eis in der Waffel, und ein Teil von mir fühlt sich wieder, als wäre er zehn Jahre alt.

Es war früher eine Art Routine bei uns. Immer, wenn es mit meinen Eltern gerade wieder sehr schlimm gewesen ist, sind mein Großvater und meine Großmutter mit mir Eis essen gegangen. Mein Grandpa hat immer gesagt, dass die Welt mit ein wenig Eiscreme direkt viel weniger schrecklich sei, und mit zehn Jahren habe ich das tatsächlich geglaubt. Heute bin ich mir über die Wirkung nicht ganz so sicher, weil ich weiß, dass sich meine Probleme nicht durch etwas Schokoladeneis in Ordnung bringen lassen. Aber dieses Eis macht es auch nicht *schlimmer*, und das ist vielleicht alles, was ich erwarten kann.

Meine Granny hat sich für ein Zitroneneis entschieden, und mit unseren Waffeln spazieren wir in Richtung des kleinen Parks am Ende unserer Straße. Am liebsten würde ich woandershin gehen, weil mir schmerzlich bewusst ist, dass es der Platz ist, an dem ich Joyce alles erzählt habe.

Dort habe ich sie das erste Mal geküsst und habe mich der Hoffnung hingegeben, dass nun alles leichter werden würde.

Wie sehr ich mich geirrt habe.

Bisher habe ich meine Großmutter nahezu den kompletten Spaziergang angeschwiegen. Ich war zu sehr damit beschäftigt, etwas Struktur in das Chaos, das mein Inneres verschlingt, zu bringen, um zu sprechen. Doch jetzt, nach dem ersten bisschen Schokoladeneis, fühle ich mich dazu in der Lage, ihr zu erzählen, was geschehen ist. Meine Großmutter hört aufmerksam zu, kommentiert nichts und unterbricht mich nicht. Ich versuche die Geschehnisse möglichst wertfrei wiederzugeben, weil ich selbst noch nicht weiß, wie ich sie einordnen soll. Noch immer habe ich nicht die geringste Ahnung, was ich glauben soll. Was für mich das wahrscheinlichste Szenario ist, wie Joshua Reed an diese Informationen gekommen ist.

«Oh, mein Junge, es tut mir so leid», reagiert sie schließlich auf meinen Bericht. Ich nicke resigniert und esse das letzte Stück meiner Waffel. Dann setzen wir uns auf eine der Holzbänke. Nicht auf die Bank, auf der ich mit Joyce gesprochen habe. Die Flashbacks genügen mir so schon. Wir nehmen stattdessen auf der anderen Seite des Weges Platz.

«Ich habe bemerkt, wie gut es dir in den letzten Wochen ging. Du warst wieder viel mehr wie du selbst. Du hast gelacht, Späße gemacht und dich nicht die ganze Zeit in deinem Zimmer verkrochen. Es hat mein Herz mit Glück erfüllt zu sehen, dass du endlich ankommst und dir selbst eine neue Chance gibst.» Sie zögert kurz, doch ich erkenne an ihrem Blick, dass sie noch etwas loswerden möchte.

«Meinst du nicht, du solltest endlich mit offenen Karten

spielen und damit aufhören, zu verheimlichen, was dir widerfahren ist?»

«Granny», beginne ich und sehe sie nun fast flehend an. «Du hast nicht gesehen, wie die Leute mich angeschaut haben. Wie sie hinter meinem Rücken geflüstert haben. Ich glaube nicht, dass ich das durchstehe. Es hat mich in Chicago zerfressen, und ich bezweifle, dass es hier anders laufen wird.»

«Vielleicht ist es an der Zeit, Gerüchten keine Chance zu geben, sondern deine eigene Vision zu erzählen. Joyce hat dich nicht dafür verurteilt. Sie hat dich nicht anders angesehen, nachdem sie wusste, was passiert ist, richtig?»

Die Erwähnung ihres Namens gleicht einem weiteren Stich in mein Herz. Joyce hat in mir tatsächlich kein Monster gesehen und mich nicht verurteilt, mich nicht für einen schlechten Menschen gehalten. Das dachte ich zumindest. Jetzt frage ich mich, ob ich sie jemals wirklich gekannt habe. Der Gedanke erscheint mir noch viel schmerzhafter als die möglichen Konsequenzen für meine berufliche Zukunft.

«Hat sie nicht», gebe ich zu. «Aber vielleicht hat sie ihre wahren Gefühle und ihre ehrliche Meinung nur vor mir versteckt.»

Meine Großmutter legt den Kopf etwas schräg, ihre gräulichen Augen ruhen fast streng auf mir.

«Denkst du das wirklich, Austin?»

Nein, denke ich nicht, schießt es mir sofort durch den Kopf. Aber welche andere Erklärung sollte es geben, verdammt? Jetzt ist nicht der richtige Zeitpunkt, mich von meinen Gefühlen für Joyce fehlleiten zu lassen. Ich will das Offensichtliche nicht glauben, nicht wahrhaben, weil ich in sie verliebt bin. Und das ist gefährlich. Es macht mich blind und unachtsam – es hat mich in diese Situation gebracht. Mich vor diese Wahl gestellt, die Joshua mir gelassen hat. Auch wenn der Begriff *Wahl* in diesem Fall fast ironisch anklingt. Was für eine beschissene Wahl. Egal, wie ich mich entscheide, nichts wird mehr sein wie zuvor. Ich kann zwei Jahre durch die Hölle gehen oder mein Studium abbrechen.

«Mein Gehirn kann sich kein anderes Szenario zusammenspinnen», antworte ich meiner Großmutter schließlich verspätet.

«Und dein Herz?», hakt sie nach, und für die Antwort auf diese Frage muss ich nicht nachdenken, egal, wie dumm es sein mag.

«Sie hätte es niemals getan. Unter keinen Umständen hätte sie mein Geheimnis verraten und es dann auch noch ihrem Bruder serviert, damit er es für seine eigenen Zwecke nutzen kann.»

Die Worte hören sich naiv in meinen eigenen Ohren an. Ein wenig verblendet, viel zu optimistisch, schrecklich gutgläubig. Und doch weiß ich, dass es das ist, was ich tief in meinem Inneren glaube. Diese Sache zwischen Joyce und mir war kein Schauspiel, das sie inszeniert hat, um ihrem Bruder zu helfen. Es war echt. Jede einzelne Sekunde hat sich so echt wie nichts anderes in meinem Leben angefühlt. Ich mag vielleicht nicht ganz klarsehen, weil diese wunderbar schrecklichen Gefühle so rosa sind und alles überlagern. Doch die Küsse, die Wortwechsel, die Umarmungen, ihr Lächeln – das könnte die talentierteste Schauspielerin der Welt nicht aus dem Nichts erschaffen.

Und Joyce erscheint mir zwar wie die geborene Journalistin, aber nicht wie eine Schauspielerin. Sie kann ihre Gefühle nicht verbergen, auch wenn sie es manchmal versucht. Sie trägt nie eine Maske, sie ist immer echt und ausnahmslos gut. Sie ist immer Joyce, und genau das ist einer der Gründe, warum ich mich in sie verliebt habe.

Meine Großmutter mustert mich zufrieden, dann drückt sie kurz meine Schulter.

«Vertraue auf deine Menschenkenntnis. Sie ist besser, als du annimmst.»

Ich weiß nicht, ob meine Großmutter recht hat, aber ich wünsche mir, dass es so ist.

«Ich habe mich gerade wieder an dein Lachen gewöhnt. Ich will nicht, dass es erneut in der Versenkung verschwindet.»

Auch ich habe gemerkt, wie sehr ich mich in den letzten Wochen wieder in den Austin verwandelt habe, der ich vor dem, was mit Gabriel geschehen ist, gewesen bin. Und Joyce hat einen sehr großen Anteil dazu beigetragen. Ich will das nicht wegwerfen. Erst recht nicht auf der Grundlage von Vermutungen, an die ich selbst eigentlich nicht einmal glaube. Nicht glauben *kann,* ohne zu zerbrechen. Doch leider ist es nicht nur das, was auf mir lastet.

«Selbst wenn sich klären sollte, wie Reed von dem Grund meines Wechsels erfahren hat, bleibt noch immer sein Ultimatum.»

Daran wird sich nämlich nichts ändern, egal, wie die Sache mit Joyce ausgeht. Joshua schien fest entschlossen. Niemals würde er zurückrudern. Er ist so versessen darauf, mich loszuwerden, dass ihm kein Mittel zu verwerflich zu sein scheint. Und durch meine Heimlichtuerei habe ich ihm die perfekte Munition geliefert.

Mir war bewusst, dass dieser Tag kommen könnte. Dass mich Chicago einholen wird, weil irgendwer in Hopeville erfährt, was geschehen ist. Gerüchte, die über den Bundesstaat hinausgetragen werden und mich nach Georgia verfolgen. Diese Gefahr hing die gesamte Zeit wie ein Damoklesschwert über mir. Ich hatte es nur eine Weile verdrängt. Absichtlich den Blick in eine andere Richtung gehalten. Auf Joyce, genau genommen. Statt der möglichen Gefahr habe ich nur sie angeschaut, und das war schön. Es war schön, alles für ein paar Wochen zu vergessen. Ich würde es nicht ändern, selbst wenn ich könnte.

«Manchmal kann man nicht alle Probleme auf einmal lösen, sondern muss eins nach dem anderen angehen. Sicher fällt schon ein Teil der Last von dir, wenn du mit deiner Herzdame alles klären konntest.»

«Grandma…»

«Was denn?» Sie hebt irritiert die Handflächen.

«Herzdame? Das sagt kein Mensch mehr.»

«Natürlich sagen das noch Menschen. Ich sage es noch – und ich bin ein Mensch. Zwar ein alter Mensch, aber das spielt ja keine Rolle. Außerdem ist es ein sehr schönes Wort. Es wäre äußerst traurig, sollte es aus den Wortschätzen verschwinden.»

Kopfschüttelnd mustere ich meine Großmutter, die sich so viel Mühe gibt, mir den Weg zu leiten. So wie sie es schon mein ganzes Leben getan hat. Auch für sie kann es nicht leicht gewesen sein, zu beobachten, wie ihre Tochter ihr entglitten ist. Nach dem Aufziehen des eigenen Kindes mit einem Enkel noch einmal neu zu beginnen. Und doch hat sie mir nicht ein einziges Mal in meinem Leben das Gefühl gegeben, eine Belastung zu sein.

«Danke, Granny», sage ich schließlich und umarme sie. Meine Großmutter fragt nicht nach, worauf sich mein Dank bezieht. Es ist nicht nötig, weil sie es genau weiß.

«Und jetzt lass uns nach Hause gehen, damit du Joyce anrufen kannst», schlägt sie in ihrem seltenen Befehlston vor.

Eigentlich hat sich noch überhaupt nichts an der Ausweglosigkeit meiner Situation geändert, und doch fühle ich mich nach dem Schokoladeneis und dem Gespräch mit meiner Großmutter schon sehr viel leichter. Vielleicht hatte Grandpa doch recht.

Wir verlassen den Park und treten den Rückweg an. Die Sonne bereitet sich gerade auf den Untergang vor und verliert von Sekunde zu Sekunde an Intensität. Es braucht voraussichtlich nur noch wenige Minuten, bis sie komplett verschwindet und der Mond ihren Platz einnimmt.

In mir macht sich erstmals die Sorge breit, Joyce könnte sauer sein, weil ich auf ihre Anrufe nicht reagiert habe. Ob sie denkt, ich würde wirklich glauben, sie hätte ihrem Bruder alles erzählt? Mir ist klar geworden, dass ich mir in meinem Herzen sicher bin, Joyce habe ihr Versprechen nicht gebrochen. Mein rationalstes Gehirnareal sieht das vielleicht etwas anders, aber es ist mittlerweile so leise geworden, dass ich es kaum noch höre.

Ob am Ende alles egal ist, weil sie mir die Zweifel an ihrer Integrität nicht verzeihen kann? Mir wird schlecht, und am liebsten würde ich rennen. Nach Hause rennen, um mein Handy wieder aus dem Flugmodus zu befreien und Joyce zu kontaktieren. Ich hätte sofort mit ihr sprechen müssen, egal wie groß meine Angst war und ist, dass sie etwas sagt, was mir das Herz bricht. Aufschieben und Verdrängen hilft auch nicht, weil es das Unvermeidliche nur hinauszögert.

Als der Bungalow in meinem Sichtfeld auftaucht, dauert es ein paar weitere Sekunden, ehe ich die Silhouette auf den Treppenstufen der Veranda entdecke. Ich kneife die Augen zusammen, um besser in die Ferne schauen zu können, aber mein Herz beginnt bereits zu rasen, bevor ich mir sicher bin, wer auf den Stufen sitzt.

Nach ein paar Schritten hat auch meine Großmutter die Besucherin entdeckt.

«Oh», stößt sie aus und unterdrückt das Lächeln gar nicht erst. «Mir fällt gerade ein, dass ich Ronalds Blumen noch gießen wollte, solange er im Urlaub ist.»

Dankend nicke ich ihr zu und steuere weiter das Haus meiner Grandma an. In diesem Moment weiß ich nicht, ob ich in Zeitlupe gehen oder doch lieber rennen möchte. Ich fühle mich zwischen beiden Optionen hin- und hergerissen, weswegen ich in normalem Schritttempo weiterlaufe. Mittlerweile scheint auch Joyce mich erkannt zu haben und erhebt sich. Sie kommt mir nicht entgegen, sondern bleibt auf dem Gehweg vor der Veranda stehen. Mir fällt auf, wie sie unruhig von einem Fuß auf den anderen tritt. Was in ihr wohl gerade vorgeht?

Erst als uns nur noch wenige Meter trennen, bemerke ich ihre geröteten Augen. Obwohl zwischen uns noch so viel ungeklärt ist, keimt in mir der Drang auf, sie in meine Arme zu schließen. Festzuhalten, bis dieser Sturm, der heute plötzlich aufgezogen ist, vorbei ist. Doch zunächst müssen wir dieses Gespräch führen, vor dem ich mich so sehr fürchte.

KAPITEL 31

Joyce

Hey, ich… Ich wollte dich gerade anrufen.» Austins Worte klingen vorsichtig, und ich erkenne seine Nervosität allein daran, wie er die Hand in den Nacken legt.

«Ich hoffe, ich habe deine Großmutter nicht daran gehindert, ihr eigenes Haus zu betreten.» Mein Blick wandert kurz besorgt zu Carol, die gerade die Straße hinabgeht.

«Sie muss noch bei ihrem Nachbarn Blumen gießen», erklärt Austin knapp.

Wir stehen stumm voreinander, und ich würde nur zu gern meine Fingerspitzen ausstrecken und ihn berühren. Doch das geht jetzt nicht. Vielleicht wird es nie wieder gehen, weil das alles allein meine Schuld ist. Ich könnte es ihm nicht einmal verübeln, wenn er mich nicht mehr in seinem Leben haben wollen würde. Nicht mehr mit mir sprechen will, nicht mehr mit mir lachen will, mich weder umarmen noch küssen, geschweige denn mit mir schlafen will.

Mein Innerstes verknotet sich schmerzhaft. Mir ist in den letzten Wochen häufig bewusst geworden, wie wichtig Austin mir innerhalb so erstaunlich kurzer Zeit geworden ist, aber jetzt erhärtet sich dieses Gefühl noch viel stärker. Denn die Sache zwischen uns, diese Beziehung, auch wenn wir sie offiziell noch nicht so betitelt haben, könnte enden, bevor sie überhaupt richtig angefangen hat. Nur, weil ich mir nicht verkneifen konnte, seine tragische Geschichte niederzuschreiben, und mein Bruder ein riesiger Idiot ist.

«Lass uns reingehen.»

Ich nicke und folge Austin in den gemütlichen Bungalow seiner Großmutter. Er setzt sich auf das mit Kissen überladene Sofa, ich mich mit etwas Abstand neben ihn, drehe mich aber so, dass ich ihn anschauen kann. Mein Atem wird unruhig, und mein Herzschlag beschleunigt sich. Das ist in Austins Gegenwart nicht unüblich, doch die Gründe für diese Reaktion haben mir in der Vergangenheit besser gefallen.

«Frag ruhig», seufze ich nach einer Weile, in der wir einander nur mustern und ich mich immer wieder davon abhalten muss, nach seiner Hand zu greifen. Seine Finger mit meinen zu verschränken.

Der Ausdruck auf seinem Gesicht ist unmöglich zu lesen. Die verschiedensten Emotionen huschen wie eine Diashow über seine unverschämt dunklen Augen. Es scheint fast, als wisse er selbst nicht, was er fühlen soll. Die Frage, die im Raum steht, ist offensichtlich, deswegen wundert es mich, dass er sie noch nicht gestellt hat. Vielleicht drückt er sich genauso davor, sie zu stellen, wie ich mich davor, sie zu beantworten.

Austins Gesicht verzieht sich, seine Miene spiegelt nun eindeutig Qual wider. Als würde es ihm Schmerzen bereiten, diese Frage, die ihm seit Stunden im Kopf umherschwirren muss, zu stellen. Vermutlich, weil er Angst vor der Wahrheit hat. Ich kann es ihm nicht verdenken. Dann entspannen sich seine Züge etwas. Nur eine Nuance, aber ich beobachte ihn so genau, dass es mir nicht entgeht.

«Du hast deinem Bruder nicht absichtlich von Chicago erzählt.» Es ist keine Frage, sondern eine Feststellung. Eine unsichere Feststellung, aber das genügt, um mein Herz etwas leichter werden zu lassen. Ich unterbreche den Blickkontakt nicht, aber nicke ganz leicht.

«Ein Teil von mir hat es nicht glauben können, aber… diese winzige vernünftige Seite in mir hat keine andere Erklärung finden können und sich deswegen die schrecklichsten Szenarien ausgemalt. Ich hätte nicht an dir zweifeln dürfen, Joyce. Es tut mir leid.» Tränen erfüllen zum ungefähr hundertsten Mal heute meine Augen, und ich blinzle sie schnell weg.

«Du darfst dich nicht bei mir entschuldigen», beginne ich. «Zwar habe ich Joshua nicht mit Absicht von deinem Geheimnis erzählt, aber es ist trotzdem meine Schuld, dass er davon erfahren hat.» Austin drängt mich nicht dazu weiterzusprechen, obwohl ich spüre, wie schwer es ihm fällt. Sein Bein beginnt unruhig zu wippen und er kaut abwartend auf seiner Unterlippe herum.

«Ich habe einen Fehler gemacht, Austin. Nachdem du mir erzählt hast, was genau bei diesem Training passiert ist, konnte ich nicht anders, als meine Gefühle zu verarbeiten, indem ich alles aufschreibe.» Er hält die Luft an, weswegen ich mich beeile fortzufahren. «Ich habe so sehr mit dir gelitten. Wirklich niemals… Ich schwöre dir, niemals hätte ich diese Geschichte, diesen Artikel veröffentlicht oder irgendwem gezeigt. Ich weiß nicht, warum ich nicht anders konnte. Es ist vielleicht einfach meine Art, mit solchen Situationen umzugehen. Aber ich habe aufgeschrieben, was dir widerfahren ist, und Joshua hat die Datei auf meinem Laptop gefunden.» Mir ist bewusst, dass dies die letzten Worte gewesen sein könnten, die ich mit Austin wechsle. Ich würde es verstehen und es ihm nicht einmal übel nehmen, egal wie sehr es mir das Herz brechen würde.

Er hat sich mir anvertraut, obwohl es ihm so schwergefallen ist. Und ich habe sein Geheimnis nicht achtsam genug behütet, wodurch mein Bruder nicht nur weiß, was geschehen ist, sondern dies zudem als Druckmittel gegen Austin einsetzen konnte, um ihn aus dem Team der *Hopeville Dragons* zu verbannen.

Zu meiner Überraschung klärt sich der Sturm unterschiedlicher Emotionen in Austins Augen nach und nach auf. Er rutscht etwas näher zu mir heran und legt seine angenehm warme Hand auf meine.

«Es ist nicht deine Schuld, Joyce. Du konntest nicht damit rechnen, dass Joshua sich an deinem Laptop zu schaffen macht und dieses Dokument findet.»

Schnell schüttle ich den Kopf. «Ich kenne meinen Bruder und hätte vorsichtiger sein müssen», widerspreche ich. Seine Hand löst sich von meiner. Seine Fingerspitzen berühren sanft meine warmen, geröteten Wangen.

«Joyce, hey», auch seine zweite Hand legt sich nun um meine Wange, und es gibt keine Geste, die in dieser Situation ähnlich beruhigend hätte wirken können. «Meine Grandma hat mir geraten, mich um ein Problem nach dem nächsten zu kümmern, und das werde ich tun. Am schlimmsten war es für mich, nicht mit Gewissheit sagen zu können, ob du mein Geheimnis vorsätzlich mit deinem Bruder geteilt hast. Ich hatte Angst vor deiner Antwort auf diese Frage und habe die Ungewissheit deswegen eine Weile vorgezogen. Diese ganze Situation ist noch immer denkbar beschissen, aber zu wissen, dass du mich nicht verraten hast, macht das alles dennoch ein wenig besser.»

«Ich hatte solche Angst, dass du mich hassen würdest», gebe ich nun zu.

«Ich bezweifle ganz stark, dazu jemals imstande zu sein.» Das Lächeln erreicht Austins Augen nicht, aber es ist ein Anfang.

«Und meinst du, du könntest mich für obsessiv halten?» Fragend schaut er mich an.

«Wenn du dein Handy einschaltest, könnten dort ungefähr zwanzig verpasste Anrufe von mir auf dich warten», bereite ich ihn etwas beschämt auf das Ausmaß meiner Sorge und Hartnäckigkeit vor. Statt mich verrückt zu nennen, lehnt er sich zu mir vor und bedeckt meine Lippen mit seinen. Es ist kein wilder, leidenschaftlicher Kuss, sondern ein sanftes Versprechen, dass wir das zwischen uns hinbekommen werden, egal wie sehr alles um uns herum explodiert. Es ist genau das, was ich nun brauche, und ich glaube, Austin geht es ähnlich.

«Was wirst du nun wegen dieses Ultimatums tun?», frage ich, nachdem wir uns voneinander gelöst haben. Austin scheint über meine Frage nachzudenken, schaut mir dabei tief in die Augen, und obwohl alles so ein riesiges Durcheinander ist, beginnt mein Herz unter seinem Blick zu rasen.

«Ich glaube, mir ist gerade etwas klar geworden. Eigentlich war es doch nur eine Frage der Zeit, bis irgendwer davon erfährt und es gegen mich verwendet. Und ich bin es leid, mich ständig nach wissenden Blicken umzuschauen oder Angst zu haben, ein falsches Wort in der Gegenwart eines *Dragons* zu sagen, das ihnen Hinweise darauf liefern könnte, warum ich wirklich nach Hopeville gewechselt bin», ich mustere ihn stumm, weil ich zwar verstehe, was er sagt, aber nicht wirklich weiß, worauf er hinaus möchte.

«Es ist doch ähnlich wie bei deinem Instagram-Account. Du kannst einzelne Nutzer sperren, aber nicht verhindern, dass weitere Kommentare folgen werden. Die ganze Zeit ist dir bewusst, dass hinter der nächsten Benachrichtigung verletzende, sexistische Worte stecken könnten. Du kommst damit viel besser klar als ich, was ich extrem bewundere, aber ich kann das nicht länger.»

Austin mag denken, dass mir solche Dinge nicht viel ausmachen, aber so ist es nicht. Ich rede es mir jeden Tag ein, lächle weg, wie sehr mich diese Kommentare verletzen. In der Hoffnung, dass es irgendwann wahr wird. Dass mich diese angreifenden, verletzenden Worte von Fremden eines Tages kaltlassen. Doch so weit bin ich noch nicht, und ich wünschte, es gäbe eine Möglichkeit, das zu beschleunigen. Oder diesen Menschen klarzumachen, was sie damit bewirken. Sie verletzen mich, ja, aber egal welchen Mist sie über mich schreiben, wie häufig sie mich angreifen, ich werde nicht verschwinden. Ich werde trotzdem irgendwann die Berichterstattung zu den wichtigsten Turnieren führen und die Spiele ihres Lieblingsvereins kommentieren. Wenn sie denken, mich auf diese Art loszuwerden, irren sie sich gewaltig.

«Selbst wenn ich mich Joshuas Willen beuge und das Team verlasse, die Uni verlasse, wird mich diese Vergangenheit vermutlich trotzdem irgendwann einholen. Ich will nicht mehr jede Nacht von der Angst heimgesucht werden, was der nächste Tag bringen mag. Ich will Hopeville nicht verlassen. Ich will die Chance auf eine sichere Zukunft nicht verspielen, und ich will ehrlich gesagt auch mein Team nicht aufgeben.»

Ich drücke seine Hand, weil ich ihm in jedem einzelnen Punkt zustimme und langsam eine Idee davon bekomme, was er vorhat.

«Es wäre wirklich tragisch, dich nicht mehr im *Dragons*-Trikot sehen zu können. Du siehst darin viel zu heiß aus», stimme ich ihm schmunzelnd zu und warte auf den winzigen Hauch Röte auf seinen Wangen, die verlässlich auf meine Worte folgt.

«Wie könnte ich es also verantworten, wenn dir dieser Anblick auf alle Ewigkeit verwehrt bleibt?», kontert er kurz darauf, und ich erkenne trotz des lockeren Spruchs die Angst in seinen Augen, die ihm die Vorstellung bereitet, über Chicago zu reden. Es wäre ein großer Schritt, der schmerzhaft enden könnte. Keiner kann für die Reaktionen seines Teams bürgen. Genauso wenig dafür, wie die Studierenden der *Hopeville University* reagieren würden.

«Wenn ich dir bei dieser Sache irgendwie helfen kann…», beginne ich und spüre einen sanften Druck von Austins Hand.

«Danke. Aber ich schätze, das muss ich allein auf die Reihe bekommen. Ich kann dich ja leider schlecht in die Umkleidekabine der *Dragons* schleusen, damit du dem Team alles erzählst.»

«Eigentlich wollte ich schon immer mal wissen, was in eurer Kabine so vor sich geht», erwidere ich lachend. Vor allem in Situationen, in denen Coach Soto die *Dragons* in der Halbzeitpause oder nach einem Spiel zusammenstaucht, würde ich durchaus gern mal hineinschnuppern.

«Willst du nicht. Glaube mir.»

Austin macht eine Pause und fährt sich durch das dunkle Haar.

«Was werden die anderen wohl sagen? Was meinst du?», fragt er mich dann, und die Sorge schwingt klar in seiner Stimme mit.

«Ich denke, ihnen wird unglaublich leidtun, was geschehen ist, weil sie wissen, dass jeder von ihnen in die gleiche Situation geraten könnte. Sowohl in deine als auch in die von Gabriel Stone. Sie werden dir keine Vorwürfe machen», antworte ich, weil es das ist, was ich wirklich glaube. Ich kenne nicht alle Mitglieder des Teams sehr gut, aber einige schon. Und hinter den harten Masken, die viele von ihnen wie ein Schutzschild tragen, stecken durchaus liebe und empathische Menschen. «Allerdings bin ich eine gnadenlose Optimistin», füge ich noch scherzhaft hinzu, lehne mich schnell nach vorn und stehle mir einen Kuss von Austins Lippen.

«Wie passend, dass ich etwas Optimismus in meinem Leben gebrauchen kann.»

Obwohl ich dazu neige, bei zwei möglichen Ergebnissen immer von dem besseren auszugehen, habe ich nicht damit gerechnet, an diesem Tag noch ein so warmes, wundervolles Gefühl in meinem Bauch und meinem Herzen zu spüren.

Kurz nach 21 Uhr betrete ich unsere Wohnung. Das Wohnzimmer ist dunkel, weder die Deckenlampe noch die Stehlampe neben dem Sofa ist eingeschaltet, weswegen ich annehme, dass Joshua entweder schon im Bett oder gar nicht zu Hause ist. Was mir absolut recht wäre, weil ich unfassbar sauer auf ihn bin. Daran hat auch mein Gespräch mit Austin nichts geändert. Selbst wenn er sich dafür entscheidet, seine Vergangenheit und diese traumatischen Erlebnisse nicht länger geheim zu halten, war dieses Ultimatum meines Bruders trotzdem unglaublich falsch und moralisch verwerflich. Austin hätte sich irgendwann vielleicht auch ohne diese Drohung dazu entschieden, sein Team und auch die anderen Studierenden einzuweihen – aber in seinem Tempo. Zu dem Zeitpunkt, der sich für ihn richtig anfühlt. Zu seinen ganz eigenen Bedingungen, nicht zu Joshuas.

Dieses Mal werde ich meinem Bruder nicht so schnell verzeihen können. Ich will gerade ins Badezimmer huschen, da öffnet sich wie auf das Stichwort seine Zimmertür. Joshua steht in weiter Jogginghose und weißem T-Shirt vor mir. Seine dunkelblonden, kurzen Locken stehen wirr zu allen Seiten ab. Er sieht übel aus, und er hat es verdient. Sofort verschränke ich meine Arme vor der Brust und schaue ihn abwartend, aber mit einem eindeutigen Blick an.

«Du kannst deinem Freund sagen, dass er vergessen kann, was ich gesagt habe. Ich bin ausgerastet. Es… Es tut mir leid. Ich werde niemandem etwas sagen.» Joshua klingt zerknirscht, mein Mitleid bleibt dennoch aus. Es wundert mich, dass er seine Meinung geändert hat. Und egal wie sehr ich ihn gerade am liebsten erwürgen würde, weiß ich, wie schwer es ihm fällt, einen Fehler zuzugeben.

Dass er es trotzdem tut, erfüllt einen ganz winzigen Teil meiner Seele mit Schwesternstolz. Dennoch mache ich mir keine Illusionen, dass sein Zurückrudern nicht nur aus Herzensgüte und Anstand geschieht. Den Ausschlag gegeben hat vermutlich eher meine Argumentation, er würde selbst seine beste Saison spielen. Dank Austin. Wahrscheinlich hat er während meiner Abwesenheit die Statistiken etwas genauer verglichen und bemerkt, dass ich recht habe.

«Ich bin nicht diejenige, bei der du dich entschuldigen solltest», merke ich an, ehe ich das Badezimmer betrete und die Tür hinter mir schließe.

Noch bevor ich mich abschminke oder meine Zähne putze, ziehe ich mein Handy aus der Beintasche meiner Leggins hervor und tippe eine Nachricht an Austin.

Josh nimmt das Ultimatum zurück. Er wird niemandem etwas sagen. Du musst es also auch nicht tun, wenn du nicht willst.

Noch bevor ich mit den in Abschminkmittel getränkten Wattepads mein verschmiertes Make-up entfernen kann, vibriert mein Handy auf dem Waschbecken.

Glaubst du ihm?

Meine Finger fliegen ohne einen weiteren Gedanken über das Display. Vielleicht ist es naiv, aber ich bilde mir ein, genau zu wissen, wann mein Bruder lügt und wann er die Wahrheit sagt. Und dieser beschämte Ausdruck hätte für mich nicht eindeutiger sein können.

Ja, ich glaube ihm

Wieder lässt die Antwort nicht lange auf sich warten.

Okay, dann tue ich das wohl auch

Hoffentlich irre ich mich mit meiner Einschätzung nicht, denke ich, während ich mein Gesicht wasche, meine Zähne putze und schließlich vollkommen erschöpft von diesem aufwühlenden Tag in mein Bett falle.

KAPITEL 32

Austin

Beim Betreten der Sporthalle übergebe ich mich fast, so nervös bin ich. Reed hat Joyce gegenüber zwar behauptet, er würde dem Team nichts sagen, doch mein Kopfkino läuft trotzdem kontinuierlich weiter. Immer wieder stelle ich mir vor, in die Kabine zu kommen, nichts ahnend und mit angewiderten, verurteilenden Blicken gemustert zu werden. In diesen Szenarien habe ich eine gesamte Bank für mich, weil mir niemand zu nah kommen möchte. Als hätten sie Angst, ich würde auch ihre Basketballkarriere zerstören.

Ich bin relativ früh dran. Die Halle ist zwar schon hell erleuchtet, zu sehen ist aber weder Coach Soto noch irgendwer anders, der vor dem Training schon ein paar Körbe werfen möchte. Durch den schmalen Gang erreiche ich die Tür, die zu unserer Umkleidekabine führt. Joyce hat zwar geschrieben, dass sie ihrem Bruder glaubt und von ihm nichts weiter bezüglich meiner Vergangenheit in Chicago zu befürchten ist, aber dieser winzige Teil meiner argwöhnischen Seite ist sich dessen nicht zu vollen hundert Prozent sicher. Reed wirkte so entschlossen, so abgebrüht, als er mir dieses Ultimatum gestellt hat. Ich weiß nicht, was in der Zwischenzeit passiert ist – was Joyce gesagt haben könnte, um ihn umzustimmen, aber obwohl ich auf ihre Einschätzung vertraue, fällt es mir schwer, mich in vollständiger Sicherheit zu wiegen. Zumal es etwas wie Sicherheit sowieso nicht gibt.

Ich bin wieder im Wasser und beobachte panisch die Wellen. Hoffe, nicht aus der entgegengesetzten Seite überrascht zu werden, während ich in die eine Richtung schaue.

Aufgedrehte Stimmen sind gedämpft durch die Metalltür zu hören. *Ganz ruhig, Austin*, spreche ich mir gut zu. Es ist jetzt erst mal ein Trainingstag wie jeder andere. Ich lege meine Hand auf den Türgriff und atme ein letztes Mal durch, wappne mich für das Schlimmste, um nicht böse überrascht werden zu können. Die erste Person, die in meinem Sichtfeld auftaucht, ist ausgerechnet Joshua Reed. Seine Miene ist verschlossen. Eine kühle Fassade, die fast durch mich hindurchzuschauen scheint. Doch dieses gefährliche Grinsen eines Raubtiers, das er gestern noch in Perfektion aufgelegt hatte, ist verschwunden. Es ist keine Garantie dafür, dass er seine Drohung hat verpuffen lassen, aber es ist ein erstes gutes Zeichen.

«Ey, Fields, was geht?», ruft Jackson von der anderen Seite der Kabine zu mir rüber. Er steht vor dem winzigen Spiegel und zupft an seinen Haaren herum. Kein Hass, keine Verachtung, keine Angst. Nur die ganz normale Willie-Art. Sofort beruhigt sich mein Puls etwas und ich kann leichter atmen.

«Hab eine langweilige Vorlesung gerade so überstanden, ohne einzuschlafen, und bei dir?», antworte ich mit lockerem Small Talk und betrete den Raum. Außer Reed und Jackson ist noch Murphy in der Kabine, und ich nicke ihm mit einem unverbindlichen Lächeln zu. Auch auf seinem Gesicht liegt kein ungewöhnlicher Ausdruck. Alles wie immer, stelle ich erleichtert fest.

«Ha! Das klingt fast, als könnten wir im gleichen Hörsaal gewesen sein.»

«Das bezweifle ich», erwidere ich und werfe ein möglichst unbekümmertes Lachen hinterher, das sich falsch anfühlt, weil ich dem Frieden, den Reed versprochen hat, trotz dieser ersten guten Anzeichen nicht hundertprozentig traue. «Du bist nicht gerade unauffällig.»

Willie war ganz sicher nicht in meiner Vorlesung. Mit seiner Aura und seinem Auftreten ist es ähnlich wie bei Joyce. Man spürt ihre Anwesenheit sofort, sobald sie einen Raum betreten. Willie schafft das auf seine laute, Witze reißende Art, Joyce dagegen mit ihrer grenzenlos positiven und offenen Ausstrahlung.

Ich bin unglaublich froh, dass wir diese Sache gestern so schnell klären konnten. Wenn sowieso schon alles beschissen scheint, will ich nicht noch den einzigen Lichtblick in meinem verkorksten Leben verlieren. Und das ist Joyce. Mit ihr ist alles etwas weniger scheiße, meistens sogar sehr weit von scheiße entfernt. Egal, wie aussichtslos die Lage ist, mit ihrer Anwesenheit, mit dem Wissen, dass sie hinter mir steht, ist es leichter. Ich traue mich, Wege und Optionen in Betracht zu ziehen, über die ich mich zuvor gar nicht nachzudenken getraut hätte. Vielleicht ist langsam der Zeitpunkt gekommen, um ihr das zu sagen. Ich bin mir sicher, dass sie sich meiner Gefühle sehr bewusst ist, aber sie sollte es auch hören. Von mir.

Aber ein Schritt nach dem anderen, so wie meine Grandma es mir geraten hat.

Erst einmal muss ich dieses Training und alles, was danach kommt, überstehen. Und das wird schwer genug. Während ich mich umziehe und ein letztes Mal auf mein Handy schaue, ehe ich es mit meiner Tasche im Spind einschließe, füllt sich die Kabine mit den restlichen *Dragons*. Keiner von ihnen verhält sich mir gegenüber anders, und ich bin mir jetzt sicher, dass Reed nichts gesagt hat. Zumindest noch nicht. Er hat behauptet, die Zeitbombe über meinem Kopf entschärft zu haben, doch ich höre das Ticken noch immer. Klar und deutlich.

Tick, tack, tick, tack.

Mit einem mulmigen Gefühl betrete ich gemeinsam mit den anderen das Spielfeld. Coach Soto instruiert uns in eine der üblichen Aufwärmübungen. Zum Glück ist es keine neue Übung. Ich weiß nicht, ob ich die Konzentration dafür hätte aufbringen können. Doch so muss mein Körper nur die Bewegungen abspulen, die er schon so viele Male ausgeführt hat.

Die beiden Trainingsstunden verstreichen zu langsam und doch viel zu schnell. In meinem Inneren liefern sich Ungeduld und Angst einen unerbittlichen Kampf, der einfach keinen Sieger finden möchte. In der zweiten Trainingshälfte versucht Coach Soto einen neuen Spielzug zu etablieren. Obwohl ich mich so gut wie möglich zusammenreiße, bin ich nur halb bei der Sache, weswegen ich nicht nur einmal, sondern dreimal von unserem Trainer mit lauter Stimme auf die richtige Position dirigiert werde, bis ich es dann schließlich einigermaßen auf die Reihe bekomme.

Wer weiß, vielleicht werde ich gar nicht mehr dazu kommen, den neuen Spielzug gegen richtige Gegner zu testen. Wenn es schlecht läuft, könnte das hier mein letztes Training im *Dragons*-Trikot sein. Der Gedanke löst eine unerwartete Traurigkeit in mir aus. Mir war die ganze Zeit über bewusst, dass ich in diesem Team bleiben muss, weil mein Stipendium davon abhängt, aber langsam wird mir klar, dass es nicht der einzige Grund ist, warum ich nicht möchte, dass alles vorbei ist.

Ich bin gern Teil dieser Mannschaft, mag die meisten meiner Mitspieler wirklich sehr, und ich fühle mich wertgeschätzt. Ein Teil von etwas Funktionierendem zu sein ist ein ziemlich gutes Gefühl, und dieses Team funktioniert mit jedem Tag besser. Auch wenn der Gedanke an eine Profikarriere noch immer nichts außer Panik und Unbehagen in mir auslöst, wird mir klar, wie sehr ich dieses Spiel trotzdem liebe. Es macht mir Angst, und ich hasse es, dass dieser Sport die Macht besitzt, Leben zu zerstören. Weil eine einzige, üble Verletzung genügt, um die geplante Zukunft zu begraben. Aber gleichzeitig ist es eine der wenigen Konstanten in meinem Leben.

Ich will das. Am liebsten ohne den Druck, aber langsam verstehe ich, dass Basketball immer ein Teil von mir sein wird.

Aus mir wird sicher nicht mehr der beste Verteidiger der Liga, auch nicht dieser Mannschaft, dafür sitzt dieses Trauma, dieser Anblick von Gabriel am Boden viel zu tief, aber im Rahmen meiner Möglichkeiten möchte ich für meine letzten beiden Collegejahre ein Teil der *Hopeville Dragons* sein.

«Gutes Training, Jungs.» Soto klatscht einmal in die

Hände. «Fields, beim nächsten Training erwarte ich etwas mehr Konzentration. Was auch immer dich so sehr ablenkt, kümmere dich darum», fügt er dann noch mit Blick auf mich hinzu. Natürlich komme ich mit dieser Vorstellung heute nicht ungeschoren davon.

«Werde ich, Coach», antworte ich. Denn ich werde mich wirklich darum kümmern, auch wenn sich gerade alles in mir schmerzhaft zusammenzieht. Ich gehe mit den anderen zurück Richtung Umkleidekabine. Zu gern würde ich das alles überspringen. Das Erzählen, gegen mich selbst zu kämpfen, das Abwarten der Reaktionen.

Die graue Tür steht offen, die anderen sind mir ein paar Schritte voraus. Ich bin der Letzte, weswegen ich sie hinter mir schließe.

Wenn ich es jetzt nicht tue, werde ich die Kraft wahrscheinlich nie aufbringen. Es muss sein, damit ich endlich atmen kann. Immer atmen kann. Keine Gefahren mehr sehe, nicht kontinuierlich die Mimik in sämtlichen Gesichtern abscanne. Ich muss dringend verhindern, mich mit meiner Vergangenheit erpressen lassen zu können. Von Reed oder von sonst wem, der dieses Wissen in Zukunft vielleicht nutzen wollen würde.

In der Kabine herrscht eine lockere Atmosphäre. Überall brodeln kleine Gesprächsherde, die es mir nicht leicht machen, zu sagen, was ich loswerden möchte. Ich warte noch einen Moment ab, schiebe es vor mir her, die Aufmerksamkeit auf mich zu ziehen. Unschlüssig stehe ich mit dem Rücken zur geschlossenen Tür. Niemand achtet auf mich. Ein Räuspern wird nicht reichen, ich muss etwas sagen, um die Unterhaltungen verstummen zu lassen. Ich hole Luft, atme aber wieder aus. Fuck, wieso ist das so schwer?

«Hey, Jungs…», meine Stimme ist zu leise, etwas zu brüchig. Es drehen sich nur ein paar vereinzelte Köpfe zu mir um. «Hey, Jungs», wiederhole ich meine Worte lauter. Mit mehr Erfolg. Die Gespräche verstummen, nun habe ich die ungeteilte Aufmerksamkeit der *Dragons* auf mich gezogen.

«Es gibt da etwas, das ich euch sagen muss», beginne ich und bereue, mir keinen detaillierten Plan zurechtgelegt zu haben.

«Ey Mann, wehe, du sagst jetzt, dass du nach Chicago zurückgehst», ertönt es von Jackson, der skeptisch und etwas theatralisch eine Augenbraue in die Höhe zieht.

«Nein, aber es geht tatsächlich um Chicago», antworte ich ihm. Mein Blick huscht zu Reed, der mir zwar zuzuhören scheint, mich aber nicht ansieht. Konzentriert starrt er auf den Fußboden unter ihm.

«Ich habe mit keinem von euch darüber gesprochen, warum ich Chicago verlassen habe und an die *Hope* gewechselt bin. Eigentlich wollte ich es auch dabei belassen, aber ich habe verstanden, dass es nur eine Frage der Zeit ist, bis ihr es über irgendwelche Ecken sowieso erfahrt, und es besser ist, wenn ihr meine Version hört anstatt des Tratsches, der sich über Bundesstaatsgrenzen hinaus nur verzerrt.»

Nun trennt mich nicht mehr viel von der Wahrheit, von dem Augenblick, der darüber entscheidet, wie meine nächsten beiden Jahre ablaufen werden. Sind das die letzten Augenblicke, bevor sie mich hassen?

Augen zu und durch.

«Es gab in Chicago einen Unfall beim Training.» Ich schreie meinem Körper förmlich zu, nicht zu reagieren. Keine Tränen hinauszulassen, meine Stimme nicht brechen zu lassen, nicht in mich zusammenzusinken. Ich starre auf einen Punkt an der weißen Wand, um nicht in gespannte Gesichter blicken zu müssen. «Ich habe beim Trainingsspiel jemanden aus meinem Team beim Korbabschluss gefoult. Er ist schrecklich ungünstig gefallen, ist dabei mit dem Kopf aufgeschlagen und hat das Bewusstsein verloren. Ich stand nur neben ihm, vollkommen erstarrt. Ein Krankenwagen musste kommen und die Feuerwehrleute haben ihn mitgenommen. Mein Mitspieler hat es überlebt, aber er wird nie wieder *so* Basketball spielen können, geschweige denn nach dem College eine Profikarriere beginnen.» Ich traue mich kaum, einen Blick in die Runde zu riskieren, deswegen fokussiere ich weiter den Punkt an der Tapete zwischen den Spinden, um möglichst ruhig weiterreden zu können. «Ich glaube, das College wollte vermeiden, dass dieser Vorfall große Wellen schlägt, und hat deswegen sämtliche Kommunikation diesbezüglich begrenzt, aber es waren genug Leute anwesend, die es dann irgendwem im Vertrauen erzählt haben, die es dann wiederum mit jemand anderem geteilt haben, und so ging es weiter. Bald schon wusste das gesamte College Bescheid, und ich konnte keinen Schritt über den Campus wagen, ohne verachtend gemustert zu werden oder mir üble Kommentare hinter vorgehaltenen Händen anhören zu müssen. Ich wollte vergessen, was geschehen ist, aber meine Umgebung hat das nicht zugelassen. Also bin ich gegangen und wollte hier, in Hopeville, in einer anderen Stadt, einem anderen Bundesstaat, in einer anderen Liga, neu anfangen und kein Wort über meine Vergangenheit verlieren. Aber so leicht ist es nicht, und natürlich verfolgt mich diese Sache auch hierher.»

Es ist seltsam. Ich bin mir sehr sicher, vor meinem Team noch nie so lange am Stück gesprochen zu haben, doch sobald ich einmal richtig angefangen habe, sprudeln die Worte fast mühelos aus mir heraus. «Deswegen erzähle ich es euch jetzt. Ihr habt mich trotz meiner wenigen Eigeninitiative so gut in dieses Team aufgenommen. Größtenteils zumindest», meine Augen zucken kurz zu Reed, was wahrscheinlich jeder der Anwesenden bemerkt. «Aus diesem Grund wollte ich die Chance ergreifen, euch meine Version der Geschehnisse zu erzählen, ehe euch Gerüchte erreichen», beende ich schließlich meinen ewigen Monolog und traue mich noch immer nicht, in die Runde zu schauen.

Neben diesem Punkt an der Wand, den ich fixiere, habe ich nur ab und zu in Reeds Richtung geschielt, die Gesichter, die ich dabei gestreift habe, habe ich absichtlich ignoriert, um mich nicht aus der Ruhe bringen zu lassen. Doch ich weiß, dass ich nicht ewig auf diese eine Stelle starren kann. Unübliche, gruselige Stille zerreißt das Innere dieser Kabine und ein wenig auch mein Inneres.

Die Ruhe ist dieses Mal nicht durch eine schlechte Leistung bei einem Spiel hervorgerufen worden, sondern durch meine Beichte. Sekunden, die sich wie Ewigkeiten anfühlen, verstreichen, und ich bekomme es einfach nicht auf die Reihe, in die Gesichter meines Teams zu blicken.

Im Augenwinkel nehme ich eine Bewegung wahr. Ich erkenne Young an seiner großen, breiten Statur. Er kommt auf mich zu, und ich wage es erst, ihn anzuschauen, als er schon kurz vor mir steht. Seine große Hand legt sich auf meine Schulter, nur ganz kurz. Ein wenig wie dieses unbeholfene Klopfen auf den Rücken, zu dem viele Menschen neigen, wenn sie damit überfordert sind, jemanden zu trösten. «Sorry, Fields. Das muss schrecklich gewesen sein.» Seine Worte überraschen mich, und irgendwie passen sie trotzdem zu ihm. In seiner Miene spiegelt sich kein Hass, eher Mitleid, aber besonders ein Flackern, das mir den Eindruck vermittelt, er würde sich gerade schmerzlich in meine Lage versetzen.

Die meisten gefährlichen Unfälle beim Basketball passieren im nahen Umkreis um die Körbe. In Youngs Gebiet, seinem nahezu permanenten Revier. Es wirkt, als wäre er sich bewusst, wie leicht er in diese Situation geraten könnte. Versehentlicher Täter oder verletztes Opfer. Beide Rollen könnten ihn ebenfalls irgendwann treffen. Keiner ist davor sicher. Er in seiner Position als Centerspieler aber noch viel weniger.

Ich nicke dankend und wage es endlich, meinen Blick durch die Runde schweifen zu lassen. Etwas unbeholfen versuchen einige der Spieler mir zuzunicken oder mich einfühlsam anzulächeln. Die Situation ist ihnen sichtlich unangenehm, mir aber auch. Es folgen ein paar gemurmelte Entschuldigungen und mitleidige Ausdrücke. Keiner rast vor Wut, beschimpft mich oder sagt, er wolle mich nicht mehr im Team der *Dragons* haben. Vielleicht müssen sie diese Information aber auch erst mal verarbeiten. Wenn es schlecht läuft, ist Schock und Sprachlosigkeit die erste Reaktion, ehe sie von rasenden Verurteilungen abgelöst wird.

«Und ich hatte diese Sache mit den familiären Gründen geglaubt, vor allem als du erzählt hast, dass du mit deiner Großmutter zusammenlebst.» Ausnahmsweise ist es nicht Willie, der für einen kleinen Lacher und Stimmungswechsel verantwortlich ist, sondern Wheeler.

Jackson hat anscheinend einen Moment länger gebraucht, um zu begreifen, was ich gerade mit ihnen geteilt habe, und abzuwägen, ab wann es Zeit für einen aufmunternden, lustigen Spruch ist. Doch befeuert durch Wheeler, lässt sein Kommentar natürlich nicht lange auf sich warten.

«Ich dachte, Fields wäre ein Undercover-Polizist oder so und in Chicago aufgeflogen, weswegen er nun für eine geheime Mission nach Hopeville versetzt wurde», teilt Willie seine verdrehten Gedanken.

«Wie zur Hölle kommst du auf so abwegige Theorien?», fragt Young ihn kopfschüttelnd und geht zurück zu seinem Platz.

«Austin könnte locker als fünfundzwanzig oder so durchgehen, vor allem, wenn er sich ein paar Tage nicht rasiert hat. Und es hätte auch erklärt, warum er so wenig von sich erzählt.» Young mustert ihn skeptisch, weswegen Willie weiterspricht. «Na, wenn du eine geheime Identität annimmst, könnte dich jedes Detail verraten. Ich würde dann auch lieber möglichst wenig sprechen.»

«Du könntest niemals wenig sprechen», kontert Young.

«Deswegen bin ja auch ich kein Undercover-Polizist, sondern Fields», erwidert Jackson gelassen und zwinkert mir kaum sichtbar zu. Meine Mundwinkel heben sich ein wenig.

«Also meine Theorie war das Gegenteil davon: Ich hatte angenommen, du wärst ein gesuchter Bankräuber und musstest deswegen den Bundesstaat verlassen», gibt Murphy nun seinen Senf dazu. Nun bricht ein winziges Lachen aus mir hervor.

Dieser ganze Moment, diese ganzen Unterhaltungen

sind so absurd. Ich hatte mir viele Gedanken gemacht, sämtliche Szenarien in meinem Kopf durchgespielt – in keinem davon endete meine Beichte damit, dass meine Mitspieler mir ihre absurden Vermutungen verraten, weswegen ich nach Hopeville gekommen bin. «Und nach diesem Bankraub fahre ich mit einem klapprigen Fahrrad durch die Gegend?»

«Ja, weil es die perfekte Tarnung ist», erwidert Murphy aufgeregt.

«Absolut einleuchtend», stimmt Willie zu und lehnt sich dann weiter nach vorne, um die Aufmerksamkeit zu halten. «Gerade letztes Wochenende habe ich übrigens eine zweite Theorie entwickelt.»

Er schaut verschwörerisch in die Runde, um die Spannung zu erhöhen. Dabei bleibt er kurz an unserem Kapitän hängen. «Sorry, Reed, aber meine neueste Vermutung war, dass Austin wegen Joyce nach Hopeville gekommen ist. Er hat sie zufällig auf Instagram gefunden, sich sofort in sie verliebt und konnte nicht anders, als sein krasses Team aufzugeben und in unsere beschauliche Stadt zu ziehen.» Er zuckt mit den Achseln und grinst mich mit einer Leichtigkeit an, die heute besonders guttut. Weil es sich anfühlt, als hätte sich nichts verändert. «Wäre doch super romantisch, oder?»

«Da finde ich Murphys Bankraub-Version weniger gruselig», murmelt Reed vor sich hin und erntet, vermutlich ungewollt, ein paar Lacher aus unserer Runde.

Für eine Weile geht es noch so weiter. Jeder meiner Teamkameraden hat sich in den letzten Wochen scheinbar selbst wilde Geschichten zurechtgelegt, wie ich hier gelandet bin. Ein paar von ihnen sind fast naheliegend, wie das schlechte Wetter in Chicago, mit dem ein Südstaatler nur schwer zurechtkommt. Andere gehen wieder in abwegige Richtungen wie Bankraub oder Geheimagent-Theorien. Doch sie alle haben eins gemeinsam: Sie geben mir ein seltsames Gefühl von Ankommen, das ich bisher meistens nur in Joyce' Gegenwart verspürt habe.

Hier einen zweiten Ort geschaffen zu haben, der dies in mir hervorruft, ist unwirklich und die beste Art, auf die sich dieser Tag entwickeln konnte.

KAPITEL 33

Joyce

Heute ist eine Premiere. Es ist das erste Mal, dass ich mich um unsere Date-Planung kümmere. Austin hat mit diesem wunderbaren Garten-Sushi-Date und unserer Nacht mit Blick auf Hopeville viel zu ambitioniert vorgelegt. Was mir einerseits zwei meiner allerschönsten Tage beschert hat, mich und meinen Ehrgeiz gleichzeitig aber auch schrecklich unter Druck setzt. Lori ist bei diesem ganzen Unterfangen keine besonders große Hilfe, obwohl sie die Meisterin des Datings ist.

«Ich bin nicht inspiriert, weil ich noch immer in dieser Dating-Pause stecke», erinnert sie mich. «Außerdem hatte ich zwar viele Dates, aber sehr wenige *gute* Dates, erst recht keine *wundervollen* Dates.»

«Aber ich bin dazu fähig, dir ein Outfit zusammenzustellen, das ihn von deinen langweiligen Verabredungsplänen ablenken wird», bietet sie an, steht auf und öffnet meinen Kleiderschrank, woraufhin ich ein Kissen auf sie werfe, das an ihrem Rücken abprallt.

«Ist das wirklich alles langweilig?», hake ich nach und betrachte die Brainstorming-Liste auf meinem Laptop.

«Langweilig ist ja nicht zwingend schlecht. In einer Beziehung kann man ja nicht bei jeder Verabredung sämtlichen Liebesfilmen Konkurrenz machen, da darf es ruhig mal etwas durchschnittlicher sein.»

Unsicher schaue ich wieder auf das kaum gefüllte Dokument.

«Habt ihr eigentlich schon darüber gesprochen, was genau das zwischen euch ist?» Lori legt neugierig den Kopf schräg und hält dabei einen Lederrock, den ich seit Ewigkeiten nicht getragen habe, in der Hand.

«Nicht wirklich. Durch unser gemeinsames Auftauchen beim Sportlerball scheint es auch bei den *Dragons* kein Geheimnis oder so zu sein, dass da irgendwas ist. Aber bisher hat keiner von uns das Wort ‹Beziehung› in den Mund genommen oder dem jeweils anderen seine Liebe gestanden oder so», erkläre ich ihr und frage mich, ob sich das heute vielleicht ändern könnte.

«Und? Bist du verliebt in Austin Fields?», ärgert sie mich, obwohl sie meine beste Freundin ist und die Antwort kennt.

«Sag es! Ich brauche diese Genugtuung, weil ich es von Anfang an wusste», stichelt sie weiter. Würde mein Kissen nicht schon auf dem Boden vor meinem Bett liegen, hätte ich es jetzt wieder auf sie geworfen.

Vielleicht, nein, sogar ganz bestimmt, geht das alles viel zu schnell. Schließlich kennen wir uns erst drei Monate und haben eine ganze Weile gebraucht, uns überhaupt einzugestehen, dass da etwas zwischen uns ist, dem wir nur zu gern nachgeben würden.

Dennoch kann es auf diese Frage nur eine Antwort für mich geben. Austin Fields lässt mein Herz rasen, schafft es mit wenigen, geflüsterten Worten, mit den kleinsten, unschuldigsten Berührungen, meine Haut zu entfachen. Er ist aufmerksam, er ist stark, er ist wundervoll zu seiner Großmutter und er lässt sich nicht von meinem großen Bruder einschüchtern. Und er ist so mutig, dass es ansteckend ist. Vor dem gesamten Team seine Geschichte zu erzählen, ist alles andere als eine kleine Sache. Es erforderte gigantischen Mut und kostete eine Menge Kraft. Aber er hat bewiesen, dass es sich lohnt. Ihm ging es die letzten Tage so gut wie nie zuvor, das habe ich bei jedem kleinen Treffen gespürt, das wir in unsere Alltage gequetscht haben, ebenso bei nahezu jeder Nachricht und jedem nächtlichen Telefonat. Er war mutig und ermuntert mich dadurch dazu, es auch zu sein.

«Ich bin verliebt in Austin Fields», gebe ich zu und kann das Glück, das jede meiner Zellen dabei durchflutet, kaum aushalten.

Am Nachmittag komme ich beim Bungalow von Austins Großmutter an. Es könnte heute ruhig etwas wärmer sein, aber ich will mich nicht beklagen, da trotz der mäßigen zwölf bis fünfzehn Grad immerhin die Sonne scheint. Ein feiner Schweißfilm liegt auf meiner Haut, doch das löst keine Unsicherheit in mir aus. Ich freue mich einfach sehr auf unsere Verabredung, und es könnte mir kaum egaler sein, wenn ich auf dem Weg hierher ein wenig ins Schwitzen gekommen bin.

Ich betätige die Klingel und höre eine verzerrte Stimme im Inneren etwas rufen. Carol öffnet mir die Tür mit ihrem üblichen, offenherzigen Lächeln.

«Joyce, schön, dich zu sehen. Austin ist gleich fertig, komm doch rein.»

«Gleichfalls und gern», antworte ich ihr und betrete das Haus, das mich wie immer mit seiner wohligen Atmosphäre empfängt. Heute mischt sich ein zusätzlicher Geruch dazu, der an frisches Gebäck erinnert.

«Ich habe gerade Cookies gebacken. Soll ich euch ein paar einpacken?» Die Kekse duften wirklich fantastisch, aber ich möchte nicht zu gierig sein. Auch wenn ich liebend gern zumindest einen der Cookies probieren würde. Oder gleich zehn.

«Oh, das ist wirklich lieb, aber die haben Sie doch bestimmt aus einem Anlass heraus gebacken, oder?»

«Ach, ich habe sowieso viel zu viele gebacken. Außerdem ist unser Kirchenchor aktuell sowieso nie ganz vollständig», antwortet sie zwinkernd und geht in die Küche. Widerrede scheint zwecklos. Gut für mich.

«Vielen Dank, Carol. Und auch danke noch mal für den Tipp», füge ich in einem leiseren Ton hinterher. Sie zwinkert mir verschwörerisch zu und packt ein paar Kekse in eine Papiertüte, die sie mir anschließend über die Küchentheke zuschiebt.

«Hey, sorry, aber ich habe Grandma noch kurz mit den Keksen geholfen…» Austin tritt aus dem Badezimmer in die Wohnküche. Noch bevor ich ihn sehe, rieche ich sein Parfum. Der vertraute Duft gesellt sich angenehm unter die anderen Gerüche, und ich muss mich zusammenreißen, um nicht alles davon zu offensichtlich einzusaugen. Er ist heute ausnahmsweise nicht ganz in Schwarz gekleidet. Seine Jeans ist zwar dunkel, das Sweatshirt ebenfalls, allerdings trägt er darüber ein weiß-grau kariertes Holzfällerhemd, das ich bisher noch nie an ihm gesehen habe und das viel zu gut an ihm aussieht.

«Du siehst toll aus», kommt er mir zuvor, tritt neben mich und gibt mir einen Kuss auf die Wange, der viel zu schnell vorbei ist. Allerdings ist seine Grandma keine zwei Meter von uns entfernt und beobachtet uns entzückt. Alles andere wäre also auch seltsam gewesen.

Nachdem mein ungefährer Plan für dieses Date stand, fielen ungefähr alle Outfits, die Lori für mich zusammengestellt hat, raus, weswegen ich mich für eine schwarze Hose, einen weißen Rollkragenpullover und eine dunkelgrüne Cordjacke entschieden habe.

«Du siehst auch toll aus. Mir gefällt das Hemd», gebe ich zu und lächle ihn mit einem vielsagenden Blick an.

«Das merke ich mir», raunt er mir ins Ohr, sobald seine Großmutter sich abwendet und unter Metallklirren ein weiteres Blech Kekse aus dem Ofen holt. Sofort bildet sich Gänsehaut auf meinen Armen, und ich würde Austin am liebsten zu mir ziehen und küssen. Richtig küssen. Unanständig küssen. So küssen, wie ich ihn nicht küssen kann, wenn wir mit seiner Grandma in einem Raum sind.

«Okay, Granny, wir hauen dann ab», verkündet Austin, der noch gar nichts von seinem Glück weiß, sich gleich auf sein Fahrrad zu schwingen.

«Ganz viel Spaß euch beiden», wünscht sie uns noch und widmet sich dann wieder den duftenden Cookies zu. Austin und ich verlassen den Bungalow.

«Wo steht dein Fahrrad?», frage ich ihn.

«Ach, bin ich also der Chauffeur für heute? Wiederholen wir diese Nacht, in der du dich an meinen Rücken geklammert und dich fast übergeben hättest?», zieht er mich auf.

«Keine Sorge, heute musst du nur dich selbst durch die Gegend chauffieren», erkläre ich ihm und deute auf mein Fahrrad, das ich neben der Veranda abgestellt habe.

«Ich wusste nicht einmal, dass du ein Fahrrad besitzt.»

«Es wurde vor heute auch seit meinem Umzug nach Hopeville nicht mehr bewegt und stand die ganze Zeit im Keller. Ich habe vorhin sogar noch die Reifen aufpumpen müssen, weil die Luft anscheinend auch schwindet, wenn man gar nicht damit fährt.» Es hat vier Gespräche mit verschiedenen Nachbarn gebraucht, ehe ich eine Fahrradpumpe aufgetrieben habe. Die meisten scheinen ihre Reifen in Werkstätten oder Fahrradläden aufpumpen zu lassen. Doch es ist Sonntag und meine Planung etwas zu spontan, weswegen diese Option nicht bestand.

Austin nimmt den Picknickkorb in Augenschein, den ich auf meinen Gepäckträger geschnallt habe.

«Wage es nicht, hineinzuschauen!», drohe ich ihm lachend und schlage spielerisch seine Hand weg.

«Autsch!», beschwert er sich, obwohl ich weiß, dass meine Berührung ihm nicht wirklich wehgetan haben kann. Ich verstaue die Cookies, die Carol uns mitgegeben hat, in dem Korb und schließe den Deckel schnell wieder.

«Wo fahren wir hin?», fragt er schließlich neugierig und öffnet eine Tür am linken Anbau des Bungalows, der als Abstellraum und Geräteschuppen zu fungieren scheint.

«Zu einem Ort, den ich gernhabe», antworte ich kryptisch.

«Die Sporthalle?», rät Austin grinsend und schiebt sein rostiges Fahrrad ins Freie.

«Nein, es ist nicht die Sporthalle», erwidere ich und rolle mit den Augen.

«Du wirst es nicht erraten, du brauchst dir die Mühe also gar nicht zu machen.» Natürlich spornt ihn das noch viel mehr an. Typisch Sportler. Wir schwingen uns auf die Fahrräder, und ich instruiere Austin, wann wir wo abbiegen müssen, während er fleißig weiterrät und irgendwann wahllos sämtliche Orte in Hopeville nennt, die er kennt. Wenn man es großzügig auslegt, hat er den richtigen Ort schon vor einer Weile genannt, wenn auch etwas zu allgemein. Doch es macht zu viel Spaß zu beobachten, wie sehr er sich den Kopf zerbricht und versucht, jeden möglichen Platz, den er mal besucht hat oder an dem er mal vorbeigefahren ist, aufzuzählen.

«Es ist doch der Stadtpark», stellt er mit zusammengekniffenen Augen fest, als wir die asphaltierte Straße verlassen und auf den befestigten Sandweg fahren.

«Der Stadtpark ist kein sehr genaues Ziel. Das konnte ich nicht zählen lassen», behaupte ich und lege etwas an Tempo zu. Ein Wettrennen ist nicht ganz fair, weil mein Fahrrad dreißig Gänge hat und Austins nur drei, von denen lediglich zwei funktionieren. Außerdem ist sein Rad ungefähr hundert Jahre alt und wurde, wenn man dem äußeren Eindruck traut, täglich genutzt, während ich meines zum vierzehnten Geburtstag geschenkt bekommen und kaum gefahren habe. Eigentlich ist es wie neu.

Trotzdem lässt Austin sich auf diesen kleinen Wettkampf ein. Wir rasen den Weg entlang und weichen geschickt ein paar Familien aus, die den Sonntag für einen schönen Spaziergang nutzen. Dies hier ist die Stelle, an der ich vor ein paar Wochen den Hund gefunden habe. Ein paar Meter vor dem See bremse ich ab. Austin war mir dicht auf den Fersen, oder eher auf den Rädern, konnte mich aber nicht einholen. Etwas außer Atem steige ich von meinem Fahrrad ab, löse den Picknickkorb und lege das Rad dann sanft auf den Boden.

«Kann ich dir den Korb abnehmen?», fragt Austin, ganz der Gentleman, der er nun mal ist.

«Nein, geht schon, danke», erwidere ich und greife mit meiner freien Hand nach seiner, um ihn mit mir zu unserem Ausflugsziel zu schleifen. Der *Star of Hope* ist nicht nur das einzige, richtige Gewässer in Hopeville, sondern auch einer der schönsten Orte, den diese Stadt zu bieten hat. Und doch kommt zu dieser Jahreszeit kaum jemand zum Ufer, weil der Gehweg mit etwas mehr Abstand um den See herum verläuft.

«Den See konnten wir letzte Woche von unserem Spot auf der Ladefläche des Pick-ups sehen, richtig?»

Mich freut es, dass er diese Verbindung ebenfalls sieht. Außerdem projiziert er mit der Erwähnung dieser Ladefläche sofort Bilder in meinen Kopf, die prickelnde Hitze durch meinen Körper fließen lassen. Unser wunderbares erstes Mal. Das Setting war vielleicht etwas unkonventionell, aber deswegen nicht weniger schön. Im Gegenteil.

«Richtig.» Ich deute auf den Hügel, der von hier unten aus so weit entfernt scheint. «Dort oben waren wir letzte Woche, und nun sitzen wir hier unten und beobachten das glitzernde Wasser statt die funkelnden Sterne», führe ich mit gespielt romantischer Stimme weiter aus. Austin greift nach meiner Hüfte, zieht mich etwas zu sich ran und gibt mir einen flüchtigen, aber bestimmten Kuss.

Gott, ich will mehr davon. Ich brauche mehr davon.

Ich stelle den Korb auf einem Holztisch ab, auf dessen Seiten zwei Bänke platziert sind, und setze mich. Austin nimmt gegenüber von mir Platz und mustert mein Gesicht aufmerksam, während ich versuche, mich dadurch nicht aus der Ruhe bringen zu lassen. Aus ganzem Herzen hoffe ich, dass ihm gefällt, was ich organisiert habe. Es ist nicht viel, aber ich habe mir durchaus Gedanken gemacht. Mit seinem Talent in Sachen Date-Planung kann ich zwar nur schwer konkurrieren, aber ich hoffe, er mag es dennoch.

Etwas unsicher öffne ich den Picknickkorb und packe aus, was ich vorhin zu Hause so mühsam Tetris-artig darin verstaut habe. Teller, Becher, zwei Thermoskannen – eine mit Kaffee, eine mit Tee, weil ich mich einfach nicht entscheiden konnte. Ich liebe Kaffee mit jeder Faser meines Seins und bin ohne ihn nicht lebensfähig, finde Tee aber sehr viel romantischer und damit für diesen Anlass besser geeignet. Und anstatt auszuwählen, habe ich halt beides mitgebracht. Außerdem habe ich ein paar Sandwiches vorbereitet und eingepackt, sowie Snacks. Von seiner Grandma weiß ich nicht nur, mit welcher Kombination er sein Sandwich am liebsten isst, sondern auch, dass seine Lieblingschips Doritos sind und Snickers schon immer sein Guilty Pleasure waren. Zu meinem Glück hat sonntags zwar der einzige Fahrradladen in Hopeville geschlossen, dafür haben aber die Supermärkte geöffnet. Nach und nach befördere ich alles hinaus, was ich eingepackt habe, und richte die Dinge möglichst ansehnlich auf dem Holztisch an.

«Oha, ich liebe Snickers. Und Doritos. Scheiße, und Sandwiches.» Begeisterung flutet seine Augen.

«Ich weiß», antworte ich und schenke uns erst mal etwas von dem Tee ein.

KAPITEL 34

Austin

Woher weißt du das?», frage ich und versuche mich an einen Moment zu erinnern, in dem ich diese Information mit ihr geteilt haben könnte.

«Gute Frage. Im Gegensatz zu mir bist du zu deinen Mitmenschen ja nicht so gnädig und verrätst ihnen in deiner Instagram-Biografie, was du gerne isst.»

«Abgesehen von dir tut das niemand», kontere ich, bin aber wirklich neugierig. «Wenn nicht von Instagram, woher weißt du es dann?»

«Deine Grandma war so nett, es mir zu verraten», erwidert Joyce schulterzuckend und nimmt einen Mini-Schluck von dem dampfenden Tee.

«Wann?», hake ich irritiert nach.

«Heute Vormittag am Telefon.» Joyce' Stimme klingt belustigt, und sie scheint es zu genießen, ausnahmsweise diejenige zu sein, der man alles aus der Nase ziehen muss.

«Woher hast du die Nummer meiner Großmutter?» Es stört mich nicht, tatsächlich finde ich den Gedanken ziemlich schön, dass Joyce meine Granny kontaktiert hat, um sie zu fragen, welche Snacks ich gern essen.

«Ich habe meine Mittel und Wege. Solltest du doch langsam wissen», ihr Zwinkern wandert direkt in meine Magengrube. Und tiefer. Fuck, sie ist viel zu weit weg, weil uns dieser verdammte Tisch trennt.

«Richtig», murmle ich mehr zu mir selbst und nehme ebenfalls einen Schluck aus meinem Becher. Der Tee ist süß. Er schmeckt nach Kirsche und Vanille.

Die Sonne über uns ist nicht mehr so stark, wie sie es noch im Sommer war. Trotzdem ist es ein wirklich schöner Tag – perfekt für dieses wundervolle Picknick-Date. Das dunkle Seewasser glitzert im Sonnenschein, ein paar Enten sind scheinbar auf Futtersuche und tauchen immer wieder mit dem Kopf unter Wasser. Die Grünflächen, die sich um den See herumziehen, sind mit rot-goldenem Laub bedeckt.

«Das ist übrigens der *Star of Hope*», erklärt mir Joyce, und ich nicke, weil es Sinn ergibt, wenn man sich die Form des Sees etwas genauer anschaut. Die Ausläufer, die an Sternzacken erinnern, sind zwar nicht ganz gleichmäßig oder symmetrisch angeordnet, aber sie sind dennoch erkennbar. Meine Augen lösen sich vom Wasser und wandern zurück zu Joyce. Sie hat die Ärmel ihrer Jacke, so weit es geht, hinuntergezogen und hält den warmen Becher mit beiden Händen umklammert.

«Frierst du?», frage ich sofort, weil ich möchte, dass sie diese Verabredung hier genauso genießt wie ich.

«Nein, aber es ist gemütlicher mit dem Tee in der Hand», antwortet sie, als sie meinen Blick auf den Becher bemerkt.

Nach und nach machen wir uns über das Essen und die Snacks her, die Joyce vorbereitet und mitgebracht hat. Coach Soto würde angesichts des vielen Zuckers vermutlich mit dem Kopf schütteln, aber das kümmert mich nicht. Das gestrige Spiel war anstrengend genug, da sollte ich mir etwas Soulfood genehmigen dürfen.

Gestern haben wir auswärts gegen den offiziellen Favoriten auf den Meisterschaftstitel einer anderen Liga gespielt. Das Spiel war wirklich gut, aber letztendlich haben wir mit vier Punkten Differenz verloren. Ärgerlich, aber dennoch eine sehr gute Leistung, weswegen der Coach auch nicht sauer war. Mal gewinnt man solche knappen Spiele, mal verliert man sie. Manchmal fehlt einfach diese letzte Prise Glück, oder dieser eine Wurf ist vom Ring abgeprallt, anstatt in das Netz zu fallen. Natürlich ist man unmittelbar nach so einem Spiel zunächst niedergeschlagen und ärgert sich über jeden Punkt, den man liegen gelassen hat, jeden Zweikampf, den man verloren hat, jeden Angriff, den man nicht mit einem Korb abschließen konnte.

Insbesondere Reed hat diese Niederlage gestern hart getroffen. Nachdem wir die üblichen Formalitäten und Abläufe nach dem Match hinter uns gebracht haben, ist er in die Umkleidekabine gestürmt, wo er dann scheinbar vor lauter Frust seine Wasserflasche gegen einen Metallspind geworfen hat. Zumindest ist dies der naheliegendste Grund, warum seine aufgeplatzte Flasche vor den Spinden auf dem Boden lag und sich der letzte Rest Wasser über die Fliesen ergossen hat. Coach Soto hat nichts dazu gesagt, als er kurz nach uns in die Kabine gekommen ist. Dennoch ist mir nicht entgangen, wie sein Blick kurz von der geplatzten Flasche zu Reed und wieder zurück gewandert ist. Egal wie sauer ich noch immer auf meinen Kapitän bin, er hat ein grandioses Spiel gemacht, das kann ich nicht aberkennen.

Durch Joyce weiß ich von seinen ehrgeizigen Zielen und kann verstehen, dass er die positive Aufmerksamkeit zu gern mitgenommen hätte, die ein Sieg gegen diesen Gegner uns und ihm eingebracht hätte.

Selbst für mich sind Niederlagen nur schwer zu verkraften, bei ihm muss so ein Moment aber noch ein ganz anderes Kaliber von Gefühlen auslösen. Wäre er nicht von Tag eins an so ein Arschloch zu mir gewesen, hätte ich vielleicht sogar etwas Mitleid gehabt. Wir haben nicht mehr wirklich gesprochen, seit dem Ultimatum und meiner Beichte den anderen *Dragons* gegenüber, was sicher auch besser ist. Auf dem Spielfeld haben wir es gestern dafür überraschend gut geschafft, miteinander zu kommunizieren. Mehr ist auch nicht nötig.

«Und du hältst Doritos also wirklich für die besten Tortilla-Chips?» Joyce greift in die Tüte und schiebt sich einen der Nachos in den Mund.

«Zu einhundert Prozent. Du etwa nicht?»

«Sie sind in Ordnung, aber sicher nicht die besten, die es gibt», antwortet Joyce und funkelt mich herausfordernd an.

«Was sind denn deiner Meinung nach die Besten?», hake ich nach, weil es eigentlich keine Konkurrenz gibt. Zumindest nicht in meinen Augen.

«Tostitos mit Avocado-Salsa», gibt sie vollkommen überzeugt zurück. Mein Gesicht verzieht sich etwas.

«Steht gar nicht in der Instagram-Biografie», merke ich an.

«Es gibt eine Begrenzung von hundertfünfzig Zeichen. Irgendwo musste ich die Grenze ziehen», erwidert sie.

«Aber apropos Instagram.» Ihre Stimme und der Ausdruck in ihren Augen werden nun ernster, und in mir breitet sich direkt Sorge aus, dass sie irgendwelche Kommentare auf ihren neuesten Beitrag erhalten hat, die sie verletzt haben.

«Dein Mut hat mich zu etwas inspiriert, und ich hätte gerne deine Meinung dazu.»

«Mein Mut?», frage ich verwirrt, weil ich nicht weiß, was sie meint.

«Na, den *Dragons* zu erzählen, was in Chicago passiert ist, war mutig. Sehr mutig.»

«Oh, das meinst du», antworte ich und fasse mir mit der Hand, die nicht gerade einen Nacho hält, in den Nacken.

«Keine falsche Bescheidenheit, Austin Fields.» Sie klingt dabei fast ermahnend, als würde sie nicht dulden, dass ich kleinrede, wie schwer das für mich war. Wie viel Überwindung, Kraft und, ja, auch Mut es mich gekostet hat.

«Jedenfalls ist es eigentlich nicht nur dein Mut, der zu dieser Idee geführt hat, sondern auch etwas, was du vor ein paar Wochen angesprochen hast.» Fragend mustere ich sie. Ich sage nichts, sondern warte stumm darauf, dass sie fortfährt.

«Du hast mich gefragt, warum ich mich nicht gegen diese Kommentare wehre, es mir aber gleichzeitig keine Schwierigkeiten bereitet, mich für Lori einzusetzen.»

Ich nicke gespannt, weil ich mich wirklich frage, worauf das hier hinauslaufen wird. Joyce steht auf und kommt mit ihrem Smartphone in der Hand auf meine Seite des Tisches. Sie setzt sich neben mich. Unsere Oberschenkel berühren sich leicht, und ich widerstehe dem Drang, ihr noch näher zu kommen. Das hier scheint wichtig zu sein. Joyce entsperrt ihr Smartphone und tippt ein paarmal auf dem Display herum.

«Würdest du dir das anschauen und mir sagen, was du davon hältst? Und bitte sei ehrlich.» Joyce wirkt stolz und unsicher – zwei eigentlich gegensätzliche Emotionen, die sie in einem Gesichtsausdruck vereint.

Sie klickt in die Mitte des unteren Bildschirmrandes und übergibt mir das Handy. Das Video startet. Joyce' Oberkörper ist auf dem Bildschirm zu sehen. Sie schaut direkt in die Kamera. Sie trägt den gleichen weißen Rollkragenpullover und dunkelgrünen Eyeliner. Genau wie heute, genau wie jetzt. Anscheinend hat sie das Video vor unserem Treffen aufgenommen. Auf den ersten Blick wirkt sie unbekümmert und taff. Ich glaube diese Spur Unsicherheit kann man nur ausmachen, wenn man Joyce etwas besser kennt, sich mehr mit diesen mikroskopisch kleinen Änderungen in ihrer Mimik auseinandergesetzt hat.

«Hallo ihr alle, heute geht es ausnahmsweise nicht direkt um Sport, sondern um euch und um mich. Vor ein paar Wochen hat mich jemand gefragt, warum ich nichts gegen diese Kommentare und Nachrichten unternehme, die ich ständig bekomme. Falls euch nicht klar sein sollte, was ich damit meine – ich lese jetzt gern ein paar Beispiele vor:

Frauen haben im Sportjournalismus nichts verloren, aber wenigstens sieht sie geil aus.
Wetten, die vögelt mit dem halben Team und darf deswegen die Interviews führen?
Nächstes Mal bitte etwas kürzeres Top. Danke.
Wechsle lieber zum Eiskunstlauf. Frauen und Basketball passen einfach nicht zusammen.
Kriegst von mir auch ein Interview, wenn du mir danach einen bläst.»

Sofort sammeln sich wieder Wut und Übelkeit in meiner Magengegend. Ich halte meinen Blick auf das Display gerichtet. Joyce schaut darin gerade von ihrem Zettel auf, von dem sie die Sätze abgelesen hat. Ernst blickt sie in die Kamera und sagt für ungefähr drei Sekunden gar nichts, scheint die Luft anzuhalten. Dann atmet sie aus und fährt fort.

«Und ja, es sind nur ein paar Beispiele. Diese fünf Kommentare sind nur ein kleiner Teil aus einer breiten Auswahl größtenteils sexistischer Nachrichten, die unter meinen Fotos und Videos landen oder auch in meinen Direktnachrichten schlummern. Jeden Tag konfrontieren sie mich damit, wie verbittert ein Teil der Menschheit sein muss. Mir ist klar, dass ich nichts tun kann, um diese Kommentare komplett zu stoppen, solange ich mit einem öffentlichen Account meine Leidenschaft verfolge. Deswegen dachte ich, ich könnte sie einfach ignorieren, bis sie mir irgendwann egal sind. Und vielleicht wird sich auch mit diesem Video hier überhaupt nichts ändern. Vielleicht wird es noch schlimmer. Aber ich will endlich versuchen, etwas zu unternehmen. Nicht nur für mich, sondern auch für all die anderen Menschen da draußen, die für ihre Ziele kämpfen und dabei, häufig unabsichtlich, polarisieren. Für alle Menschen, die auf Social Media oder auch im echten Leben beleidigt und sexualisiert werden, obwohl sie niemandem Schaden zufügen.

Auch wenn ich mir einrede, dass es nicht so ist, tut mir jeder dieser Kommentare weh. Wenn das euer Ziel ist, herzlichen Glückwunsch. Ihr habt es geschafft, euch hinter der Anonymität des Internets zu verstecken und ein wenig Hass abzuladen. Ihr habt eine junge Frau verletzt, die nichts tut, außer für ihre Leidenschaft und für ihre Karriere zu kämpfen. Applaus für euch mutige Helden.» Joyce' Stimme trieft vor Sarkasmus. «Sollte es euch aber darum gehen, mich loszuwerden, mir einzureden, dass ich es niemals schaffen werde, in der Hoffnung, mich so nicht in ein paar Jahren ertragen zu müssen, wenn ich die Spiele eures Lieblingsteams in der NBA kommentiere – dann kann ich euch eins sagen: Das wird nicht passieren. Ihr habt nicht die Macht, mir meine Träume zu stehlen. Eigentlich bewirkt ihr damit sogar das Gegenteil. Nachdem diese ätzende Traurigkeit nach einer solchen Nachricht abgeklungen ist, befeuert sie meine Motivation, es euch allen zu zeigen. Ich habe ein Mantra, und es lautet: *Jetzt erst recht.* Seid euch darüber bewusst, wenn ihr das nächste Mal einen Kommentar oder eine Nachricht verfasst. Danke», beendet sie das Video und lächelt zum Ende noch kurz betont süß in die Kamera. Ich brauche einen Moment, um zu verarbeiten, was ich da gerade gehört und gesehen habe. Joyce nimmt mir das Handy aus der Hand, ich spüre ihren Blick auf mir und kann mich endlich lösen.

«Wow, Joyce. Das ist unglaublich», bekomme ich dann endlich heraus und schließe sie in meine Arme. Der Kokosduft ihrer Haare und der Vanillegeruch des Tees umgeben mich. «Ich bin so stolz auf dich», sage ich leise und ziehe sie noch etwas fester an mich und meine es genau so. Dieses Video ist die perfekt-freundliche, aber sehr deutliche, typische Joyce-Art, auf diese Arschlöcher zu reagieren.

«Findest du?» Sie löst sich von mir und schaut aufmerksam in mein Gesicht, als würde sie überprüfen wollen, dass ich es ernst meine.

«Auf jeden Fall! Hast du es schon gepostet?», frage ich, weil ich seit ein paar Stunden nicht auf Instagram war und es nicht gesehen hätte.

«Nein, ich wollte abwarten, was du dazu sagst.» Es fühlt sich schön an zu wissen, dass ihr meine Meinung scheinbar so wichtig ist.

«Ich finde, du solltest es tun. Du hast so gute Worte gefunden. Und wie du schon gesagt hast, es ist wahrscheinlich utopisch, alle damit zum Umdenken zu bewegen, aber auch wenn du dadurch nur ein paar Leute beeinflusst, hast du eine Menge erreicht.»

«Okay, dann werde ich es jetzt posten und mein Handy danach für den Rest des Tages ausschalten, weil ich ein wenig Angst vor den Reaktionen habe. Und auch, weil ich heute mit einem ziemlich tollen Typen verabredet bin, dem ich viel lieber meine Aufmerksamkeit schenken würde», fügt sie hinzu und befeuchtet ihre Lippen.

«Ein ziemlich toller Typ also?»

«Mhm», erwidert sie und tippt noch ein paarmal auf das Display, ehe sie das Smartphone ausschaltet und auf den Tisch legt. Mit meinen Fingern drehe ich ihr Gesicht sanft zu mir und küsse sie. Langsam und intensiv. Voller Gefühl und Zuneigung.

«Darf ich dir etwas sagen, von dem ich mir sicher bin, dass du es sowieso schon weißt?»

«Okay?» Es ist eher eine Frage als eine Antwort. Doch das genügt mir.

«Ich bin in dich verliebt, Joyce Reed. Und ich weiß, dass es wahrscheinlich viel zu früh ist, das zu sagen, aber –»

Ihr leises Lachen unterbricht mein Geschwafel, und vielleicht sollte ich dafür sogar dankbar sein.

«Ich habe mich auch in dich verliebt, du Spinner.» Mein Herz rast in meiner Brust, und ich frage mich, ob das auf Dauer nicht vielleicht ungesund oder schädlich ist. Denn diese Reaktion bewirken Joyce' Nähe und ihre Worte viel zu oft bei mir.

«Puh, ein Glück», ich wische mir mit dem Handrücken imaginären Schweiß von der Stirn, woraufhin sie mit den Augen rollt und meinen seltsamen Scherz mit ihren Lippen auf meinen unterbricht.

«Wenn man sich das gegenseitig gesagt hat – macht das einen dann irgendwie zu Freund und Freundin oder so?», frage ich, sobald wir uns voneinander lösen konnten.

«Ich schätze schon», antwortet sie schulterzuckend, schenkt mir aber dieses wunderbare Gänsehaut-Grinsen.

«Cool», erwidere ich ironisch lässig und kann nicht anders, als sie noch einmal zu küssen.

KAPITEL 35

Joyce

Mit der Snackauswahl habe ich es wohl etwas übertrieben. Selbst nach drei Stunden am *Star of Hope* haben wir es nicht geschafft, alle Vorräte zu vernichten. Deswegen geben wir uns irgendwann geschlagen und packen die Reste zurück in den Picknickkorb. Die Sonne verschwindet langsam, und damit kriecht eine leichte Kälte in meine Knochen. Ich schlinge die Arme um mich selbst, um meine Körperwärme möglichst bei mir zu halten.

«Das war wirklich schön, Joyce. Danke.» Austin kommt um die Bank herum und gibt mir einen Kuss auf die Haare.

«Ich finde, der Tag sollte noch nicht zu Ende sein», gebe ich zurück und schaue meinen *Freund* – an diesen Gedanken gewöhne ich mich erstaunlich schnell – forschend an.

«Was meinst du damit?», fragt Austin, scheint aber zumindest eine Idee zu haben, wie das Flackern in seinen Augen verrät.

«Wir könnten unsere Fahrradtour zu meiner Wohnung fortsetzen. Es ist von hier nicht weit», antworte ich sehr eindeutig.

«Was ist mit deinem Bruder?»

«Es ist ein trainingsfreier Sonntag. Er wird vermutlich den gesamten Nachmittag und Abend allein in der Sporthalle verbringen und trainieren. Außerdem ist es nicht nur seine Wohnung, sondern auch meine. Ich kann also genauso frei entscheiden wie er, wen ich mitbringe. Und ich habe ein eigenes Zimmer, in das er nicht einfach so hineinspazieren wird», zähle ich all die Argumente auf, weswegen Joshua kein Grund sein sollte, diese Verabredung *nicht* bei mir zu Hause fortzusetzen.

«Okay, überzeugt.» Austins verschmitzte Miene sorgt für ein aufgeregtes Flattern in meiner Magengegend.

«Wie viele Gründe hätte es gebraucht, um dich zu überzeugen?», frage ich, um meine Aufregung zu überspielen.

«Ehrlich gesagt gar keinen. Die Aussicht, mit dir allein zu sein, ist Grund genug», erwidert er schulterzuckend, schnappt sich den Picknickkorb und geht in Richtung unserer Fahrräder.

Lachend folge ich ihm. Mit Austin ist alles so leicht und herrlich ungezwungen. Es gibt keine Spielchen. Und ich vergesse tatsächlich, was da möglicherweise gerade auf meinem Instagram-Account geschieht. Ich könnte mich ewig mit ihm gemeinsam in der Zeit verlieren.

Wir schwingen uns auf die Fahrräder und ich navigiere uns durch den Park. Der Weg nach Hause gleicht meiner Joggingstrecke, weswegen ich mich nicht auf die Wegführungen und Straßen konzentrieren muss, sondern pausenlos mit Austin herumalbern kann. Die letzten Bäume verlieren ihre goldgelben Blätter. Langsam segeln sie neben uns zu Boden. Ein Mann, der mir irgendwie bekannt vorkommt, läuft uns entgegen. In seiner Hand eine Leine. Ich lasse meinen Blick tiefer sinken und erkenne das Fellknäuel sofort. Langes dunkles Fell, ein weißes Ohr, ein frecher Ausdruck auf der Schnauze. Ich höre auf, in die Pedale zu treten, und lasse mich ausrollen.

«Hi, Whisky. Schön, dich wiederzusehen», begrüße ich ihn von meinem Fahrrad aus, das gerade zum Stehen gekommen ist. Austin hält neben mir an. Ich spüre seinen fragenden Blick auf mir.

«Ach, Sie sind es – die Hunderetterin.» Der Besitzer scheint mich wiederzuerkennen. Ich winke ab und lasse mich kurz von Whisky beschnuppern und meine Finger durch sein dichtes Fell gleiten. Dann verabschiede ich mich und wir fahren weiter.

«Hunderetterin?», hakt Austin neugierig nach.

«Retterin ist übertrieben», widerspreche ich den vorherigen Worten von Whiskys Herrchen. «Whisky ist mir vor einer Weile beim Joggen entgegengekommen. Von seinem Besitzer war keine Spur zu entdecken, und damit der Hund nicht aus Versehen auf die Straße hinter dem Park läuft, habe ich ihn kurz unter meine Fittiche genommen, ehe wir sein Herrchen gefunden haben», kläre ich ihn knapp auf. Im Augenwinkel sehe ich Austin lächelnd den Kopf schütteln.

«Was denn?»

«Du bist unglaublich», seine Stimme ist nun warm und liebevoll. Sein Lachen ist verschwunden.

«Ach Quatsch, das hätte jeder so gemacht», antworte ich, weil seine Worte eine ungewohnte Verlegenheit in mir auslösen.

Er schaut mich noch immer auf diese bewundernde Art an. Auf diese verliebte Art. Und ich muss grinsen. Schnell wechsele ich das Thema, bevor ich rot werde.

Nur wenige Minuten später kommen wir an meiner Wohnung an. Bisher hat Austin mich immer nur vor der Tür abgeholt oder abgesetzt. Nun ist es das erste Mal, dass er mit reinkommt. Er hat sein Fahrrad an einem Halteverbotsschild angeschlossen, und gemeinsam bringen wir mein Rad zurück in den Keller, wo es vermutlich den gesamten Winter verbringen wird. Als wir schließlich im ersten Stockwerk an meiner Wohnungstür ankommen, scheint Austin etwas nervös zu sein. Belustigt mustere ich ihn.

«Alles okay?»

«Ja, klar», erwidert er. Seine Augen strahlen aber etwas ganz anderes aus. «Willst du vorher schauen, ob die Luft rein ist oder so?», fügt er dann hinzu, woraufhin ich deutlich die Augen verdrehe.

«Was könnte er schon tun?»

«Oh, mir fallen da eine Menge Dinge ein. Ich spreche aus Erfahrung», nuschelt er, strafft aber die Schultern etwas und setzt eine pseudogelassene Miene auf.

Ich schließe die Tür auf und Austins Sorge stellt sich als unbegründet heraus. Sowohl im Eingangsbereich als auch im Wohnzimmer brennt kein Licht, und Joshuas Zimmertür steht einen Spalt offen. Auch von dort dringt kein Licht hinaus. Er ist scheinbar wirklich noch in der Sporthalle. Ich betätige den Lichtschalter und schließe die Tür hinter uns.

«Schöne Wohnung», merkt Austin an, während wir das Wohnzimmer betreten. Zum Glück hat mein Bruder heute ausnahmsweise kein riesiges Chaos verbreitet, bevor er zu seinem Einzeltraining aufgebrochen ist. Ich gebe Austin eine kurze Tour durch unsere kleine Wohnung, die für studentische Verhältnisse eigentlich nicht sehr klein ist. Den Picknickkorb stelle ich in der Küche ab.

«Und das hier ist mein Zimmer», kündige ich schließlich an und schiebe ihn durch die offene Tür. Mein Zimmer ist nicht unordentlich, aber etwas überladen mit Kram, weswegen es chaotischer wirkt, als es wirklich ist. In der Mitte steht mein großes Bett mit bunter Blumenbettwäsche. Gegenüber davon ein weißer Kleiderschrank, vor dem Fenster mein extrabreiter Schreibtisch, der mit sämtlichen Unilektüren, Notizen und Hausarbeiten übersät ist. Daneben befindet sich ein offenes Regal, in das mein Kameraequipment einsortiert ist und auf dem außerdem einige Bilderrahmen und vereinzelte Bücher Platz gefunden haben. Austin sieht sich um und steuert dann auf genau dieses Regal zu. Lächelnd betrachtet er die Fotos.

«Wie lange seid ihr schon befreundet?»

Sein Blick liegt auf einem Bild von Lori und mir. Die Qualität ist alles andere als toll, aber ich mag es trotzdem gern. Es ist eines der ersten Fotos, die es von uns gemeinsam gibt. Wir müssen ungefähr elf oder zwölf Jahre gewesen sein und haben das erste Mal versucht, uns richtig zu schminken. Das Ergebnis ist mit den vielen Jahren Abstand weniger peinlich als entzückend. Unser Lidschatten ist zu dunkel und hat ein bisschen zu viel Glitzer abbekommen. Unser Make-up ist fleckig und der Lippenstift sehr rosa. Lori und ich sehen verkleidet aus, haben uns damals aber unfassbar erwachsen und cool gefühlt. Wir dachten, das sei der Style, mit dem wir irgendwann bei unserer ersten richtigen Party auftauchen würden. Zum Glück kamen wir rechtzeitig zur Vernunft.

«Seit der Middleschool ist sie schon meine beste Freundin», antworte ich.

«Ich finde es sehr beeindruckend, wenn Freundschaften so lange halten», gibt Austin etwas wehmütig zurück, und ich frage mich, ob er seine Freunde aus Chicago vermisst. Ob er zu manchen von ihnen noch Kontakt hält. Aber ich will mit dem Thema nicht beginnen. Vielleicht tut es ihm auch mal gut, einen einzigen Tag nicht darüber zu sprechen oder nachzudenken.

«Ich wüsste nicht, was ich ohne sie machen würde. Es wäre für mich wirklich hart gewesen, wenn wir an unterschiedlichen Colleges angefangen hätten zu studieren.»

«Wie habt ihr euch für die *Hope* entschieden?», erkundigt sich Austin interessiert.

«Irgendwie war es gar keine aktive Entscheidung, sondern schon immer klar. Joshua wollte unbedingt an die *Hopeville University*, und irgendwie haben Lori und ich diesen Wunsch übernommen, als wir gesehen haben, dass ich hier Sportjournalismus studieren könnte. Lori war sich lange nicht ganz sicher, welches Fach sie studieren möchte, hat sich dann aber auch nur noch bei den Studiengängen, die hier angeboten werden, umgeschaut. Und die perfekte Wahl getroffen. Sie hat sich für Lehramt entschieden und liebt es über alles», erkläre ich unseren Weg an die *Hope*.

«Warum studierst du eigentlich Business Administration?», frage ich Austin, weil wir darüber noch nie direkt gesprochen haben.

«Bei mir ging es bei der Wahl meines Studienganges weniger um Leidenschaft, mehr um Sicherheit. Ich habe durch meine Eltern gesehen, wie hart ein Leben mit Aushilfsjobs und ohne eine solide Grundlage sein kann, und wollte das schon immer anders hinbekommen. Allerdings hatte ich nie eine richtige Passion, die man zum Beruf machen könnte, außer vielleicht Basketball, aber das war mir immer zu unsicher, und seit Chicago … ist es auch nicht mehr das, was ich mir in meinen Träumen zusammenspinne. Also wollte ich etwas machen, mit dem mir nach dem Studium möglichst viele Türen offenstehen. Deswegen Business Administration.»

«Das kann ich verstehen», antworte ich schließlich nach einem Moment der Stille. Seine Beweggründe sind ganz andere als meine, aber ich kann sie wirklich nachvollziehen. Sein ganzes Leben, seine ganze Kindheit war geprägt von Unsicherheiten, verlorenen Jobs, Chaos. Es ist nur logisch und reflektiert, alles daranzusetzen, nicht in dieselben Muster zu verfallen. Eigentlich ist es sogar ziemlich beeindruckend.

«Ist das Reed?» Sein Ton ist amüsiert, und ich weiß auch ohne nachzuschauen, welches Bild er nun im Visier hat.

«Ja, das ist mein Bruder.» Das Foto zeigt Joshua und mich gemeinsam im Garten unseres Elternhauses. Er muss dort ungefähr vier Jahre alt gewesen sein, ich zwei Jahre jünger. Seine Locken waren damals noch hellblond und er hat einen viel zu großen Basketball in der Hand, während ich ihn mit riesigen Augen bewundernd vom Gras aus anschaue.

«Kaum zu glauben», erwidert er kopfschüttelnd und scannt neugierig weiter die Bilder ab. Ich bemerke, wie er auf dem Bild von meinem Abschlussball hängen bleibt.

«Prom-Fotos sollten ein paar Jahre später eigentlich immer peinlich sein, deins sieht viel zu gut aus», merkt er mit etwas rauer Stimme an. Sämtliche Belustigung ist daraus verschwunden.

«Na ja, um fair zu sein: Mein Abschlussball ist auch erst anderthalb Jahre her. Irgendwann ist es vielleicht peinlich.» Tatsächlich würde ich mich selbst heute schon für ein anderes Kleid entscheiden, auch wenn ich noch weiß, wie toll ich es damals fand. Die Korsage ist mit Hunderten Glitzersteinen verziert, die mir heute etwas zu viel wären, und ich hätte mir vermutlich etwas Stress erspart, wenn ich mich für Träger entschieden hätte. Dennoch finde ich mein Outfit für den Anlass noch immer durchaus schön.

«Das hier wird nie peinlich sein», widerspricht Austin ernst, stellt das Foto wieder auf den richtigen Platz und wendet sich mir zu. Sein Blick lässt sofort Hitze durch meinen gesamten Körper schießen.

«Ich schätze, du kannst das nicht ganz objektiv beurteilen», gebe ich zurück und mache einen Schritt auf ihn zu.

«Weil ich in dich verliebt bin?», hakt er nach, und nun ist es nicht nur Hitze, sondern auch wild umherflatternde Schmetterlinge, die meinen Bauch belagern. Gott, ich höre diese Worte viel zu gern aus seinem Mund.

«Könntest du das wiederholen?», frage ich peinlich grinsend und stehe nun direkt vor ihm. Sein Zitronen-Parfum-Duft hüllt mich ein, vernebelt all meine Gedanken. Austin lehnt sich zu mir hinunter, seine Lippen dicht an meinem Ohr, und ich bin mir absolut sicher, dass er ganz genau weiß, was er damit in mir auslöst. Ich frage mich, ob er es damals, beim Bierpong bei der Semester-Beginn-Party, schon wusste. Auch dort gab es einen Moment, in dem er mit dieser verboten dunklen Stimme viel zu nah an meinem Ohr gesprochen hat.

«Ich bin in dich verliebt, Joyce Reed», sein Flüstern wandert sofort in meine Blutlaufbahn, verwandelt alles um mich herum in pastellige, kitschige Farben. In eine Welt, in der es keinen Stress, keine Deadlines, keinen Hass gibt. Ich weiß nicht, wer den Kuss beginnt, und das ist auch egal. Unsere Lippen prallen aufeinander, und wir fallen gemeinsam kurz darauf auf mein weiches Bett. Austin über mir, meine Hände auf seinem ganzen Körper. Seine streichen sanft über meine Schultern, mein Schlüsselbein, während der Kuss immer intensiver wird. Uns trennt zu viel Kleidung, Austin trägt sogar noch sein Holzfällerhemd, ich meine Cordjacke. Unruhig versuche ich Austin daraus zu befreien, weil ich seine Wärme spüren will – ihn spüren will. Er kommt mir zu Hilfe und streift sich das Hemd von den Schultern. Dann entledigt er sich auch seines Sweatshirts, und es ist das erste Mal, dass ich ihn bei vollständiger Beleuchtung ohne Shirt sehen kann. Ich lasse meine Fingerspitzen über seinen schlanken, definierten Oberkörper fahren und genieße das Geräusch, das ihm entweicht, als er zischend Luft einsaugt. Weitere, lästige Kleidungsstücke verschwinden. Meine Cordjacke, mein Rollkragenpullover, der beim Ausziehen mein Zopfband lockert, weswegen ich es komplett löse. Austin streicht mir sanft eine Strähne aus dem Gesicht, ehe seine Küsse von meinen Lippen abwärts wandern. Sobald sie die Ränder meines BHs erreichen, bäume ich mich etwas unter ihm auf, weil es sich so gut anfühlt.

Ich führe seine Hand an meinen Rücken, damit er endlich den Verschluss öffnet. Mit diesem unwiderstehlich schelmischen Grinsen beugt er sich meinem Wunsch. Mehr Küsse, mehr Hitze, mehr Ungeduld. Unsere Jeanshosen landen endlich auf dem Boden vor meinem Bett, und nun sind es nur noch seine engen Boxershorts und mein winziger Slip, die uns voneinander trennen.

So wenig und doch zu viel. Ich richte mich auf und Austin versteht. Nach einem letzten überwältigenden Kuss löst er sich von mir, rollt sich auf den Rücken und überlässt mir die Führung. Ich stehe vom Bett auf, lasse meinen Slip von den Hüften gleiten, öffne die Schublade meines Nachtschranks, greife schnell nach einem der Kondome und setze mich unter seinem intensiven Blick rittlings auf ihn. Meine Lippen streifen seine und gehen dann auf Wanderschaft, weil ich mich für all die unbeschreiblich guten Küssen und Berührungen revanchieren möchte.

Langsam, unter Austins gequältem, sehnsuchtsvollen Stöhnen, komme ich bei seiner Erektion an. Schiebe die Boxershorts hinunter. Küsse, sauge, lecke, genieße die Töne, die er dabei von sich gibt. Irgendwann beschließe ich, ihn und auch mich lange genug hingehalten zu haben, greife nach dem Kondom, das ich neben uns abgelegt habe, und streife es ihm über. Er lässt mich dabei keine Sekunde aus den Augen, ich ihn ebenso wenig. Sein Blick ist dunkel und heiß. Mein gesamter Körper ist von Erregung erfüllt.

Langsam lasse ich mich auf ihm nieder, halte den Blickkontakt und kann ein leises Stöhnen nicht unterdrücken. Austins Hände umfassen meine Hüften, und gemeinsam finden wir einen Rhythmus, der sich für uns beide gut anfühlt. Zu gut, viel zu gut, besonders als er sich mit den Händen abstützt, den Oberkörper aufrichtet und meine Brüste mit seiner Zunge verwöhnt, während ich mich langsam auf und ab bewege.

«Ist das gut?», fragt Austin atemlos und löst seine Lippen für eine Sekunde von mir.

«Mhm», erwidere ich gepresst, weil ich gerade wirklich nicht reden kann. Stattdessen intensivere ich meine Bewegungen und spüre den Beginn des sich anbahnenden Orgasmus. Ein Blick auf Austin zeigt deutlich, dass auch er kurz davor steht. Er sinkt zurück auf das Laken, seine Finger graben sich in meine Hüften, und ich kann es nicht länger aufhalten, will es auch gar nicht. Ich komme zuerst, Austin kurz nach mir, und vollkommene Zufriedenheit fließt durch meinen gesamten Körper. Einen Moment verharren wir noch so. Dann lege ich mich neben ihn, mein Kopf auf seiner Brust, und höre den Takt seines Herzens, das noch immer verdammt schnell pocht.

«Was hältst du davon, heute Nacht hierzubleiben?», frage ich schließlich, weil ich ihn nicht loslassen möchte. Nicht jetzt und auch nicht in zwei Stunden.

«Wir könnten in meinem Bett einen Film gucken und wir haben noch eine Menge Snacks», führe ich meine Vorstellungen weiter aus. Nichts kommt mir gerade wie eine bessere Idee vor, als einen gemütlichen Abend mit Austin zu verbringen.

«Ich würde sehr gern bleiben, wenn das für dich wirklich in Ordnung ist und … keine Probleme mit sich bringt.» Seine Fingerspitzen streicheln sanft über meine Arme, und selbst wenn ich irgendwelche Probleme befürchten würde, könnten sie mich in diesem Moment kaum weniger interessieren.

«Es wäre mehr als in Ordnung», gebe ich zurück und schmiege mich noch etwas enger an meinen Freund.

KAPITEL 36

Austin

Ich habe in den letzten Tagen ungefähr jede zweite Nacht bei Joyce verbracht und es irgendwie immer bewerkstelligt bekommen, nicht mit Reed zusammenzustoßen. Doch ich bin mir durchaus bewusst, dass es nur eine Frage der Zeit ist, bis das unvermeidbare geschieht.

Beim Training haben wir es geschafft, eine neutrale Distanz zu wahren, und das ist absolut in Ordnung für mich. Doch das bedeutet nicht, dass er sich so erwachsen verhalten wird, sollte er mir in seiner eigenen Wohnung über den Weg laufen.

Auch wenn ich meine Grandma sehr gernhabe, wünsche ich mir aktuell mehr denn je eine eigene Wohnung, aber das ist unmöglich, weil ich mir nicht einmal ein WG-Zimmer leisten kann, ohne neben dem Training und der Uni, für die ich so schon viel zu wenig Zeit finde, noch mindestens fünfzehn Stunden die Woche zu arbeiten. Also ist die einzige Möglichkeit, neben Joyce einzuschlafen und aufzuwachen, in Kauf zu nehmen, ihrem großen Bruder irgendwann in seinen vier Wänden zu begegnen.

Mit dem unguten Gefühl, dass mein Glück aufgebraucht

ist und dieser Tag heute gekommen, betätige ich die Klingel. Das Summen, das mir schon sehr gut bekannt ist, ertönt, und ich stoße die Eingangstür auf, die zum Treppenhaus führt. Auf dem Weg nach oben überspringe ich jede zweite Stufe und stehe wenige Sekunden später vor der Wohnungstür, an der Joyce bereits mit einem Lächeln, an dem ich mich wohl niemals sattsehen werde, auf mich wartet. Sie schlingt ihre Arme zur Begrüßung um mich und ich suche ihre Lippen für einen flüchtigen Kuss.

«Hey», begrüßt sie mich und nimmt meine Hand, um mich sanft durch den Eingangsbereich in das Wohnzimmer zu führen. In das Wohnzimmer, in dem Reed auf dem Sofa sitzt und mich mit einer fast ausdruckslosen Miene mustert. Mein Blick zuckt schnell zu Joyce, die aber nicht weiter in ihr Zimmer geht, sondern stehen bleibt, kurz zwischen ihrem Bruder und mir hin- und herschaut und sich dann räuspert. Oh, verdammt, was wird denn das jetzt?

«Josh», sagt sie lediglich, und alles in ihrer Stimme und der Betonung seines Namens klingt nach einer Aufforderung.

Reed steht auf, lässt aber einen gewissen Abstand zwischen uns. Er schaut mich oder vielleicht auch eher einen Punkt über mir an und wirkt etwas gequält. Abwartend bleibe ich mitten im Wohnzimmer stehen.

«Ich wollte mich bei dir entschuldigen, Fields», beginnt Joshua, und ich bin mir sehr sicher, dass er das eigentlich überhaupt nicht wollte.

«Also… *Sorry*», fährt er fort und scheint dieses seltsame einseitige Gespräch bereits zum Ende bringen zu wollen, doch Joyce fuchtelt neben mir auffordernd mit den Händen herum. Reed stöhnt stumm auf, und ich kann es ihm nicht unbedingt verdenken. Diese Situation ist wohl für niemanden von uns angenehm.

«Es war falsch, dir zu drohen, und ich weiß, dass die Tatsache, dass ich die Drohung zurückgenommen habe, es nicht wiedergutmacht.» Reed klingt erstaunlich aufrichtig, was mich ernsthaft überrascht. Seine Augen zucken kurz von meiner Richtung zu Joyce. Anschließend spricht er weiter.

«Ich habe mich dir gegenüber von Anfang an nicht fair verhalten, und insbesondere als Kapitän ist das nicht in Ordnung. Du hast mir eigentlich nie wirklich etwas getan und höchstens mal auf meine Aktionen reagiert. Außerdem hätte ich mich aus dieser Sache zwischen euch beiden raushalten sollen», kommt er schließlich zu einem Ende. Mir entgeht nicht, dass er es *diese Sache* nennt anstatt *Beziehung*, aber es ist sicher ein Anfang. Seine Mimik wirkt zwar ein wenig genervt, aber ansonsten scheint er es wirklich ernst zu meinen. Zumindest, wenn sich sein Gesicht ähnlich wie Joyce' Züge lesen lässt. Nach allem, was passiert ist, klingt es vielleicht lächerlich, aber ich glaube ihm irgendwie. Sicher würde er nicht jeden einzelnen Kommentar zurücknehmen, aber ich nehme ihm ab, dass er es bereut, so weit gegangen zu sein.

«Und auch, wenn wir sicherlich nie beste Freunde werden, fände ich es gut, sollten wir es schaffen, normal miteinander umzugehen und vielleicht… neu anzufangen?», er tippt nervös mit seinem linken Fuß auf den Wohnzimmerboden. All das zu sagen, muss ihm wirklich verdammt schwerfallen. Aber ich weiß, dass er es zumindest zum Teil Joyce zuliebe tut, und das ist letztendlich vermutlich auch der Hauptgrund für meine Antwort.

«Ich akzeptiere deine Entschuldigung», fange ich an, atme dann einmal durch und fahre fort. «Und ein Neuanfang klingt gut.» Es entsteht ein seltsamer Moment der Stille, in dem Reed und ich uns gegenseitig zunicken. Irgendwann erbarmt sich Joyce dann aber, uns daraus zu befreien.

«Sehr schön. Hab noch einen schönen Abend, großer Bruder.» Mit diesen Worten nimmt sie endlich wieder meine Hand und führt mich in ihr Zimmer. Verschiedene Gefühle und Gedanken machen sich in meinem Kopf breit. Ich hatte mit einer Menge gerechnet, aber nicht mit einer Entschuldigung von Joshua Reed.

«Wie hast du ihn denn dazu gebracht?», frage ich Joyce, sobald die Tür hinter uns ins Schloss fällt.

«Mit weniger Überzeugungsarbeit, als du vermutest.» Wir setzen uns einander gegenüber auf ihr Bett. «Und ich habe ihn zwar gebeten, über eine Entschuldigung nachzudenken, aber er meint es wirklich ernst.»

«Ja, seltsamerweise glaube ich das auch», gebe ich zu. Eigentlich denke ich gar nicht mehr wirklich über Reeds Entschuldigung nach. Es sind andere Gedankengänge, die sich stattdessen in meinem Kopf festgesetzt haben. Wenn sogar Joshua Reed es bewerkstelligt bekommt, sich bei mir zu entschuldigen, sollte ich mich dann nicht auch endlich zu dieser einen Entschuldigung, die ich schon viel zu lange vor mir herschiebe, durchringen können?

«Was ist los? Irgendwas beschäftigt dich doch», Joyce legt den Kopf etwas schief und blinzelt mich prüfend an.

«Ich denke, ich sollte mich auch entschuldigen», antworte ich leise. Halb zu mir selbst, halb zu meiner Freundin.

«Bei Josh? Ich glaube nicht, dass das nötig ist, er hat sich falsch verhalten, nicht du.» Nachdenklich schüttle ich den Kopf.

«Bei Gabe», Joyce schaut mich etwas verwirrt an. «Bei Gabriel Stone, meine ich», füge ich deswegen noch hinzu. Dann begreift sie und legt ihre Hand auf mein Knie.

«Es war ein Unfall, Austin», ruft sie mir erneut ins Gedächtnis, aber das ist es nicht, wofür ich mich dringend entschuldigen muss.

«Ich weiß. Aber danach habe ich mich komplett beschissen verhalten. Ich habe ihn nur ein einziges Mal besucht. Ganz am Anfang. Und das war so schlimm für mich, dass ich es danach nicht mehr über mich gebracht habe. Ich habe ihm weder geschrieben noch angerufen und ihn auch nicht mehr besucht. Es war schmerzhaft, ihn so zu sehen, mit eigenen Augen festzustellen, welche Auswirkungen dieser Unfall auf ihn hatte. Also habe ich mich für die feige Variante entschieden und ihn gemieden. Das war absolut scheiße von mir.» Reue, die ich mir so lange nicht eingestanden habe, kriecht in meinen Magen und setzt sich dort als schwerer Stein fest. Es wird langsam Zeit, meinen Mist auf die Reihe zu bekommen. Ich habe einen ersten großen Schritt gemacht, indem ich den *Dragons* von Chicago erzählt habe, und nun habe ich auch irgendwie Frieden mit Reed geschlossen. Sollte es jetzt nicht wirklich an der Zeit sein, dieses Gespräch mit Gabe, das seit über einem halben Jahr aussteht, zu führen? Es zumindest zu probieren? Ich könnte gut verstehen, wenn er kein Interesse hat, mich überhaupt anzuhören.

«Okay», sagt Joyce nach einer Weile und schaut mich zaghaft aufmunternd an. «Willst du ihn direkt anrufen?»

«Wenn ich es jetzt nicht tue, verliere ich vielleicht den Mut.» Sie nickt und drückt noch einmal sanft mein Knie.

«Ich warte im Wohnzimmer, in Ordnung? Wenn du mich brauchst, sag einfach Bescheid.»

«Joyce, ich will dich nicht aus deinem eigenen Zimmer verscheuchen.»

«Tust du nicht. Ich bin stolz auf dich, dass du dich deiner Vergangenheit auf diese Weise stellst und das Richtige tun möchtest.»

Sie steht auf, beugt sich noch einmal zu mir, um mir einen Kuss auf die Wange zu geben, und verschwindet hinter der Holztür. Jetzt, wo ich es Joyce angekündigt habe, muss ich diesen Schritt auch wirklich durchziehen. Ich kann nun keinen Rückzieher mehr machen. Ich erhebe mich etwas, um mein Handy aus der Gesäßtasche holen zu können. Langsam scrolle ich durch meine Kontakte, nutze absichtlich nicht die Suchfunktion, um noch etwas Zeit zu schinden. Dann springt mich sein Name förmlich an.

Die Wahrscheinlichkeit ist nicht allzu groß, dass ich ihn direkt erreiche. Vielleicht hat er sein Smartphone gerade nicht bei sich oder den Ton aus. Vielleicht ist er beim Arzt, bei der Reha oder was weiß ich schon wo. Fuck, warum kostet dieser eine Klick auf das Display so verflucht viel Überwindung? Stumm zähle ich bis drei. Dann tippe ich auf das Display und halte das Handy an mein Ohr. Meine Hände schwitzen, und die rechte zittert etwas. Unangenehme Nervosität gesellt sich zu dem Reue-Stein in meinem Magen.

Es klingelt. Sein Smartphone scheint zumindest eingeschaltet zu sein, und auch die Nummer funktioniert offensichtlich noch. Einmal, zweimal, dreimal. Gerade, als ich die Hoffnung aufgeben will, dieses Gespräch nun hinter mich bringen zu können, solange ich noch den Mut dazu habe, knistert es in der Leitung.

«Fields?», fragt eine erstaunlich kräftige Stimme, ganz anders, als ich Gabriel im Krankenhaus noch erlebt habe.

«Hi, Gabe. Störe ich gerade?» Meine Worte schaffen es nicht, so kräftig wie seine zu klingen. Meine Nervosität hört man in jeder Silbe.

«Nein, alles gut. Was gibt's? Lange nichts von dir gehört.» Es klingt nicht wirklich wie ein Vorwurf, aber das ist übers Handy vielleicht auch nicht eindeutig auszumachen.

«Ja, richtig… Das ist auch der Grund, warum ich anrufe», beginne ich und halte eine Sekunde inne. Gabe hört abwartend zu, unterbricht mich trotz der Pause nicht.

«Ich muss mich bei dir entschuldigen. Zum einen für dieses dämliche Foul», nun grätscht er doch dazwischen.

«Fields, dafür hast du dich bereits im Krankenhaus entschuldigt. Es war keine Absicht, es ist einfach dumm gelaufen. Hätte genauso andersrum passieren können.»

«Aber es ist nun mal *dir* passiert – und ich war daran schuld», widerspreche ich und fahre direkt fort, weil das hier nicht in einer Diskussion, sondern einer richtigen, aufrichtigen Entschuldigung münden soll. «Wofür ich mich aber insbesondere entschuldigen möchte – und muss –, ist, wie ich mich danach verhalten habe. Ich habe es nicht ertragen, dich so zu sehen, und bin deswegen auf Abstand gegangen, anstatt für dich da zu sein. Es war egoistisch und idiotisch. Das tut mir wirklich leid. Wir waren Freunde, ich hätte damit klarkommen müssen. Schließlich ging es dir sehr viel schlechter als mir.»

Gabriel ist einen Moment lang still, und ich wünschte, ich hätte mir diese Entschuldigung zugetraut, als ich noch in Chicago war. Dann hätte ich jetzt in seinem Gesicht lesen können, ob er sauer oder enttäuscht ist. Ob sich Bitterkeit oder Hass in seiner Miene spiegelt. Aber in Chicago hätte ich es nicht geschafft, diese Stärke, diesen Mut aufzubringen. Hopeville und die Menschen hier haben mir dabei geholfen. Meine Grandma, Joyce, die *Dragons* und irgendwie sogar Reed. Diese letzten drei Monate waren nicht immer leicht, aber ich habe wieder zu mir zurückgefunden. Oder bin zumindest auf den richtigen Weg gestoßen worden, nachdem ich wochenlang durch unbefestigtes Gelände geirrt bin.

«Ehrlich gesagt habe ich anfangs wirklich nicht verstanden, warum du dich nicht blicken lässt», gibt Gabriel zu, und alles in mir fühlt sich schwer an. «Ich habe nach zwei oder drei Wochen mit einer Psychotherapie begonnen und mit meiner Therapeutin darüber gesprochen. Sie hat mir dabei geholfen, mich in deine Lage, deine mögliche Gefühlswelt hineinzuversetzen, und dann habe ich es kapiert. Deswegen habe ich auch die Universität dazu gebracht, die Kommentare auf den Social-Media-Kanälen zu deaktivieren. Es war nicht fair, was die Leute dort geschrieben haben. Das hattest du nicht verdient. Ich war all die Zeit nicht sauer auf dich, Fields. Also abgesehen von diesen ersten Wochen vielleicht», fügt er noch hinzu, und obwohl ich ihn so lange nicht gesehen und nicht gesprochen habe, höre ich das Grinsen förmlich durch die Leitung.

«*Du* hast dafür gesorgt, dass die Kommentare deaktiviert wurden?» Ich hatte bisher angenommen, dass die

Universität das selbst entschieden hatte, um mögliche Imageschäden zu verhindern. Nie war mir in den Sinn gekommen, dass es ausgerechnet Gabe war, der mich so schützen wollte. Und ich habe es ihm gedankt, indem ich mich von ihm zurückgezogen habe. Scheiße, ich habe es wirklich vermasselt.

«Ja, glücklicherweise sind mein Großvater und der Universitätspräsident im gleichen Golfclub, und er konnte so ein gutes Wort einlegen.»

«Fuck, Gabe. Es tut mir wirklich so unglaublich leid. Alles.»

«Wie gesagt, es ist in Ordnung. Ich verstehe das. Ehrlich.»

«Danke, dass du mir die Chance gegeben hast, mich trotzdem zu entschuldigen. Das ist alles andere als selbstverständlich. Also… Danke, Gabe.»

«Ich habe mich tatsächlich gefreut, deinen Namen auf dem Display zu sehen. Die Jungs und ich haben uns vor zwei Wochen oder so eure Statistik angeschaut. Die Non-Conference-Season ist zwar noch nicht so aussagekräftig, aber nicht übel für das kleine Kaff, was?»

Mich belagert direkt ein schlechtes Gewissen, weil ich kaum einen Gedanken in den letzten Wochen daran verschwendet habe, die Spiele meines ehemaligen Teams zu verfolgen. Andererseits brauchte ich den Abstand. Mein Ende in Chicago ist mit so vielen negativen Assoziationen behaftet, ich konnte mich damit einfach nicht beschäftigen.

«Ja, das Team ist echt gut. Wie… Ähm… Wie sieht es bei dir aus?», erkundige ich mich unbeholfen. Gabriel scheint es mir nicht übel zu nehmen. Er ist viel zu nett.

«Falls du damit meinst, wie es bei mir und dem Basketball läuft: Ich habe Anfang des Semesters versucht, mit den anderen zu trainieren, musste aber schnell einsehen, dass mentale und körperliche Anstrengung parallel nicht für mich funktionieren. Zumindest erst mal. Mir wurde schnell schwindelig, übel, und ich habe Kopfschmerzen bekommen. Deswegen werde ich mein letztes Collegejahr als Co-Trainer statt als Spieler verbringen. Es macht mir überraschend viel Spaß, könnte sogar sein, dass ich damit nach dem Abschluss weitermache, wenn ich irgendwo eine Anstellung finde.»

«Wow.» Ich weiß nicht, was ich sagen soll. Einerseits ist es beschissen, dass er nicht spielen kann und ihn dieser Unfall noch immer so beeinträchtigt. Andererseits klingt er überhaupt nicht verbittert, sondern ziemlich motiviert und optimistisch. «Das ist gut. Schätze ich», bringe ich schließlich hervor.

«Ist es. Wer weiß, vielleicht schaffe ich es doch noch in die NBA. Wenn schon nicht als Spieler, möglicherweise in ein paar Jahren als Coach. In dem Bereich tickt die Uhr auch nicht so laut», merkt er lachend an. Ich weiß genau, was er meint. Als Spieler hast du nicht viele Chancen. Die Jahre, die du in die Profiliga wechseln kannst, sind sehr begrenzt, und die Zeit, die du dort dann verbringst, ebenfalls. Auf den Trainerpositionen sieht es anders aus. Es ist sicherlich nicht weniger hart, aber ich kann verstehen, dass es sich nicht so sehr wie die Pistole auf der Brust anfühlt.

«Das ist eine krass bewundernswerte Einstellung.»

«Danke. Wenn das Leben dir Zitronen schenkt, mach Limonade draus, richtig? Oder frage nach Salz und Tequila?»

«Ich glaube, das zweite Sprichwort gefällt mir besser», antworte ich lachend.

«Ja, mir auch. Hör zu, Fields, ich muss gleich leider los, aber lass uns bald wieder sprechen, ja? Vielleicht kommst du in den Semesterferien mal für ein paar Tage nach Chicago?»

«Gern. Und mal sehen, vielleicht schaue ich tatsächlich irgendwann vorbei.» Es wird sicher nicht schon in diesen Ferien sein, dafür ist es alles noch zu schmerzhaft, zu frisch. Aber ich schließe es nicht aus. Ich könnte Joyce zeigen, wo ich zwei Jahre gelebt habe, welche Orte ich geliebt habe, wo es die besten Burger gibt. Der Gedanke fühlt sich schön an, obwohl er mit dieser Stadt, die mir so viel genommen hat, zusammenhängt.

«Mach's gut, Fields. Es war wirklich schön, von dir zu hören. Du fehlst im Team.» Seine Worte bringen mich dazu, einen Moment blinzelnd an die Decke zu schauen.

«Du auch, Gabe. Ich freue mich, dich bald mal wiederzusehen», verabschiede ich mich und nehme das Handy vom Ohr. Einen Augenblick bleibe ich so sitzen, gehe dieses Gespräch gedanklich noch einmal durch. Ich scanne meinen Körper ab, meinen Magen. Doch dort ist nichts mehr von diesem Reue-Stein zu spüren.

Der Türgriff öffnet sich langsam und Joyce streckt vorsichtig ihren Kopf hinein.

«Alles okay?», fragt sie mich leise mit einem eindeutig besorgten Gesichtsausdruck und betritt den Raum, als sie sicher ist, dass ich nicht mehr telefoniere. Sie kommt auf mich zu in ihren dunkelblauen, hautengen Leggins und dem dazu passenden Oberteil, das einen schmalen Streifen ihres Bauches freilegt.

Gott, ist sie schön.

Mir fällt auf, dass es das gleiche Outfit ist, das sie bei unserer ersten Begegnung getragen hat. Bei dem Interview, auf das ich nicht weniger Lust hätte haben können, das sich im Endeffekt aber als das Beste, das mir passieren konnte, herausgestellt hat. Weil Joyce dadurch in mein Leben getreten ist und mit ihr alles wieder Farbe bekommen hat. Ich wieder Farbe bekommen habe. Aus schwarzen und grauen Gedanken, dem Verfluchen meiner letzten beiden Collegejahre und dem Abschotten von meinen Mitmenschen, wurde Grün, Weiß, Pink, Blau und noch so viel mehr. Meine Welt ist wieder bunt.

«Sehr okay», antworte ich lächelnd und ziehe sie auf meinen Schoß.

Mir ist bewusst, dass das nicht alles war. Ich habe noch viel aufzuarbeiten, muss noch viel an mir selbst arbeiten. Aber mit den Menschen, die ich die letzten Monate um mich hatte, scheint es endlich machbar zu sein. Jeden Tag einen Schritt weiter.

«Ich habe dir was mitgebracht», sagt Joyce. Mir war nicht aufgefallen, dass sie eine Hand hinter ihrem Rücken verbirgt. Sie zieht die Hand nach vorne und wedelt mit einem Snickers vor meiner Nase herum. Ich lache und küsse sie zeitgleich. Ihre Lippen sind weich und schmecken nach Schokolade. Scheinbar hat sie bereits genascht, während ich telefoniert habe. Ich ziehe sie noch dichter an mich und genieße ihre Finger, die über meinen Nacken streichen.

Alles wird gut – ich war mir noch nie in meinem Leben sicherer.

EPILOG

Joyce

Die Küche sieht katastrophal aus, es klingeln ungefähr fünf Timer gleichzeitig auf verschiedenen Handys, wozu sich nun auch noch die Türklingel gestellt. Lori und ich versuchen irgendwie diesen Truthahn zu retten, während mein Bruder den Tisch deckt.

«Josh, machst du bitte auf?», rufe ich ihm über die vielen Geräusche hinweg zu. Die nervtötenden Timer, der Backofen, die Dunstabzugshaube, das zischende Gemüse auf dem Herd. Trotz der lauten Kulisse nehme ich Joshuas Brummen wahr. Dennoch öffnet er die Tür, um unsere Gäste reinzulassen. Meine Kochfähigkeiten sind gar nicht schlecht, und mit Lori zusammen habe ich bisher ungefähr jedes Gericht, das wir uns vorgenommen haben, hinbekommen, aber dieser Truthahn bringt mich noch zum Ausrasten.

«Ich glaube, der braucht noch einen Moment», urteilt meine beste Freundin nach einer kurzen Inspektion und sucht die Arbeitsfläche nach dem piependen Handy ab, das irgendwo unter Geschirr und Verpackungen verborgen liegen muss.

«Meinst du wirklich? Nicht, dass er verbrennt», gebe ich zu bedenken. Mir mittlerweile sehr gut bekannte Stimmen näheren sich, was meine Nervosität zwar etwas hebt, meine Laune aber noch viel mehr.

Austins Grandma betritt zuerst unsere Küche, und ich frage mich, ob mein Bruder und Austin es tatsächlich gerade schaffen, mehr Small Talk als «Hallo» und «Tschüss» miteinander auszutauschen.

«Hallo ihr Hübschen», begrüßt Carol uns auf ihre wunderbare, herzliche Art. Ich stelle die beiden einander vor und versuche mir meine Verzweiflung nicht anzusehen.

«Dein Bruder hat mir bereits den Nachtisch abgenommen», erklärt sie und tritt zu mir an den Herd. «Kann ich euch helfen?»

Zuerst tendiere ich dazu abzulehnen, lasse meine Vernunft dann aber doch siegen. Dieses Thanksgiving-Essen soll richtig schön werden. Und wenn ich dafür Carols Angebot, mit dem Truthahn zu helfen, annehmen muss, dann werde ich es tun. Vor allem rettet das voraussichtlich nicht nur unsere Hauptspeise, sondern macht sie zudem glücklich.

Während sie mich in die Geheimnisse der perfekten Truthahn-Zubereitung einweiht, begrüßt Austin mich kurz mit einem Kuss und beginnt dann mit Lori und Josh, die Beilagen auf unseren Tisch zu quetschen und alles einigermaßen ansehnlich herzurichten. Es ist laut, trubelig und fühlt sich nach einem richtigen Thanksgiving an.

Keine zwanzig Minuten später sitzen wir endlich alle gemeinsam am Tisch. Austin neben mir, seine Hand sanft auf meinem Oberschenkel. Er hat für diesen Anlass sogar ein schwarzes Hemd angezogen und sieht darin so gut aus, dass ich mich dabei erwische, mir vorzustellen, ihn nur für ein paar Minuten mit mir in mein Zimmer zu nehmen und die Tür hinter uns zu schließen. So muss ich mich aber mit ein paar flüchtigen Küssen und halb unschuldigen Berührungen unter dem Tisch zufriedengeben.

Die Aufregung fällt langsam von mir ab, und es macht mich glücklich zu sehen, dass diese auf den ersten Blick schwierige Kombination von Gästen doch so gut zusammenpasst. Wer hätte vor ein paar Wochen schon gedacht, dass Austin und Joshua friedlich an einem Tisch sitzen und den Feiertag miteinander verbringen würden? Ich sicher nicht, obwohl ich zum Optimismus neige.

«Ich freue mich sehr, dass ihr alle hier seid», beginne ich und hebe mein Glas, um mit den anderen anzustoßen. Das hier ist wirklich das Beste, was dieses Thanksgiving passieren konnte. Nachdem unsere Eltern Joshua und mich vor zwei Wochen angerufen haben, um uns mitzuteilen, dass sie nicht im Land sein werden, war ich etwas traurig. Mom und Dad haben ein zweimonatiges Projekt in Europa, ich glaube in Frankreich, und dort wird Thanksgiving nicht gefeiert, weswegen sie nicht freibekommen haben. Ich muss ziemlich niedergeschlagen ausgesehen haben, denn auf meinen verzweifelten Vorschlag, Austin und seine Grandma einzuladen, hat Joshua nicht, wie eigentlich vermutet, mit kompletter Ablehnung reagiert. Und so sitzen wir nun hier an dem Tisch unserer Wohnung, den ich bisher für ziemlich groß gehalten habe, der nun aber an seine Grenzen gerät.

«Und ich freue mich auch, dass du deine Familie für uns versetzt», richte ich mich grinsend an meine beste Freundin.

«Oh, die Wahl war nicht sonderlich schwer. Meine Alternative wäre Thanksgiving in Florida bei der Großfamilie gewesen», erklärt Lori an Carol gerichtet. «Es wäre ein Tag voller Sticheleien geworden. Lori, du bist so blass, du solltest mehr in die Sonne gehen», ahmt sie eine Stimme, die sehr nach ihrer Tante klingt, nach. Doch sie ist noch nicht fertig. «*Lori, ich hoffe, für den Rock hast du nur die Hälfte gezahlt, da ist ja kaum Stoff dran. Lori, hast du etwa noch immer keinen Freund? Lori, findest du den Lippenstift nicht zu extravagant?* Bla, bla, bla», beendet sie schließlich ihre Imitation. Austin und ich lachen, Joshua schaut etwas grimmig – warum auch immer –, und Carol wirkt ein wenig entsetzt.

«Dabei ist die Farbe von deinem Lippenstift so schön!», empört sie sich, woraufhin nun auch mein Bruder sein Schmunzeln nicht verbergen kann.

«Cheers darauf.» Wir stoßen miteinander an und starten ganz offiziell unser Festessen, das in mir so familiäre Gefühle auslöst, wie ich sie schon lange nicht mehr erlebt habe. Diese letzten Monate waren stressig, wundervoll, manchmal etwas frustrierend und vielleicht die aufregendste Zeit meines bisherigen Lebens. Ich habe gelernt, nicht nur für andere einzustehen, sondern auch für mich selbst. Trotz meiner Bedenken, trotz der Angst, mit noch mehr Hass konfrontiert zu werden, habe ich das Video auf Instagram geteilt, in dem ich meine Gefühle loswerde. In dem ich all diese Menschen anspreche, die mir absichtlich Schmerz zugefügt haben und dachten, sie könnten mich damit kleinkriegen. Jetzt wissen sie, dass das niemals passieren wird. Alle Reaktionen zu dem Video habe ich mir nicht angeschaut – dafür waren es schlichtweg zu viele, weil mein Post überraschenderweise von einer Menge wunderbarer Personen, insbesondere von Frauen, aus den verschiedensten Bereichen geteilt wurde. Natürlich gab es wieder ein paar ätzende Kommentare, dafür aber so viel mehr Zustimmung und Unterstützung, dass es mich einige Abende zu Tränen gerührt hat.

Ich habe außerdem begriffen, dass auch der Journalismus seine Grenzen hat, die es zu wahren und zu schützen gilt, weil hinter jeder guten Story eine Menge Schmerz verborgen sein kann.

Und ich habe mich verliebt.

Ich habe mich Hals über Kopf in Austin Fields verliebt. Und wenn es dieses Verliebtsein ist, das mich so mutig hat werden lassen, dann war ich vielleicht nie zuvor *richtig* verliebt. Denn das hier ist neu. Es ist Kraft, Leichtigkeit und Mut – es ist bedingungslose Unterstützung und Sicherheit. Ich löse den Blick von meinem Teller, drehe den Kopf nach links und erwische Austin dabei, wie er mich heimlich anlächelt. Gott, ist das Leben wundervoll.

DANKSAGUNG

Dieses Buch, diese Geschichte, die *Hopeville Dragons* und natürlich Joyce & Austin werden für immer einen ganz besonderen Platz in meinem Herzen haben. Die beiden haben mir in unglaublich kurzer Zeit so viele Türen (die ich selbst als hoffnungslose Optimistin noch für eine ganze Weile geschlossen gesehen hatte) geöffnet, dass ich noch immer nicht begriffen habe, was die letzten Monate passiert ist.

Basketball hat viele Jahre einen sehr großen Teil meines Lebens eingenommen, und auch wenn ich aktuell nicht mehr selbst aktiv spiele, hat es sich ein wenig wie Nach-Hause-Kommen angefühlt, über diesen Sport zu schreiben. Und genau deswegen fühlt es sich so wundervoll an, dass diese Geschichte nun tatsächlich in die Welt hinausdarf.

Allein wäre das nie möglich gewesen – also möchte ich die Gelegenheit unbedingt nutzen, mich bei den Menschen zu bedanken, die einen großen Einfluss darauf hatten:

Ein riesiges Dankeschön an meinen Agenten, Carsten. Danke für das Vertrauen und dafür, dass du etwas in diesem Projekt gesehen und diese aufregende Reise mit mir begonnen hast.

Ansonsten wären die *Hopeville Dragons* vermutlich niemals auf dem Schreibtisch meines tollen Lektors Mattes gelandet. Mattes, ich kann dir gar nicht genug für all die Liebe und Begeisterung, die du dieser Dilogie und meinen Worten entgegenbringst, danken. Du hast dafür gesorgt, dass meine Geschichten in einem so wunderbaren Verlag erscheinen können, und sie mit jeder Anmerkung, jedem Kommentar besser gemacht. Und damit möchte ich auch gern ein gesammeltes Dankeschön an den gesamten Rowohlt Verlag richten – für diese riesige Chance, die mir einfach alles bedeutet.

Ein großes Danke geht natürlich auch an meine Familie und meine Freunde.

Mama, Papa – dafür, dass ihr immer da wart und immer da seid. Und dafür, dass ihr mich schon mit in die Sporthalle genommen habt, bevor ich überhaupt laufen konnte. Ich glaube, das hat beim Schreiben dieses Buches tatsächlich geholfen.

Gina, meine kleine, große Schwester. Danke für dich, für alles und für uns.

Max – für deine Liebe und dafür, dass ich nie ein schlechtes Gewissen haben muss, wenn ich lange Abende mit meinen Manuskripten verbringe. Und dafür, dass du so unglaublich süß stolz bist und keine Gelegenheit auslässt, meine Bücher zu erwähnen.

F – die Widmung hat schon einiges gesagt, aber ich kann es nicht häufig genug erwähnen (und tue es trotzdem noch zu selten): Ich bin so froh, dich nicht nur als Freundin, sondern auch als die allerbeste Testleserin, die man sich nur wünschen kann, zu haben. Es ist unbeschreiblich schön, dass du mit mir zusammen träumst und mir immer wieder sagst, dass es «geiler Shit» ist, den ich schreibe.

Ich könnte sicher noch mindestens zwanzig Seiten mit den Namen von tollen Personen füllen, bei denen ich mich bedanken möchte – da das den Rahmen aber sprengen würde: Danke an meine wundervolle Familie und meine Freunde. Ich weiß eure Unterstützung und Liebe wirklich zu schätzen. Auch ein Dankeschön an meine tollen Agenturkolleginnen und an die Autorinnen und Autoren, die ich in den letzten Monaten kennenlernen durfte. Durch euch fühlt sich diese ganze Buch-Welt sehr viel weniger angsteinflößend an.

Und ganz, ganz wichtig: Danke an euch – liebe Leserinnen und Leser. Es freut mich unglaublich, dass ihr zusammen mit Joyce & Austin nach Hopeville gereist seid. Ich hoffe, ihr freut euch, schon bald für Lori & Joshua zurückzukommen! ♥